DER PFAD DER FLAMME

DIE SIEBEN INSELN

BUCH ZWEI

A.R. KNIGHT

1

DIE FLIEGENDEN MEERE

Der schlanke Mann hielt das Rapier mit der Spitze nach vorn, die silberne Klinge bereit, direkt in Wax' Herz zu stoßen. Mit zurückgebundenem Haar und einem Gesicht, so schmal wie sein Schwert, sah der Kance-Kämpfer genauso aus wie der Windmeister, als den seine Insel ihn bezeichnete.

Wax wippte mit den Füßen und rollte sie im Einklang mit dem schimmernden Silber-und-Holz-Deck des Schiffes. Das Kance-Schiff durchschnitt die Wellen, all seine Kanten blendeten im Sonnenlicht, während die raue und turbulente Regelmäßigkeit einer Seereise durch geschickte Konstruktion zunichte gemacht wurde.

Wax selbst ermangelte dieser Schönheit; sein Gewebe tat nicht viel, um ihn in der schneidenden Meeresbrise warm zu halten, seine losen Hosen flatterten, und seine Kletterschuhe bissen sich in die Oberfläche als einziges wirksames Accessoire, das er hatte.

Ach ja, und seine Foti-Klinge. Das blaue Schwert fing die Spiegelung des Ozeans ein und trug das Meer in seinem gewellten Stahl. Dicker als das Rapier des Kance-Mannes, musste die Foti-Klinge ihre Stärke nutzen, um ihre stumpfere Länge auszugleichen.

Wetten in dieser Hinsicht tanzten um sie herum auf dem Deck. Die Seeleute, die das Schiff nicht aktiv steuerten, nutzten ihre Mittagspause, um zu sehen, wie übel ihr Freund Wax auf und ab des Schiffes verprügeln würde.

Ein Zuruf in Wax' Ecke kam von rechts, wo sein älterer Bruder Quik, der sich an einer der vielen Seilschlaufen an der Reling des Kance-Schiffes festhielt, weisen Rat brüllte: nicht stillstehen.

Neben ihm stand seine Schwester, deren Bambusstab wie ein aus ihren Schultern sprießender Baum über ihrem Rücken aufragte. Bliss hatte einen nervösen Blick, wie fast während der gesamten Reise, und Wax versuchte, ihr ein zuversichtliches Grinsen zu schenken.

Der Mann würde ihn schließlich nicht töten.

»Bereit?«, fragte der Windmeister, dessen dünne Stimme sich mit dem knisternden Platschen vermischte, das das Schiff machte, als es durch eine weitere Welle tanzte.

»Immer.« Wax verlagerte seine Haltung, brachte seinen rechten Fuß nach vorn und umfasste die Klinge mit beiden Händen.

Beim letzten Mal hatte er seine Waffe verloren, sie über das Deck geschleudert und eine Kerbe in das polierte Holz geschlagen. Seitdem musste er jeden Abend das Geschirr schrubben, und Wax wollte sich nicht ausmalen, welche weitere Strafe der Kance sich ausdenken würde, sollte seine Vis-Ungeschicklichkeit noch mehr Schaden anrichten.

Andererseits, was erwarteten sie? Wax war nicht auf See geboren. Er war ein Dschungelmensch, geschaffen für Lianen, für das Schwingen durch Baumkronen und das Flitzen in belaubte Haine.

Den Windmeister kümmerte das nicht, und er ging mit einem schnellen Dreischritt vor, verkürzte den Abstand zwischen ihnen auf ein Haar. Wie der Winkel des Mannes es voraussagte, kam der Rapier zu einem herzstillstehenden Schlag, den Wax mit seinem eigenen Schwert abwehrte.

Eine zu schwere Parade. Während er seine dicke Klinge quer über seine Brust bewegt hatte, um den Rapier beiseite zu schlagen, brauchte sein Gegner nur einen Handgelenksschlenker, um den Stich wieder auf Ziel zu bringen.

Ausnahmsweise bot das Kance-Schiff Wax einen Ausweg: Auf der Rückseite seiner letzten Wellendurchquerung neigte sich das Schiff vorwärts in das Tal zwischen den rollenden Ungetümen. Wax nutzte den Schwung, schnitt nach links und vorwärts mit seiner Schulter. Der Rapier schnippte einen losen Faden mit seinem Stoß, verfehlte aber Wax' Körper und gab Wax einen soliden Ansturm direkt auf die Brust seines Gegners.

Diese Kance-Schnelligkeit half hier nicht, der Aufprall verlangsamte Wax kaum und warf den Windmeister in ein taumelndes Zurückweichen, das den Kampf hätte beenden sollen, wäre da nicht sein Gegner, der sein rechtes Bein hart aufsetzte, sich dann nach vorne lehnte und beide Hände, den Rapier in der linken flach aufgelegt, auf das Deck platzierte.

»Lass ihn sich nicht erholen!«, erhob sich Quiks Stimme über das Johlen und Jubeln, während Sammler und Wetter eine bevorstehende Gelegenheit witterten.

Wax setzte den Schulterangriff fort, folgte dem Rat seines Bruders und bedrängte den Windmeister. Er hob die Foti-Klinge zu einem beidhändigen Schlag, einem tödlichen Ende. Sicherlich würde der Mann nachgeben, die Arme hochwerfen und aufgeben.

Stattdessen glitt die linke Hand des Windmeisters tief,

ganz ans Ende des Rapiergriffs, und mit seinem Handgelenk schnellte er die Spitze der Klinge nach oben, genau dorthin, wo Wax sich hätte aufspielen sollen.

Oder hätte, wenn der Kämpfer die Spitze nicht weggezogen hätte, die Klinge nach links schwingend und Wax sich fangen lassend, als das Schiff begann, in die nächste Welle zu steigen.

»Dein Bruder gibt dir schlechten Rat«, sagte der Windmeister und stand auf. Er tippte mit dem Rapier gegen Wax' Klinge. »Position ist alles, ob dein Schwert nun wendig oder langsam ist.«

»Ich bin sicher, ich werde das irgendwann lernen.« Wax blickte auf die blaue Klinge. Er hatte noch keinen Kampf mit dem verdammten Ding gewonnen. »Zumindest habe ich dich mit der Schulter erwischt?«

Der Windmeister lachte: »Zumindest das.«

Das Trio nahm sein letztes Abendessen auf dem Deck des Schiffes ein, während die sich beruhigende See, als das Schiff sich Foti näherte, ihnen eine ruhige Mahlzeit unter den ätherischen Segeln ermöglichte. Kance hatte eine besondere Art mit Blautönen, und die azurblauen Farben verblassten zu Weiß und Lila, je nachdem, wie das Sonnenlicht auf ihre dünnen Leinwände fiel. Mehr lang als breit, fingen die Segel den Wind ein, wie Wax vielleicht eine Liane im Herzen des Dschungels gefunden hätte: mit schwungvoller Präzision.

Selbst jetzt riefen die Seeleute, die an drei verschiedenen Rudern entlang der Schiffslänge stationiert waren, einander zu, um das Schiff über das Wasser fliegen zu lassen.

Wie der Kapitän des Schiffes ihnen beim Verlassen von Vis gesagt hatte: Rana mochte auf den Meeren fließen, aber Kance würde über ihnen schweben.

Wax' Heimat? Kitaye zog es vor, dass die Schiffe zu ihr kamen. An der fernen Küste konnte man Seefahrer finden - der Gedanke daran ließ Wax die Stirn runzeln - aber ihre Fahrzeuge, schlanke Boote aus kultivierten, gefallenen Blättern, würden dem rauen Griff des Ozeans nicht lange standhalten.

Andererseits vermisste Wax nach drei Tagen bereits das Gefühl von Lehm zwischen seinen Zehen, von Bäumen über ihm und den in der Luft hängenden Duft von Kochgewürzen.

»Besser als das hier jedenfalls«, murmelte Wax und nahm einen weiteren Löffel der dünnen Lauchsuppe. Die wässrige Flüssigkeit verdiente kaum die Bezeichnung Suppe, obwohl der Kance-Kapitän deutlich gemacht hatte, dass Wax etwas Schmackhafteres eintauschen könnte.

Als ob Wax irgendetwas zum Tauschen hätte.

»Murmelst du schon wieder vor dich hin?«, fragte Quik.

»Vielleicht.« Wax weigerte sich zuzugeben, was er wirklich getan hatte: mit Pan zu sprechen und sich vorzustellen, sein Freund wäre bei ihnen, bereit, sich Wax anzuschließen und das kulinarische Vergehen zu kritisieren, das ihren Körpern aufgezwungen wurde. »Magst du das?«

»Ich akzeptiere es«, zuckte Quik mit den Schultern. »Wenn wir auf langen Jagden unterwegs sind, leben wir von dem, was wir auftreiben können. Das hier ist nicht viel anders.«

»Dachte, Erneuerungen würden etwas Besseres bekommen.«

›Beschwer dich bei Noctia‹, gebärdete Bliss. Seine Schwester hatte ihre Suppe beendet und richtete ihren Blick immer wieder zum Bug des Schiffes, als könnte sie Foti als Erste erspähen. Sie sah weniger grün im Gesicht aus, seit das Schiff ruhigere Gewässer erreicht hatte. ›Vielleicht geben sie dir einen Lachs, wenn du ganz lieb fragst.‹

»Wahrscheinlich nur, wenn ich ihnen zuerst das hier gebe.« Wax griff an seine Brust, wo die allgegenwärtige Wärme verweilte. Dort, in eine kupferfarbene Kette eingelassen, saß ein Fragment von Vis. Ein leuchtend grüner Edelstein, nicht größer als Wax' Daumen. Der Skar kitzelte Wax' Nerven, wann immer er ihn berührte, wie das Streifen eines betäubenden Blattes. Seine schwache Stimme flüsterte nun in den stillen Momenten Unsinn in seinem Kopf, ein Insekt, das er nicht zum Schweigen bringen konnte, aber gelernt hatte zu ignorieren. »Wie viele, glaubst du, werde ich bekommen?«

›Jeden einzelnen‹, gebärdete Bliss. ›Ich bin nicht mitgekommen, um dich scheitern zu sehen.‹

»Das macht zwei von uns«, fügte Quik hinzu. »Iss die Suppe auf, Wax. Der nächste Schritt beginnt morgen.«

2

UNTER DER ERDE

Die Höhle verschluckte ihre Schritte. Svarde und Kivi, der Steinechsen-Ferrit, gingen an der Spitze der kleinen Kolonne. Svarde hielt in seiner rechten Hand eine flackernde Fackel, deren glimmende Flamme Schatten in dem gezackten Tunnel fand und vertrieb. Maenas Informationen besagten, dass diese Höhle immer tiefer und tiefer führen würde, bis zu einem Punkt, von dem kein Entdecker je zurückgekehrt war.

Dort unten, irgendwo, lag die Quelle des Ungeheuers.

Die Höhle war kein toter Fels. Moose und Pilze lugten aus Ritzen hervor. Wasser tropfte und gesellte sich hier und da dazu, sickerte durch die Erde. In der ersten Stunde verkürzten die Rana-Seeleute den Marsch noch mit Liedern.

Das endete, als sie die Aegis erreichten.

Wie ein Spinnennetz aus silbernem Licht zog sich die Aegis unter den Sieben Inseln entlang und beschützte sie. Ein Geschenk der Götter in ihren letzten Momenten, oder so behaupteten es zumindest der Zirkel und die Najahn. Svarde hatte sie noch nie zuvor gesehen, und die Linien, die die Luft vor seinem Gesicht durchschnitten, das Fackellicht einfingen, aber sich nicht in seiner Flamme bogen, zwangen den Marsch zum Halt.

Maena, die Rana-Kapitänin, jetzt in voller tiefblauer Ledermontur und smaragdgrünem Brustharnisch, mit passender blau-grüner Hose, gesellte sich zu Svarde an der Spitze, während die Seeleute hinter ihnen murrten.

»Also das ist es«, sagte Maena und berührte die Filamente. Im Abstand einer Handlänge liefen die Linien durch den Fels, und Svarde vermutete, wenn er ihnen folgen würde, würden sie ihn direkt zurück zu Catya führen, dort in diesem Gefängnis.

»Jenseits davon werden wir keinen Schutz mehr haben«, sagte Svarde, seine rechte Hand wanderte zu der Axt auf seinem Rücken. »Die Ungeheuer werden ungehindert sein.«

»Haben Sie Angst, Wächter?«

»Ich bin kein Wächter mehr.« Svarde sah Maena nicht an, hielt seinen Blick nach vorne in die Düsternis gerichtet. »Mein Name ist Svarde. Nennen Sie mich so, oder gar nicht.«

»Macht Sie der Marsch empfindlich?«

»Ich halte es einfach. Das sollten Sie auch tun.«

Maena ruckte ihren Kopf zurück zur Kolonne, die Augen spähten hinter den Fackeln hervor, um ihre Anführer zu betrachten.

»Sie alle verstehen, dass wir hier unten wahrscheinlich sterben werden, Svarde. Jeder von ihnen hat seine Gründe, mitzukommen, Gründe, die aus ihrem bisherigen Leben stammen. Verlange nicht von ihnen, das wegzuwerfen.«

»Ich bitte sie lediglich um ihre Schwerter und Armbrüste, wenn die Unholde kommen.«

Maena nickte. »Das, denke ich, können sie liefern.« Sie trat von Svarde zurück und wandte sich ihren Seeleuten zu.

»Ab jetzt hören die Lieder auf. Wir bewegen uns leise. Achtet auf Gefahren, haltet eure Füße ruhig. Vertraut euren Freunden, eurem Verstand, euren Fähigkeiten, und wir werden nicht scheitern.«

Kivi schnaubte. Svarde stimmte zu. Große Reden verblassten immer angesichts harter Realitäten. Maenas würde es hier unten nicht anders ergehen.

Das Vorbeigehen an der Aegis klärte die Luft nicht, ließ Svarde sich weder leichter noch schwerer, weder kränker noch glücklicher fühlen. Es ließ jedoch die Haare in seinem Nacken aufstehen und seine Augen die Höhle in ständiger Wachsamkeit absuchen.

Lange Zeit hatte die Höhle ihnen nichts geboten. Nur einen einzelnen Pfad mit gewundenen Kurven, einige steile und flache Abschnitte. Nach der Aegis jedoch änderte sich die Beschaffenheit.

Die Erde wurde wild.

Keine fünf Minuten nach den Filamenten weitete sich der Tunnel zu einer weitläufigen Kaverne, die von mächtigen Säulen unterbrochen wurde, unregelmäßige Felsen, die einander in einem blasslila Durcheinander niedertrampelten. Linien, die durch unnatürliche Mittel geschaffen worden waren, zogen sich entlang der Wände, als Svarde und die Crew in den breiten Raum strömten und sich mit hochgehaltenen Fackeln auffächerten. Felsige Zähne hingen von der Decke herab, einige tropften Wasser auf ebenso große Spitzen, die vom Boden aufragten, manche so groß wie Svarde und doppelt so breit.

»Hier könnte sich ein Mann verirren«, murmelte Svarde, während er seine Fackel schwenkte und den nassen Boden nach einer Spur absuchte.

Eine Spur wovon, wusste Svarde nicht. Aber er würde eine Fährte der Unholde nehmen. Die Monster mussten irgendwo hier unten herkommen, und eine Krallenspur könnte sie genau dorthin führen, wo sie hin mussten.

Könnte Svarde dorthin führen, wo er sein wollte, seitdem Catya den letzten Skar aufgehoben hatte, seitdem die Aegis zu werden von einem fantastischen Traum zu eiserner Gewissheit geworden war.

Seitdem er diejenige, die er liebte, für sieben Inseln aufgegeben hatte, denen sie völlig egal war.

Maena unterbrach Svardes Grübeleien, indem sie eine Pause ausrief, eine Gelegenheit, etwas Wasser zu trinken und etwas von dem gepökelten Fleisch zu essen, das sie mitgebracht hatten. Svarde und Kivi gesellten sich wieder zur Crew und fanden ihre mehreren Dutzend, die sich in ihren Cliquen niederließen, die Fackeln dort aufstellten, wo sie konnten.

Die Rana-Seeleute hatten jetzt eine andere Ausstrahlung. Ihre gebräunten, meerwasserbesprühten Körper waren gebeugt, ihre Augen schweiften umher wie die verängstigter Tiere. Eine freie Hand war eine Hand am Säbelgriff. Andere überprüften ein-, zweimal, ob ihre Armbrüste geladen waren.

»Sie haben Angst«, sagte Svarde zu Maena, die beiden saßen, wie so oft, abseits der anderen. »Wir sind noch nicht einmal einen Tag unterwegs, und einige sehen aus, als könnten sie zusammenbrechen.«

»Nur wenige waren zuvor in einer Höhle, Svarde. Geschweige denn in einer, die so lang ist.« Maena runzelte die Stirn über ihren eigenen stumpfweißen Fischstreifen. »Die Realität gibt uns einen anderen Geschmack als unsere Träume.«

»Wir sind jetzt weit weg von Träumen.«

»Sie werden sich schon daran gewöhnen. Gib ihnen Zeit.«

Kivi schnaubte, Svarde nickte. Zeit war schön und gut, aber sie hatten keine Zeit zu verschenken. Schon sickerten neue Geräusche durch die Felsen nach oben, nicht das tropfende Wasser, der pfeifende Wind, sondern das Kratzen von Klauen auf Stein. Die fernen Schreie, als Bestien auf Kampf oder Beute stießen. Das Klicken, Klacken und Husten, als unvorstellbare Wesen ihr nächstes Mahl witterten.

Svarde stand auf, zog seine rechte Axt und hielt sie hoch. Sie fing das Fackellicht ein und zog die Blicke aller Rana-Seeleute auf sich. In Whent-Pelze gehüllt, darunter seine von den Foti geschmiedete Wächterrüstung, wirkte Svarde wie ein Koloss. Das Gewicht gab ihm Kraft, stärkte seinen Entschluss, und er ließ die Seeleute in seiner Gestalt etwas Trost finden.

»Brüder, Schwestern«, begann Svarde, wie es die Foti oft taten. »Wo wir jetzt hingehen, warten Monster auf uns. Sogar Dämonen. Kreaturen, für die uns die Worte fehlen. Ich sehe in euren Gesichtern, was bei schwächeren Menschen als Furcht durchgehen könnte, doch das muss jetzt in Mut umgewandelt werden. Denn vergesst nicht, ihr reist mit Soldaten, mit Kämpfern.« Svarde nickte zu seiner Axt. »Wir werden das Schlimmste sehen, bevor das hier vorbei ist, aber wenn es vorüber ist, werden die Unholde es sein, die Angst kennenlernen. Nicht wir.«

Ein paar ermutigte Grinsen fingen Svardes Schlusswort auf, einige andere hoben ihre Schwerter oder Wasserschläuche. Für einen kurzen Moment hatte die große Rede ihre Wirkung.

Bis ein Heulen, das aus der Tiefe aufstieg und näher kam, alles zunichtemachte.

3
WAS AUFSTEIGT, MUSS FALLEN

Die Wunde erstreckte sich zu Amis Füßen, ihre Dunkelheit fiel weit unter die Sichtweite jedes Betrachters. Stöcke, Steine und sogar einige brennende Fackeln, die hinuntergeworfen wurden, verschwanden lautlos in der alles verschlingenden Schwärze der Wunde. Nichts, was dorthin geworfen wurde, kehrte je zurück.

Aber vieles stieg empor.

»Seid bereit«, flüsterte Catya, die Aegis rückte auf ihrem steinernen Stuhl zurück und ließ sich auf die Kissen sinken, wobei sie so gebrechlich wie eh und je aussah. Ihre Roben schienen ihren Körper zu begraben, um die Hälfte zu groß, aber zweifellos nicht lange zuvor noch passend gemessen. »Sie kommen.«

Die Warnung der Aegis war unnötig, da die Blitze um die verblassende Kette an ihrer Brust gut genug als Hinweis auf das dienten, was sich näherte. Die sieben Skars ähnelten nun stumpfen Steinen, ihre schwachen Farben waren die letzte Erinnerung an das, was sie einst gewesen waren.

»Wächter«, sagte Ami und zog ihr Schwert, um die große Klinge mit beiden Händen zu umfassen.

Von Foti gefertigt, mit glimmerndem orangefarbenem Topas entlang der Mitte geätzt, machte Flamebreak seinem Namen alle Ehre. Die silberschwarze Klinge schien das Fackellicht in sich aufzunehmen und glühte in dessen Widerschein.

Die beiden Wächter, Najahn-Gardisten in makelloser purpur-schwarzer Plattenrüstung, Chakrams an ihren Rücken eingehakt und Voulgien an der Front, traten von ihren Wachposten innerhalb der Kuppel hervor.

Sie standen auf Fels, wenn auch sauberem Fels, und die glatte graue Oberfläche erlaubte es dem Trio, sich auszubreiten, um die Wunde abzudecken. Ami stellte sich vor Catya, während die beiden Wächter gegenüberliegende Seiten einnahmen und so ein Dreieck um die Grube bildeten.

Das Kratzen kam näher, schabend, als große Pfoten und Klauen in den Stein gruben und ihn von den Wänden lösten. Keuchende Lungen knurrten und schnauften bei jedem Zug.

Sie waren nah.

Ami holte tief Luft und spürte den umwickelten Griff von Flamebreak in ihren Händen. Ihre Rüstung lag schwer und perfekt auf ihren Schultern und Beinen. Eine kürzlich hinzugekommene Ergänzung, das: Mit den häufiger auftretenden Ungeheuern musste Ami davon ausgehen, dass jeder Tag einen Durchbruch bringen könnte.

Zumindest war sie dieses Mal hier, bereit, ihre Rolle zu erfüllen.

»Bin froh, dass ich noch einmal dein Wächter sein darf«, sagte Ami, ohne sich zu Catya umzudrehen.

»Hoffentlich nicht das letzte Mal.« Catyas Worte

brachen Ami fast das Herz, nicht wegen dem, was sie sagte, sondern wegen der schieren Zerbrechlichkeit, mit der sie klangen.

Mit etwas Glück würde die Erneuerung bald genug kommen, um Catya ein paar Tage, eine Woche, einen Monat ohne ihre Last zu geben.

Mit etwas Glück.

Der Dämon gab keine Warnung. Die Klauen kratzten unten, und dann flammte seine Gestalt aus der Wunde frei, sprang auf die Wächterin vor und zu Amis Rechten.

Jeder Dämon war ein einzigartiger Schrecken, und dieser trug seine Klauen an acht spindeldürren Armen, die alle aus einem wolligen, langen Torso ragten. Knirschende Zähne und scharfe saphirblaue Augen dominierten ein Ende, während am anderen ein schnappender, mit einem Stachel ausgestatteter Schwanz Platz fand.

Die verdammten Dinger wurden immer schlimmer.

Die Wächterin wich beim Sprung des Dämons zurück und nutzte ihre Glefe und deren gebogene Spitze, um die schlagenden Klauen abzuwehren. Wo der schwere Schaft der Glefe nicht hinkam, fing die Rüstung der Wächterin die Treffer ab, wobei Kerben im Metall erschienen.

Der Wächter zu Amis Linken schlug seine Glefe in den Boden und griff mit beiden Händen hinter sich, um die Chakrams zu ziehen. Mit einem Seitenschritt drehte sich der Mann, baute Schwung auf und schleuderte die Scheiben nacheinander. Die scharfen Kreise schnitten in den Dämon, jeder trennte ein Bein ab und ließ das Monster heulend zurück.

Sich auf seinen zwei hinteren Klauen aufrichtend, stürzte sich das Biest nach vorne, legte sein volles Gewicht auf die verteidigende Wächterin und drückte sie zu Boden. Die Wächterin rief um Hilfe, und der dritte Wächter machte seine Aufwartung, indem er von außen mit bereiter Glefe herbeilief.

Derjenige, der seine Chakrams geworfen hatte, starrte Ami an, sein Gesicht fragte, warum sie sich mit diesem riesigen Schwert noch nicht bewegt hatte.

Die Antwort kam aus der Wunde, wo Klauen immer noch ihre widerlichen Geräusche machten.

Der zweite Dämon sprang heraus, seine Beine spreizten sich weit, während seine Zähne nach Ami schnappten, als plane er, die Wächterin in eine schreckliche Umarmung einzuschließen.

Schlechte Idee.

Ami hob Flamebreak an ihre Schulter, dann führte sie die Klinge in einem diagonalen Schlag quer über ihren Körper, als der Dämon sich näherte. Das Schwert, seinem Namen alle Ehre machend, hinterließ Funken in der Luft, während es sich bewegte, diese heißen Gluten säumten den Körper des Dämons, als das Schwert tief einschnitt.

Die Kreatur quiekte, der Schaden an ihrem Mittelkörper war beträchtlich, und diese knirschenden Zähne zogen sich in einem wilden Heulen zurück. Die Beine landeten um Ami herum, die Masse des Dämons drängte sie einen Schritt zurück, während seine Eingeweide aus der Wunde quollen.

Ami machte einen Schritt nach links, setzte ihren rechten Fuß fest auf, während sie Flamebreak von ihren Knöcheln bis hin zu ihrer Brust in einem wirbelnden Schnitt führte. Der Hieb erwischte ein paar ausgestreckte Beine, verlangsamte den Schwung ihres Schwertes kaum, als es sauber hindurchschnitt. Erneut heulte der Dämon auf.

Und wieder nahm Ami Stellung ein. Ihre Drehung vollendend, brachte Ami Flamebreak an ihre Schulter, die Spitze nach vorn. Der Dämon zuckte wild, seine saphirblauen Augen fixierten sie und zeigten nichts, was auch nur annähernd nach Vernunft aussah.

Zeit, das Monster zur Strecke zu bringen.

»Für die Schmiede«, knurrte Ami, stieß sich mit beiden Füßen ab und sprintete kurz auf den Körper des Dämons zu.

Bekrallte Beine versuchten, sie zu schlagen, aber die Klauen prallten von ihren harten Schulterpolstern ab. Der Dämon öffnete sein Maul weit, mit der Absicht, Amis Kopf ganz zu verschlingen.

Der Biss kam nie an. Flamebreak schlug zuerst zu, drang ein und hob den Oberkörper des Ungeheuers gen Himmel. Ami drängte die zappelnde, sterbende Bestie weiter zur Wunde hin. Als sie die Schwärze unter dem Monster erblickte, zog Ami die Klinge zurück und ließ Flamebreak sich freibrennen.

Das Ungeheuer konnte nur noch gurgeln, als es tief in die Dunkelheit stürzte.

Ami richtete ihren Blick auf das andere Monster, das auf ähnliche Weise, wenn auch mit weitaus mehr Schnitten, erledigt worden war. Gleven wirbelten, Chakrams lagen verstreut am Boden, und der langsame Tod des Ungeheuers spielte sich ab, während das Monster in seinen ewigen Schlaf sank.

Die Wächterin, die den ersten Ansturm des Ungeheuers auf sich gezogen hatte, kniete am Boden, ihre Wunden wurden bereits von ihren Mitstreitern versorgt. Die heilige Stille nach der Schlacht senkte sich herab.

»Du hast nichts verlernt«, flüsterte Catya, als sie hinter Ami trat und sich auf ihre Schulter stützte. Die schmächtige Aegis fühlte sich federleicht an und ließ Ami zusammenzucken. Jede Berührung bestätigte, wie weit Catya von dem entfernt war, was sie einmal gewesen war, so weit von...

Nein. Diese Träume führten nur zu Albträumen.

»Solange ich dich beschütze«, sagte Ami und steckte Flamebreak in die Scheide, »werde ich nie aufhören, stärker zu werden.«

Ami wandte sich Catya zu und zwang sich, ihrer Freundin in die Augen zu sehen. Erinnerungen prallten auf den gegenwärtigen Moment, als Catyas Augen alte Neugier zeigten und zu Amis eingestecktem Schwert wanderten.

»Fotis Skar brennt immer noch?«, fragte Catya.

»Immer noch.« Ami nickte.

»Meine erlöschen so schnell, doch deine funkeln vor Leben.«

»Ich beschütze mit meinem nicht alle Inseln.«

»Tauschen?«

Ami lachte und schüttelte den Kopf. Sie hielt sich davon ab, auszusprechen, was sie fühlte.

Niemals, Catya. Niemals würde Ami diesen Preis zahlen.

»Dann, darf ich dich etwas fragen?«, sagte Catya und hielt zwischen den Worten inne, um Atem zu schöpfen. Sie würde bald ein Nickerchen brauchen. Ami warf einen Blick zu den Wächtern, nickte in Richtung einer strohbedeckten Stelle nahe dem steinernen Stuhl. Sie würden Kissen und eine Decke finden.

»Alles«, antwortete Ami.

»Ich muss wissen, hier am Ende, war ich zu schwach?« Catya griff nach oben und umklammerte die Halskette. »War ich die falsche Wahl?«

Wie beantwortet man so eine Frage?

Die Catya, die Ami kannte, mit der sie aufgewachsen war, hätte nie danach gefragt. Hätte angenommen, dass sie die perfekte Person für alles war, was sie sich vornahm. So verdiente man sich schließlich die Aegis: unerschütterlicher Glaube an die eigenen Fähigkeiten.

Aber hier war Catya nun. Kaum ein Jahrzehnt, seit sie die Kette angelegt hatte und dahingewelkt war. Fast völlig verbraucht. Nicht nur körperlich, sondern offensichtlich auch ihre Seele.

Ami musste ihr antworten. Catya etwas geben, woran sie sich festhalten konnte. Ami warf ein Netz aus, blickte nach links und sah nichts außer der Leinwandkuppel und dem schiefergrauen Stein. Sie schaute nach rechts und fand eine Gelegenheit.

»Sie kämpfen für dich«, sagte Ami und nickte zu den Wächtern hinüber. »Ich kämpfe für dich.«

»Weil der Kreis es verlangt.«

»Diese Najahn-Wichtigtuer haben keinen Einfluss auf mich.« Ami legte vorsichtig ihre Panzerhandschuhe auf Catyas Schultern und zog sie fest an sich. Wieder sandte die Leichtigkeit, das kaum spürbare Gewicht, Schauer durch ihren Körper. »Ich bin hier, weil ich dich liebe. Schon immer. Für immer.«

Catyas Schniefen wurde vom dicken Kettenhemd gedämpft. »Du hasst mich nicht dafür, dass ich so schwach bin? Dass ich so schnell sterbe?«

Ami zog sich zurück. »Du bist nicht tot.«

Das Schniefen und die geröteten Augenränder Catyas verwandelten sich in ein düsteres, dünnes Lachen.

»Ami, ich starb in dem Moment, als ich diese Halskette anlegte.«

4

DER SPIELER

Fotis Obsidiantürme tauchten durch den Nebel auf wie die angeschlagenen Zähne eines Riesen. Trotz ihrer bedrohlichen und dunklen Erscheinung erfüllten sie Wax nach Tagen auf offener See mit Ruhe. Ein klarer Horizont war zwar schön, aber einen Bezugspunkt zu haben, war eine angenehme Abwechslung. Es half ihm, sich zu orientieren und zu wissen, wie schnell sie über das Wasser glitten.

Dieses Wasser war bisher die Heimat von Wellen und wenig anderem gewesen, abgesehen von gelegentlich vorbeiziehenden Vögeln oder Wolken. Jetzt wurde die See immer voller, während Wax, Bliss und Quik am Bug des Kance-Schiffes zusahen.

Wenn Kitaye den gesamten Vis-Handel für sich hatte, dann ließ Foti und die Stadt, auf die sie zusteuerten, eine Rauch-und-Stahl-Stadt namens Smythe, den Handel der Dschungelinsel wie Kinderspielzeug erscheinen.

Riesige Foti-Galeonen streiften das Kance-Schiff, ragten mit ihren dunklen Holz- und Metallkörpern hoch auf, ihre massiven Segel verdunkelten die Sonne, während sie vorbeizogen. Wax und Bliss zuckten jedes Mal zurück, wenn eine in die Nähe kam, obwohl die Kance-Seeleute ihnen versicherten, dass keine Kollision passieren könne, nicht bei einem so wendigen Schiff wie dem ihren.

Quik seinerseits setzte ein falsches Lächeln auf und stand mit verschränkten Armen da, diese neue Welt herausfordernd, ihn herumzuschubsen.

Auch kleinere Kutterschiffe waren in Hülle und Fülle vorhanden, warfen ihre Fischernetze aus oder machten sich mit Harpunen auf die Jagd nach größerer Beute. Schiffe von anderen Inseln, wie Noctias geschwungene graue Schaluppen und Ranas fließende Kutter, huschten in den weitläufigen Hafen von Smythe hinein und wieder heraus. Als sie sich näherten, nahm die Luft einen eisernen Beigeschmack an, und Wax' Lungen begannen zu jucken.

Husten breitete sich auf dem Schiff aus, als die Seeleute sich an die neue Situation gewöhnten.

Das Anlegen verlief ohne großes Aufsehen: Seile erschienen in den Händen der Matrosen, wurden über Poller an einem von vielen Piers geworfen, die sich in den Ozean verzweigten. Jemand ließ einen Anker fallen, und der Kapitän, ein Mann, der sich nie die Mühe gemacht hatte, Wax seinen Namen zu nennen, wünschte ihnen einen gleichgültigen Abschied.

Das Trio nahm ihre Satteltaschen und stieg aus, wobei sie spürten, wie das harte Holz unter ihren Füßen bebte.

»Ich für meinen Teil könnte etwas festen Boden unter den Füßen gebrauchen«, sagte Quik.

»Wollen wir ein Wettrennen zum Ende des Docks machen?«, nickte Wax in Richtung des überfüllten Piers, auf dem sich Besatzung und Fracht drängten.

»Du bist dran«, signalisierte Bliss und zeigte das erste strahlende Lächeln seit Tagen.

Die Seekrankheit hatte Bliss in nicht viel mehr als einen brodelnden Schlamm verwandelt. Es war gut zu sehen, dass ihr Spaß zurückkehrte.

»Diesmal nicht«, verwarf Quik die Idee. »Das ist nicht unsere Heimat. Wir sind Besucher, und mehr noch, Erneuerungen. Wir können uns nicht wie Idioten benehmen.«

»Warum nicht?«, fragte Wax und machte sich trotzdem auf den Weg zum Ufer.

Nicht so lustig wie ein Rennen, aber Land war Land, und er war lange genug ohne ausgekommen.

»Weil wir, falls du nicht weißt, wie man an Fotis Skar kommt, hier jemanden um Hilfe bitten müssen.«

»Gibt es denn keinen Fremdenführer? Kein Schild?«

»Hatten wir so etwas in Kitaye?«

Quik verlieh seiner Stimme eine bestimmte Färbung, wenn er einen Punkt machen wollte, eine entfernte spöttische Betonung der Worte. Wax antwortete nicht sofort, während sie weitergingen und Kisten und Träger voller Säcke und Beutel umrundeten. Die Antwort auf Quiks Rätsel würde sich immer zeigen, wenn er nur lange genug darüber nachdachte.

»Okay, also kannten wir Vis«, sagte Wax, als er sich der Antwort näherte. »Weil wir dort lebten, hatten wir alle die Geschichten gehört, die Erneuerungen zuvor gesehen. Aber das haben wir hier nicht, also brauchen wir jemanden, der das hat.«

»Sieh an, Bliss. Unser Bruder ist doch nicht hoffnungslos.«

»Ich weiß nicht, ob ich so weit gehen würde.«

Wax griff nach oben und zog die Kette heraus, sodass der smaragdgrüne Skar auf seinem grün-braunen Gewebe lag. »Hey, wer ist hier der Wichtige? Seid nett.«

Quik schnaubte, Bliss verdrehte die Augen, und Wax spürte, wie neue Blicke auf ihn fielen.

Blicke, die zuvor nur flüchtig gewesen waren und vielleicht bestätigten, dass diese drei tatsächlich aus Vis stammten, wurden nun intensiver und richteten sich nicht länger auf Wax' Gesicht oder sein Gewebe. Der Skar zog die Blicke an, hielt Inspektionen stand.

Wax steckte die Kette wieder unter das Gewebe. Die Blicke verschwanden, und Wax atmete wieder. Ihm war nicht bewusst gewesen, dass er aufgehört hatte zu atmen, nicht bewusst gewesen, wie seltsam sich seine Nerven unter dem Druck all dieser umherwandernden Augen anfühlten.

»Gute Entscheidung«, sagte Quik leise. Wax bemerkte, dass die Hände seines Bruders zu den Panzerhandschuhen an seiner Hüfte gewandert waren, den handbedeckenden Schlaghämmern, die in Sekundenschnelle übergezogen werden konnten. »Ich bin mir nicht sicher, ob wir deine Identität so offen zur Schau stellen sollten.«

»Ich verstehe das, aber warum nicht?«

»Weil die Skars für mehr als nur Erneuerungen verwendet werden können, meine neuen Freunde«, verkündete eine Stimme. Die Quelle war ein Mann, der lässig auf einer Kiste am Ende des Docks lümmelte. Ein mehrtägiger Stoppelbart zierte sein sonnengebräuntes Gesicht, glänzende schwarze und violette Lederhosen und Stiefel gingen in eine aschgraue Tunika über. An seinen Hüften lagen zwei Rapiere bereit – Wax konnte die Waffen jetzt nach all den Duellen mit Kance erkennen. Eine Pfeife dampfte in einer Hand.

Und die intensivsten Augen, die Wax je gesehen hatte, fast violett in ihrem Blick, fixierten ihn. Der Mann winkte mit seiner Pfeife zu einem freien Platz auf dem Felsen neben ihm, wo schmutziges Wasser gegen das kahle Steinufer schwappte. Hier gab es keine Strände.

Das Trio hielt an, wobei Quik einen Schritt weiterging, um sich gerade zwischen Wax und diesen neuen Mann zu stellen. Falls sich jedoch eine Bedrohung darbot, nahm keiner der Händler in ihrer Nähe davon Notiz: Besatzung und Fracht setzten ihren unaufhaltsamen Fortschritt fort.

»Wer bist du?«, fragte Quik, wobei der Jäger in ihm die Oberhand gewann. »Und warum hast du auf uns gewartet?«

»Ich heiße Cassignol, und ich komme jeden Tag hierher, um nach ahnungslosen Reisenden Ausschau zu halten.« Der Mann grinste. »Es lässt sich gut damit verdienen, Verirrten den Weg zu weisen.«

»Woher weißt du-«, begann Quik, verstummte aber, als Wax an ihm vorbeiging und direkt vor Cassignol trat.

»Wir haben uns nicht verirrt«, sagte Wax und baute sich vor dem Mann auf. Cassignol hatte trotz seiner feinen Kleidung keine besonders beeindruckende Statur. Dieser hatte wohl keine Prügeleien in den Hintergassen hinter sich. »Aber wir könnten ein oder zwei Hinweise gebrauchen, wenn Sie geneigt sind, uns welche zu geben.«

»Kann ich machen, kann ich machen«, sagte Cassignol und nickte mehrmals. »Den ersten gebe ich Ihnen umsonst: Sie befinden sich in Smythe, dem Juwel an der Südküste Fotis und der größten Bergbaustadt der Sieben Inseln. Alles, was Sie wollen und was Hitze und Erz erfordert, können Sie hier finden.« Cassignol erhob sich von seiner Kiste und deutete auf die Stadt hinter ihm. »In dieser Stadt werden Vermögen durch Geschick mit Hammer und Zange gemacht.«

»Oder durch eine geschmeidige Zunge?«, Wax lächelte verschmitzt.

Cassignol nickte ihm leicht zu. »Wie überall.« Der Mann wandte sich wieder den dreien zu. »Nun, ich kann Ihnen beschaffen, wonach auch immer Sie suchen, aber im Gegenzug müssen Sie etwas für mich tun.«

»Was denn?«

»Ein Spiel, meine Freunde. Ein einfaches Spiel.«

Cassignol drehte sich auf dem Absatz um und begann, die weitläufige Allee hinaufzugehen. Wax warf einen Blick zurück auf seine beiden Wächter, die mit den Schultern zuckten. Ein Spiel war vielleicht nicht das, wonach sie suchten, aber sie hatten wenige andere Optionen. Keine anderen Anhaltspunkte.

»Scheint, als müssen wir spielen«, sagte Wax zu seinen Geschwistern, und sie machten sich auf, dem Mann zu folgen.

Die Sieben Inseln hatten ihre Unterschiede. Wax lernte dies schon früh, wie jeder andere auch, einfach durch die Schiffe, die in Kitayes Hafen einliefen. Während alle die gleiche Sprache sprachen, unterschied sich der Slang, die Ausdrucksweise veränderte sich, die Akzente wechselten. Das Geplapper auf Smythes Straßen kam rau und direkt, Hammerschläge, die jede Silbe trafen, ein Dialekt, der Sinn ergab, da der Lärm von Schmieden, Docks und harter Arbeit jede Lücke füllte.

Zum ersten Mal in seinem Leben spürte Wax geformte Ziegel unter seinen Füßen, verlegte Pflastersteine - Cassignol warf die Details ein, während sie gingen -, die sich trotz des bewölkten Tages heiß an Wax' Zehen anfühlten. Alleen zweigten zu beiden Seiten ab, alle gesäumt von Häusern, Geschäften, Menschen, die unerkennbare Leben führten.

Keine gemeinschaftlichen Kochfeuer, keine duftenden Gewürze, kein Jauchzen und Tanzen. Nicht, dass er keine

Freude in den Gesichtern sah, nicht, dass die Menschen von Foti keinen Schwung in ihren Schritten hatten, aber hier kam es mit Schmutz und Staub, kräftigen Muskeln und beladenen Rücken.

Klingen, Äxte, Messer und Schlimmeres hingen an jeder Hüfte. Leder und Stahl umhüllten Brust und Beine, während viele auf Vis so gut wie nichts trugen außer ihren verdienten Tätowierungen.

»Hört auf zu gaffen«, sagte Cassignol, als sie einen großen Platz überquerten, der von einer Hammerstatue dominiert wurde, deren massiver, vergoldeter Kopf auf eine Marmorplatte niederschlug. »Jeder kann sehen, dass ihr Außenseiter seid, aber sie müssen euch dafür nicht hassen.«

»Uns hassen?«, fragte Wax. Quik und Bliss schienen damit zufrieden zu sein, zu folgen und Wax die Führung des Gesprächs zu überlassen. »Warum? Wir haben all das noch nie zuvor gesehen.«

»Magst du es, beobachtet zu werden, Junge?«

Wax funkelte ihn an. »Ich bin kein Junge.«

»Hier ist deine Haut zu sauber, um etwas anderes zu sein. Verdiene dir ein paar Glutnarben, arbeite etwas mehr Asche in dein Haar, vielleicht sehen wir dich dann als etwas mehr an.« Cassignols Lächeln bekam eine scharfe Kante. »Bis dahin bist du nichts als ein leichtes Opfer.«

»Ist das das, was ich für dich bin?«

Cassignol zuckte mit den Schultern und bog scharf nach rechts auf ein gedrungenes, langes Gebäude zu. Ein Schindeldach sah aus, als hätte es über die Jahre seine eigene Ascheschicht angesammelt, die Flocken fielen hier und da über die versengte Steinfassade. Wax sah keine Feuer oder Schmieden in der Nähe, also schien es ein Rätsel zu sein, wie das Gebäude zu seiner Farbe gekommen war.

Cassignol führte sie durch die Haupttüren, und drinnen breitete sich etwas Neues aus: Die Najahn-Baracken auf Vis hatten so ähnlich ausgesehen, lange Tische nebeneinander aufgestellt, Stühle um jeden herum. Hier jedoch waren diese Tische besetzt, und nicht mit Essen. Stattdessen lagen seltsame Instrumente auf ihnen allen, mit Männern und Frauen, die sie umringten und Zahlen und Farben herausbrüllten. Einige warfen kleine Würfel in quadratische Kästen, während andere Räder drehten, während die anderen Tischbesetzer zusahen und Schlucke aus Bierkrügen nahmen, bevor sie fluchten oder vor Freude jubelten.

Glänzende Tonchips wanderten von Hand zu Tisch und zurück, wenn die Würfel ihre Zahlen trafen und die Räder aufhörten sich zu drehen.

»Willkommen«, sagte Cassignol, drehte sich zu dem Trio um und breitete seine Arme aus, »in Smythes Stolz und Freude, Den Armen des Amboss.« Während er seine langsame Drehung fortsetzte, zeigte Cassignol auf die Maschinen und die zusammengedrängten Menschenmengen. »Hier könnt ihr euch ein neues Leben gewinnen, den größten Spaß haben, den ihr je erlebt habt. Die Möglichkeiten sind grenzenlos, und mit euren vollen Geldbeuteln lade ich euch ein, sie zu nutzen.«

»Eher nutzen sie uns aus«, murmelte Quik und trat neben Wax. »Der Mann spielt mit dir, Bruder. Wir sollten gehen.«

Cassignol neigte den Kopf und setzte einen Schmollmund auf, von dem selbst Wax erkennen konnte, dass er falsch war. »Ach, aber meine Freunde, ihr habt mir doch ein Spiel versprochen, oder nicht?«

»Und Sie haben uns eine Antwort versprochen«, erinnerte Quik den Mann.

Mit einem glitzernden Grinsen nickte Cassignol: »Spielt ein paar Runden und wir werden sehen, ob wir euch auf euren Weg bringen können, vielleicht sogar mit einer schwereren Last als zuvor.«

In den ersten zwei Tagen auf See hatte Wax Stunden damit verbracht, ins Nichts zu starren. Pan, sein bester Freund, der an seiner Stelle hätte sein sollen, flüsterte immer wieder, dass sein Tod Wax' Schuld sei. Sawi, Wax' Liebe, jetzt durch Pflicht und Entfernung getrennt, entzog ihm die Lebensfreude und das Glück, das jeden seiner Schritte beflügelt hatte.

In den ersten beiden Tagen versuchten Quik und Bliss vergeblich, diese Trauer zu durchbrechen. Gegen Ende des zweiten Tages schlug ein Kance-Seemann, jener Duellant mit dem Rapier, vor, Wax könne seine Stimmung aufhellen, indem er das Abenteuer annehme. Sein Leben in etwas Neues verwandeln.

Als Cassignol also vorschlug, sich in ein Spiel zu stürzen, stellte Wax fest, dass es ihm ziemlich egal war, worum es sich handelte. Sie waren auf Foti, einer völlig neuen Insel, und machten sich auf zu einer lächerlichen Quest, um die Welt zu retten.

Quiks Vorsicht roch nach altem Denken, nach Langeweile und Trägheit.

5
BOLZEN UND KLINGEN

Die Tunnel gaben Svarde und Maena Zeit, eine Verteidigung aufzubauen. Die beiden riefen Befehle, zunächst widersprüchlich, dann übereinstimmend, und formierten die Matrosen zu einem engen Kreis, wobei sie die Säulen nutzten, um schmale Lücken zu schaffen. Fackeln wurden in der Mitte gestapelt, deren heller Schein nach außen strahlte, um ankommende Kreaturen hoffentlich zu blenden und gleichzeitig leichte Ziele zu bieten.

Am äußeren Ring standen die Matrosen, die sich am sichersten mit ihren Säbeln und ihrer Rüstung fühlten. Im Inneren warteten die Armbrustschützen. Maena ignorierte Svardes Vorschlag und stellte sich neben ihn an die absolute vorderste Front. Kivi schnaubte zu Svardes Füßen und kaute zwischen gelegentlichen Blicken in Richtung der nahenden Geräusche am Fuß einer Säule.

Gebrüll, Zischen, Krallen auf Fels. Die übliche Sinfonie der Unholde.

Svarde hielt beide Äxte bereit, ihre frisch geschärften Kanten glänzten im orange-gelben Flackern. Zu seiner

Rechten hielt Maena ihren Säbel in einer Hand, die andere war durch einen dünnen Fechterschild geschlungen. Ihr Haar war unter einer Rana-Kappe versteckt, einem glatten Helm, so glatt, dass er fast jeden Schlag von seiner glänzenden grauen Oberfläche ablenken würde.

Svarde wusste das nur zu gut, aus Erinnerungen, die er lieber vergessen würde. Kämpfe aus einem längst vergangenen Leben.

»Bereit?«, knurrte Svarde in Maenas Richtung.

»Wenn ich's nicht wäre, hätte ich oben bleiben sollen«, erwiderte Maena. »Dafür haben wir gearbeitet, Svarde.«

»Wofür?«

»Für einen Kampf auf dem Heimatboden der Unholde. Sie waren die ganze Zeit die Eindringlinge.« Maenas Stimme wurde lauter. »Lasst uns ihnen in den Arsch treten und sie ganz nach Hause jagen.«

Die Matrosen stimmten in den Jubel ein. Die Rufe hallten durch die Höhle, ein kurzer Moment der Zuversicht. Einer, der nur wenige Augenblicke später begraben wurde.

Die Unholde hielten nichts von Subtilität. Die sabbernden Dinger krochen aus der Dunkelheit, zwei massive Arme zogen einen rundlichen Torso, Spinnenkiefer schlurften über den Boden. Als Svarde den neuesten Schrecken in sich aufnahm, bemerkte er eine grüne Spur, die hinter ihnen zurückblieb, Rauch stieg auf, wo sie den Boden berührte.

Diese Monster waren nicht nur hässlich, sie hatten auch noch Überraschungen parat.

»Lasst ihr Blut nicht an euch ran«, brüllte Svarde, als die ersten Armbrustbolzen über seine Schultern flogen.

Die Bolzen, kürzer als die Pfeile, die er auf Vis gesehen hatte, flogen mit bösartiger Wucht geradeaus. Sie gruben sich tief in die kletternden Unholde, wirbelten die Monster herum, trieben sie zu Boden oder beendeten ihren Kampf mit einem gut platzierten Treffer ins grausame Gesicht des Feindes. Hinter Svarde ertönten zahlreiche Klicks, als diejenigen, die geschossen hatten, nachluden. Diese kostbaren Sekunden öffneten ein Zeitfenster, in dem die nächsten Unholde, deren Hände und Körper von der ätzenden Flüssigkeit ihrer Gefährten dampften und brannten, nach vorne schwammen.

Svarde ging ihnen entgegen.

Sein erstes Ziel erblickte Svarde beim Näherkommen. Das Monster verkündete Svardes Untergang mit einem markerschütternden Gebrüll, sein Speichel spritzte auf Svardes Gesicht, gefolgt von einem mächtigen Hieb. Svarde parierte den Arm mit seiner linken Axt, eine Aufwärtsabwehr, die den Arm am Handgelenk hätte abtrennen sollen. Stattdessen drang die Axt nur einen Bruchteil ein, der zermalmende Schlag setzte sich fort und warf Svarde zu Boden.

Sein rechtes Knie schlug hart auf dem Stein auf, der Aufprall seiner Schulter wurde von Svardes Rüstung abgefedert. Seine rechte Hand, die die Axt umklammerte, hatte weniger Glück: Der Unhold presste seine eigene linke Hand auf die ausgestreckte Gliedmaße und nagelte sie am Boden fest. Seine Zähne spreizten sich weit, suchten den Sieg.

Und fanden stattdessen ein Maul voll Ferrit.

Kivi sprang auf Svardes Rücken und von dort ab, rollte sich zu einem Ball zusammen, als das Ferrit in das offene Maul des Unholds krachte, die Schneidezähne zerbrach und den Kiefer noch weiter aufriss – ein zu großer, zu gefährlicher Bissen für den Unhold zum Fressen.

Kivi machte sich ans Werk, ihre Krallen und Schnauben, ihre lavaheiße Ausdünstung zwangen den Unhold zu einem planlosen Rückzug. Svarde zog sich hoch, vergewisserte sich, dass Kivi in diesem Kampf die Oberhand zu haben schien, und spürte, wie die nächste Salve von Bolzen an ihm vorbei in die Dunkelheit schoss.

Mehr Unholde heulten auf, mehr brachen zusammen, und die Luft füllte sich mit einem beißenden Geruch. Das rauchende Blut überschwemmte den Boden, und Maena rief zum Rückzug, zum Zusammenrücken um die Fackeln.

Auch die Unholde schienen zu zögern, ihre Kampf-schreie erstarben zu Wimmern, Husten und Schnüffeln aus der Dunkelheit jenseits.

Svarde zählte acht tote Monster, nochmal halb so viele waren verletzt und wurden durch Präzisionsschüsse erledigt.

Unnötig.

»Spart eure Munition«, sagte Svarde und trat zur Linie zurück. »Wir werden keine Bolzen von diesen Bestien zurückgewinnen.«

Kivi gesellte sich einen Moment später zu ihm, getränkt in den zischenden Eingeweiden, der Schleim glücklicher-weise unfähig, ihren harten Panzer zu durchdringen. Das Ferrit schnaubte Svarde an, Verachtung war in ihrer scharfen Haltung deutlich zu erkennen.

»Ich werde vorsichtiger sein«, entschuldigte sich Svarde. »Du hast Recht. Du solltest mich nicht jedes Mal retten müssen.«

Das Ferrit schnaubte erneut und nahm seinen Platz an Svardes Schienbeinen ein. Er nutzte die Feuerpause, um die Mannschaft zu überprüfen, fand nur ein paar kleinere Verletzungen, obwohl drei Säbel durch das kochende Blut verloren gegangen waren. Ein unvorhergesehenes Problem: Wie viele Ersatzwaffen hatte Maena mitgebracht?

Wenn die Kapitänin von den Ereignissen beunruhigt war, ließ Maena es sich nicht anmerken. Sie fuhr fort,

Befehle zu erteilen, richtete den Kreis aus, verengte die Lücken, um die Säulen auszugleichen, die sie zurückgelassen hatten. Keine natürlichen Wände stützten ihren Kreis jetzt, nur dichter menschlicher Wille.

Es würde reichen müssen.

Der kleinere Kreis lud zu einer neuen Strategie ein, und die Unholde bewiesen, dass sie etwas Grips in diesen fleischigen Schädeln hatten. Die Monster machten reichlich Lärm, als sie sich in der Höhle verteilten, ihre Krallen kratzten nach oben zur Decke und hinter ihnen an den Wänden. Schatten bewegten sich am Rande des Fackellichts, ihre ruckartigen, wütenden Bewegungen ein unnatürlicher Anblick.

Mehr als nur ein paar Matrosen murmelten Gebete zu Rana, mehr als nur ein paar flüsterten Zweifel an ihrer Entscheidung, sich auf eine so törichte Quest einzulassen.

Svarde musste ihnen zeigen, dass sie nicht dem Untergang geweiht waren.

»Wir brechen sie«, verkündete Svarde. »Schlagt zu, bevor sie bereit sind. Zielt auf ihre Köpfe, achtet auf die Arme. Zweifelt nicht an euch selbst oder euren Mitkämpfern. Wir stehen zusammen.« Er schlug seine Äxte aneinander und stieß dann einen Foti-Kampfschrei aus.

Hart wie Stahl. Heiß wie eine Schmiede.

Wenn Maena an seiner Strategie zweifelte, widersprach sie nicht, und die Rana-Matrosen teilten sich wie ein explodierendes Feuer. Mit gezogenen Säbeln und Dolchen stürmten die Seeleute auf die Unholde zu. Die größeren Kreaturen erwiesen sich als weniger wendig, ihre doppelten Arme waren zwar groß und tödlich, aber nicht so schnell darin, sich an die schneidenden Schläge anzupassen, die überraschenden Stiche aus ungeahnten und unerwarteten Ecken.

Svarde, mit Kivi auf den Fersen, stürmte direkt in die Dunkelheit, ließ den Rand des Fackellichts sein Ziel hervorheben, einen Unhold, der gerade einen Steinpfeiler im Schatten erklomm.

Mit einem Schritt, den rechten Fuß aufsetzend, sprang Svarde hoch, schlug mit seiner Axt zu und erwischte das rauchende Ende der Kreatur. Wie beim Handgelenk, wie Svarde gehofft hatte, biss sich seine Axt fest und hielt, sodass Svardes Sprung ihn weiter trug und den Unhold mit sich hinunterzog. Die große Kreatur landete auf der Seite, gerade rechtzeitig, damit Kivi sich in ihr knirschendes Maul stürzen konnte.

Diesmal landete Svarde mit einer Rolle, stand auf, drehte sich um und stürmte zurück, um die verwundbare Bestie von hinten zu treffen. Ein doppelter Schlag mit seinen Äxten, gepaart mit Kivis Zerfleischen, streckte den Unhold nieder. Spritzer rauchten auf Svardes Pelz und Leder, aber das hielt den Wächter nicht davon ab, sich sein nächstes Opfer auszusuchen und weiterzumachen, wobei seine Stimme zu einem Foti-Kampfgesang anschwoll.

Dieser erste Sieg würde den Menschen gehören.

Die meisten Kämpfe fühlten sich länger an, als sie waren, bloße Sekunden beendeten Leben, die viele Jahre gedauert hatten. Svardes Äxte, Kivis Zähne und Krallen fanden reichlich Unholde, in die sie sich versenken konnten, aber die meisten Monster trugen bereits Wunden, flohen mehr als dass sie kämpften vor den gemeinen stechenden Dolchen und schneidenden Schwertern der Rana. Das Knurren und Heulen verebbte, als die letzten Kreaturen in die Enge getrieben und zur endgültigen Ruhe gebettet wurden.

Und doch lagen zwei Rana tot da, einer durch schnappende Zähne, ein anderer durch einen unglücklichen Spritzer des üblen Blutes.

In der keuchenden Nachwehe wurden die beiden Leichen und mehrere weitere Verwundete nahe der Fackeln platziert. Die übrigen Rana, die nicht mehr als Kratzer davongetragen hatten, blickten auf ihre Freunde, während Maena einen Seefahrersegen sprach.

Svarde blendete es aus, schaute auf die Leichen und sah sie nicht.

Wie oft würden nun Leichen seinen Weg säumen?

Kivi muss die düstere Richtung gespürt haben, die Svardes Gedanken nach dem Sieg einschlugen, denn der Ferrit zerrte an Svardes ledernen Beinschienen. Ein Blick nach unten fand Kivis Augen, die Svarde in eine andere Richtung lenkten. Eine weg von der Rana-Beerdigung, von den Plänen, die Leichen zurück an die Oberfläche zu bringen für ein angemessenes Versenken ins Meer.

»Was hast du gefunden, mein Freund?«, fragte Svarde und folgte Kivi tiefer in die Höhle, in die Richtung, aus der die Unholde gekommen waren.

Der Körper eines Monsters lag dort, einer von mehreren. Ein Bolzen, oder was von seinem verwelkten, geschmolzenen Schaft übrig war, ragte aus dem Schädel und sprach von einem frühen Ende des Unholds. Was jedoch Kivis Aufmerksamkeit erregt hatte, zeigte sich bald: das Blut, das Svarde vor dem Kampf gesehen hatte, die Antwort wurde klar. Eine tiefe Wunde entlang der Rückseite des Unholds, ein Schnitt zu gerade und sauber, um von einer Klaue oder einem schmalen Felsen zu stammen.

Svarde kniete sich hin und achtete darauf, dass sein Knie nicht das rauchende Blut berührte, während er die Linie untersuchte. Die Haut des Ungeheuers, von kränklichem Gelb, schien sauber zerrissen, aber an den Rändern und im Inneren geschwärzt. Also irgendein Gift. Ein weiterer Beweis gegen eine zufällige Verletzung.

»Gehst du schon wieder alleine los?« fragte Maena, die Rana-Kapitänin, die hinter ihn trat.

Svarde zeigte auf die Wunde, beschrieb sie, fand aber nur Kälte in Maenas Augen.

»Findest du das nicht merkwürdig?« fragte Svarde.

»Was ich merkwürdig finde, ist, wie ein Mitglied unserer Gruppe weglaufen kann, während wir unseren Toten die letzte Ehre erweisen.« Blitzschnell hatte Maena ihren glitzernden, gekrümmten Dolch gezogen und hielt ihn an Svardes Kehle. »Wir sitzen alle im selben Boot, Svarde. Du und wir alle. Wenn einer stirbt, verabschieden wir uns als Einheit. Oder du kannst jetzt gehen und dein Glück allein in diesem grimmigen Verlies versuchen.«

Svarde fand keinen Scherz, keinen Spielraum in ihrem Ausdruck. Er fand nur eine Antwort, die er geben konnte.

»Ich habe lange Zeit Menschen gemieden, weil ich genug von ihnen habe sterben sehen.« Svarde stand auf, griff nach Maenas Hand und dem Griff des Dolches. »Ich dachte, ich könnte vermeiden, diese Erinnerungen zu wecken. Vielleicht habe ich mich geirrt.«

»Das hast du.«

Svarde neigte den Kopf, entschuldigte sich, und der Dolch fand genauso schnell seinen Weg zurück, wie er erschienen war. Hinter ihnen teilten sich die Matrosen in zwei Gruppen, einige wenige begleiteten die Verwundeten und die Toten zurück an die Oberfläche.

Fünfzehn blieben übrig, um die Reise fortzusetzen, aufgefüllt mit den Vorräten, die sie von ihren scheidenden Freunden ergattern konnten.

Was die lange Wunde betraf, als Svarde sie Maena

zeigte, hatte die Rana-Kapitänin keine Antworten. Nur weitere Fragen.

»Das Dunkle Unten wird uns wohl nicht viel mehr geben, vermute ich«, sagte Maena, als die Truppe sich versammelt hatte und die Fackeln erneut den Weg erleuchteten. »Zumindest nicht, bis wir seinen verfaulenden Kern erreichen.«

»Und ihn in Stücke hacken«, fügte Svarde hinzu.

Daraufhin zumindest ging ein zustimmendes Grummeln durch ihre Truppe.

Mit einer Fackel in der einen und einer Axt in der anderen Hand nahm Svarde wieder seinen Platz an der Spitze ein und marschierte aus der anderen Seite der Höhle hinaus und hinab, immer weiter hinab, in die Dunkelheit.

6

IN WORTEN, IDEEN

Jede Insel erzählte ihre Geschichte auf eine andere Weise. Auf Foti wurden die Details großer Ereignisse in Stein gemeißelt, die Tafeln im riesigen Saal der Großen Schmiede am Nordende der Insel, Fotis heißem, pulsierendem Herzen, gestapelt und ausgestellt.

Ami war jedoch nicht hinter Fotis Geschichten her. Noctia hatte glücklicherweise eine einfachere Art, Momente festzuhalten. Die Insel schien ihre begrenzten Ressourcen als Zeichen zu sehen, in fortschrittlichere Dinge zu investieren, und dieselben Türme, die als Heimat für die Najahn und den Zirkel dienten, beherbergten auch die führende Universität der Sieben Inseln.

Ami ließ Flamebreak und ihre Rüstung zurück, wobei letztere von Noctias unterlegenen Schmieden aufpoliert wurde, und spürte die Kälte durch ihre purpur-schwarzen Najahn-Roben, als sie in die belebte Kreuzung schlenderte. Hinter den ersten Toren, wo die Wachen ihr ernst zunickten, wechselte Noctia vom geschäftigen Seehafen und dem Miasma der blühenden Zivilisation zu etwas Ruhigerem, aber Aufregenderem.

Die Waren hier kamen in Form von Gesprächen, und sie flossen in der Luft hin und her, während Männer und Frauen Abhandlungen, Ideen und Daten aufeinander losließen. Bänke und Tische, die über den gepflasterten Platz verstreut waren, fanden trotz der Kälte Benutzer, dampfende Kaffeetassen - täglich importierte Bohnen aus Vis und Kance - überdeckten die unangenehmen Gerüche des Seehafens weiter unten am Berghang des Kraters.

Auch die Läden hatten hier eine andere Atmosphäre und boten Waren wie Papier, Tinte und Federn, Bücher und Ausrüstung für ein Schlachtfeld an, mit dem Ami wenig Erfahrung hatte. Trotzdem betrat sie den ersten Laden und blickte auf die Regale.

Buchstaben kamen ihr entgegen, lange Titel auf ledergebundenen Bänden, die dies und das verkündeten. Ami fand ihre Unterlippe als gutes Ziel zum Kauen, Nervosität überkam sie. Lesen als Fähigkeit wurde auf Foti nicht besonders geschätzt, war nicht erforderlich, um eine Erneuerung um die Inseln zu bringen und die Aegis zu verdienen.

»Kann ich Ihnen bei der Suche nach etwas helfen?«

Ami erschrak fast bei der mausartigen Stimme, der einzige Angestellte des Ladens war mit mehr Geschick als ein Kance-Attentäter hinter ihr aufgetaucht. Anstatt eine Rückhand auszuteilen und zur Seite zu treten, um Zeit zu gewinnen, zwang sich Ami zu einem Lächeln. Der Angestellte sah aus wie ein Gelehrter, seine Roben trugen die goldenen Quasten, die Noctia-Absolventen vorbehalten waren. Eine einzelne Linse hing an seinem Hals, bereit für jede Nahbetrachtung zu assistieren.

»Geschichte«, sagte Ami.

»Ah, nun gut.« Der Gelehrte nickte zu dem Regal, das

Ami inspizierte. »Sie haben den richtigen Ort gefunden. Gibt es bestimmte Ereignisse, die Sie studieren möchten?«

»Die Erneuerungen.«

»Sie machen also auch beim Spaß mit, was?«

»Beim Spaß?«

Der Gelehrte gluckste und machte eine beiläufige Handbewegung in Richtung des Platzes. »Jedes Mal, wenn eine weitere angekündigt wird, lassen wir unsere Schreiber neue Ausgaben von allen anfertigen.« Der Gelehrte stellte sich neben sie, griff nach einem dünnen Band und zog ihn heraus. Auf dem Rücken stand in goldenen Lettern der Name Demion. »Aber ich habe das Gefühl, Sie sind nicht der durchschnittliche Student, der nach Antworten für sein nächstes Quiz sucht.«

Er hielt ihr das Buch hin. Ami betrachtete es, hielt ihre Hände aber an den Seiten.

»Wer ist das?«, fragte Ami.

»Derjenige, der mehr zählt als alle anderen«, sagte der Gelehrte, und seine Stimme nahm einen gewissen ehrfürchtigen Ton an. Er fuhr mit den Fingern über den Einband, der bis auf den Namen, wieder in Gold auf dem schwarzen Leder, schmucklos war. »Wenn Sie verstehen wollen, worum es hier geht, müssen Sie am Anfang beginnen.«

Ami runzelte die Stirn, nahm den Band und blickte dann zurück zum Regal. »Ich hatte gehofft, Sie hätten etwas Aktuelleres.«

»Die letzten Erneuerungen haben ihre Ausgaben nahe dem Eingang. Sie müssen daran vorbeigelaufen sein-«

»Ich möchte die wahren Geschichten, nicht das, was der Zirkel zu veröffentlichen beschlossen hat.« Ami schlug Demions Band auf und fand, wie erwartet, das Zeichen des Zirkels, ihre Genehmigung innen abgestempelt und unterschrieben. »Jeder weiß, dass sie die Botschaft kontrollieren.«

»Wenn Sie das glauben, warum suchen Sie dann Antworten in einem Najahn-Buchladen, meine Freundin?«

»Weil ich nicht weiß, wo ich sonst suchen soll.«

Der Gelehrte nickte. »Bücher sind kein einfaches Unterfangen. Es braucht Zeit, sie zu schreiben, und Ressourcen, um sie ganz zu machen. Noctia und der Zirkel kontrollieren, was wir tun, weil wir die Einzigen sind, die die Mittel dazu haben.« Der Gelehrte drehte sich um, aber als er zum vorderen Tresen ging, warf er einen Blick zurück in Amis Richtung, der sagte, sie solle folgen, also tat sie es und klemmte sich Demions Band mit der Zirkel-Markierung unter den Arm.

Der Gelehrte zog einen winzigen Papierfetzen hervor, der von einem verirrten Kaffeetropfen befleckt war. Er tauchte seine Feder in das kleine Tintenfass an seinem Ellbogen, das nun auf dem schmalen Steintresen stand, und schrieb Zahlen und einen Namen auf. Eine Adresse.

»Es war nicht immer so«, sagte der Gelehrte, »und es gibt immer noch diejenigen, die tun, was sie können, um eine ungeschönte Geschichte zu bewahren. Fragen Sie nach Mattimo.«

Ami nahm das Papier und prüfte noch einmal, ob sie die Krakelei des Gelehrten lesen konnte. Gerade so. Sie wollte den Band auf den Tresen legen, aber der Gelehrte schob ihre Hand zurück.

»Auch wenn es bearbeitet wurde, ist dieses hier weit davon entfernt, falsch zu sein. Versuchen Sie es, Wächterin.«

Ami blinzelte und starrte den Buchhändler mit schärferen Augen an.

»Sie wissen, wer ich bin?«

»Ich wäre kein besonders guter Gelehrter, wenn ich die Foti-Schwertmeisterin nicht erkennen würde, die seit einem Jahrzehnt auf unserer Insel umherstreift, oder?«

»Dann werden Sie dem Zirkel erzählen, wonach ich gefragt habe.«

Der Gelehrte zuckte mit den Schultern. »Werde ich mein Leben und Wohlergehen für Sie riskieren, Wächterin? Nein, das werde ich nicht. Aber ich sehe auch keine Notwendigkeit, zum Zirkel zu rennen und ihnen alles über meinen Tag zu erzählen. Geben Sie ihnen keinen Grund, an meine Tür zu klopfen, und ich werde nicht an ihre klopfen.«

Ami öffnete das Buch erst, als sie zu Mittag gegessen hatte, als sie allein auf ihrem schmalen Balkon saß und auf den Abhang hinunter zur Hauptstadt von Noctia blickte. Der Morgen bescherte ihr einen Tag ohne starke Winde, Regen oder die schrecklichen Gerüche, die die riesigen Whent-Schiffe und ihr Dung mit sich brachten.

Das Wetter bot ihr eine Gelegenheit, die Ungeheuer, die die Wunde hinaufkletterten, gaben ihr die Motivation.

Demion, die erste Aegis, sprang nicht von den Seiten. Wer auch immer den Band verfasst hatte, griff auf Legenden zurück und sagte dies auch, und erschuf eine Frau, die nicht aus einer großen Vision heraus aufbrach, sondern aus dem Verlangen nach Macht und Schutz. Die Inseln waren damals ein gefährlicher Ort, wo Menschen in Rudeln umherzogen und Waffen aus aufgelesenen Stöcken, Steinen, getöteten Ungeheuern und deren Klauen herstellten.

Demion suchte nach etwas Größerem, nicht unähnlich jeder Aegis, die nach ihr kam.

Ami blätterte vor, überflog die Seiten. Details waren nicht wichtig. Zumindest hoffte sie das. Der Gelehrte schien ihr das Buch aufzuzwingen, also sollte etwas aus seinen

Seiten zu entnehmen sein, aber über Worte zu grübeln, während Catya starb, fühlte sich schlimmer als nutzlos an.

Demion fand ihren ersten Skar auf Kance. Fasziniert von seiner Macht, -

Ami blinzelte. Las die Worte noch einmal. Macht? Ihr Blick wanderte zu Flamebreak, der in seiner Scheide nah der Zimmertür an der Wand lehnte. Dass die Skars eine gewisse elementare Kraft besaßen, war bekannt - obwohl wer wusste schon, was diese Biertrinker und Glücksspieler auf Tamas in ihren Talismanen fanden - aber abgesehen von der Aegis waren die kleinen Steine nur Partytricks. Flamebreak zog ein paar schicke Funken nach, wenn es geschwungen wurde. Kaum das Zeug, um die Welt zu verändern.

Demion schien das allerdings nicht so zu sehen. Sie riss ihren Stamm auseinander, zwang sie über Meere und Länder, um mehr Skars zu finden, zum Teufel mit den Ungeheuern.

Laut diesem Buch - Ami blätterte zum Ende, der Tag neigte sich dem Ende zu und sie musste zu der Adresse, die der Gelehrte notiert hatte - fertigte Demion die Aegis-Kette selbst an, um die Steine zu halten, wurde zufällig Zeuge der aufsteigenden Wirkung und lagerte prompt ihre verbliebenen Leute genau hier auf Noctia.

Was für ein schönes Ende. Eine neue Heimat, eine glänzende Kette und ein Fluch, der die Inseln für immer an die Skars ketten würde.

Das Buch enthielt jedoch keine Abhandlung darüber, was Demions Suche nach Macht bewirkte, nachdem sie zur ersten Aegis geworden war.

»Hast du aufgehört?«, schloss Ami den Band und blickte hinaus aufs Meer. »Oder hast du weiter nach mehr gesucht?«

Wenn ein Set von sieben die Inseln mit einem ungeheuer-zerstörenden Schild bedeckte, was könnten dann zwei oder drei bewirken?

Ein höfliches Klopfen, drei sanfte Schläge an ihrer Tür, beendete die Überlegungen. Hinter dem dunklen Holz wartete eine Frau, fast so robust wie Ami selbst, obwohl diese die trockene Haut und den trockenen Humor hatte, die für Noctia typisch waren. Man bekam nie genug Wasser auf der Insel, und das zeigte sich.

»Wächterin, nehme ich an?«, fragte die Frau.

Ami zögerte, bevor sie antwortete, und nahm die volle Gestalt der Frau in Augenschein, insbesondere die massive Rüstung, die ihren Körper umhüllte. Vollständige Foti-geschmiedete Plattenrüstung, obwohl die orangefarbenen Embleme und silbernen Abzeichen durch Noctias Lila und Gold ersetzt worden waren. Die Hellebarde und der Chakram schienen zu fehlen, aber die gerifften Panzerhandschuhe an den gefalteten Händen der Frau verrieten Ami, dass solche Waffen nicht nötig waren.

»Sie haben mich gefunden«, antwortete Ami.

Die Frau nickte, keine Überraschung dort. »Ich bin Terrevin, Catyas neue Schildwächterin.«

Terrevin machte diese Aussage, als ob Ami deren Bedeutung ohne weitere Erklärung hätte erfassen sollen. Wie eine gezogene Klinge.

»Sie meinen die Aegis.« Ami runzelte die Stirn. »Nur ihre Freunde nennen sie Catya.«

Terrevins Mund verzog sich zu einer geraden Linie. »Catya heißt sie. So werde ich sie nennen.« Die förmliche Noctia-Ausdrucksweise verschwand, und Ami erkannte mehr als ein paar Jahre, die Terrevin in der Vergangenheit an den Docks verbracht hatte. »Der Zirkel hat beschlossen,

Catyas Schutz zu verstärken, und ich habe die glückliche Aufgabe gezogen.«

»Gut. Heute Morgen sind Dämonen durchgekommen.«

»Ich habe davon gehört. Es wird wieder passieren, aber beim nächsten Mal werden wir mehr als ein paar unerfahrene Wächter haben, um die hässlichen Dinger zu begrüßen.« Terrevin ließ ihre Hände sinken und neigte den Kopf. »Der Grund, warum ich hier bin, ist, dich zu warnen, dass du deine Besuche von nun an genehmigen lassen musst.«

»Meine Besuche genehmigen lassen? Ich bin ihr Wächter.«

»Richtig, und dafür sind wir alle dankbar, aber Catya befindet sich in einer fragilen Lage. Deine Besuche bringen sie laut den diensthabenden Wächtern durcheinander. Das können wir nicht zulassen, wo doch die Zivilisation auf dem Spiel steht. Das Beste für sie ist Ruhe und Frieden.«

»An der Wunde gibt es keinen Frieden.«

»Den wird es jetzt geben.« Terrevin zeigte dasselbe gelassene Lächeln, mit dem sie Ami begrüßt hatte. »Wenn du Fragen oder Bedenken hast, Wächter, kannst du dich gerne an den Zirkel wenden. Bis dahin genieß deinen Nachmittag.«

Ami kochte genau zwei Schritte lang vor Wut, während Terrevins schwere Schritte den Flur hinunter hallten.

»Sind alle Schildwachen so unhöflich?«, rief Ami Terrevin hinterher, die grinsend zurückblickte.

»Es gibt nur eine Schildwache, und du sprichst gerade mit ihr.« Terrevin zuckte wieder mit den Schultern. »Also ja, ich schätze, das sind wir.«

Das Najahn-Viertel erstreckte sich den Berg hinunter bis zum Wasser und war durch eine abfallende Mauer von der Hauptstadt abgetrennt. Regelmäßige Tore ermöglichten einen Durchgang, der von Wachen überwacht wurde, die je nach Laune entweder konzentriert oder gleichgültig waren. Am Meer unterhielten die Najahn und der Zirkel einige kleine Docks für sich selbst, die sich gegen Abend füllten.

Ami betrachtete die dort liegenden Schiffe. Ein Tamas-Kutter und zwei Whent-Schaluppen, letztere die kleinsten Fahrzeuge, die die Whent mit ihrer Vorliebe für klobige Ungetüme bauten. Jeder, der ein Auge darauf hatte, welche Boote in diesem Hafen ein- und ausliefen, konnte daraus schließen, welche Inseln die Gunst des Zirkels genossen oder darum bettelten.

Abseits der Docks waren die Lagerhäuser der Najahn am Wasser wenige und klein, gestützt an ihren abfallenden Seiten von den ältesten Häusern der Insel. Diese hatten schärfere Winkel auf ihren Dächern und sahen eher wie Pfeile aus als die kunstvoll geschwungenen Dächer weiter oben am Hang.

Katzen, alle mit lila und goldenen Halsbändern, streiften hier durch die Straßen und jagten Ratten und anderes eingeschlepptes Ungeziefer. Das Jaulen, Miauen und gelegentliche Fauchen bildete die Hintergrundmusik zur plätschernden Brandung. Nichts ganz so Einzigartiges wie Kivi, aber die Ferritin hatte ihren ganz eigenen Platz.

Ami zog die Kapuze um ihr Gesicht und verbarg ihr Lächeln. Sie vermisste die Felsechse und ihr skeptisches Schnauben. Sie vermisste auch Kivis Hingabe, sie alle am Leben zu erhalten. Natürlich hatte Kivi sich für Svarde und das Abenteuer entschieden, als dieser seinen Aufbruch ankündigte, statt für den eintönigen Alltag auf Noctia, aber trotzdem ...

Dies war nicht ganz das Abenteuer, das Kivi bevorzugte, aber Amis Puls beschleunigte sich, als sie in die kleine Seitenstraße schlüpfte, die auf dem Zettel des Gelehrten notiert war. Sie hatte Flamebreak in ihrem Zimmer gelassen, da die Klinge bei einem solchen Spaziergang zu auffällig gewesen wäre. Jetzt trug sie nur einen Foti-Dolch an ihrer Hüfte, dessen blaue Schneide im schwindenden Sonnenlicht wie Saphirfeuer aufblitzte.

Eine schmale Tür kennzeichnete die Adresse, eine Kerzenlampe flackerte vor ihrem durchnässten Eichenkörper. Schwarzes Moos, ein feuchtes Unkraut, suchte um den Eingang herum Halt, abgeschnittene Enden zeugten von einer gewissen Rücksichtnahme auf das Erscheinungsbild. Die mit dem Papier übereinstimmenden Nummern waren in den grauen Stein gemeißelt, zackige Linien verrieten eine hastige, nachlässige Arbeit.

Ami klopfte, ihre bloßen Hände schlugen zweimal hart auf. Wartete. Klopfte noch einmal.

»Ich komme, ich komme«, kam eine gedämpfte Antwort, die Worte abgehackt, wie es die Kance zu tun pflegten, als wären sie immer in Eile zum nächsten Wort. Ami trat zurück, ihre rechte Hand bewegte sich zum Griff des Dolches.

Ein Riegel wurde entriegelt, dann ein zweiter, bevor die Tür weit aufschwang. Keine Furcht-warte. Ami musste kämpfen, um ihren Mund nicht vor Erstaunen aufzusperren: Ein stämmiger Mann, bis zur Taille unbekleidet, mit Wein, der von einem struppigen grauen Bart tropfte. Er hielt ein Buch in einer Hand, der Kelch hing in seinem Mund, dort platziert, um eine Hand für die Tür frei zu haben.

»Warum klopfst du denn?«, fragte der Mann, wobei die Neugier den Tonfall überwog.

»Ich brauche einige Antworten«, sagte Ami. »Man sagte mir, Sie könnten mir helfen.«

»Was für Antworten?«

»Ich muss wissen, warum die Aegis so schnell stirbt.«

Der Mann nickte, schnüffelte, dann wandte er seinen Kopf zurück ins Haus. »Freunde, die Dame ist mit Fragen zu uns gekommen. Haben wir Antworten?«

Mindestens fünf Stimmen, alle Arten abdeckend, erhoben sich in einer begeisterten Zustimmung.

»Nun denn«, sagte der Mann, »ich denke, Sie sind am richtigen Ort. Willkommen bei der Historischen Gesellschaft von Najahn, Wächterin.«

7
EIN ZEICHEN

Bliss beobachtete, wie Wax sich mit Begeisterung in die Spiele im Anvil's Arms stürzte. Ihr Bruder saugte die Regeln auf, öffnete seinen Beutel und setzte mit getrockneten Früchten, gepökeltem Fleisch und Nüssen – Kitayes Abschiedsgeschenke – seine Wetten. Die Foti-Spieler, deren bunte Bärte und zusammengebundene Pferdeschwänze mit ihren Ascheflocken das Licht absorbierten, konterten mit Metallen, Erzen und rohem Wurzelgemüse.

Würfel, seltsame weiße Kuben mit schmalen Kurven an den Seiten, hüpften umher. Harte Plättchen mit eingravierten Symbolen auf Vorder- und Rückseite wurden geworfen. Bier in beigefarbenen Tonkrügen schwappte überall. Ein stetiger Trommelschlag hallte im Hintergrund wider, untermalt von ständigem Jubel und Spott.

All das unter einem finsteren, rauchgeschwärzten Dach. Trotz der Gewölbe schien seine dunkle Präsenz Bliss zu erdrücken, zusammen mit den Körpern, die gegen ihre Seite und ihren Rücken stießen. Quik schien es nicht viel besser zu gehen, obwohl der kräftigere Körperbau und die grimmige Miene ihres Bruders zufällige Berührungen abzuwehren schienen. Vielleicht, wenn sie ihren Stab zöge, ein paar Schläge austeilte ...

Wax warf die Hände in die Luft, stieß einen Jubelschrei aus, der an einen schwingenden Affen erinnerte, begleitet von Stöhnen und Grinsen der sieben anderen an seinem langen Tisch. Ein weiterer Sieg, und das bedeutete, dass Wax nicht gehen wollte. Egos liebten Egos, und wenige liebten ihres mehr als ihr Bruder.

»Willst du gehen?«, fragte Quik, beugte sich herunter und brüllte, was eigentlich ein Flüstern hätte sein sollen. »Du siehst nicht glücklich aus.«

›Du etwa?‹, gebärdete Bliss zurück, ihre linke Hand arbeitete, während ihre rechte einen betrunkenen Taumler abwehrte.

»Wir sind seine Wächter, Bliss. Schätze, wir machen jetzt, was er will.«

›Wenn du das glaubst, bist du ein Idiot.‹

Quik grinste. »Hör mal, wir haben's alle schwer gehabt. Pan, die Dämonen, der Angriff auf Kitaye. Wax scheint Spaß zu haben, also lass ich ihn.« Er nickte zum Ausgang. »Wie wär's, wenn du auf Erkundung gehst und nach einem guten Weg von hier zu Fotis Skar suchst?«

Das zumindest klang nach einer verlockenden Aussicht. Nicht nur der Skar, sondern auch die Chance auf etwas zu essen. Bliss hatte zwar einen vollen Beutel, aber nach Tagen voller Suppe, getrockneter Früchte und Dörrfleisch sehnte sie sich nach etwas Abwechslung.

»Bist du sicher?«

»Schau einfach nach einer Weile wieder vorbei, ob wir noch hier sind.« Quik tippte sich ans Kinn. »Spätestens bei Einbruch der Dämmerung sind wir draußen. Plan' also bis dahin hier zu sein.«

Der späte Morgen – Bliss blinzelte angesichts der Party drinnen – erfüllte ihren Geist mit Tatendrang unter dem buchtblauen Himmel. Die Aussicht um sie herum tat nicht viel dazu, die rußbedeckten Ziegel und Steine boten der Vis-Einheimischen wenig, woran sie sich festhalten konnte. Als ob Foti grüne Dinge als optional betrachtete, als unnötig, als Verschwendung.

Ihr eigenes Gewebe schien in der Luft Fotis auch auszutrocknen. Sie würden bald einheimische Kleidung finden müssen, sonst würden ihre Outfits bald der Asche ähneln, die durch die Straßen trieb. Die Luft wollte, dass sie sich bedeckten, die Kälte wurde schärfer, je weiter sie nach Norden kamen, obwohl die ständig arbeitenden Schmieden die Brise mit feurigen Ausbrüchen milderten.

Um Bliss herum pulsierte der Handel, große Frachtbargen rumpelten auf metallenen Schienen vorbei, mit Menschen an beiden Enden, die an Hebeln arbeiteten, um die Dinger in Bewegung zu halten. Eine Schiene sauste in Richtung Hafen, die Wagen beladen mit raffinierten Erzen, mit gestapelten und beschrifteten Kisten. Andere fuhren in die entgegengesetzte Richtung auf einer parallelen Schiene, diese mit beklebten Kisten und zufälligen Klumpen, die irgendwohin, zu irgendjemandem geliefert werden sollten.

Das Handelsangebot erschien Bliss absurd, jenseits von allem, was sie sich hätte vorstellen können. Wer brauchte all dieses Zeug, wer wollte es handeln und warum? War Foti so unfähig, sich selbst zu versorgen, dass sie so viel zu anderen Inseln schicken mussten?

Oder machte Kitaye etwas falsch, mit seinen Marktständen voller weniger gefundener Delikatessen und nicht viel mehr?

Nun, Quik wollte Informationen, und Bliss würde sie nicht finden, wenn sie vor der Spielhalle stehen blieb.

Sie machte sich auf den Weg die unebene Steinstraße hinunter, deren Verzweigungen mit jedem Schritt vom Hafen weg zunahmen. Die Abzweigungen führten zu kleinen Gassen und größeren Boulevards, mit hier und da auftauchenden Plätzen, die von Statuen großer Anführer dominiert wurden, die Bliss weder erkannte noch kennen wollte.

Der Charakter der Stadt veränderte sich ebenfalls, je weiter sie sich von den Docks entfernte. Weniger Seeleute, mehr Bürger, Menschen, die sich auf der Insel ein echtes Leben aufbauten. Kleine Gärten tauchten auf, als die Schmieden Wohnhäusern und Läden für die Grundbedürfnisse des Lebens wichen. Die Metallschienen blieben den ganzen Weg über bei ihr, oft abzweigend oder an kleinen Stationen haltend, wo Menschen die Inhalte durchsuchten und nach Bedarf Kisten hinzufügten oder entfernten.

Das schien zumindest effizienter als Kitayes Methode, bei der jeder selbst holen musste, was er wollte. Bliss beobachtete, wie eine ältere Frau, die auf einen Karren wartete, ihr Paket erhielt - eine schmale Schachtel, die ihr direkt vom Karren in die Hände gegeben wurde. Sie musste nicht zu irgendeinem Schiff laufen.

Wo und wie der Tauschhandel für all dies stattfand, wusste Bliss nicht. Es interessierte sie auch nicht besonders, es herauszufinden.

Der Skar blieb vorrangig.

Bliss hatte allerlei Getier und Kreaturen gejagt, aber sie hatte noch nie nach Informationen gesucht. Wo würde man ein Detail wie den Standort des Foti-Skars finden?

Ihr erster Instinkt führte sie zu den Najahn, jenen violett-schwarzen Soldaten mit ihren geheimnisvollen Zeremonien, eisigen Blicken und distanzierten Haltungen. Sie neigten dazu, sich um Skars zu scharen wie Fliegen um ein Kadaver, doch Bliss hatte seit der Landung des Trios auf der Insel keinen einzigen gesehen.

Vielleicht waren sie also am falschen Ort gelandet? Stand ihnen ein langer Fußmarsch bevor?

Bliss ging zur Mitte des nächsten Platzes und sah sich nach Möglichkeiten um. Die Hauptstraße setzte sich fort und endete nicht weit entfernt an einem großen Granitblock, einem Gebäude aus scharfen Kanten und robusten Schieferplatten. Die Abzweigungen führten in undurchsichtigere Richtungen, schlängelten sich an kleineren Häusern oder Läden entlang. Tavernen, die Bliss nur deshalb erkannte, weil die Kance-Matrosen so viel davon schwärmten, priesen ihre Angebote mit schwingenden, verkohlten Holzschildern an.

»Suchst du etwas?«

Die Frage kam von links, und Bliss drehte sich um. Sie sah eine Frau mit verschränkten Armen und Aschespuren, die ihr ein freundliches Lächeln schenkte.

»Wir sehen nicht oft eine Vis so tief in der Stadt«, fuhr die Frau fort, ihre Stimme so rauchig wie ihr Atem. »Ihr bleibt in eurem Dschungel, soweit ich weiß. Was zieht dich hier heraus?«

Bliss zeigte auf ihren Mund und schüttelte den Kopf. Die Augenbrauen der Frau hoben sich, bevor sie zu einem verständnisvollen Lächeln fand.

»Wer von uns hat nicht eine besondere Gabe«, sagte die Frau.

Obwohl Bliss sich nicht sicher war, ob sie ihre Stummheit als Gabe bezeichnen würde, hatte sie doch eine Möglichkeit, dem entgegenzuwirken. Sie griff in ihre Oberschenkeltasche und holte die Steinplatte heraus, die sie zum Einritzen von Wörtern benutzte, zusammen mit dem scharfen Stein zum Einritzen.

»Jetzt kommen wir der Sache näher«, sagte die Frau.

Bliss zögerte und musterte die Frau genauer. Abgesehen von der Kleidung trug sie eine stabile Tasche, gefüllt mit wer weiß was. Ein Hammer hing an ihrem Gürtel. Robuste Stiefel und dicke Hosen unter der Tunika deuteten auf einen Arbeitstag unter unangenehmen Bedingungen hin, eine Vorstellung, die durch die tintenartigen Flecken auf den Wangen und der Stirn der Frau bestätigt wurde. Ihr Haar lag, bis auf ein paar widerspenstige Locken, unter einer flachen, dunkelgrünen Kappe verborgen.

Definitiv keine Najahn also, und auch nicht die wallende, blumige Aufmachung der Cassignol.

»Keine Sorge, ich werde dich nicht beißen«, sagte die Frau. »Ich heiße Carrilee. Ich arbeite in einer Schmiede da hinten, wie alle anderen hier in der Gegend.«

Bliss nutzte den Satz, um schnell das Wort »Warum?« einzuritzen.

»Warum ich dir helfe?« Bei Bliss' Nicken zuckte Carrilee mit den Schultern. »Neugier, vermute ich. Wie gesagt, wir bekommen hier hinten keine Vis zu Gesicht, und du sahst ein wenig verloren aus.«

Bliss lächelte und zuckte leicht mit den Schultern. Carrilee hatte nicht Unrecht. Sie begann, »Skar« in den Stein zu kratzen, wobei Carrilee das Wort erriet, bevor Bliss fertig war.

»Na, ich will verdammt sein«, sagte Carrilee, »ich dachte mir schon, dass du nicht wie ein Händler aussiehst, obwohl deine Tasche ziemlich voll aussieht. Keine Gier in deinen Augen, verstehst du. Das lernt man hier schnell zu lesen, wo doch jeder auf Foti nach seinem nächsten Opfer Ausschau hält.«

»Opfer?«

»Jemand, den man täuschen, reinlegen, ausrauben

kann. All diese schönen Dinge.« Carrilee schüttelte den Kopf und ließ ihren Blick umherschweifen, als wolle sie sagen, dass solche Diebe überall sein könnten. »Die Dämonen machen es noch schlimmer, indem sie alle gegeneinander aufhetzen, wenn wir doch zusammenhalten sollten.«

Carrilee dämpfte ihre düstere Einschätzung mit einem weiteren Lächeln. Sie streckte ihre Arme aus und zeigte dann auf das große Steingebäude.

»Wenn du den Skar finden willst, musst du in diese Richtung gehen. Ich meine nicht das Erzhaus, sondern weit darüber hinaus. Durch die Lavaröhren und über die Ödnis, dann kommst du dort an, so wie ich es verstehe.«

»Wie weit?«

»Kommt darauf an, wie du reisen willst. Zu Fuß brauchst du ein paar Wochen. Du bist an einem Ende der Insel, meine Freundin, und du musst zum anderen.« Carrilee nickte zurück zum Hafen. »An deiner Stelle würde ich direkt zum Wasser zurückgehen und schauen, ob du nicht eine Mitfahrgelegenheit auf einem Schiff bekommen kannst. Spart dir Zeit.«

Ein fairer Plan. Bliss nickte Carrilee erneut zu, legte ihre Hand aufs Herz und zeigte dann auf Carrilee. Ein Zeichen, das die meisten Leute verstanden, auch wenn sie noch nie jemandem wie ihr begegnet waren.

»So«, sagte Carrilee, »es ist ungefähr Mittagszeit, und du wirst sowieso kein Boot mehr erwischen, das so spät ablegt. Wie wäre es also, wenn ich dich zum Essen einlade und du mir mehr über deine kleine Insel erzählst?«

Bliss hatte seit dem frühen Morgen auf dem Boot nichts anderes als einen Apfel aus ihrer Tasche gegessen, daher klang der Gedanke an ein richtiges Mittagessen verdammt gut. Geschichten gegen eine Mahlzeit einzutauschen schien auch ein guter Deal zu sein, obwohl Bliss sich nicht sicher war, wie geduldig Carrilee mit dem Einritzen sein würde: Ein oder zwei Wörter als Fragen waren eine Sache, eine lange Geschichte eine ganz andere.

Trotzdem war das nicht Bliss' Problem. Wenn Carrilee Geschichten wollte, würde Bliss sie erzählen, ein Wort nach dem anderen.

Carrilee führte Bliss vom Platz weg in eine Seitenstraße, vorbei an mehreren Tavernen und ihren Mittagsdüften. Carrilee tat die Gerüche als Blendwerk ab und meinte, jeder echte Einheimische würde Mist erkennen, der sich als perfekt ausgab.

»Die echten Köstlichkeiten sind nur ein Stückchen weiter«, sagte Carrilee. »Vorausgesetzt, Sie wollen ein authentisches Foti-Essen, versteht sich.«

»Klar«.

»Das ist die Begeisterung, die ich hören wollte.« Carrilee lachte, dann fiel ihr Blick auf Bliss' Stab. »Ist das das, wofür ich es halte? Zum Leute auf die Nase hauen?«

Bliss grinste. »Japp«.

»Sieht aus, als wäre er verdammt gut dafür geeignet.«

Während sie weitergingen, wurden die Häuser kleiner. Mehrstöckige Steingebäude, deren Außenwände mit unverständlichen Symbolen in Orange und Rot verziert waren, schrumpften allmählich zu einstöckigen Hütten zusammen, deren dünne Dächer und aufgestapelte Block-wände aussahen, als könnte sie eine kräftige Brise hinwegfegen.

Die Menschen jedoch blieben beharrlich gleich. Die meisten trugen Hämmer, viele waren mit Asche und Staub verschmiert, überall sah man helle Augen und kräftige Gestalten. Einige erinnerten Bliss an Svarde, wenn auch an eine schmutzigere Version. Größer und kräftiger als die

Menschen auf Vis, oft jedoch dicker und zu Hustenanfällen neigend.

Über ihnen blieb der Himmel blau. Die Rauchschwaden lösten sich auf, als sie sich vom Zentrum Smythes entfernten, und die Luft wurde sauberer. Nicht mehr jeder Atemzug fühlte sich für Bliss an, als hätte sie brennenden Sand eingesaugt.

»Hier sind wir.« Carrilee wandte sich einem gedrungenen Restaurant zu. Dessen baumelndes Schild zeigte eine Axt und einen Hammer, deren Griffe sich über einem Teller kreuzten, obwohl Bliss nicht erkennen konnte, welches Essen das symbolisieren sollte. »Der Arbeitertisch. Nicht der kreativste Name, aber man braucht keinen ausgefallenen Titel, wenn man solch gute Waren anbietet wie dieser Laden.«

Ein Mann, der eine lange Pfeife rauchte, lehnte an der Wand neben der wackligen Holztür. Er nickte Carrilee vertraut zu, als die beiden vorbeigingen, sein Blick verweilte für einen langen Moment auf Bliss, wobei sich die dünnen Lippen des Mannes zu einem seltsamen Lächeln verzogen.

Durch die Tür bot der Arbeitertisch ein gemütliches Ambiente. Ein halbes Dutzend kleiner Stehtische und eine lange Theke entlang der Rückseite des Restaurants. Steinöfen brodelten, und der Geruch von brutzelndem Fleisch und Knollengewächsen erfüllte die Luft und ließ den Magen knurren.

Obwohl es Mittagszeit war, befanden sich im Restaurant nur drei weitere Gäste neben dem Koch im hinteren Bereich. Diese drei saßen an ihrem eigenen Tisch, Bierkrüge standen vor halb leer gegessenen Tellern. Alle drehten sich um, als Carrilee Bliss hereinführte.

»Ratet mal, Freunde, wir haben heute einen neuen

Besucher«, Carrilee trat beiseite und gab Bliss mit einer Handbewegung den Eintritt frei. »Sagt hallo zu meiner Freundin Bliss, die den ganzen Weg von Vis in unsere schöne Stadt gereist ist.«

Bliss bot ein halbherziges Winken an. Sie erhielt als Antwort Kopfnicken, bevor sich das Trio wieder ihren Tellern und Bieren zuwandte. Eine Erleichterung, denn Bliss hatte keine Lust, all diesen Leuten ihre Geschichte zu erklären.

»Mehr kann man von dieser Truppe nicht erwarten«, sagte Carrilee und führte Bliss zur Theke des Restaurants. »Sie haben die ganze Nacht Steine geklopft, und sobald sie hier fertig sind, werden sie nur ein paar kurze Stunden schlafen, bevor es zurück in die Minen geht.«

»Hartes Leben.«

»Die sind hier alle hart, Schätzchen.«

Carrilee gab schnell eine Bestellung an den Koch weiter und versprach Bliss, dass ihr das Essen gefallen würde. Als das Essen serviert wurde – rosige Würstchen, glänzende Kartoffeln, gebratene Karotten und ein halber Liter Bier – musste Bliss zugeben, dass sie nicht widersprechen konnte. Alles hatte neue Aromen, eine kräftige Röstung und einen rauchigen Nachgeschmack bei jedem Bissen. Grillplatten waren auf Vis selten und verliehen allem Gekochten immer einen Lagerfeuerduft. Dies hier hatte einen metallischen Beigeschmack, eine industrielle Note.

Besser als zu Hause? So weit würde Bliss nicht gehen, aber als etwas Anderes hatte die Küche von Foti durchaus ihren Reiz.

Auch das Bier hatte sein eigenes Leben. Alkohol auf Vis war süß, aus Früchten zu Weinen und Rattlers, Saisons und zuckersüßen Schlückchen verarbeitet. Das von Foti schmeckte nach Herbst, malzig und glatt, mit einem losen

Abgang, der sich nach jedem Schluck auf ihrer Zunge niederließ.

Sie hätte ein zweites bestellt, ihr Teller war leer, hätte Carrilee nicht den Finger gehoben.

»Nun, du kannst nicht leugnen, dass wir dir eine gute Zeit bereitet haben«, sagte Carrilee. »Fotis Gastfreundschaft, genau hier.«

Bliss verengte ein Auge und versuchte, die plötzliche Veränderung in Carrilees Tonfall zu verstehen.

»Du bist hier auf der Suche nach unserem Skar mit dieser dicken Tasche von dir«, fuhr Carrilee fort, und während sie sprach, bemerkte Bliss, dass der Tisch hinter ihr still geworden war. Ein Blick in diese Richtung bestätigte, dass der pfeifenrauchende Mann nach drinnen gegangen war, direkt vor die Tür. »Also, Bliss, sag mir jetzt. Bist du Vis' Erneuerung?«

Bliss schüttelte den Kopf.

»Eine Wächterin dann?«

Bliss zögerte. Carrilees verschmiertes Gesicht sah jetzt nicht mehr so sehr nach der freundlichen Arbeiterin aus, eine intensive Form übernahm ihre Züge. Wäre es gefährlich, jemanden wie sie anzulügen?

»Das ist eine Antwort, wenn ich je eine gesehen habe«, sagte der Koch, seine Ellbogen auf die Theke gegenüber von Bliss stützend. »Ich glaube, du hast eine Gute gefunden, Carrilee.«

Bliss ließ ihre Augen zwischen den beiden hin und her wandern. Eine Gute wofür?

»Reg dich nicht auf, Bliss«, sagte Carrilee, ihr mütterlicher Ton passte nicht mehr. »Du bist weit weg von zu Hause, und die Regeln ändern sich. Wir brauchen nicht viel von dir, verstehst du. Betrachte es als Bezahlung für dein Essen.«

›Was?‹

»Bliss, Schätzchen, ich brauche, dass du uns zu deiner Erneuerung führst. Dort werden wir einen einfachen Tausch machen: dein Leben gegen den Skar, den sie tragen. Dann kannst du den Anweisungen folgen, die ich dir gegeben habe, und deines Weges gehen.« Carrilee servierte ein mitfühlendes Stirnrunzeln. »Es ist ein Gefallen. Wer will schon die nächste Aegis sein? Auf dieser elenden Insel festsitzen?«

Bliss wandte sich zurück zu ihrem leeren Teller, der Gabel daneben. Sie spürte und hörte ihr Herz pumpen. Ihr Stab lehnte an ihrem Rücken. Sie nickte langsam, während ihre Hände das Tablet und den Kratzstein zurück in ihre Tasche gleiten ließen.

»Gute Wahl, Bliss«, begann Carrilee.

Bliss packte den Teller und schleuderte ihn mit einer Handbewegung direkt auf Carrilee, die dadurch von ihrem Hocker fiel, während die zerbrochene Keramik um sie herum schepperte.

Der Koch reagierte schnell und griff nach Bliss, plötzlich mit Feuer in seinen wütenden Augen, das mit einem schmerzerfüllten Aufschrei erlosch, als Bliss den ausgestreckten Arm mit ihrer Gabel erwischte. Der Koch zog ihn fluchend zurück.

Hinter ihr schabten Stühle über den Boden, Füße dröhnten auf dem Steinboden. Drei kamen von hinten. Bliss stemmte ihre Handflächen auf den Tresen, hob sich von ihrem Hocker und trat ihn weg, sodass der Sitz mit Rückenlehne in die anstürmende Gruppe flog. Sie hörte, wie er Schienbeine traf, während Bliss auf den Tresen kletterte. Ihre rechte Hand schoss nach oben zu ihrem Stab, zog ihn mit einem weiten Schwung aus der Rückenhalterung und erwischte den fluchenden Koch quer übers

Gesicht, sodass er rückwärts auf den noch heißen Grill taumelte.

Selbst Bliss zuckte dabei zusammen.

Carrilee blieb am Boden, hielt sich das Gesicht und wollte nichts mit dem Kampf zu tun haben. Zwei der Schläger vom Tisch beobachteten sie, jetzt mit ein paar Hämmern in den Händen. Der dritte saß auf dem Boden und befreite sich aus ihrem geworfenen Hocker.

Der Pfeifenraucher blieb, wo er war, deckte die Tür und beobachtete Bliss mit etwas, das wie Belustigung aussah.

Er war also der Gefährlichste.

Bliss nahm ihren Stab in beiden Händen vor die Brust, parallel zum Boden, während sie auf dem Tresen stand. Die beiden Schläger blickten zwischen ihren lädierten Messern und der Entfernung zum Tresen hin und her, bevor sie sich mit Blicken verständigten und beschlossen, Bliss gemeinsam anzugreifen.

Perfekt.

Bliss setzte ihre Füße auf und stürzte sich in einen geraden Sprung, den Stab nach vorne gestreckt. Der Bambusstab, so groß wie sie selbst, traf die Schläger quer ins Gesicht. Bliss schwang ihre Beine beim Aufprall hoch und fing ihren gestoppten Schwung auf dem schmierigen Boden des Restaurants ab.

Mit der rechten Hand ließ Bliss den Stab über ihre Handfläche gleiten, um den Schläger auf dieser Seite zu treffen und ihn von seinem stöhnenden, ächzenden Grund aus niederzustrecken. Der andere, fluchend, fuchtelte mit dem Messer herum, dessen Klinge die linke Seite des Stabs traf und ein Stück von der hinteren Kappe abschlug.

Dafür würde er bezahlen.

Bliss ließ den Stab in einen Doppelgriff am linken Ende gleiten und schwang ihn quer über ihren Körper. Der

Schläger versuchte eine schwache Abwehr, sah, wie sein Messer weggeschlagen wurde, und sah dann nicht mehr viel, als Bliss ihn in eine vorübergehende Bewusstlosigkeit schlug.

»Okay, okay«, sagte der Pfeifenmann in die stöhnende Stille hinein. Er nahm einen weiteren Zug, während Bliss sich wieder in ihre Haltung begab und mit einem schnellen Rundumblick bestätigte, dass ihre Gegner am Boden blieben. Selbst der Schläger, der in ihrem Hocker gefangen gewesen war, schien nicht gewillt, wieder in den Kampf einzusteigen, und rutschte mit dem Rücken an die Bar, die Hände leer. »Wir haben's kapiert. Du bist kein leichtes Opfer.«

Bliss zeigte auf die Tür hinter ihm und funkelte ihn wütend an.

»Gehen?« Der Mann zuckte mit den Schultern. »Warum nicht. Obwohl Sie es vielleicht bereuen werden.«

Bliss verengte ihre Augen. Was bereuen? Diesem Kerl nicht auch noch den Schädel eingeschlagen zu haben?

»Sie ahnen inzwischen, dass Foti kein Paradies ist«, sagte der Mann mit der Pfeife, ohne sich von der Tür wegzubewegen. »Wenn Sie nicht schmieden können, sollten Sie besser kämpfen. Wir entscheiden uns lieber dafür, uns mit ahnungslosen Besuchern anzulegen als mit den Bestien draußen auf der Insel. Das können Sie uns nicht vorwerfen.« Der Mann griff in seine Tasche und zog einen silbrig aussehenden Chip heraus. »Das hier ist eine Marke. Sie besagt, dass mir ein kleines Stück in einer Schmiede gleich die Straße runter zusteht.« Er richtete das silberne Rechteck auf Bliss und ihren Stab. »Wenn Sie dieses Ding hier rausnehmen, wird es vom ersten Ferrit, den Sie finden, in zwei Teile zerbrochen.«

Das Steinmonster, das Svarde auf Vis gehalten hatte?

Die liefen auf Foti frei herum? Bliss hätte nicht überrascht sein sollen: Die Hanokos auf Vis waren nicht weniger tödlich.

»Also mache ich Ihnen ein Angebot, Wächterin. Was Sie hier drinnen getan haben, können Sie zweifellos draußen vor Publikum wiederholen. Ich kümmere mich um die Werbung, Sie zeigen eine Show, und dieser Chip gehört Ihnen, und noch viel mehr dazu.«

Bliss neigte den Kopf. Sie sah sich noch einmal um und vergewisserte sich, dass kein Schlag von hinten drohte.

»Dann müssen Sie uns nur noch einen Skar zurückbringen«, sagte der Mann mit der Pfeife grinsend. »Sie nehmen einen für Ihre Erneuerung, klar, aber schnappen Sie einen extra für uns. Es wird Sie nichts kosten, und es wird alles für unsere kleine Gruppe bedeuten.«

Wax hatte die Unternehmungen beschrieben, um den Skar auf Vis zu bekommen, den Aufstieg am Sana-Stengel, den Wettbewerb mit den anderen Kandidaten. Gefährlich, aber keine dieser Gefahren drehte sich darum, einen zusätzlichen Skar zu bekommen.

Andererseits, wenn die Skars so weit weg waren, wie würde Bliss einen hierher zurückbringen? Sie breitete die Arme aus, den Stab in der linken Hand, und setzte einen verwirrten Gesichtsausdruck auf.

»Keine Sorge«, grinste der Mann mit der Pfeife. »Wir haben Leute überall auf der Insel. Sobald Sie ihn haben, werden wir Sie finden. Übergeben Sie den Skar, und wir geben Ihnen etwas extra für Ihre Mühe. Abgemacht?«

Der Chip schimmerte im Feuerschein. Bliss könnte einfach nach vorne gehen, dem Kerl mit ihrem Stab eins überziehen und das Ding stehlen. Vielleicht war die Bemerkung über Freunde überall nur ein Bluff, vielleicht müsste sie sich keine Sorgen machen, eines Nachts hinterrücks erstochen zu werden.

Oder vielleicht sollte sie das Angebot des Mannes annehmen und noch etwas mehr Übung darin bekommen, diese Foti-Schläger zu verprügeln.

Wax sagte immer wieder, dass es bei allem um Abenteuer ging, und mit all diesen Körpern am Boden, erlebte sie nicht gerade eines?

8

DIE LANGE DUNKELHEIT

Die Pilze lösten sich leicht von den Steinen, glatt und feucht in Svardes Hand. Er hielt die Fackel nah heran, betrachtete die purpurgrauen, moosigen Pilze und versuchte zu entscheiden, ob einer davon ihn umbringen würde oder nicht. Hinter ihm verteilte sich Maenas Trupp in einer weiteren kleinen Höhle und machte eine Mittagspause – eine Zeit, die mehr nach Gefühl als nach tatsächlichem Wissen gewählt wurde – von ihrem Abstieg.

Sie hatten seit dem Kampf weiter oben weitere Ungeheuer vermieden, ob durch ihren Ruf oder durch Glück. Seltsame Geräusche hallten immer noch durch ihren Tunnel, aber nichts wagte sich in ihre Nähe. Die Anspannung ließ mit jedem Schritt nach und erlaubte es dem Verstand, sich alltäglicheren Problemen zuzuwenden.

Wie Nahrung und wo man sie finden konnte.

Ihre Beutel waren voll mit Vorräten, aber wer wusste schon, ob es genug sein würde. Das Dunkle Unten war nicht kartiert worden, es konnte sich über Tage, Wochen erstrecken. Der Umkehrpunkt würde in ein paar Tagen erreicht sein, ein Zeitpunkt, den sie durch effektives Fouragieren noch weiter hinausschieben konnten. Wasser war reichlich vorhanden, leicht über einem kleinen Feuer zu erhitzen, um es zu reinigen und dann in einen Schlauch zum späteren Trinken zu füllen. Nahrung war eine andere Sache.

Niemand wollte die Ungeheuer essen, also hatten sie diese Kadaver zurückgelassen.

»Finsterst du jemals nicht?«, fragte Maena, die zu Svarde an der Spitze des Trupps kam, nahe dem weiteren Weg der Höhle.

»Steht mir«, erwiderte Svarde.

»Woher willst du das wissen, wenn du nie lächelst?«

»Versuchst du wieder freundlich zu sein, nachdem du mein Leben bedroht hast?«

Maena, ihr einst sauberes Gesicht nun schmutzverschmiert und schweißbedeckt wie sie alle, ihre Haare zerzaust und ungepflegt, blitzte ein scharfes Grinsen. »Ich bin einfach eine effektive Anführerin, nichts weiter. Du würdest es genauso machen.«

Svarde schüttelte den Kopf, warf noch einen Blick auf die Pilze und stopfte sie sich dann in den Rachen. Zäh, kaubar, schmeckten nach nicht viel. Ein gutes Zeichen.

»Hab in meinem Leben nie irgendwas angeführt«, sagte Svarde, nachdem er die Pilze zu Brei gekaut hatte. »Bei der Führung geht's darum, dass man nicht mitkämpft.«

»Hast du die letzte Schlacht gesehen? Ich bin mir ziemlich sicher, dass ich, wie du es ausdrückst, mitkämpfte.«

»Die ganze Zeit hast du darüber nachgedacht, wer wo sein musste, was getan werden musste. Ich konnte zusehen, wie meine Axt ein Monster erledigte.«

»Ist das wirklich das, was dich glücklich macht, Svarde? Hirnlose Bestien abzuschlachten?«

Was, wenn es so wäre?

»Nicht hirnlos. Nur wütend.« Svarde stand auf. Sie sollten bald aufbrechen. Irgendwo zu verweilen lud hungrige Besucher ein. »Die Unholde scheinen uns alle zu hassen.«

»Wenn du auf die Aegis treffen würdest, würdest du das nicht auch?«

»Sache ist, diese hier, wir haben sie unterhalb des Schildes bekämpft. Sie waren noch nicht vernarbt.«

»Vielleicht nicht von der Aegis, aber sicher von etwas anderem.« Maena bemerkte Svardes Haltung, legte ihre Finger an die Lippen und blies einen hellen, langen Ton. Die Crew sprang in eine andere Aktion, packte hastig ihre Ausrüstung in Taschen und stampfte die Feuer aus. »Diese Unholde waren so verletzt wie alle anderen, die wir gesehen haben. Ich würde gerne wissen, warum.«

»Vielleicht haben sie untereinander gekämpft.«

»Und dann plötzlich einen konzentrierten, organisierten Angriff auf unsere Gruppe gestartet? Unwahrscheinlich.«

»Dann füg es dem Haufen Mysterien hinzu, die wir zu lösen versuchen, und lass uns weitermachen.«

Kivi und Svarde führten weiterhin die Gruppe an, marschierten von der Höhle hinunter zu gelegentlichen Wundern. Der Pfad, den sie beschritten, trug die Spuren vergangener Unholde, Kratzer und tiefe Eindrücke, wo Füße und Hände, Klauen und Hufe den Stein berührt hatten. Die Unholde jedoch interessierten sich wenig für die natürlichen Wunder, die überall verstreut waren: Die Expedition ging durch Kristallhöhlen, Räume, die wie mit zerbrochenen Diamanten überzogen schienen – einige davon stopfte Maenas Crew in ihre Taschen für späteren Handel. Sie reisten durch gebleichte Kammern, die in unregelmäßige Abschnitte unterteilt waren, als hätte einst etwas Großes ein Nest gegraben, nur um es dann zu verlassen. Lange steile Hänge, die neben Wasserfällen verliefen, flache Wege überzogen mit klebrigem Moos und reichlich Pilzen.

Ihre Fackeln brannten hell und gaben den Blick frei auf Dinge, die noch nie zuvor von Entdeckern aus den Sieben Inseln gesehen worden waren.

Zumindest keine, die es zurück an die Oberfläche geschafft hatten. Und Svarde glaubte, dass sie es schaffen würden, zumindest einige von ihnen, wenn die Quelle der Unholde unter seinen schweren Äxten zermalmt würde.

Mit dieser Tat vollbracht, würde Catya vielleicht ihr Leben zurückbekommen. Vielleicht könnten lang abgeschnittene Fragen beantwortet werden. Oder vielleicht war Svarde töricht zu hoffen.

»Was meinst du, Kivi?«, fragte Svarde den Ferrit, der neben ihm pirschte. »Bin ich dumm, mir noch eine Chance zu wünschen?«

Der Ferrit schnaubte, wie er es oft tat, als Antwort. Ein saurer Ton, der seine Fantasie dämpfte.

»Richtig«, murmelte Svarde. »Konzentrier dich darauf, wo wir sind, nicht wo oder wann wir sein möchten.«

Kivi zumindest hatte eine großartige Zeit. Die verschiedenen Gesteine, jedes eine neue Mahlzeit, boten dem Ferrit eine Fülle zum Knabbern. Kivis Knirschen begleitete das marschierende Scharren der Truppe wie ein natürlicher Trommelschlag, ein kiesiger Wegweiser.

Ohne Tageslicht wurde die Zeitmessung zu einer Frage der Erschöpfung. Wenn die Füße nicht mehr weitergehen konnten oder der Geist so verschwommen war, dass die Schritte zu rutschen begannen, pfiff Maena in der nächsten Höhle und die Gruppe ließ sich nieder, schlief mit einer aufgestellten Wache und begann von Neuem. Die ganze Zeit über maß Svarde die Blicke um ihn herum, die Ausdrücke, die von entschlossen, aufgeregt zu erschöpft und ausgezehrt verblassten. Immer mehr Blicke gingen zurück den Weg, den sie gekommen waren, berechneten, wie weit sie zurückgehen müssten, um die Oberfläche zu erreichen.

In der vierten Nacht traf diese Berechnung auf eine harte Zahl.

Nach einer Mahlzeit aus Moos und Pilzen, sowie einer kleinen gesalzenen Fischscheibe als Geschenk für jeden, saßen die fünfzehn unter ihren Fackeln, während Maena eine weitere Seefahrergeschichte zum Besten gab. Eine, die Svarde nach den amüsierten Gesichtsausdrücken zu urteilen, vermutete, dass sie jeder schon ein- oder zweimal gehört hatte. Am Ende, als einige arme Seeleute ihre Ladung an eine betrügerische Piratin und ihre schelmischen Tricks verloren hatten, hallte höfliches Lachen durch die Höhle und verebbte zu einem tropfenden Schweigen.

»Weißt du denn, wie weit es noch ist?«, fragte ein älterer Seemann, ein erschöpfter Späher namens Fairstrike.

»Das weiß niemand, auch du nicht«, erwiderte Maena. Alle Blicke wanderten zwischen den beiden hin und her. Jeder erkannte einen Machtkampf, wenn er einen sah. »Es könnte ein Tag sein, bevor wir wirklich in der Dunklen Tiefe sind. Könnte auch eine Woche sein.«

»So lange werden wir nicht durchhalten.« Fairstrike griff nach einer Handvoll Moos in der Nähe des Feuers und hielt es hoch. »Falls du denkst, wir könnten einen Monat lang davon leben und unseren knurrenden Mägen zuhören.«

»Immer noch besser, als dir zuzuhören«, fügte Svarde hinzu.

Fairstrike warf ihm einen höhnischen Blick zu. »Ich bin

aus demselben Grund hier wie du, um die Dinge in Ordnung zu bringen. Was ich bisher gesehen habe, ist eine Menge Fels und ein paar Unholde, die meinen Freund ins nächste Leben befördert haben. Ich lasse das als Experiment gelten, aber es ist klar, dass wir auf dem Holzweg sind. Ich sage, wir kehren um, besorgen mehr Ausrüstung, mehr Leute wie uns, und kommen ordentlich zurück.«

»Willst du eine Armee in diese Höhle quetschen?«, fragte Maena.

»Besser eine Armee als unsere ausgehungerten Ichs.«

Ein paar zustimmende Grummler waren zu hören. Svardes eigener Magen meldete sich auch zu Wort. Das Moos und die Pilze waren nicht sättigend, und sie hatten zu wenige Höhlenfische gefunden, um die Mahlzeiten zu ergänzen. Bald würden sie schwach und müde werden, leichte Beute für die Unholde.

»Ist es das, was ihr wollt?«, fragte Maena und warf die Frage in den Raum. »Jetzt schon aufgeben, zurück an die Oberfläche gehen und zugeben, dass ihr der Sache nicht gewachsen seid?«

»Wir geben nicht auf«, schnappte Fairstrike eilig. »Wir spielen es klug. Wir kommen besser zurück, jetzt, da wir wissen, was wir tun. Das ist der richtige Weg, Kapitän.«

»Ich gehe nicht zurück«, sagte Svarde, seine Augen auf das Feuer gerichtet. »Macht, was ihr wollt, aber ich bin mit einem Ziel hierhergekommen, und ich werde es erfüllen.«

Fairstrike lachte, »Dann geh weiter. Dein Leben gehört dir, um es zu verschwenden, wie du willst, Foti.«

»Hände hoch«, rief Maena. »Diejenigen, die zurückgehen wollen, und diejenigen, die weitergehen wollen. Ich dulde keinen Dissens, keine Beschwerden, also trefft jetzt eure Wahl.«

Die Berechnung war gemacht. Es gab kein Zögern. Alle

bis auf zwei erklärten ihren Wunsch, an die Oberfläche zurückzukehren, und Maena gab ihnen ihre Marschbefehle. Zur Oberfläche zurückkehren, mehr Soldaten holen und ihnen nachkommen.

Die vier, Svarde, Maena und zwei wettergegerbte Kämpfer namens Rasslebeck und Pennifer, füllten ihre Beutel mit den Vorräten der abreisenden Truppe. Sie sahen zu, wie die größere Gruppe im Fackelschein aufbrach und sich auf den langen Weg nach Hause machte.

»Jetzt ist es ein echtes Abenteuer«, sagte Svarde in der wahren, tiefen Leere.

Kivi, deren Puls immer auf den Punkt war, schnaubte.

9
ABWEICHENDE FREUDEN

Die Karten klatschten, die Chips fielen, und Wax gewann und verlor und gewann und verlor und genoss jede Sekunde davon. Die Jubelrufe, das Gejohle, die Flüche und der Schlag auf den Rücken, als die Foti-Würfel über den Tisch rollten. Jedes Mal, wenn Wax die Tonchips bewegte, jeder verziert mit einer geschnitzten Zahl und einer Spirale, verschwanden Sawi und Pan weiter in seiner Erinnerung.

Zumindest bis Quik Wax vom Tisch wegzog, sehr zum Stöhnen und Klagen der Foti-Spieler, die den Platz mit ihm teilten.

Wax schüttelte Quik ab und machte Anstalten, an diesen Ort zurückzukehren, diese wunderbare Leere, wo er nicht die Erneuerung war, überhaupt nichts war.

»Hey«, knurrte Quik und zog Wax zurück. »Es ist schon dunkel. Wir haben seit Stunden nichts gegessen.«

»Na und?«, Wax ignorierte seinen Magen, der tatsächlich protestierte. »Wir müssen nirgendwo sein.«

»Wir sollen diese Insel überqueren, um einen Skar zu bekommen, Wax.«

Inmitten des Trubels im Casino, der umherwuselnden Biertabletts, der schwungvollen Musik einer dreiköpfigen Trommel-und-Flöten-Band, der wachsenden Menge, die versuchte, einen weiteren gewöhnlichen Abend wegzuwischen, schien die Idee, Skars zu jagen, so weit entfernt, so schrecklich uninteressant.

»Ja, wir kommen schon dazu.« Wax schob Quiks Hand von seinem Handgelenk. »Ist ja nicht so, als würden wir heute Abend noch aufbrechen.«

»Gibt es ein Problem?«, Cassignol, der Mann, der sie vom Hafen hierher geführt hatte, kam hinzu. Er trug zwei Krüge schäumendes Bier, drückte jeweils einen Wax und Quik in die Hand. »Nichts, was nicht mit einem kleinen Bier gelöst werden kann, hoffe ich? Aufs Haus.«

»Warum?«, fragte Quik und beäugte das Bier misstrauisch. Wax nahm den Krug und trank einen Schluck. Sein vierter an diesem Tag, gut über die Wetten verteilt, sodass sich die seichte Wärme noch nicht bis in seine Fingerspitzen ausgebreitet hatte. »Was haben wir getan, um das zu verdienen?«

Cassignol winkte mit der Hand über die Breite des Casinos. Die Geste erfasste die überfüllten Tische, aber Wax bemerkte, dass bereits reichlich Blicke auf ihn und seinen Bruder gerichtet waren.

»Es hat sich herumgesprochen«, sagte Cassignol. »Zwei Vis hier, und sie spielen? Ein Wunder.« Er beugte sich vor. »Wir werden mehr verdienen, weil ihr zwei hier seid und eine Menge anzieht, als ihr je an Bier trinken könntet, also genießt es.«

Quik runzelte die Stirn. Wax stieß seinen Krug gegen den zweiten, den Cassignol noch immer hinhielt.

»Siehst du, Bruder? Wir sind schon berühmt.« Wax blickte auf seinen Magen hinunter, dann zurück zu Cassignol. »Gibt es eine Chance, dass sich die Gastfreundschaft auch auf etwas richtiges Essen erstreckt?«

»Sie brauchen nur zu fragen«, sagte Cassignol und neigte den Kopf ein wenig. »Ich werde die Küche anweisen, einige Foti-Spezialitäten zuzubereiten.« Er drückte den Krug in Quiks zögernde Hände, verbeugte sich erneut und eilte in Richtung Küche davon.

»Siehst du?«, sagte Wax. »Wir essen umsonst, trinken umsonst und-« Er hielt inne, als er bemerkte, dass sein Bruder allein stand. »Wo ist Bliss?«

»Sie ist vor Stunden gegangen«, knurrte Quik. »Wie ich mag sie diesen Ort nicht. Sie wollte herausfinden, wo Fotis Skar ist. Weil es ihr wichtig ist.«

»Schon gut, schon gut. Ihr ist es wichtig. Ich vermassele die ganze Sache nur, weil ich mir ein paar Stunden Spaß gönne.« Wax verdrehte die Augen und schlürfte mehr Schaum aus dem Krug in seinen Mund. »Du musst nicht immer so ernst sein.«

»Wax, ein Renewal zu sein, ist so ernst, wie es nur geht. Menschen sterben durch Unholde, während wir hier sitzen. Menschen, die du retten könntest.«

Wax kniff die Augen zusammen und versuchte, den Vorwurf zu verstehen. Meinte sein Bruder wirklich, dass Wax' Versuch, nur für ein paar Stunden ein Leben ohne Kummer und Gefahr zu führen, irgendwie eine Sünde gegen den Planeten war?

Er griff in sein Gewebe und zog den Vis-Skar heraus. Wie immer strömte Wärme in seine Hand, der Saphirstein fing das Fackellicht ein und funkelte. Er war kurz davor gewesen, den Stein nach Quik zu werfen, ihm zu sagen, er solle übernehmen, wenn es seinem Bruder so wichtig war, aber das Halten des Skars verdrehte diese Logik.

Der Stein hatte genauso ausgesehen, als Pan ihn ihm

übergeben hatte, dort am Fuße des Sanas, als sein Freund im Sterben lag. Wax hatte ein Versprechen gegeben. Keine Chips, keine Wetten, kein kostenloses Essen würde daran etwas ändern.

»In Ordnung«, sagte Wax. Er versuchte, die anhaltende Verschwommenheit des Bieres abzuschütteln, scheiterte. Stattdessen lehnte er sich hinein. »Du willst, dass ich das ernster nehme, gut. Das werde ich. Aber ich bin nicht du. Ich bin nicht der ernsteste Mensch der Welt. Wenn du mein Wächter sein willst, musst du ein bisschen leben. Ein bisschen lachen.«

Quik streckte die Hand aus und schloss Wax' Faust über dem Skar. »Das gehört dir, Bruder. Genauso wie ich. Wir stehen alle hinter dir, und wir alle sind auf dich angewiesen.«

»Kein Druck also.«

Quik versuchte ein halbes Lächeln. Es gelang ihm nicht wirklich.

»Es gibt sechs andere, Wax. Aber keiner von ihnen ist so gut wie du.«

»Das weißt du, ja?«

»Absolut«, Quik ließ seinen Krug gegen Wax' klirren. »Weil ich dir alles beigebracht habe.« Wax schüttelte den Kopf und grinste. »Wie wäre es, wenn wir jetzt den Müll essen, den sie uns vorsetzen werden, und dann unsere Schwester suchen gehen?«

»Gibt mir das genug Zeit, noch ein paar Spiele zu gewinnen?«

Quik seufzte, Wax zwinkerte und kehrte zum verlockenden Ruf des Tisches zurück.

Das Essen erwies sich jedoch als wirksame Unterbrechung. Das und die Tatsache, dass Quik, während Wax aß, die Chips seines Bruders schnappte und sie einlöste, um die

Tonchips gegen gepökeltes Fleisch, getrocknete Früchte und einige andere Vorräte einzutauschen. Keiner von ihnen wusste, wo sich Fotis Skar befand, aber sie würden genug Nahrung brauchen, um dorthin zu gelangen.

Die Foti-Spezialitäten entpuppten sich als geröstete Pasteten, gefüllt mit Fleisch und Wurzelgemüse, überbacken mit fluffiger, gebräunter Kruste. Sie dampften, als Wax sie mit einer Metallgabel – zum ersten Mal in seinem Leben – anstach. Eine bernsteinfarbene Sauce überzog sie, leicht süß mit einem zungenschnalzenden Geschmack. Weit entfernt von den Früchten und Fischen, die bisher sein Leben bestimmt hatten.

Nachdem sie Cassignols Flehen zu bleiben abgewiesen hatten, verließen Wax und Quik den Amboss und Arm und stolperten hinaus in Smythes laternenbeleuchtete Straßen. Der Stein glänzte, Glut und Asche rieselten hier und da noch herab, die ständig arbeitenden Schmieden stießen feurige Schwaden in den dunklen Himmel. Karren rumpelten vorbei, noch mehr als am Morgen, und nutzten die ruhigeren Straßen für erhöhten Verkehr.

»Wo glaubst du, ist sie hingegangen?«, fragte Wax, während er und Quik die Hauptstraße auf und ab blickten. »Zurück zu den Docks?«

»Sie wollte den Skar finden.« Quik deutete in Richtung von Smythes entferntem Stadtzentrum. »Ich würde sagen, weiter hinein. Vielleicht gibt es ein Najahn-Büro oder jemand anderen, der Bescheid weiß.«

Wenn der Abstecher ins Kasino ihnen gezeigt hatte, dass die Foti-Gesellschaft von harter Arbeit lebte, bewies der späte Spaziergang, dass sie genauso ausgiebig feierten. Tavernen und Restaurants wimmelten vor Leben, raue Trommelmusik, Gesang und Rufe ergossen sich in die Straßen. Bierfässer wurden von Karren abgeladen und in die

Gebäude gerollt, die meisten von wildem Jubel derer drinnen begrüßt.

Hinter all dem lieferte das Klingen von Hammer auf Metall Smythes Herzschlag.

»Ich glaube nicht, dass ich hier leben könnte«, sagte Wax, während sie gingen, seine Augen folgten dem Rauch in den allzu offenen Himmel. »Zu viel Lärm, zu wenig Bäume.«

»Man kann auch nicht atmen, ohne zu husten.«

»Vielleicht gewöhnt man sich daran.«

Quik verzog das Gesicht. »Ich glaube nicht, dass ich das will.«

Sie erreichten einen größeren zentralen Platz, der von Seitenstraßen dominiert wurde. Quik, der sich daran erinnerte, dass Bliss sie im Amboss und Arm treffen sollte, wirkte zunehmend frustriert mit sich selbst. Seine Hände ballten sich zu Fäusten, seine Lippen verzogen sich zu einer dauerhaften Grimasse.

Wax versuchte, ihn aufzumuntern.

»Sie ist kein kleines Kind mehr«, sagte Wax, als sie in der Mitte des Platzes standen. »Es wird ihr gut gehen, Quik. Vielleicht hat sie sich verlaufen, oder sie trinkt gerade Eimer von diesem Foti-Bier.«

»Das würde Bliss nicht tun.«

Da musste Wax Quik Recht geben. Bliss war nie jemand gewesen, der sich auf Vis in die Partys gestürzt hatte, kein Grund, warum sie das hier ändern sollte.

Die Herausforderung, einen anderen Weg zu finden, Quik aufzuheitern, verflog jedoch, als Wax den Platz überblickte und nach Möglichkeiten suchte. Es gab zwar Menschen und Karren, die umherwuselten, aber ein stetiger Strom schien in eine Richtung zu gehen, eine Seitenstraße zu ihrer Linken hinunter. Gemurmel, das von den vorbeigehenden Menschen aufstieg, summte vor Energie.

»Da drüben passiert etwas«, sagte Wax und zeigte in die Richtung. »Willst du es dir ansehen?«

Quik schnüffelte. »Letzter Versuch. Wenn sie dort nicht ist, gehen wir zurück zum Amboss und Arm. Vielleicht taucht sie dort auf.«

»Abgemacht.«

Als sie sich der wachsenden Menge anschlossen, schnappten sie Gesprächsfetzen auf. Die verkohlten, verschwitzten, müden Leute redeten ständig von einem neuen Kämpfer auf den Straßen, der etwas anderes machte als den alten Straßenschläger-Stil.

Dieser neue Kämpfer stellte sich als Wax' jüngere Schwester heraus, die im Zentrum der Seitenstraße – hier gab es keine Wagenspuren – Hof hielt, umgeben von einer Menge und einem Mann gegenüberstand, der mindestens doppelt so groß war wie sie.

»Ist das?«, fragte Quik, als sie sich näherten und Lücken zwischen den Leuten fanden, um Blicke in die improvisierte Kopfsteinpflaster-Arena zu werfen.

»Wie sie sich in Schwierigkeiten bringt, ja«, antwortete Wax.

Weder Bliss noch ihr Gegner hatten Waffen. Bliss' Stab und Tasche waren verschwunden, und sie trug die Spuren eines geschäftigen Nachmittags voller Kämpfe: Blaue Flecken zogen sich ihre Arme hinauf und hinunter, Schweiß perlte auf einer schmutzigen Stirn, und eine dünne rote Linie rann von einer geschwollenen Lippe, aber Bliss' Augen schienen hell, ihr Körper in der vorsichtigen Haltung eines Jägers.

Der Mann ihr gegenüber hatte sich breit gemacht, die Arme weit ausgestreckt, als wolle er Bliss eine vernichtende

Umarmung geben. Der Kampf musste schon eine Weile gedauert haben, denn er trug eigene Spuren an den Beinen, der nackten Brust und einen Schnitt über einem Auge. Beide atmeten, als wären sie lange gerannt.

»Das muss aufhören«, sagte Quik und begann, sich durchzudrängen.

»Warte mal.« Wax packte ihn an der Schulter. »Sie hat das im Griff.«

Der größere Mann ging vor und spuckte auf den Boden zwischen sich und Bliss. Wax' Schwester blieb still stehen und ließ den Mann näherkommen.

»Das ist nicht richtig«, sagte Quik und starrte Wax finster an. »Selbst wenn sie gewinnt, selbst wenn sie dafür irgendeinen dummen Preis bekommt, das Risiko ist es nicht wert.«

»Was, weil sie nicht mein Wächter sein kann, wenn sie sich das Bein bricht?«

Die Menge forderte den Mann zum Angriff auf, und mit einem wilden Brüllen tat er genau das. Zwei lange Schritte und ein ausholender Griff, den Bliss unterbrach, indem sie hineinsprang und dem Mann einen schnellen Schlag an die Kehle versetzte. Die Arme des Hünen schlossen sich um Bliss, während der Mann prustend in ein keuchendes, röchelndes Husten verfiel. Zuerst dachte Wax, der Mann könnte Bliss trotzdem zerquetschen, und die Menge schien das auch zu glauben, nach ihrem Jubel zu urteilen, bis offensichtlich wurde, dass der Mann sich auf Bliss stützte, sein Gesicht lila anlief, während er versuchte zu atmen.

Bliss duckte sich unter den kraftlosen Armen ihres Gegners weg, streckte die Hände aus und ließ den Mann zu Boden fallen, wo er endlich wieder Luft bekam. Die Menge machte ihre buhende Meinung lautstark bekannt, und ringsum öffneten sich Beutel, als Wetten den Besitzer wechselten.

»Und alles ist gut«, sagte Wax zu Quik, der wieder finster dreinblickte. »Bliss weiß, was sie tut.«

Die Menge begann, nach dem nächsten Kampf zu verlangen, aber der Lärm verstummte, als eine andere Stimme, von einem Sprecher, den Wax nicht sehen konnte, ausrief, dass die Duelle beendet seien. Der Champion der Nacht war gekrönt worden.

Bliss, frisch gekrönt, stürzte sich auf ihre Brüder, als sich die Menge teilte. Ihre Umarmungen waren fest, wild und glücklich. Wax sprach Glückwünsche aus, während Quik seine eigenen brummte. Ihre Aufmerksamkeit verlagerte sich dann von Bliss auf denjenigen, der hinter ihr auftauchte, ein Mann, der in einer Hand eine Pfeife hielt und in der anderen Bliss' Stab und Beutel.

Zuerst erkannte Wax Bliss' Waffe nicht. Das Bambus schien kaum noch vorhanden zu sein, nun bedeckt und verwoben mit Metallenden und einem starken Mittelgriff. Orangefarbene Linien durchzogen das gebräunte Holz und boten stückweise Verstärkung.

Bliss nahm die Belohnungen entgegen, beugte sich vor, um ein Flüstern des Pfeifenmanns aufzufangen, und wandte sich dann wieder ihren Brüdern zu.

›Nicht das, was ihr erwartet habt, oder?‹, gebärdete Bliss.

»Untertreibung«, sagte Quik.

»Ziemlich genial«, fügte Wax hinzu.

Bliss strahlte. ›Und ratet mal? Ich weiß, wohin wir als Nächstes müssen.‹

10
EXODUS

Den Weg zu kennen und ihn zu gehen, stellten sich als zwei völlig verschiedene Dinge heraus. Mit Bliss' Gewinnen ergatterte das Trio ein Zimmer mit Verpflegung für den Abend in einem völlig fremdartigen Gasthaus namens »Bluster's Bart«. Runde Tische und schwappende Suppen prägten ihre Abendmahlzeit, garniert mit Bliss' gestikulierten Nacherzählungen ihrer verschiedenen Siege über Smythes Straßenkampf-Fotis.

In ihren Worten lief es darauf hinaus, wie ein Vis zu kämpfen, nicht wie ein muskelbepackter Ringer. Quik versuchte, sich an der Charakterisierung zu stoßen, wobei seine eigenen Bizepse sich scheinbar zur Verteidigung seiner muskelbepackten Prügel-Kollegen aufplusterten, eine Reaktion, die sich verflüchtigte, als Wax mit seiner schlaksigen Gestalt eine Imitation davon zum Besten gab.

Quik lachte, streckte sich und drückte Wax' Arm. »Deshalb hast du uns wohl als Wächter, Bruder. Stärke und einen Stab an deiner Seite.«

»Ich bin mehr als nur ein Stab«, gebärdete Bliss und

zeigte dann auf ihre prall gefüllte Tasche. »Wer hat euch das Abendessen spendiert?«

»Sie hat Recht, Quik.« Wax legte die Arme hinter den Kopf, lehnte sich in dem harten Holzstuhl zurück und atmete tief durch. »Bliss liegt bisher vorn.«

»Ist das hier ein Wettbewerb?«

»Warum nicht. Der Gewinner bekommt eine Erwähnung in meiner Siegesrede.«

»Ich verzichte.« Bliss stand auf und trank ihr Bier aus. »Und ich bin erschöpft. Sie sagten, sie hätten hier ein Bad, und ich hab's noch nie ausprobiert. Wir sehen uns später im Zimmer.«

Mit ihrer Tasche, und damit jeglicher Möglichkeit für wilde Ausgaben beraubt, machte sich Bliss auf den Weg.

»Ist ihr das Meer jetzt zu schäbig?«, fragte Quik, als Bliss außer Hörweite war.

»Siehst du hier irgendwo einen Ozean, in dem wir schwimmen könnten?«, konterte Wax. »Nach dieser Runde werd ich's ihr nachmachen und die Reise sauber beginnen.«

»Wird nicht lange anhalten.«

Wax grinste und hob seinen Krug an die Lippen. »Ich wär enttäuscht, wenn's das täte.«

Smythes Morgen erwachte knarrend zum Leben, Karren und Schmieden hämmerten und kreischten los. Eine andere Orchestrierung als die Dschungelvögel, aber Wax, der die Nacht damit verbracht hatte herauszufinden, wie man auf Strohmatratzen schlief, konnte die Ähnlichkeiten erkennen: die Musik der Heimat.

»Je schneller wir aufbrechen, desto eher hören meine Ohren auf zu schreien«, sagte Die Erneuerung zu seinen beiden verschlafenen Wächtern. »Die Foti sind zwar lustig, aber ich halte das nicht mehr lange aus.«

Wenn die Vergnügungen der letzten Nacht die schmutzige Luft und die disharmonischen Geräusche in Schach gehalten hatten, so ließ das nüchterne Verlassen des Gasthauses Wax, Quik und Bliss das harte Leben der Foti in vollen Zügen spüren. Um sie herum öffneten Läden ihre Pforten für Besucher, die auf der Suche nach Frühstück, Werkzeugen oder Handelswaren waren. Ausrufer beanspruchten Stufen auf den Plätzen, um die Morgennachrichten zu verkünden, die sich, wie Wax hörte, hauptsächlich um die aktuellen Preise für verschiedene Erze und Metalle drehten. Die riesigen Karren rumpelten gnadenlos dahin und zwangen die Fußgänger, hastig auszuweichen, während sie vorbeirollten.

Doch das Trio hatte eine Richtung, Norden, und Bliss übernahm ihre Führungsrolle, wobei ihr Metallstab als praktischer Wegweiser diente. Die drei gingen nebeneinander her, ihre Vis-Gewebe bereits abgenutzt nach Tagen auf See ohne gutes Einölen. Auch ihre Füße trugen neue Kratzer von den manchmal rauen Pflastersteinen. Irgendwie brachten die steinernen Schluchten von Foti windige Böen mit sich und damit eine Kälte, die kühler war als das, was Vis selbst im dünnen Herzen des Winters fand.

Bliss schien die Gedanken der Gruppe zu erfassen, als sie sich umdrehte und einen Laden zu ihrer Linken ins Auge fasste. Staubige Fenster – Teile sahen aus, als wären sie an diesem Morgen geputzt worden, aber viel Glück dabei, gegen den Ansturm des Schmutzes anzukommen – gaben den Blick frei auf schwere und leichte Kleidung, echte Stoffe aus Baumwolle und Besserem.

»Es fühlt sich falsch an, unsere Heimat so früh aufzugeben«, sagte Quik, folgte aber trotzdem Bliss und Wax in den Laden.

Es würde sich schlimmer anfühlen, zu erfrieren, versicherte ihm Wax, während sie neue Outfits anprobierten. Mit Bliss, die erneut als ihre Gönnerin fungierte, verließ das Trio den Laden nicht lange danach in dickeren Klamotten. Bliss und Quik entschieden sich für orange und silberne Tuniken, dicke Hosen, die an den Knöcheln weit ausfielen. Ein klassisches Foti-Outfit für Reisetage, laut dem Ladenbesitzer.

Wax hielt es auffälliger, warf sich eine graue Jacke mit Kragen und goldenen Nähten über, dazu passende schwerere Hosen mit tiefen Taschen. Die Aufmachung eines Foti-Vorarbeiters, gemacht, um sowohl Werkzeuge als auch Respekt zu tragen.

»Fühlt sich richtig an«, sagte Wax auf die Blicke seiner Geschwister hin. »Ich bin euer Boss, schon vergessen?«

Quik sah zu Bliss hinüber. »Soll ich ihm etwas Verstand einbläuen?«

›Noch nicht. Wart' erstmal, bis er die Skars hat. Dann können wir ihn uns vorknöpfen.‹

»Ihr könnt es ja versuchen.« Wax zeigte auf die weiten Hosen. »Ihr werdet über diese Dinger stolpern.«

Doch sehr zu Wax' Ärger tat das keiner von beiden. Bliss und Quik schritten ohne Probleme voran, die drei bewegten sich mit mehr Selbstvertrauen und zogen weniger Blicke auf sich, da ihre Tattoos bedeckt waren und ihre Kleidung zur Foti-Mode passte.

Smythe bot auf ihrem Weg hinaus wenig anderes. Die Gebäude ragten zum riesigen Schmiedegebäude und Regierungsgebäude im Zentrum empor – das Trio blinzelte bei diesem Anblick, denn Kitayes Älteste bevorzugten eher Lagerfeuer-Gespräche am Strand, um ihre Stadt zu lenken – und fielen dann wieder ab, als die Gruppe sich nach Norden wand, zu einem Land hin, das nur noch unruhiger zu werden schien.

Wenn Vis seine Hügel und Täler unter üppigem Grün verbarg, so legte Foti sich bloß. Sobald Smythes Gebäude sich lichteten, endete eine Verengung mit einem stämmigen Tor und einer Steinmauer, die sich zwischen zwei gegenüberliegenden Graten erstreckte – beide, wie Wax mit einiger Genugtuung feststellte, niedriger als die Sanas in seiner Heimat –, schien sich die Weite vor ihnen endlos auszudehnen.

Eine gelangweilte Wachfrau trank aus einem dampfenden Kaffeebecher, als das Trio sich dem Tor näherte, einem einsamen Ort ohne einen einzigen Händler in Sicht. Auch keine Reisenden. Ein Rätsel, das die Wachfrau löste, als sie ihre fragenden Blicke las.

»Jeder weiß, dass der Seeweg besser ist«, sagte sie, ohne sich die Mühe zu machen, von dem wackeligen Stuhl und dem steinernen Tisch aufzustehen. »Wenn ihr die Insel zu Fuß überqueren wollt, sucht ihr entweder etwas oder ihr flieht vor jemandem.«

»Dann das Erste«, sagte Wax. »Wir gehen nach Norden. Wird uns diese Straße dorthin führen?«

Die Wachfrau zuckte mit den Schultern. »Könnte sein. Bin sie selbst nie gegangen.« Sie kniff die Augen zusammen, die unter einer dünnen, ascheverschmierten Kapuze hervorlugten. »Ihr seid also keine Einheimischen.«

»Was ist damit?«, fragte Quik und verschränkte seine beachtlichen Arme.

»Ich sage nur, dass ihr da draußen vorsichtig sein solltet«, schnaubte die Wachfrau. »Es gibt viele Möglichkeiten, wie Leute auf den Eisschollen verschwinden können, und denkt nicht, dass jemand kommen wird, um euch zu suchen. Zumindest nicht, um mehr zu tun, als eure Knochen zu plündern.«

»Bist du nicht ein bisschen verbittert? Es ist noch nicht einmal Mittag«, fragte Wax.

»Bewach du mal dieses einsame Tor den ganzen Tag, jeden Tag, und sag mir dann, ob du nicht auch ein bisschen ... verbittert wirst.« Die Frau winkte sie weiter. »Ihr solltet besser losgehen. Es gibt Unterkünfte, wenn ihr weit genug kommt. Und es gibt Unholde, die euch finden, wenn ihr es nicht schafft.«

Die Buschsteppe jenseits von Smythe verdunkelte sich, bevor sie mehr als ein paar Stunden gelaufen waren. Sie gingen nicht mehr auf Stein, sondern auf festgetretener Erde. Kleine Kreaturen, Eidechsen und dergleichen, huschten davon, als die drei vorbeimarschierten. Stechfliegen schwirrten heran, fanden sich von den bedeckenden Kleidungsstücken abgewehrt und summten davon, um leichtere Beute zu suchen. Ungehindert von Hindernissen nahm der Wind eine chaotische Wendung und ließ Bliss' und Quiks Hosen wie kleine Fahnen flattern und schnappen.

Zumindest blieb das Wetter kühl, die Sonne ein schwaches Hellbraun am frostigen blauen Himmel. Wax konnte lange Streifzüge durch den Dschungel-Schatten bei schwerer Hitze ertragen, aber ein langsamer Spaziergang an einem glühend heißen Tag war eine Form der Folter, die er nicht sicher war, aushalten zu können.

So wie es war, fragte Wax Bliss immer wieder, warum sie nicht ein Boot genommen hatten. Die Antwort war stets dieselbe: Der Skar lag nicht am Meer. Er befand sich nördlich des Inselzentrums.

»Aber hätten wir nicht einen spannenderen Weg finden können?«, fragte Wax seufzend, als das Gestrüpp verschwand und von hartem schwarzen Gestein ersetzt wurde. »Es wird mit jeder Minute langweiliger.«

Die Floes, wie die Foti sie nannten, verwandelten den geraden Verlauf der Straße in ein kurvenreiches Auf und Ab. Mehrere Schritte brachten sie in eine warme Senke, wo heißer Dampf und Rauch aus Rissen sickerten und der Schweiß drohte, sich zu zeigen, dann wurden sie Sekunden später wieder von Winters Atem angeblasen. Die Eidechsen und Insekten verschwanden, und nur ein paar zaghafte Unkräuter brachen durch das Lavagestein.

»Wir haben Glück«, sagte Quik, als sie ihren dritten aufgewühlten Grat überquerten. »Vis ist viel schlimmer als das hier.«

»Stimmt. Was würde ich nicht für eine gute Rebe und etwas frisches Obst geben.« Wax holte seinen Wasserschlauch heraus und nahm einen Schluck. »Wie hoch stehen die Chancen, dass uns hier das Wasser ausgeht und wir verdorren, verloren, wie die Wachfrau gesagt hat?«

›Nicht sehr gut‹, gebärdete Bliss. Sie war ein paar Schritte vorausgegangen und beugte sich vor, um einen Felsen zu untersuchen. ›Sie haben hier ein Zeichen eingemeißelt. Der Weg teilt sich.‹

Lesen war auf Vis keine besonders geschätzte Fähigkeit, aber die auf den Stein gekritzelten Buchstaben schienen Stadtnamen zu sein. Pfeile markierten die Richtung, einer nach Norden, der andere nach Westen.

»Bist du sicher, dass sie Norden gesagt haben?«, fragte Wax seine Schwester. »Wenn du dich irrst, liegt Quik definitiv vorne.«

Bliss verdrehte die Augen, ihre Finger blitzten: ›Ich irre mich nicht.‹

Der Weg nach Norden behielt jedoch nicht die wellige Form bei. Er tauchte ab und wand sich tief in eine Lücke zwischen zwei immensen, aber glatten Lavafelsen. Das Ziel wurde deutlich genug, bevor sie den Boden erreicht hatten:

die Öffnung einer Höhle, breit und gewellt, als ob die Lava viele Male aus ihrem Loch hervorgebrochen und wieder erkaltet wäre. Von oben sah die Höhle kleiner aus als die, die Wax und Bliss auf Vis betreten hatten, die mit dem Unhold, wo Pan-

»Glück für uns«, verkündete Wax, als sie sich dem Loch näherten und die Erinnerung verbannten. »Das müssen die Lavaröhren sein, von denen wir gehört haben. Das bedeutet, wir sind auf dem richtigen Weg. Gut gemacht, Bliss.«

›Hab ich dir doch gesagt‹, antwortete Bliss und nahm ihren Stab von der Schulter, um ihn vor sich auf den Boden zu stellen.

»Wofür ist das?«, fragte Quik, und Wax schloss sich der Frage an.

›Beim letzten Mal, als wir in eine Höhle gingen, kam ein Unhold hinter uns her. Ich bin einfach vorbereitet.‹

Wax blickte an sich herunter, auf die blaue Foti-Klinge an seinem Gürtel. Das Messer, das eigentlich Pan hätte bekommen sollen, hing auf der gegenüberliegenden Seite. Der Vis-Skar hing nahe seiner Brust, seine Wärme nahe seinem eigenen Herzen. Er war weit gekommen von dem gewebetragenden, baumhüpfenden Schreihals, der bei einem Unhold weggerannt wäre.

»Was meinst du, Quik, sind wir vorbereitet?«, fragte Wax und zog die Klinge. Ihr saphirblaues Metall glänzte im Sonnenlicht.

Quik grunzte und band seine Handschuhe fest. »Wenn uns ein Unhold findet, wird er merken, dass er einen großen Fehler gemacht hat.«

»Dann, Wächter, lasst uns in die Röhre gehen.«

11

DIE FEINE GESELLSCHAFT

Vom ersten Schritt an war Ami klar, dass dies nicht der richtige Ort für sie war. Kissen – Kissen! – lagen überall im Erdgeschoss des Gebäudes verstreut, in roten und lila Haufen anstelle von Stühlen, Tischen oder irgendetwas anderem. Ein schäbiger Teppich, übersät mit fleckigen Weinspuren, zog sich in die Ecken, wo sich Fäden zu halbfertigen Spinnennetzen ausfransten. Steinmauern schimmerten hinter brennenden Kerzen, die Ziegel mit krakelig geschriebener Poesie verziert. Körper bewegten sich in den Schatten, einige erhoben Gläser, um auf Amis Eintritt anzustoßen, andere hielten ihre Köpfe in Büchern vergraben oder kuschelten miteinander in Positionen, die Ami ganz und gar nicht genauer untersuchen wollte.

»Es ist ein bisschen viel, ich verstehe«, sagte ihr Empfangschef, als er sich ihr anschloss, um die Räume zu begutachten. »Du wirst dich aber daran gewöhnen. Unser Motto lautet schließlich: Freiheit des Körpers, Freiheit des Geistes.«

Ami holte tief Luft, um sich zu beruhigen. Ein Fehler,

denn die Welle von Weihrauch, die mit dem Einatmen kam, ließ sie so heftig husten, dass der Mann ihr zweimal auf den Rücken klopfen musste, um den Anfall zu beenden.

»Eine weitere unglückliche Erstlingswirkung«, sagte der Mann und beugte sich mit einem besorgten Lächeln in ihr Blickfeld. »Es wird in ein paar Minuten vorübergehen, wie bei allen anderen hier auch. Was mich betrifft, du kannst mich Mattimo nennen. Die anderen, deren Namen wirst du erfahren, wenn sie sich entscheiden, sie dir zu sagen.«

»Ami«, keuchte sie, schluckte und zwang sich, gerade zu stehen. Sie hatte gegen Unholde gekämpft, Katastrophen und Schrecken erlebt, wie diese Leute sie sich nicht vorstellen konnten. Ein paar Kerzen würden sie nicht zu Fall bringen. »Ich muss ein Buch finden. Mir wurde gesagt, ihr hättet es hier.«

Während sie sprach, schlenderte ein anderer Mann in einer schlampig sitzenden, tiefblauen Robe mit einem bis zum Rand gefüllten Kelch voll dunkelroten Weins herbei. Er hielt ihn Ami mit einer leichten Verbeugung entgegen: »Ein Willkommensgeschenk für die Wächterin.«

Wein in ungewöhnlichen Situationen gehörte zu Amis Sammlung schlechter Ideen, aber sie spürte, wie alle Augen auf sie gerichtet waren. Eine Ablehnung schien unangebracht. Sie würde den Kelch also annehmen, aber den Inhalt unangetastet lassen.

»Danke«, sagte Ami, nahm das Glas entgegen, hob es zum Gruß und wurde mit einem weiteren Chor abgehackter Willkommensgrüße bedacht.

»Bitte«, rief Mattimo ins Haus, »lasst die Musik wieder erklingen. Ich liebe euch alle, aber ich bin mir sicher, die Wächterin würde lieber etwas Angenehmeres hören als unsere Hobbys.«

Vielleicht würde Ami den Wein doch trinken. Sie nahm einen Schluck, und der Geschmack von Muskatnuss und Kirsche verweilte auf ihrer Zunge. Gar nicht übel, alles in allem.

Mattimo winkte sie von der Tür herein, die er hinter ihr schloss und verriegelte. Normalerweise hätte Ami dies als Zeichen einer Falle gesehen, etwas, vor dem man sich in Acht nehmen sollte, aber die Menschen, die sie um sich herum sah, waren so weit von Dieben und Kriegern entfernt, wie sie es sich nur vorstellen konnte.

»Also dann«, sagte Mattimo und führte die Wächterin durch den Raum in einen schmalen Flur. Hier säumten Gemälde die Steinwände, und Ami erwartete, selbstgefällige Porträts zu sehen, fand stattdessen aber kunstvoll gestaltete Darstellungen alter Lieder, Ausschnitte aus Gedichten, die vor Aquarell-Wäldern oder nebligen Bergen prangten. »Sie fragten nach einem Buch?«

Wie sehr konnte man einem Mann vertrauen? Ami führte für Menschen eine private Bewertungsskala. Die meisten begannen auf den ersten Blick in der Mitte. Man akzeptierte sie so, wie sie waren, und gab ihnen wenig von Wert. Bald jedoch bestimmten Taten ein Abrutschen oder Aufsteigen, eine Bewegung hin zum Vertrauten oder zum Versager. Doch all dies zu ertragen, nur um am Ende mit leeren Händen davonzugehen, war keine Option.

Ami würde heute Abend noch mehr trinken, allein auf ihrem Balkon, und verdammt, sie würde es mit der Trophäe in der Hand tun.

»Was wissen Sie über Demion?«, fragte Ami Mattimo, als der Mann sie zur gegenüberliegenden Seite des Hauses führte, in eine Küche, die vor Essen und Getränken überquoll, obwohl alles von außerhalb geliefert zu sein schien. Bei ihren Worten runzelte Mattimo die Stirn und winkte dann den anderen drei Personen in der Küche, hinauszugehen.

Die Machtstruktur wurde deutlich, als das Trio ohne Fragen gehorchte und mit glasigen Augen und starren Lächeln an Mattimo und Ami vorbeihuschte.

»Ein seltsamer Name, um damit zu beginnen, Wächterin«, sagte Mattimo und ging zu einem schmalen Holzregal, das mit Weinflaschen überfüllt war, die meisten geöffnet und halb leer, als ob die Leute sich nicht die Mühe gemacht hätten, zu Ende zu trinken, was sie angefangen hatten. Mattimo schenkte zumindest aus einer offenen roten Flasche nach, die farblich Amis Wein ähnelte. »Die meisten kennen Demion nur aus ihren Kindheitsgeschichten. Der erste Zirkel, die erste Aegis.«

»Ich will wissen, was sie sonst noch herausgefunden hat.« Ami griff in den Beutel an ihrer Hüfte, zog das Buch heraus, das sie überflogen hatte, und hielt es hoch. »Das hier fühlt sich gezwungen an.«

Mattimo, einen Kristallkelch in der einen Hand, nahm das Buch mit der anderen und seufzte, als er den Titel auf dem Umschlag las. »Manche Dinge werden geschrieben, um den Leser zu erfreuen. Andere werden geschrieben, um die Mächtigen zufriedenzustellen.«

»Was fehlt?«

Mattimo gab ihr das Buch zurück. Sein Gesicht hatte einen anderen Ausdruck als der des ausgelassenen Gastgebers von vor einer Minute. Berechnungen liefen durch die Falten, die schlaffen Wangen und das ergrauende Haar.

»Wonach gräbst du, Wächterin?«

»Hoffnung. Für meine Freundin.«

»Die Aegis?«

»Meine Freundin, Mattimo. Das ist sie für mich.«

Der Mann nickte. Seine Augen huschten zur Tür, zu

seinem Weinglas. Ami hatte den Eindruck einer nervösen Maus, die sich wünschte, gehen zu können. Dann richtete sich Mattimo auf, fand seinen Rückgrat wieder.

»Wir halten diese Feiern hier unten ab, weil es neugierige Blicke vermeidet«, sagte Mattimo. »Entgegen dem, was du vielleicht denkst, ist es nicht nur das. Wir verbringen Tage mit Diskussionen, schreiben und beraten über Dinge, über die kein Seemann, kein Bergarbeiter, kein najahnscher Soldat Zeit hat nachzudenken. Wir bringen hier unsere Zivilisation voran.«

»Toll. Was hat das mit meiner Frage zu tun?«

»Ich sage, dass wir hier frei sind, Dinge zu besprechen, die anderswo nicht gesagt werden, nicht weil der Kreis uns die Erlaubnis gibt, sondern weil neugierige Augen und Ohren nicht in der Nähe sind.« Mattimo neigte den Kelch, leerte das Glas in einem Zug und füllte es nach. »Die Najahn sind wie jede Gesellschaft. Wir bewahren Geheimnisse, einige brisanter als andere.«

»Wonach ich frage, ist also ein Geheimnis?«

»Ein so großes, dass es mich, jeden hier und alles, was wir tun, gefährden würde, es zu enthüllen.«

»Gefährden wie? Dass ich es jemandem erzählen könnte?«

Mattimo zeigte ein kleines Lächeln. »Dass du das, was uns so lieb und teuer ist, auseinanderreißen könntest.«

Ami griff an Mattimo vorbei und stellte ihren Kelch auf das Regal. Sie richtete sich auf, stand über dem kleineren Mann und setzte die Soldatenmiene auf, die sie getragen hatte, als sie Foti-Minen vor Banditen und Schlimmerem bewachte. Dieser Blick brachte die Leute normalerweise dazu, sich für ihren Weg zu entscheiden, aber Mattimo wurde weder blass noch wich er zurück.

»Ich sehe, was du versuchst, Ami«, sagte Mattimo.

»Glaub nicht, ich würde es dir nicht sagen, aber es würde meinen Tod bedeuten, wenn es herauskäme. Deinen auch und möglicherweise den aller hier Anwesenden.«

»Es zu verheimlichen bedeutet, dass die Aegis tot ist.«

»Sie würde sowieso sterben, wie auch die nächste und die übernächste.«

»Zehn Jahre, Mattimo. Nur zehn Jahre.« Ami drückte einen spitzen Finger gegen Mattimos Brust. Der Mann blickte darauf, schluckte sein zweites Glas Wein hinunter. Als er sich umdrehte, um es wieder zu füllen, stieß Ami ihn, drückte ihn gegen das Regal. »Die Aegis davor hielt zwölf Jahre durch. Wie lange, bis wir in Wochen, Tagen rechnen? Eine ständige Reihe von Kindern, die sich aufreihen, um zu sterben, damit die Unholde in Schach gehalten werden?«

Mattimos schwaches Lächeln blieb bestehen. »Du und ich werden längst tot sein, wenn es soweit kommt.«

»Du wirst noch vor Mitternacht längst tot sein, wenn du mich nicht ernst nimmst.«

»Das tue ich, Ami, das tue ich.« Mattimos Ausdruck veränderte sich, seine Augen huschten nach oben und leuchteten mit neuer Hoffnung. »Was versuchst du dann zu tun? Die Aegis irgendwie zu retten? Ich kann dir jetzt schon sagen, dass kein Geheimnis Catya ihre Jahre zurückgeben wird.«

Ami zog ihre Hand zurück und versuchte, sich selbst einzureden, dass sie das nicht erwartet hatte. Die Skars besaßen Macht, und ja, ein Teil von ihr glaubte, sie könnten Catyas Uhr zurückdrehen und ihr eine zweite Chance geben für das, was sie verloren hatte. Ohne das ... ohne das ging es um die Zukunft.

»Dann will ich sicherstellen, dass sie die Letzte ist, der das passiert«, sagte Ami.

»Wieder ein unmögliches Versprechen. Was ich weiß,

sind nur Andeutungen, Flüstern, und sie haben dir vielleicht nichts zu bieten.«

»Vielleicht ist besser als das, was ich habe.«

»Und was habe ich, Ami?« Mattimos Blick veränderte sich erneut, ein Mann vieler Stimmungen. Seine Stimme jedoch verwandelte sich mit ihm, nicht länger ein Bettler, ein Trotzkopf, sondern nun ein Händler. »Risiken können nicht umsonst eingegangen werden.«

»Der Welt zu helfen reicht dir nicht?«

»Wenn es das täte, wäre ich dann hier?« Mattimo gluckste, und dieses Mal hielt Ami ihn nicht davon ab, seinen Kelch nachzufüllen. »Ich habe versucht, dich vom Gegenteil zu überzeugen, aber wenn du diese Informationen willst, dann musst du etwas finden, das ich will.«

»Du meinst etwas, das ich geben kann.«

»Ganz genau«, sagte Mattimo. Ami hatte plötzlich einen Geistesblitz, wo sie sich befanden, welche Arten von Grausamkeiten diesen Ort füllten. Ihr Blick ließ Mattimo zusammenzucken. »Nichts Geschmackloses, bitte. Tatsächlich würde ich etwas viel Gewöhnlicheres bevorzugen.«

»Und das wäre?«

Jetzt funkelten Mattimos Augen wirklich, und seine Worte flossen weniger wie Honig und mehr wie scharfe Reißzwecken, die ihr Ziel mit jeder Silbe stachen.

Zurück in ihrem Zimmer goss sich Ami tatsächlich ein Glas ein. Weiß und kühl in der abendlichen Witterung. Der Winter nahte, eine langsame Angelegenheit auf Noctia, aber die Meeresbrise konnte die Temperatur nehmen und damit machen, was sie wollte. Ami ließ sie ihre glühenden Locken über ihr Gesicht wehen, ihre Augen blickten über die Klippe, ohne sie zu sehen.

Was Mattimo verlangte, würde nicht einfach sein. Es würde nicht richtig sein. Aber es war etwas, das Ami vielleicht in die Hände bekommen konnte. War es wert, ihre Stellung zu riskieren, ihre Fähigkeit, Catya zu helfen? Mattimos Informationen könnten nichts sein, könnten so vage und frustrierend sein wie das Buch.

Aber nichts zu tun war auch keine Option.

Ami wandte ihren Blick zu Flamebreak, das an der Wand lehnte. Sie hatte das Schwert als Geschenk erhalten, um es für einen ruhmreichen Zweck zu nutzen. Vielleicht war es an der Zeit, es wieder aufzunehmen, nur um die Welt zu retten, nicht um eine weitere arme Seele zu einem langsamen Tod zu verdammen.

Okay, Mattimo. Sie würde seinen kleinen Brief besorgen, egal wen sie dafür beiseiteschieben musste.

Die Welt verlangte so viel.

12

IN DIE HITZE

Höhlen erschienen nicht mehr ganz so wie früher nach dem Abenteuer auf Vis, wo ein Ungeheuer aus dem Wasser gestürmt war und Wax und Sawi gejagt und beinahe getötet hatte. Der Lavaschlauch glich nicht der Dunkelheit jener Höhle, dank der orangegelben Linien, die sich entlang des Bodens, der Decke und der Seiten des großen gewölbten Felsens zogen. Die Adern fesselten das Trio schon bei den ersten Schritten und zogen ihre Blicke mit ihrer fließenden, hypnotisierenden Farbe in ihren Bann.

»Nicht gerade normal, oder?«, sagte Quik.

›Wette, hier schon‹, gab Bliss zurück. ›Foti hätte keinen Weg hierher, wenn es nicht sicher wäre. Lass uns gehen.‹

»Warum hast du es so eilig?«, fragte Wax.

›Weil ich keine Lust habe, die Nacht hier draußen zu verbringen‹, gebärdete Bliss. ›Die Leute, mit denen ich gesprochen habe-‹

»Du meinst die, die du verprügelt hast?«, warf Wax ein.

›Ja, die. Sie sagten, dass Reisende nicht die Einzigen auf den Foti-Wegen sind, besonders nachts.‹

»Wie zum Beispiel?«, Quik hielt seinen Blick auf die fließenden Adern gerichtet. Wie orangefarbene Sterne, die zu einer Linie verschmiert waren.

›Banditen. Monster. Ich habe keine Details bekommen.‹

»Ich denke, wir sind vorbereitet«, Wax zuckte die Beschwerde ab, beschleunigte aber trotzdem seinen Schritt. Bliss hatte in einem Punkt Recht - in Fotis karger Wildnis zu bleiben, war nicht das Ziel. Wax hätte nichts dagegen, heute Nacht woanders als auf dem Felsen zu schlafen.

Auf Vis konnte man immer ein Blätterdach zum Kuscheln finden, ein einladendes Blatt oder eine Sana-Blume, die ein gemütliches Bett boten. Wax verzog das Gesicht, als er auf den spröden Boden blickte: Hier wäre es nicht so bequem.

Die Lavaröhre beendete zumindest den beißenden Wind, der sie auf Fotis rollenden äußeren Hügeln geplagt hatte. Leider wurde dieser Wind durch eine drückende Hitze ersetzt, die zunahm, je weiter sie sich vom Eingang der Röhre entfernten. Bald stopften sie ihre äußeren Kleidungsschichten zurück in ihre Taschen und kehrten zu ihren Vis-Geweben zurück.

»Wie die Foti hier drin nicht schmelzen, verstehe ich nicht«, murmelte Wax, während der Schweiß seine Stirn hinablief.

»Siehst du hier unten viele von ihnen?«, fragte Quik.

»Jetzt wissen wir wohl, warum.«

Bliss übernahm die Führung, während Quik das Schlusslicht bildete. Wax fragte sich, ob dies das neue Normal werden würde, seine mutige Schwester und ihr Metallstab als seine Vorhut. Er und Pan waren als Paar gegangen, Wächter und Erneuerung zusammen.

Das hatte nicht funktioniert. Warum also nicht etwas Neues versuchen?

Als der Tag in den Nachmittag überging, setzte die Lavaröhre ihren abfallenden Abstieg fort und drang tiefer in die Erde von Foti ein. Dabei wurden die Adern heller und zogen sich wie Spinnweben durch das graubraune Gestein, bis es schien, als würden sie mehr auf einem felsigen Fluss über Lava laufen als in einem Tunnel.

Auch das Gestein selbst veränderte seinen Charakter und entwickelte neue schimmernde schwarze Flecken, von denen einige Spuren einer Spitzhacke trugen, als ob ein zaghafter Bergbau begonnen und dann schnell wieder aufgegeben worden wäre.

»Was ist der Preis dafür?«, sinnierte Quik, als sie am ersten vorbeigingen, »Ein bisschen von was auch immer das ist, auf die Gefahr hin, eine dieser Adern zu durch-stoßen und als geschmolzener Mann zu enden?«

»Kommt darauf an, wie verzweifelt du bist«, sagte Wax.

»Wer wäre so verzweifelt?«

»Ich weiß nicht, ob du im Amboss und Arme aufgepasst hast, aber da gab es mehr als ein paar, die aussahen, als würden sie in Erwägung ziehen, eine Axt an das Ding zu setzen.«

»Niemand auf Vis wäre so verloren.«

»Wir sind nicht auf Vis, Bruder, falls es dir nicht aufge-fallen ist.«

Bliss hielt sich zurück. Vielleicht hatte sie während ihrer Straßenkämpfe mehr als ein paar ähnliche Leute gesehen. Wer würde sich auf solche Kämpfe einlassen, außer den Blutrünstigen oder den Gebrochenen?

Wax schüttelte den Gedanken ab. Das große Abenteuer erschien viel erträglicher, wenn man sich nicht in den dunkleren Seiten der Orte verlor, die sie besuchten. Seine Aufgabe war es nicht, Fotis Probleme zu lösen, sondern Die Sieben Inseln zu retten.

Oder, wenn er es nicht zur Aegis schaffte, eine gute Zeit beim Reisen zu haben.

»Halt.« Bliss hob ihre rechte Hand, den Stab in der linken. »Da vorne bewegt sich etwas.«

»Wo ist 'da vorne'?«, fragte Wax und stellte sich neben seine Schwester.

Sie richtete den Stab auf eine kreisförmige Steinplatte an der Decke der Röhre, einige Schritte entfernt. Rubinrote Lavaadern umrundeten den Kreis, eine seltsame Biegung, wenn man bedenkt, dass die Lava sonst überall einfach geradeaus schnitt. Zu der Seltsamkeit kam hinzu, dass das von den Adern reflektierte Licht dazu neigte, vom Felsen abzuprallen, zu schimmern und ansonsten eine dunkle Mitte zu hinterlassen. Ein düsterer Mond am anthrazitfarbenen Himmel der Röhre.

»Was meinst du, was das ist?«, fragte Quik.

»Keine Ahnung«, gebärdete Bliss und schwenkte dann den Stab entlang der rechten Wand. »Aber ich glaube nicht, dass es schon lange da ist.«

Die zukünftige Platzierung ihrer Schwester als Jägerin gewann an Glaubwürdigkeit, als Wax ihrem Stabzeig folgte. Schmale Risse in der Felswand der Lavaröhre zogen sich von einer breiten Ader an ihrer rechten Seite nach oben, die Risse selbst glänzten in schwachem Gelb, Lavabröckchen rannen wie tropfendes Bier aus einem überfüllten Krug herab. Diese Vertiefungen kletterten die ganze Wand hinauf bis zur Decke, wo sie sich in einer stetigen Linie bis zum kreisförmigen Fleck fortsetzten, eine Stelle, von der Wax jetzt bemerkte, dass sie genau über der Röhre zentriert war.

»Ich habe das Gefühl, das könnte eine Falle sein«, sagte Wax.

»Dann bist du kein Idiot«, fügte Quik hinzu.

»So weit würde ich nicht gehen«, gebärdete Bliss und

fuhr fort, bevor Wax eine Erwiderung hinzufügen konnte. »Ich werde es auslösen. Quik, sei bereit.«

»Natürlich.« Quik streifte seine Handschuhe über und band den roten Faden um seine Handgelenke. »Wax, bleib zurück.«

»Warum sollte ich meine Wächter davon abhalten, ihre Arbeit zu tun?«

»Weil du es bereits zweimal getan hast.«

Wieder hätte Wax etwas erwidern wollen, um die Beleidigung zu kontern – zweifellos hätte eine vernichtende Antwort seine Lippen finden sollen –, aber Bliss beendete das Gespräch mit einem harten Sprung nach vorn, senkte den Kopf, hielt den Stab mit beiden Händen und stürmte los.

Als sie sich dem Fleck näherte, entfalteten sich die schimmernden Seiten und breiteten sich in dunklen Büscheln an der Decke aus. Das Ding, was auch immer es war, schien so breit wie Bliss' Stab zu sein, und als es sich entfaltete, tropfte Lava aus seiner Mitte, einer Mitte, die sich zu einem Kreis öffnete, gespickt mit gelben, dampfenden Zähnen.

Die Kreatur fiel herab. Nein, sie stieß sich ab, ihre vielen Beine drückten sich von der Decke ab und schienen auf einen schnellen, tödlichen Abfang mit Bliss aus zu sein. Wax schrie auf, Quik rannte seiner Schwester hinterher, und Bliss tauchte ab.

Nein, mehr als das. Wax staunte, als Bliss ihren Stab benutzte, dessen Vorderende in den Felsen trieb, um sich schneller vorwärts zu katapultieren, unter dem herabstürzenden käferartigen Ding hindurchglitt und auf dessen anderer Seite landete. Die Kreatur landete mit einem lavaschleudernen Krach, Funken flogen, als sie krabbelte – Wax schätzte ihre Beine als »viele« ein, und sie befanden sich auf allen Seiten um einen abfallenden zentralen Panzer. Das Maul schien in der Mitte zu sitzen, diese Zähne mahlten ohne erkennbaren Schaden in den Felsen.

Bliss wirbelte herum, als sie landete, brachte den Stab in eine Verteidigungsposition und musterte das Monster, als es sich zu ihr drehte, falls so etwas überhaupt ein Gesicht hatte.

Quik nutzte die Gelegenheit.

Er senkte die linke Schulter, ignorierte die brennenden Funken, die bei seinem Sturz auf seine Haut gespritzt waren, und griff mit der linken Hand nach dem Wesen. Er beugte die Beine, spannte seine kräftigen Arme an und schleuderte die Kreatur mit einer schaufelnden Bewegung über den Haufen. Mit der rechten Hand führte Quik seinen Handschuh über sein Gesicht und fing die neu geschleuderten Glutstücke auf dem geölten Holz auf.

Bliss brauchte keinen Hinweis, um zu wissen, was zu tun war. Sie schwang ihren Stab in einem harten Schlag quer über ihren Körper, um den emporgehobenen Lavakäfer zu zertrümmern. Das mit Metall verstärkte Bambus krachte gegen die krabbelnden Beine des Dings und schleuderte es gegen die rechte Wand der Lavaröhre. Der Aufprall knallte, Gestein und Panzerteile flogen überall umher.

Doch diese Beine krabbelten weiter, die Zähne, nun entblößt, klapperten, als der Käfer versuchte, sich zu befreien.

Ein Klappern, das Wax jetzt verdächtig laut vorkam.

Er blinzelte, riss sich von der Aktion los – Bliss näherte sich dem gefangenen Käfer mit erhobenem Stab, bereit, ihm ein zerquetschendes Ende zu bereiten – und blickte nach rechts, wo sich diese breite Lavaader befand.

Und stöhnte auf.

Ein weiterer Käfer, dessen viele Beine von der Hitze der Lava bernsteinfarben glühten, kroch frei, ein Glied nach dem anderen. Jedes spitze Ende traf mit einem zersplitternden, grässlichen Geräusch auf den Fels, Lava sammelte sich bei jedem Schritt und schmolz den Stein.

Als ein zweites Klicken und Klappern von hinten ertönte, schloss Wax für einen kurzen Moment die Augen, sandte ein Gebet zu Vis und zog seine Klingen. Das Foti-Schwert und -Messer nahmen im Licht der Lava einen brillanten blauen Farbton an und weckten etwas Hoffnung, als Wax sich umdrehte, um sich dem Ding zu stellen, das von hinten angriff.

»Wir haben noch mehr Freunde!«, rief Wax und entschied sich, etwas Abstand von dem seitlichen Käfer zu gewinnen, indem er auf den Angreifer im Rücken zustürmte.

Im Gegensatz zu dem schwarzen und glänzenden Monster von der Decke trug dieser verkohlte grüne, gesprenkelte Linien entlang des Käferpanzers. Wax hielt diese Markierungen zunächst für zufällig, ähnlich dem Fell eines Hanoko, doch als er sich auf Schwertstoßlänge näherte, offenbarte sich die Wahrheit: Es waren dieselben Narben, die Bliss auf den Unholden zurück auf Vis beschrieben hatte.

Also keine Einheimischen von Foti, sondern weitere Schrecken aus dem Dunklen Untergrund.

»Gut«, sagte Wax und schwang sein Schwert in einem überkreuzenden Schnitt gegen das vordere Dutzend Beine des Käfers. »Dann werde ich mich nicht schuldig fühlen, dich zu töten.«

Der Käfer nahm das Schwert mit einem kreischenden

Zirpen auf, seine Beine wurden abgetrennt, als würde Wax durch Blumenstängel schneiden. Gegen Lava mochten diese Dinger resistent sein, aber gegen einen scharfen Hieb? Sie hatten nichts entgegenzusetzen.

Außer roher Überraschung.

Der Käfer sprang auf, als er seine Beine verlor. Wax' Schwung ließ seinen Arm über seinen Körper gleiten, das Foti-Messer in seiner Hand hing an seiner linken Hüfte und war in keiner Position, um sich gegen den plötzlichen Sprung des Käfers zu verteidigen. Mit fliegenden Funken schoss ein zahnbewehrtes Maul auf Wax' Gesicht zu, ein sicherer Treffer. Zumindest wäre es das bei jedem gewesen, der nicht darauf trainiert war, plötzlichen Ästen, Ranken und allerlei Hässlichkeiten auszuweichen, die der Dschungel mit hoher Geschwindigkeit auf einen werfen konnte.

Wax streckte sein linkes Bein aus und nutzte den Rest seines Schwungs, um auf die Seite zu fallen und mit der linken Schulter auf dem Boden des Lavaröhre aufzuschlagen. Der Käfer landete hinter ihm und versuchte, mit nicht mehr vorhandenen Beinen abzubremsen. Das Wesen rollte sich, seine mahlenden Zähne zur Decke gerichtet.

Wax stützte sich mit dem Foti-Messer und seiner linken Hand am Boden ab und stürzte sich zurück auf den Käfer. Er stieß mit dem größeren Schwert nach unten und rammte die Spitze direkt in das ekelhafte Maul des Käfers. Das Schwert drang ein, ein zitternder Stich, und für einen Moment zuckte das Monster, sodass Wax sein Messer fallen lassen und mit beiden Händen festhalten musste, bis das Vieh aufhörte sich zu wehren.

Wax ließ den Griff des Schwertes los, setzte sich zurück und sah zu, wie Quik sein Insekt erledigte, indem er den zerrissenen, zerschlagenen Käfer immer wieder auf den Boden warf, bis sich das Wesen nicht mehr bewegte.

»Alles okay?«, gebärdete Bliss, als sie neben Wax angerannt kam und mit besorgter Miene neben ihm auf dem Felsen zum Stehen kam.

Er grinste. »Du kannst von Glück sagen, dass ich kämpfen kann.«

Bliss runzelte die Stirn und musterte ihn von oben bis unten. »Stimmt wohl. Tut mir leid, ich hätte mehr erwarten sollen.«

Wax legte sich auf den Felsen zurück, eine Bewegung, die bewies, dass eine Nacht auf dem harten Boden für ihre müden Knochen eine schreckliche Idee wäre.

»Wir wissen nicht, was uns erwartet, Bliss. Bei nichts davon. Ich denke, das ist der Grund, warum so viele Erneuerungen auf der Reise sterben.« Er blickte zur Decke, diese satten, farbenfrohen Adern wirkten plötzlich nicht mehr ganz so schön. »Wir sind aufgewachsen in dem Glauben, die Inseln seien nicht so gefährlich, aber ich glaube, wir haben uns geirrt.«

Wax spürte, wie seine Schwester seine Hand ergriff, und war überrascht, als sie ihn hochzog und seine momentane Träumerei unterbrach.

»Dann werden wir eben besser«, gebärdete Bliss, als Wax aufgestanden war. Sie wechselte ihren Stab in die rechte Hand, griff nach der Foti-Klinge und zog sie aus dem toten Käfer. Sie ignorierte den Lavaschwall, der dem Zug folgte, und reichte die dampfende, aber noch intakte Waffe ihrem Bruder zurück. »Das ist erst der Anfang.«

Wax lachte. »Wo hast du gelernt, so zu reden, Bliss?«

»Ist das nicht die Art, wie Wächter klingen sollten?«

»Wie Svarde?«

»Er hat Catya zur Aegis gebracht, oder?«

Dieser Gedanke war nicht so tröstlich, wie Wax es sich gewünscht hätte.

Jarls Zahn. Der Name, in einen Felsen geritzt, der tatsächlich wie ein großer, angeschlagener Zahn aussah. Er ragte zwischen den glühenden Adern empor, ein paar Stunden nach der Käferschlacht, ein willkommener Anblick für ein Trio, das jetzt zu müde war, um sich vorzustellen, noch viel weiter zu kämpfen. Wax hatte die letzten zwanzig Minuten damit verbracht, sich eine Möglichkeit auszudenken, seinen Ranzen auf dem rauen Boden auszubreiten.

Zumindest würde es hier unten nicht kalt sein.

Schweiß bedeckte sie alle, vermischt mit dem Geruch eines Tagesmarsches, der nach einem Bad schrie. Hier würde jedoch kein Ozean Erleichterung bieten, was bedeutete, dass Jarls Zahn besser etwas zu bieten hatte, selbst wenn es nur Stöpsel für ihre Nasen wären.

Die Lavaröhre, die sie zur Stadt führte, öffnete sich, ihr anmutiger Zylinder mündete in eine blasenförmige Felskuppel, die von mehreren anderen großen Höhlen durchbohrt war.

»Ein Treffpunkt der Röhren«, murmelte Wax, als sie die riesige unterirdische Höhle in Augenschein nahmen.

Normalerweise wären Höhlen in dieser Tiefe stockdunkel, aber sie brauchten keine Fackel anzuzünden: Diese brillanten Adern spannten sich über Boden und Decke, schwangen entlang hängender Felsen und krochen wieder hinauf. Einige spalteten sich weit genug, um geschmolzene Flammen auszuspucken, winzige Geysire, die nicht über Wax' Schienbeine hinauskamen, aber dennoch schön waren, auf eine feurige, schreckliche Art.

»Das ist das Gegenteil von zu Hause«, sagte Quik, und Bliss nickte zustimmend. »Ich hasse es.«

Wax holte tief Luft und streckte seine Arme nach oben,

um einen Gegenpunkt zu setzen, aber der beißende Geruch, der mit dem Einatmen kam, löste stattdessen einen Hustenanfall aus. Als beide Geschwister ihn ansahen, mit geneigten Köpfen und besorgten Blicken, winkte Wax in Richtung der zusammengedrängten Gebäude.

»Lasst uns einfach reingehen.«

Jarls Zahn bot fünf Häuser, jedes mit einem Anbau wie einer Werkstatt, einem Gehege für Kleintiere oder einem geschützten Garten voller pilzartiger Pflanzen. Darüber hinaus gab es nur noch das Gasthaus.

Ein massives Bauwerk, das aussah, als hätte jemand mehrere große Obsidianscheiben flachgeschlagen und aufeinandergestapelt, stand das Gasthaus von Jarls Zahn – praktischerweise ebenfalls Jarls Zahn genannt – mitten im Zentrum der Höhle. Alle Wege führten zu dem Ding, und zum ersten Mal an diesem Tag sahen die drei andere Menschen. Echte, lebendige Menschen.

Und doch, die Leute, die vor dem Jarls Zahn herumlungerten, waren ein dreifacher Blickfang. Die Bergleute und Arbeiter in Smythe hatten überall Asche, trugen Fett und Schweiß wie Ehrenabzeichen. Die Gruppe, die sich vor dem Jarls Zahn tummelte, alle mit Pfeifen im Mund, blaue und weiße Rauchschwaden bei jedem Atemzug aufsteigend, sah aus, als wären sie, nun ja, aus den Lavaröhren gekrochen.

Welche Hautfarbe sie auch immer zuvor gehabt haben mochten, jetzt war alles verkohltes Schwarz, eine dicke Schicht, die auf alles Unbedeckte geschmiert und eingebrannt war. Angesichts der Hitze trugen die Männer und Frauen dort draußen nicht viel. Enge Bänder umwickelten ihre Hände, während dicke Stiefel ihre Füße bis zu den Knien bedeckten. Hemden und Shorts, locker und dreckig, vervollständigten das Ensemble. Das einzige hervorstechende Merkmal, das Wax sah, waren kleine Embleme, die auf ihre Brust genäht waren.

Wenn das Vis-Trio die Bewohner von Jarls Zahn inspizierte, dann inspizierten die Bewohner von Jarls Zahn sie ganz sicher auch. Langsame Blicke wurden zu festgehefteten Starren, als die drei in die Stadt liefen, ihre Taschen voll und schwer, ihre verblassten Gewebe eindeutig nicht der örtlichen Mode entsprechend.

»Dann zum Gasthaus?«, sinnierte Quik, als sie an den ersten Häusern vorbeikamen.

»Gibt es denn sonst irgendwo?«, erwiderte Wax. »Ich beantworte das mal: nein.«

Niemand bemühte sich, ein Gespräch anzufangen, als sie sich näherten. Die Leute klebten an ihren Pfeifen, ihre Augen wandten sich nur ab, wenn Wax versuchte, den Blick mit einem eigenen zu erwidern. Die Blicke wirkten nicht feindselig: keine gerunzelten Stirnen, keine verengten Augen oder Hände, die zu den Hämmern wanderten, die anscheinend jeder an der Hüfte trug. Neugier also. Sogar eine leichte Belustigung, als sich die Lippen zu angedeuteten Lächeln verzogen.

»Ich habe den bestimmten Eindruck, dass wir hier nicht sein sollten«, murmelte Wax.

»Der einzige Ort, an dem wir sein sollten, ist Vis«, sagte Quik. »Das ist Teil dieser ganzen Sache. Die Inseln sehen, über sie lernen, zum weltoffenen Bürger werden, bevor du den Mantel der Aegis übernimmst.«

»Du redest immer noch, als ob ich derjenige sein werde, der das macht.«

»Du wirst es sein.«

»Verdammst du deinen Bruder zu einem Leben auf dieser schrecklichen Insel, hm?«

Quiks Erwiderung, falls er eine hatte, wurde unterbrochen, als Bliss die Haupttür des Gasthauses aufstieß. Die schmiedeeiserne Platte hätte schwer sein müssen, das legte ihre verkohlte Kruste nahe, aber als Bliss schob, drehten sich Zahnräder und ließen die Tür mit einem angenehmen industriellen Knirschen nach innen gleiten.

Wax war sich nicht sicher, was er von einem Foti-Gasthaus erwartet hatte, das im Inneren einer Lavaröhre steckte, aber was er sah, schien diese vagen Vorstellungen zu durchbrechen.

Zu allererst materialisierte sich die erwartete Hitze nicht. Tatsächlich schwappte eine kühle Welle an Bliss vorbei, über Wax und seinen Bruder hinweg. Der Schweiß überall kühlte ab und löste einen verwirrten Schauer aus. Die Quelle dieser Luft wurde schnell offensichtlich: ein massiver Eisblock, der sich vom Boden bis weit zur Decke erstreckte und in einem gläsern-silbernen Käfig einge-schlossen war. Wasser tropfte von dem Brocken herab und lief in dünne, mit Gittern bedeckte Rohre entlang des Gast-haus-Bodens. Keine Frage also, woher das kleine Dorf seine Wasserversorgung bezog.

Jenseits des Eises - eine Beobachtung, für die sich Wax Zeit ließ, da er Schnee und Eis noch nie gesehen hatte, außer aus der Ferne auf den höchsten Gipfeln der Berge von Vis im Winter - bot der Jarl's Tooth die üblichen langen Steintische, die sie in Smythe gesehen hatten. Bierkrüge dominierten, ebenso wie geräuchertes Fleisch und Haufen von Wurzelgemüse. Auch getrocknete Früchte wurden angeboten und vervollständigten ein schmackhaftes Ensemble, zumindest dem Aussehen nach.

Die Menschen, die am Abendessen im Jarl's Tooth teil-nahmen, verstärkten die Atmosphäre der Smythe-Arbeiter und waren wie die draußen mit einer rauen Schicht überzo-gen. Sie stürzten sich mit dem Eifer derer, die den ganzen

Tag jeden Muskel beansprucht hatten, auf ihr Essen. Gespräche wechselten sich ab mit ausgespucktem Speichel, der präzise in aufgestellte Spucknäpfe landete, während mehrere Kellner mit manischer Inbrunst zwischen den Tischen hin und her eilten. Einer wagte es, dem Trio aus Vis einen zweiten Blick zuzuwerfen, bevor er auf einen kleineren, leeren runden Platz nickte.

Die angebotenen Steinhocker waren nicht bequem, aber nach einem Tag auf seinen schmerzenden Füßen war das Wax ziemlich egal. Sie stellten ihr Gepäck neben sich, angelehnt an die Vorderwand des Gasthauses. Einige Augen wanderten zu ihnen herüber, verweilten für lange Sekunden, bevor sie wieder in ihren Alltag zurückgezogen wurden.

»Ich glaube nicht, dass sie uns angreifen werden«, gebärdete Bliss, als sich die drei vom Raum abwandten und wieder ihrem Tisch zuwandten. »Ich sehe keine Waffen.«

»Lustig, dass das das Erste ist, was dir in den Sinn kommt, Bliss.« Wax lehnte sich vor und stützte seine Ellbogen auf den Tisch. Solider grauschwarzer Granit. »Denk nicht, dass überall auf den Inseln eine Todesfalle lauert.«

»War es das bisher nicht?«

Ein Kellner, ein hagerer Mann, der aussah, als würde er sich in etwa einem Tag in Staub verwandeln, näherte sich und gab ihnen eine erschöpfte Einführung. Ja, sagte der Mann mit kratziger, hauchzarter Stimme, dies ist der Jarl's Tooth, und ja, ich weiß, dass ihr nicht von hier seid. Nein, es ist nicht ungewöhnlich, dass Besucher hier durchkommen, da wir uns an einer Kreuzung befinden, und ja, das Eis ist bemerkenswert. Es kommt von Ranas nördlichen Eisschollen, hält etwa einen Monat und wir bekommen ein neues Stück geliefert.

»Das übliche Bier und Abendessen für alle drei?«, schloss der Kellner, der es abgelehnt hatte, einen von ihnen zu Wort kommen zu lassen.

»Was sind die Preise?«, fragte Quik, und der Kellner warf einen Blick auf ihre Taschen.

»Günstig genug für euch, denke ich«, antwortete der Mann.

»Dann nehmen wir das«, sagte Wax. Der Kellner nickte, wandte sich zum Gehen, und Wax folgte seiner Intuition. »Sie sind auch nicht von hier, oder?«

Der Kellner blickte zurück zu Wax und musterte ihn diesmal mit einem etwas aufrichtigeren Lächeln.

»Ein Flüchtling aus Kance, fürchte ich. Habe den Wind gegen dieses tiefe Loch eingetauscht.«

»Warum?«

»Warum verlässt irgendjemand seine Heimat?«, fragte der Kellner. »Weil er muss.«

Der Mann schritt davon und ließ Wax sich zu seinen Geschwistern umdrehen.

»War das eine echte Antwort?«, fragte Wax.

»Kam mir eher oberflächlich vor«, zuckte Quik mit den Schultern. »Aber es ist seine Entscheidung. Immerhin bekommen wir etwas zu essen und einen ordentlichen Drink.«

»Nicht zu viel. Ich meine das Bier«, warf Bliss Wax einen vielsagenden Blick zu. »Wir haben noch einen weiten Weg vor uns.«

Wax grinste. »Bliss, du kennst mich doch. Ich kann mich beherrschen.«

Die Lava wurde nie schwächer, egal zu welcher Zeit. Wax stand vor dem Gasthaus »Zum Jarlszahn« und wartete, während Bliss und Quik an der Reihe waren, die in den Fels gehauene Latrine zu benutzen – dafür brauchte man starke Nerven, denn das Loch führte direkt zu einem fließenden Lavastrom. Die Pfeifenraucher wurden im Laufe des Abends weniger, ein zuverlässigerer Zeitanzeiger als Wax' alte Intuition, die unter der Erde nutzlos schien.

Das Bier spielte eine leise Melodie in seinem Schädel und traf ihn härter als der süße Stoff auf Vis. Das herzhafte Essen machte das jedoch wett, und mehr noch als die Kartoffeln der Skar. Wax hielt ihn jetzt in seiner rechten Hand und achtete darauf, seine Handfläche über den knorrigen Saphir gewölbt zu halten.

Wärme ging in sanften Wellen vom Edelstein aus, streichelte seine Haut und bot, wie die klebrige Berührung eines Spinnennetzes, die Möglichkeit zu ziehen. Quik und Bliss wussten es nicht, aber Wax hatte herausgefunden, dass sich ein kleiner Zug hier und da anfühlte wie ein kurzes Nickerchen. Erfrischt, aufgeladen, jegliche Alkoholwirkung verschwunden. Mit ihnen gingen auch die leichten Verbrennungen vom Käferkampf früher am Tag.

Wenn es den Skar kümmerte, ließ er es sich nicht anmerken. Die Wärme fühlte sich so stark an wie eh und je, der tiefblaue Farbton so voll wie in dem Moment, als er ihn von der riesigen Sana auf Vis gepflückt hatte.

Was konnte er noch damit anstellen?

Wax hob kurz den Blick und verfolgte einen dunklen Fleck in einem Strom über ihnen, wie er an der Decke entlanglief. Von Kräften getrieben, die es nicht kontrollieren konnte, dieses Ding.

Nicht er aber. Quik und Bliss waren seine Beschützer, nicht seine Führer. Die Aegis, all dieser Prunk, die Zeremonie ... Pans Bitte spielte sich wieder ab und zog Wax zurück zum Saphir. Dem Skar.

Vorerst. Vorerst würde er das Abenteuer mitmachen,

jede Minute genießen, die er konnte. Das war er Pan schuldig.

Aber wenn sie ihn bitten würden, die Ketten anzulegen, in diesem trostlosen Gefängnis auf Noctia zu sitzen?

Wax ließ den Skar zurück in seine lose Foti-Tunika gleiten. Er musste diese Frage jetzt nicht beantworten und hoffentlich nie.

13
ZUFÄLLIGE BEGEGNUNG

Quik schob seine Rastlosigkeit darauf, der ältere Bruder zu sein. Derjenige, der die Verantwortung trug, wenn etwas schieflief. Deshalb saß er, an die warme Steinwand gelehnt, in ihrem engen Zimmer und beobachtete, wie Bliss und Wax auf ihren harten Betten schliefen. Kein Stroh oder Laub hier — zu leicht entflammbar, laut dem Wirt unten —, also schliefen sie auf harten Pritschen, glattem Stein mit einem schäbigen Kissen. Decken waren bei dieser Hitze nicht nötig, aber sowohl Bliss als auch Wax hatten sich trotzdem in ihre Webstücke eingewickelt. Für den Komfort, für ein Stück Heimat.

Quik musterte erneut sein eigenes Bett, das in eine Ecke geschoben war. Ein schmales Fenster darüber, gerade groß genug für eine Flucht durch Quetschen, ließ das allgegenwärtige orangefarbene Licht herein, dessen Schein ein gelbliches Quadrat auf den staubigen grauen Steinboden warf. Auch Stimmen drangen herauf, Gemurmel von unten, obwohl Quik vermutete, dass die Stunde schon in den frühen Morgen übergegangen war.

Andererseits war es schwer, Tag und Nacht zu unterscheiden, wenn man keinen Himmel, keine Sonne hatte.

Quik hatte den gleichen Tanz durchgemacht wie alle Kitaye-Kinder: die frühen Jahre von Baum zu Baum hüpfend, den Anweisungen der Älteren folgend und das findend, was er liebte, was dann seine ersten Tätowierungen bestimmte und ihn auf den Weg brachte, sich den Jägern anzuschließen. Nicht weil er die Gewalt liebte, sondern den Nervenkitzel. Die Momente, in denen er einem Jagdvogel auflauerte oder einen Fisch zum Speeren erspähte, brachten das Leben in den Fokus, eine Klarheit, die er weder an den Kochfeuern noch beim Helfen seiner Mutter am Handelsposten finden konnte.

Quik fand diese Klarheit hier auch nicht wirklich. Abgesehen von diesen Käfern – ein Aussetzer, dass er Bliss die Bedrohung zuerst erkennen ließ – fühlte sich die Reise bisher wie ein schmieriger Babysitterjob an. Foti-Ale war in Ordnung, aber sein malzig-karamelliger Geschmack war besser als Feier geeignet, nicht als Lebensweise, und in diesem Tempo würde Wax sie in dem Zeug ertränken, bevor die Woche um war.

Und zwischen den Trinkgelagen würden sie was tun, durch diese ewig beleuchteten Röhren schlendern?

Quik kratzte sich am Bein. Seine Augen brannten, irgendetwas in der Luft griff sie an. Das Zimmer erstickte jeden seiner Atemzüge, und ohne darüber nachzudenken, stand Quik auf, öffnete ihre Tür und trat in den kreisförmigen Flur.

Ihr Zimmer befand sich auf der dritten Etage, deren runde Böden den wuchtigen Eisblock in der Mitte umschlossen. Sofort umfing ihn die Kälte, wusch den Schweiß fort und brachte neues Leben. Quik konnte mit der Hitze so gut umgehen wie jeder andere auf Vis, aber irgendetwas an diesem trockenen, backofenartigen Druck hier zermürbte ihn, saugte seinen Willen aus und verlangte nach Wasser.

Trotz der späten Stunde fand Quik, als er die zentrale Treppe neben dem Eis hinunterstieg, noch zahlreiche Leute im Schankraum des Gasthauses. Einige tranken, ihr Ale schäumte über, aber mehr saßen in Grüppchen beisammen und unterhielten sich leise, als wäre Quik in eine Art gesellige Stunde geraten.

Blicke huschten in Quiks Richtung, als er das Erdgeschoss erreichte, und in diesem Moment wurde ihm bewusst, dass er seine Tasche oben im Zimmer gelassen hatte. Ohne Waren zum Tauschen konnte er nicht viel verlangen. Nicht einmal einen kühlen Becher Wasser, gefüllt mit dem Schmelzwasser des großen Kristalls.

Seine Unentschlossenheit fand ein Ende, als ein Tisch und eine Frau, die irgendwie in Arbeitskleidung aus Leder gekleidet war, ihn heranwinkten. Zwei andere, beide ebenso für die Arbeit gekleidet, ihre Ausrüstung auf handwerkliche Art abgenutzt, saßen am Tisch und ließen einen Platz für Quik frei.

»Was möchtest du?«, fragte die Frau, als Quik sich näherte.

»Ich habe nichts zum Tauschen.«

»Das hab ich nicht gefragt, Insulaner.« Die Frau nickte zum leeren Stuhl. »Interessante Besucher sind hier selten genug, es lohnt sich, für eine Geschichte zu bezahlen.«

Quik musterte die drei und stellte fest, dass die Partner der Frau ebenso interessiert waren, obwohl ihre Augen vor Erschöpfung glasig wirkten. Wie lange eine Geschichte ihre Aufmerksamkeit fesseln würde, schien fraglich. Getränke andererseits waren Getränke.

»Was möchten Sie wissen?«, fragte Quik, nachdem ein

ebenso schläfriger Barkeeper – keine Kellner mehr zu dieser späten Stunde – seine Bitte um Wasser entgegengenommen hatte.

Er erwartete die üblichen Fragen, wie die, die er und Wax in Smythes Kasino beantwortet hatten. Wie überlebt man im Dschungel, wie ist es, durch die Bäume zu schwingen, und all solche Dinge.

»Wer von euch ist die Erneuerung?«, begann die Frau und grinste. »Ich habe auf dich gewettet, sie setzt auf das Mädchen, und er hat seinen letzten Obsidiansplitter auf den Jungen gesetzt.«

Quiks Hand verkrampfte sich um den Wasserbecher. Er rang um eine Antwort.

»Welche Erneuerung?«

Die Frau lachte, und nach einem Moment stimmten die anderen beiden ein, ihr leises Kichern ein ferner Hintergrund zum schallenden Gelächter ihrer Anführerin.

»Versuch nie wieder zu lügen, mein Freund«, sagte die Frau, als das Lachen abklang. »Es steht dir nicht, nicht so wie diese mächtigen Fäuste.«

Quik wusste nicht, was er sagen sollte, also trank er stattdessen das kühle Wasser. Ließ seinen Blick zurück zur Treppe wandern. Ein schneller Abschied, eine Rückkehr zu-

»Versuchen wir's anders«, sagte die Frau. »Ich heiße Sledge.« Als Quik sie verständnislos anblickte, nickte sie ihm zu. »Jetzt sagst du mir deinen Namen.«

»Quik.«

»Na bitte. War doch gar nicht so schwer, oder?« Sledge lehnte sich auf den Tisch, ohne ihre zimtfarbenen Augen von ihm abzuwenden. Aus der Nähe bemerkte er dunkle Sommersprossen, hier und da Brandnarben in ihrem Gesicht verstreut. Eine Stelle, die wohl einmal dunkelrotes Haar gewesen war, sah über ihrem rechten Ohr wie weggebrannt aus. »Ich frage dich noch einmal, um unsere Wette zu klären. Wer von euch ist die Erneuerung?«

Die Minuten zwischen der ersten und der zweiten Frage reichten aus, damit Quik sich beruhigen konnte. Als hätte er auf einem schwankenden Ast Halt gefunden. Er war nicht in einem Kampf, sondern in einem belebten Gasthaus an einer Handelskreuzung. Quik konnte sich behaupten.

»Mein Bruder, Wax«, sagte Quik. »Er trägt den Skar.«

Der Mann schlug mit der Faust auf den Tisch. »Ich wusste es. Der Junge hat diesen Blick.«

»Welchen Blick?«, fragte Quik, während die anderen beiden nickten.

»Zielstrebigkeit.« Der Mann schüttelte den Kopf, während er sprach. »Es ist ein verdammter Fluch, das Gefühl zu haben, als läge das Schicksal auf deinen Schultern.« Der Mann starrte dann auf den Tisch, verloren in einer vergangenen Erinnerung.

»Lass dich von ihm nicht runterziehen«, sagte Sledge, während die andere Frau ihre Hand auf die Schulter des Mannes legte und das Lederpolster drückte. »Der alte Loggren hier ist über seine eigene Chance auf die Skars nie hinweggekommen, obwohl es schon fast fünfundzwanzig Jahre her ist.«

»Schwer zu vergessen, wenn man die Chance hatte, der Aegis zu sein«, murmelte Loggren, bevor er in einen Seufzer verfiel.

»Wir haben es versucht«, erinnerte ihn Sledge. »Es gibt einen Grund, warum niemand aus dieser Hälfte der Insel je die Foti-Erneuerung war. Zu weit weg. Wenn wir eine Chance darauf haben wollten, hätten wir in den Norden ziehen sollen.« Sledge wandte sich wieder Quik zu. »Was ihr drei tun solltet.«

»Wir laufen in diese Richtung, so gut wir den Weg finden können.«

»Laufen, sagt er«, lachte Sledge wieder, die anderen beiden stimmten ein. »Ich hoffe, du magst es, Stein zu stampfen, Quik, denn es ist eine Wanderung.«

»Wir werden es schaffen.«

»Ist das, was du denkst?«

Quik zögerte. Was für eine Antwort war das?

»Alles, was Sledge sagt«, schaltete sich die andere Frau ein, »ist, dass es gefährliche Wege zwischen hier und der Großen Schmiede gibt, wo der Skar ist. Es gibt einen Grund, warum die meisten die Reise per Schiff machen. Weniger Risiko, besonders mit Unholden in der Gegend.«

»Und anderen Dingen außerdem«, fügte Loggren hinzu.

»Dinge, die deinen Jungen Wax sehen und denken könnten, da gäbe es etwas leicht zu Nehmendes«, fuhr Sledge fort. »Ich weiß nicht, ob ihr Vis das versteht, aber ein Skar ist eine wertvolle Sache. Viele hätten nichts dagegen, ihn euch abzunehmen.«

Quik lehnte sich zurück. Schuf Abstand zwischen seinem Stuhl und dem Tisch. Er könnte die Möbel umwerfen, Loggren und die andere Frau auf den Rücken legen und es dann eins gegen eins mit Sledge aufnehmen, ein Kampf, von dem Quik glaubte, dass er ihn gewinnen könnte.

»Entspann dich«, sagte Sledge. »Wir werden dich nicht ausrauben.«

»Noch nicht«, murmelte Loggren.

»Versucht es, und ihr werdet es bereuen«, sagte Quik.

»Lustig, wie du dich aufführst, als hätten wir viel zu verlieren«, Sledge deutete auf das Gasthaus um sie herum. »Wir verbringen unsere Tage damit, Erz abzubauen und es nach Smythe zu schicken, unsere Nächte damit, im Jarl's Tooth zu trinken. Was für ein Leben, das man riskieren würde wegzuwerfen für die Chance auf etwas Besseres.«

Ihr Tonfall änderte sich, das Licht in ihren Augen wechselte von einem durch Ale gedämpften Blick zu einem funkelnden. Auch Loggren und die andere Frau saßen aufrechter, ihre Blicke auf Quik waren weniger betrunken freundlich und mehr eine scharfe Einschätzung, der Blick eines Jägers.

»Ist es das, wie Foti seine Besucher behandelt?«, fragte Quik. »Wenn ihr nach Vis kämt, würden wir euch nicht bedrohen, wir würden euch nicht das Gefühl geben, jeden Moment niedergestochen werden zu können.«

»Weil ihr eine Insel des Überflusses habt«, erwiderte die andere Frau. »Wir sind eine Insel der Arbeit. Des Schweißes, des Drecks und des Staubs. Verbringt ein paar Jahre hier und seht, ob ihr dann nicht anders fühlt, ob ihr einem Wanderer nicht einen freundlichen Blick und einen Gratisdrink gönnt.«

»Alles, was wir sagen wollen, Quik«, sagte Sledge, »ist, dass du einen harten Weg vor dir hast. Einen, den man besser mit gutem Schlaf und wachsamem Auge angeht.«

»Dann danke ich euch dafür und sage gute Nacht.« Quik leerte das Wasser und erhob sich vom Tisch. Sledge hob ihr Glas zum Abschied, die anderen beiden bemühten sich nicht einmal, in seine Richtung zu schauen.

Quik sah sich noch einmal um, als er die Treppe erreichte, und bemerkte, dass das Trio in ein Gespräch vertieft war und kein Blick ihm folgte. Sledge lachte wieder über etwas. Vielleicht waren die versteckten Drohungen nur Warnungen gewesen, vielleicht konnte sein Herzschlag sich beruhigen, seine Nerven sich entspannen.

Der Stab hätte Quik fast den Kopf abgerissen, als er durch die Tür kam. Bliss korrigierte den Schwung, führte ihn tiefer und nahm ihm die Kraft, sodass er nur einen fiesen Stich hinterließ, als er Quiks Brust traf.

»Was macht ihr da?«, fragte Quik, während er sich die Stelle rieb und Wax links von ihm mit gezogener Foti-Klinge sah.

»Du bist gegangen und nicht zurückgekommen«, sagte Wax und steckte die blau glühende Klinge weg. »Ein paar Minuten haben wir es durchgehen lassen. Dann fragten wir uns, ob du in Schwierigkeiten geraten bist.«

»Ich bin nicht du«, fauchte Quik zurück. »Ich brauchte etwas Wasser, und ich habe es gefunden.«

‚Lange Zeit für etwas Wasser', gebärdete Bliss und lehnte den Stab wieder an die Wand.

Ohne viele Möglichkeiten erzählte Quik die Geschichte. Wax und Bliss hörten zu, bevor beide das Trio von unten als nichts weiter als aufgebrachte Arbeiter abtaten.

‚Die Leute in Smythe haben mir das Gleiche erzählt', gebärdete Bliss. ‚Es scheint, als hätten die Foti die Angewohnheit, Besucher zu warnen, dass sie in Gefahr sind.'

»Vielleicht tun sie das, damit sie behaupten können, sie hätten uns gewarnt, wenn sie uns ausrauben«, grinste Wax und ließ sich auf sein Bett fallen. »Beruhigt ihr Gewissen, weißt du?«

»Was auch immer ihre Worte waren, sie haben mir nicht gefallen«, sagte Quik. »Ich fühlte mich wie Beute. Kein angenehmes Gefühl.«

Bliss, die sich einen Platz nahe der Tür gesucht hatte, gebärdete zurück: ‚Wir sind wie keine Beute, die sie je gejagt haben, Bruder. Wenn sie es mit uns versuchen, werden wir ihnen zeigen, wie falsch sie liegen.'

Seine Schwester hatte damit zumindest recht. Quik griff nach seiner Tasche und fand die geschnitzten Handschuhe auf dem Boden daneben. Das Holz war glasiert, sauber und scharf genug, um durch alles zu beißen, was weniger hart als Stein und Metall war.

14
HÖHLENWANDERUNG

Beim dritten verschlossenen Tunnel, wo die Wände deutlich auseinandergerissen und eingestürzt waren, um den Weg nach rechts zu versperren, wurde dem Quartett klar, dass sie gelenkt wurden. Von wem und wohin, darauf hatte weder Svarde noch Maena, Pennifer oder Rasslebeck eine Antwort, und alle vier beschlossen, darüber zu schweigen, während sie ihre wachsende Angst mit Neugier mischten und die tapsenden Schritte sie immer tiefer führten.

Nur Kivi, mit ihrem Schnauben und zögerlichen Beißen an den Barrieren, wagte es, die Ereignisse in Frage zu stellen. Bei diesem letzten Hindernis, einer beeindruckenden braun-rosa Collage, die einen Durchgang versperrte, blieb Kivi zurück, als Svarde und die anderen sich anschickten, durch den einzigen ihnen offenen Tunnel weiterzugehen. Stattdessen kratzte sie an der Wand, biss in den Stein und hinterließ Furchen im angehäuften Geröll.

»Dafür wirst du wohl mehr brauchen als nur dich selbst«, sagte Svarde und kniete sich neben das Ferrit, während die anderen zusahen. »Ich würde sagen, das ist selbst für deinen Schlund ein bisschen zu viel Fels.«

Kivi schnaubte und machte weiter. Svarde beobachtete die Echse und versuchte, den Gedanken, den Sinn zu verstehen. Bis Kivis Scharren einen anderen Ton annahm, einen, den Svarde nur deshalb länger brauchte, um ihn einzuordnen, weil er ihn bei dem Ferrit noch nie zuvor gesehen hatte.

»Hast du Angst, Kivi?«, fragte Svarde leise und sanft. Er musste schließlich das Ansehen des Ferrits in der Gruppe wahren. »Angst vor dem, worauf wir zulaufen?«

Kivi hörte auf zu scharren, schnaubte zweimal und wich dann den Weg zurück, wobei ihre Augen und Zunge in die Richtung spähten, aus der sie gekommen waren.

»Geht nicht«, sagte Svarde. »Selbst wenn wir wollten, wäre es jetzt schwierig, genug Vorräte aufzutreiben, um es zurück an die Oberfläche zu schaffen. Wir sind festgelegt, genau wie ihr.« Svarde griff hinter seinen Rücken und tätschelte den Axtschaft. »Keine Sorge, ihr seid hier unten nicht allein. Wir werden euch beschützen.«

Kivis argwöhnischer Blick verriet, dass dieses Angebot nicht viel Trost spendete.

»Kommt dein Ferrit voran, Svarde?«, fragte Maena den Tunnel hinunter und hielt die Fackel hoch. Zumindest hatten sie im Düsteren genug Brennbares finden können. Die ewige Dunkelheit wurde vorerst in Schach gehalten. »Wir haben noch ein paar Stunden vor der nächsten Pause, und ich würde sie gerne nutzen.«

»Sie kommt«, sagte Svarde und stand auf. »Komm schon, Kivi. Lass uns herausfinden, was diese Wege versperrt hat. Vielleicht ist es ein Freund.«

Obwohl keine Seele in der Gruppe daran glaubte, dass dies wahr sein könnte.

Der Stein nahm so tief unten ein eigenes Leben an, eine sich verändernde Welt, genau wie jeder Wald oder jede Tundra dort oben. Die Gerüche und Geräusche änderten sich, und die Hitze nahm zu, je tiefer sie kamen, genug, dass die Vierergruppe ihre Whent-Pelze ablegte. Rana-Stoff kam wieder zum Einsatz, die leichten Outfits zerrissen, als sie an Steinen und bei ungeschickten Schritten hängen blieben. Seltsame Felsformationen wurden häufiger, als hätte sich die Erde hier unten noch nicht auf einen Plan festgelegt, mit Höhlen, die auftauchten und schnell wieder verschwanden und Formen bildeten, die Svarde nicht als natürlich betrachtet hätte.

»Dämonenwerk«, sagte Pennifer, die Armbrustschützin mit dem toten Blick und der Neigung zu düsteren Beobachtungen.

Ob die Monster tatsächlich ihre eigenen Höhlen in der Tiefe gruben, war eine Frage, die sie noch nicht beantwortet hatten, aber ohne eine andere Option blieb diese Bezeichnung in der Gruppe hängen, während sie weitergingen. Kristalline Nischen, schnelle Bäche, blubbernde giftige Tümpel und flechtenbewachsene Vorsprünge unterbrachen ihre stetigen Schritte. Langweilig war die Reise nicht, obwohl Svarde sich dabei ertappte, wie er sich nach einem offenen Himmel sehnte.

Er hatte die Sterne nie besonders gemocht, aber sie jetzt so viele Tage lang nicht zu sehen, schien einen Mantel über seine Hoffnung, sein Glück zu legen und ließ nur Entschlossenheit übrig.

Was mehr als genug war.

»Halt«, flüsterte Maena und führte die Gruppe durch den Tunnel zu einer neuen Öffnung.

Am Rande des Fackellichts fielen die Felswände erneut weg und offenbarten eine weitere Höhle, nur um diese

Erwartungen mit einer brutalen Überraschung zunichte zu machen.

Während der gesamten Reise nach unten waren Risse in den Wänden« zu sehen gewesen, hier und da fanden sich zerbrochene Dämonenteile. Ein weiterer Satz hätte nicht schockierend sein sollen, aber diesmal schien die Zerstörung nicht zufällig, nicht das Ergebnis ritueller Säuberung oder Auslese zu sein.

Zu Maenas Linken und Rechten waren die muschelförmigen Wände der Höhle an ihren Basen mit Knochen verziert. Keine zufällig platzierten Sammlungen, sondern Ende an Ende aneinandergelegt, als säumten sie den Saum einer Tunika. Und an diesen Wänden hinauf erstreckten sich Markierungen, lange und kurze Linien, einige in Winkeln. Sie teilten sich und kamen zusammen, wobei die Knochen selbst dazu dienten, die Markierungen in Spalten zu unterteilen.

»In Versen, wenn ich richtig rate«, sagte Maena, als die Gruppe nun im Raum stand und die Kritzeleien betrachtete. »Das ist keine Sprache, die ich je gesehen habe, aber es ist definitiv das.«

Das Starren auf die gekratzten Verse brachte keine weitere Erkenntnis, also pfiff Maena nach einigen Minuten des Nachzeichnens der Markierungen entlang der Wände die Vierergruppe zusammen. Die Rana-Kapitänin trug jetzt eine andere Miene zur Schau, die entschlossene Entdeckerin gedämpft durch Introspektion, ein Blick, von dem Svarde fürchtete, dass er sich auch auf seiner eigenen Person einzuschleichen begann.

Dies war eine Mission der Rache, der Zerstörung. Es würde nicht gut tun, ihre klaren Ziele mit Nebengeschichten zu färben. Es würde Catya nicht dienen.

»Ideen?«, fragte Maena in das tropfende, sanfte Fackelleuchten hinein. »Die Höhlen gehen weiter, aber wenn ich mich nicht irre, sieht es so aus, als würden wir ein Zuhause betreten.«

»Ein Zuhause, zu dem wir direkt geführt wurden«, sagte Rasslebeck. »Nicht dass wir vorhatten, die Angelegenheiten von was auch immer hier drin ist zu stören, aber es ließ uns nicht viel Wahl.«

»Wir könnten zurückgehen«, bot Maena an. »Zwei Abzweigungen, glaube ich, war unsere letzte Trennung.«

»Warum?«, fragte Pennifer, ihre Hände wie immer an den beiden Armbrüsten an ihrer Hüfte. »Haben wir Angst?«

»Es geht nur um das Ziel«, antwortete Maena. »Wir wollen das Herz. Woher die Unholde kommen. Hier gibt es keine Unholde. Zumindest keine wie die, die wir jagen.«

Unholde könnten die Markierungen gemacht haben, vielleicht, aber Svarde behielt den Gedanken für sich. Zweifellos dachten die anderen bereits daran, verwarfen die Überlegung aber. Selbst die klügsten Monster aus der Tiefe, wie das Teerding, das versucht hatte, Svarde an der Whent-Oberfläche auszuspucken, schienen in ihren kulturellen Fähigkeiten begrenzt. Keines, das er je gesehen hatte, würde sich daran machen, ein Gedicht oder eine Geschichte an Höhlenwände zu schreiben.

Aber vielleicht schaffte es nur eine bestimmte Art von Unhold an die Oberfläche. Vielleicht wurden die Unbändigen von diesen verjagt, den wahren Schrecken, die ihre Teufelshäuser in der Dunkelheit errichteten.

»Wir müssen es herausfinden«, sagte Svarde. »Was auch immer das ist, ob ein Unhold, ein Monster oder etwas ganz anderes, wir müssen es wissen.«

»Müssen wir das?«, entgegnete Maena.

»Wenn es kein Unhold ist, dann ist es vielleicht ein Freund«, Svarde schwenkte seine Fackel in Richtung der

Knochen, die die Wände säumten. »Das sind Unholdteile, wenn ich mich nicht sehr täusche, was bedeutet, dass es einen gesunden Appetit auf unsere Feinde hat. Und wenn es ein größerer, bösartigerer Unhold als alle anderen ist, der sich hier unter unseren Füßen ein Zuhause schafft, dann sollten wir ihn zur Ruhe betten.«

»Du meinst, wir vier«, sagte Maena.

»Fünf.« Svarde nickte Kivi zu, was Maenas gerader Miene nicht gerade zuträglich war.

»Ich bin auf der Seite des Wächters«, sagte Rasslebeck. »Wir wussten, dass es hier unten Geheimnisse geben würde. Ich bin dafür, sie alle zu lösen und zu töten.«

»Einverstanden«, fügte Pennifer hinzu. »Mag die Vorstellung nicht, zurückzugehen und Zeit zu verschwenden.«

Maena nickte einmal, »Abgemacht. Svarde, übernimm die Führung. Bleibt wachsam und bereit. Wahrscheinlich weiß unser Gastgeber schon, dass wir hier sind.«

Der Gastgeber bot keinen besonders herzlichen Empfang. Hinter der Eingangshöhle boten sich Svarde drei enge Optionen: links, mittig oder rechts. Der linke Tunnel hatte einen bogenförmigen Knochen, der in den Fels über seiner Mitte geschlagen war, während der mittlere Tunnel an seiner Spitze mit einem karmesinroten, getrockneten Blutfleck gekrönt war. Der rechte bot, was wie eine lange, tiefe Rille an der Oberseite aussah.

»Kivi?«, fragte Svarde. »Riechst du etwas Interessantes?«

Das Ferrit schnaubte, stieß Dampf aus seinen Ventilen und eilte dann zum mittleren Angebot.

»Folgen wir der Echse«, murmelte Svarde, die Axt in der rechten Hand und die brennende Fackel in der linken.

Der mittlere Tunnel blieb nicht lange eben, sondern

krümmte sich scharf nach oben. Der Boden hielt sich nicht an den natürlichen Höhlenboden, sondern nahm stattdessen eine kieselige Zusammensetzung an, als wäre er ausgegraben und langsam von einer instabilen Decke wieder aufgefüllt worden. Svarde blickte nach oben und sah eine wirre Gesteinsansammlung, die wie durch puren Willen und nichts sonst über ihren Köpfen zusammenhing.

Er beschleunigte seinen Schritt.

Die Schritte unter dieser zum Einsturz verurteilten Decke dauerten nicht lange. Der Tunnel mündete in einen herzförmigen Raum, der in der Mitte von einem glitzernden rosa-weißen Quarz geteilt wurde. Der riesige, zackige Edelstein ließ Svarde zunächst innehalten, verblüfft, als seine Fackel in jeder Ecke Reflexionen fand, jene ersehnten Sterne plötzlich erschienen, obwohl kein Himmel für sie existierte.

»Schau über das Licht hinaus«, sagte Maena und bewegte sich an Svarde vorbei in den Raum.

Das Ziel ihres Kommentars wurde klar, als Svarde sich an die Helligkeit gewöhnte: Bei all seiner kristallinen Schönheit wies der Quarz Unvollkommenheiten auf, die nicht von der Geologie dorthin platziert worden waren. Stattdessen hingen Kleidung, Rüstungen, Schuhe und Waffen von verschiedenen Enden herab, diese Diamanten und Pfeile endeten mit seltsamen Schätzen von Körpern, die Svarde nicht sehen konnte.

»Was sind das für Sachen?«, sagte Rasslebeck, als die Gruppe sich näherte und die Überreste begutachtete. »Nicht Rana, nicht Whent. Vielleicht Foti?«

Svarde beugte sich über etwas, das wie ein Kettenhemd aussah, dessen oberste Öffnung über einer dünnen, hautfarbenen Quarznadel hing. Die Ringe hatten schon bessere Tage gesehen, viele waren zerschnitten, zerrissen und zerschmettert, aber selbst so entsprach ihre Handwerkskunst nicht der der Großen Schmiede. Die Metallverflechtung wirkte wie eine unbeholfene Passform, die Erze nicht ideal für den Zweck.

»Wenn es von uns käme, wäre es eine schlechte Arbeit«, sagte Svarde. »Ich würde es Kance zuschreiben, oder vielleicht einigen Noctia, die Schmiedekunst vortäuschen.«

»Aber wenn du dich festlegen müsstest, würdest du es keinem von beiden zuordnen«, schlug Maena vor und ließ ihren nachdenklichen Blick erneut umherschweifen. »Diese Schuhe sind kaum mehr als Fetzen, aber die Nähte passen zu nichts, was ich je gesehen habe.«

»Alt vielleicht?«, bot Rasslebeck an. »Überbleibsel einer Gruppe lange vor uns?«

»Nicht so alt«, sagte Pennifer, die links stand und eine zweite Kettentunika hochhielt. »Eisen wie dieses würde hier unten recht schnell anlaufen und verblassen, so wie es auf unseren Schiffen schon nach wenigen Tagen passiert.«

»Was bedeutet das?«, fragte Rasslebeck. »Haben wir neue Leute gefunden?«

Als Antwort auf seine Frage fegte ein weinender Wind durch den Raum, die Luft schlug die Kleidungsstücke gegeneinander und gegen den Quarz, ein unheilvolles Läuten.

»Nein«, sagte Maena. »Ich denke, wir haben seine Trophäen gefunden.« Sie griff an ihre Hüfte und zog ihren Säbel. »Und ich glaube, wir sind dabei, seine neuesten Ergänzungen zu werden.«

Der Wind frischte erneut auf, rauschte durch den Quarzraum und ließ die Kleidungsstücke flattern, die Ringe klirrten gegeneinander. Pfeifen und Stöhnen begleiteten ihn, als die Luft durch Risse und Spalten schlüpfte, um ihre Geräusche zu machen. Svarde folgte der Böe, Fackel und Axt in der Hand, und wartete darauf zu sehen, welchen

Ausgang – der Raum hatte drei, einen an jeder Seite des Herzens und den Tunnel, durch den sie gekommen waren, an der spitzen Basis der Form – der Wind nehmen würde.

Der Wind, so schien es, durchquerte das Herz, kam von rechts herein und blähte sich nach links hinaus. Pennifer zog beide Armbrüste, Rasslebeck und Maena hielten ihre Säbel bereit, doch kein Monster materialisierte sich, und nach einigen langen Sekunden flaute der Wind ab und hinterließ als Abschiedsgeschenk ein Murmeln an seinem Ausgang.

Ein Murmeln, das wie ein ersterbenes Gespräch klang, gemurmelten Worten und scharfen Bedeutungen, verborgen hinter undeutlichen Echos.

»Ein Trick des Windes«, sagte Maena, als alle Augen sich diesem Tunnel zuwandten. »Nichts weiter.«

»Eine Falle, ein Trick oder ein Fehler«, erwiderte Svarde und ging in diese Richtung. »Deckt mir den Rücken.«

Mit Kivi zu seinen Füßen hielt der Krieger die Fackel nach vorne, dem Wind folgend in Richtung des gewählten Ausgangs. Hinter und neben ihm entfaltete der Quarz seine rosa Enden, die gegenüberliegenden Höhlenwände schimmerten in geflecktem Blaugrau. Kein Pilz hier, kein Schmutz oder Geröll, das herumlag. Irgendetwas pflegte diese Kammer, so viel war offensichtlich.

Svarde verlangsamte seinen Schritt, als er sich dem Tunnel näherte, streckte die Fackel weiter vor und hoffte, ihr goldener Schein würde etwas zum Reflektieren finden. Nichts zeigte sich außer weiteren Schatten, der Tunnel bog scharf nach rechts ab und verhinderte die Sicht.

Dies verhinderte auch, dass seine Gefährten sehen konnten, was passieren würde, sollte Svarde weitergehen. Eine Entscheidung also. Sich aufteilen oder zusammenbleiben. Die engen Tunnel würden einen Kampf in der Gruppe erschweren, aber sich in einem unbekannten Ort wie diesem zu trennen, mit wahrscheinlichen Fallen und Schrecken, schien der Gipfel der Torheit.

»Gehen wir zusammen?«, fragte Svarde die Gruppe. »Diesen Weg?«

»Ohne bessere Option bin ich dafür«, sagte Maena und die anderen beiden stimmten zu. »Formiert euch zum Kampf. Ich übernehme die Nachhut.«

Pennifer und Rasslebeck hielten die Mitte, erstere mit ihren Armbrüsten bereit, in beide Richtungen zu zielen, sollte sich die Bedrohung zeigen.

Wieder pirschten sie durch die Dunkelheit. Wieder schien die Dunkelheit ihnen nachzupirschen.

Der Tunnel vollführte seine saubere Krümmung, eine schnappende Windung, die die Gruppe in ein enges, hochaufragendes Loch brachte. Zu ihren Füßen, abgesehen von einem kleinen kiesigen Ufer, lag ein kleiner See mit tiefen, dunklen Fathomen. Oben flog die Dunkelheit jenseits des Fackellichts, ein aufsteigender Raum, der wer weiß wie weit nach oben führte. Der Wind jagte noch immer hier herum, prallte von den Wänden ab und strich über das Wasser.

Kivi spielte den Tester, sprang vor und tauchte eine einzelne lange rote Zunge in den See. Kivis Zunge zischte, als sie das Wasser berührte, aber das Ferrit folgte mit einem schlabbernden Schlecken, dann noch einem.

»Es ist sauber«, sagte Svarde, folgte dem Ferrit zum Ufer und kniete sich hin. Er beugte sich vor, legte seine Axt ab und schöpfte die klare Flüssigkeit in seine Hand. Starrte sie im Fackellicht an. »Perfekt.«

»Dann kein Monsterklo«, sagte Rasslebeck, steckte seinen Säbel weg und schob sich eine Handvoll in den Mund. »Das Beste diesseits von Rana, denke ich.«

Sie füllten ihre Wasserschläuche auf, der unheimliche Schrecken des Quarzzimmers verblasste neben dem unerwarteten Segen. Selbst der noch immer flüsternde Wind nahm einen fröhlichen Klang an, eine Art Hallo an die Gruppe, die es bis hierher geschafft hatte.

»Eine Oase ist eine Oase, auch wenn wir nicht in der Wüste sind«, sagte Maena, als sie ein schnelles Mittagessen auspackten. »Obwohl ich immer noch sage, dass das Biest, dem dieser Ort gehört, früher oder später auftauchen wird.«

»Dann werden wir mit vollem Magen gegen es kämpfen und nicht mit leerem«, sagte Rasslebeck. »Alles in allem ein besserer Deal.«

»Möchte nicht hungrig sterben«, fügte Pennifer hinzu.

Svarde hielt seine Fackel über das Wasser und versuchte zu erkennen, ob er einen Grund ausmachen konnte. Keiner zeigte sich, ebenso wenig wie eine Quelle für den Pool. Oder was die Öffnung über ihnen geschaffen haben könnte. Weitere Rätsel in der Tiefe.

Zu viele.

Der Tunnel führte am Pool vorbei, bog nach rechts ab und brachte die ganze Gruppe zurück in den Quarzraum. Eine einfache Schleife, das Rosa schimmerte erneut vor ihnen.

»Zwei weitere Tunnel zurück in die Richtung, aus der wir kamen«, schlug Svarde vor.

Sie machten sich auf den Weg dorthin, als der Wind wieder durchkam, diesmal schneller, und das Kettenhemd beim Durchzug eine klirrende Symphonie gegen den Quarz erzeugte. Und wieder, nach seinem Abzug, die gemurmelten Töne einer harschen Unterhaltung durch den fernen Tunnel, der zum See zurückführte.

»Ein Spiel der Luft oder ein böser Trick«, sagte Svarde.

»Wenn's ein Trick ist, sage ich, wir fangen das Ding«, meinte Rasslebeck. »Zwei gehen geradeaus, die anderen zurück. Wir treffen uns in der Mitte.«

Eine kurze Distanz zu teilen, wäre kein allzu großes Risiko, und doch zögerte Svarde, bemerkte Maenas Stirnrunzeln und sah, wie sie die gleichen Chancen abwägte.

»Wir gehen schnell«, sagte Svarde. »Kivi und ich gehen diesen Weg zurück, ihr drei geradeaus. Beeilt euch, wir treffen uns am See.«

»Es ist eine Chance«, sagte Maena. »Eine, die wir nicht-«

»Wir bringen das hier zu Ende«, unterbrach Svarde. »Entweder ist es der Wind, oder es ist etwas Schlimmeres. Ich möchte lieber sicher sein, dass es nicht Letzteres ist, bevor wir diesem verdammten Ding wieder den Rücken zukehren.«

Maena zuckte mit den Schultern und salutierte Svarde mit dem Säbel. »Bis in ein paar Minuten, Wächter.«

Der Rückweg bog beim Verlassen des Quarzraums scharf nach links ab, genau wie er sollte. Mit Kivi zu seinen Füßen machte Svarde jeden Schritt vorsichtig, die Fackel erhoben und die Axt bereit. Lila und blauer Stein. Tropfendes Wasser in der Ferne, der Wind, der wieder an- und abschwoll.

Die Linkskurve endete, der Tunnel wurde gerade, bevor er es hätte sein sollen. Svarde hielt inne, blinzelte, schnupperte in der Luft und betrachtete die glatten Tunnelwände. Sie waren gerade erst hier entlanggegangen. Keine Geräusche deuteten darauf hin, dass sich die Erde bewegt hatte, und doch war sich Svarde so sicher wie nie zuvor, dass dieser Tunnel nicht derselbe war, den er gerade eben noch entlanggegangen war.

»Maena?«, rief Svarde, seine Stimme hallte in der

Dunkelheit wider. Sie rollte vor und zurück ohne Antwort. Kivi schnaubte nervös. »Hier stimmt etwas nicht.«

Kivi schnaubte erneut, diesmal zustimmend. Eine offensichtliche Zustimmung.

Wenn man mit einer unerwarteten Veränderung konfrontiert wird, ist es am besten, zurückzugehen. Ein blinder Vorstoß nach vorne mag zwar befriedigend sein, und ein jüngerer Svarde hätte vielleicht seine Axt gegriffen und wäre mit einem ätzenden Brüllen weitergestürmt, aber dieser hier hatte gesehen, wie schlecht das ausgehen konnte. Stattdessen drehte er sich um und stapfte den Weg zurück, den er gekommen war.

Und fand sich wieder in der Quarzkammer, die Beute hing am Edelstein, als hätte sich nichts verändert. Die anderen drei Mitglieder seiner Gruppe waren verschwunden. Kein Geräusch ihrer Schritte hallte durch die Höhle.

»Maena?«, rief Svarde erneut.

Keine Antwort.

»Dann folgen wir«, sagte Svarde zu Kivi, und die beiden gingen am Quarz vorbei und schauten in den Tunnel, der sich dahinter befinden sollte.

Sie sahen nichts außer Fels.

Svarde starrte auf den Stein. Eine solche Wand zu errichten, so sauber und ohne Fugen, würde wahre Handwerkskunst erfordern, würde Tage dauern und mehr Lärm machen, als eine Höhle wie diese verbergen könnte.

Kivi schnaubte wieder. Nervös.

»Ich glaube, da bin ich ganz deiner Meinung«, sagte Svarde.

Der Wind erstarb. Kein Rascheln. Das Ringhemd verstummte. Die Tropfen und Rinnsale, das Knistern von Staub und sich bewegendem Gestein hörten auf, die Höhle wurde still bis auf das Knacken von Svardes Fackel.

Der Krieger drehte sich langsam um und blickte zurück zur Mitte der Kammer, zum Quarz. Dort stand ein Mann, wo einen Moment zuvor noch keine Gestalt gewesen war. Einer mit einem steifen Bart, mit Narben, mit einer Fackel in der einen Hand und einer Axt in der anderen. Zu seinen Füßen wartete ein Ferrit, dessen zischende Zunge die Luft kostete.

»Verdammt noch mal«, stöhnte Svarde. »Das war nicht das, was ich heute wollte.«

Er machte einen Schritt auf sein Spiegelbild zu, und die schattenhafte Version seiner selbst kopierte die Bewegung. Svarde hob seine Axt, der Spiegelmann tat dasselbe. Kivi schnaubte, und ihre Kopie tat es auch.

Svarde kam so nah heran, dass er die Flecken in den Augen seiner Kopie erkennen und die Linien entlang seiner Wangen zählen konnte. Zeit zu sehen, ob dieses Ding seiner Fantasie entsprang oder nicht.

»Tut mir leid, mein Ich«, murmelte Svarde, und die Lippen seiner Kopie bewegten sich mit seinen eigenen, auch wenn keine Worte herauskamen.

Mit einer leichten Berührung brachte Svarde seine Fackel in Richtung der Kopie. Die Spiegelfackel kam auf Svardes Schulter zu, aber er spürte keine Hitze von ihrem Glühen. Sah keine Flammen von Svardes eigener, echter Fackel auf der Kopie aufleuchten.

Eine Illusion also. Ein Gedankenspiel. Svarde seufzte, nickte. Diese Spiele konnte er-

Der Wind wirbelte auf, hart und schnell, und umtoste seine Fackel. Das Feuer knackte einmal, kämpfte gegen den Wirbel an und erlosch dann. Völlige Dunkelheit durchflutete den Raum, und als Svarde die Fackel fallen ließ und nach seiner zweiten Axt griff, spürte er, wie der Wind wieder auffrischte, in seine

Ohren, seinen Mund, seine Augen strömte und ihm den Atem raubte.

»Nur langsam, Freund«, sagte die gelassene Stimme, gleichzeitig feucht, gesund und gelangweilt. »Steh nicht zu schnell auf.«

Svarde öffnete die Augen. Schloss sie. Öffnete sie wieder. Die Sicht änderte sich kein einziges Mal und zeigte, dass die pechschwarze Dunkelheit nicht verschwunden war, seit der Wind ihn erfasst hatte. Er bewegte seine Arme, seine Beine. Nahm einen tiefen Atemzug.

Er lebte, schien unversehrt.

»Kivi?«, fragte Svarde in die Luft, während er sich aufsetzte.

»Nur du und ich sind hier, Freund. Du und ich.« Ein leises Lachen, wie das Amüsement eines Narren über seinen eigenen Witz. »Immer schön, am Ende etwas Gesellschaft zu haben.«

Svardes Finger ertasteten harten Fels. Also war er immer noch in der Höhle, obwohl eine schnelle Überprüfung bestätigte, dass seine Äxte weg waren, sein Proviant ebenfalls. Seine Kleidung war noch da, seine Stiefel geschnürt. Kivi, so schien es, hatte die Reise auch nicht mitgemacht.

Was bedeutete, dass es Zeit war, die Stimme zu untersuchen.

»Wer bist du?«, fragte Svarde, stand auf und stieß sich den Kopf an einer niedrigen Decke. Er fluchte.

»Deshalb sagte ich, langsam aufzustehen«, erwiderte der Mann, seine Stimme wie Leder, schwer in der Kehle. »Das ist kein angenehmer Ort zum Verweilen.«

»Beantworte meine Frage.«

»Wer ich bin?« Der Mann schien verwirrt. »Ich glaube,

ich hätte dir einmal, vor langer Zeit, eine Antwort darauf geben können.«

Svarde tastete im Dunkeln umher, versuchte die Wände zu finden. Nach einigem Stolpern gelang es ihm. Die Kammer war ein gedrungener Kreis, mit niedriger Decke, glattem Boden und was wie eine mit einem Felsbrocken versiegelte Tür von etwa halber Svarde-Höhe schien. Als Svarde den Mann fand, zuckte dieser zurück, aber die Berührung bestätigte Haut, Knochen und kein ungesundes Gefühl.

»Wo sind wir?«, fragte Svarde, während der Mann weiter darüber murmelte, wer er war, wer er hätte sein können.

»Oh, das ist leicht zu beantworten«, erwiderte der Mann und lachte wieder ein wenig. »Du bist zu Hause, Freund. Dein neues Zuhause jedenfalls, und bald dein einziges.«

»Wovon redest du?«

»Zumindest können wir es teilen, weißt du. Es ist so lange her, es wird schön sein, Gesellschaft zu haben. Du solltest ein paar Geschichten erzählen.«

»Geschichten?« Svarde ging zurück zum Felsbrocken und versuchte, die Ränder abzutasten. »Was sollen jetzt Geschichten bringen?«

»Weil, wenn du sie jetzt nicht teilst, du vielleicht nie wieder eine Chance dazu bekommst.«

Svarde schnaubte: »Wird uns also etwas umbringen?«

»Oh nein. Nicht umbringen. Etwas viel, viel Schlimmeres.« Der Mann kicherte, brach in ein kurzes Schluchzen aus. »Ich war einmal jemand, weißt du. Du wirst es auch sein.«

Svarde schüttelte den Kopf, arbeitete mit seinen

Händen um den Felsbrocken herum und lauschte dem Tropf, Tropf, Tropf, als Wasser in den Raum platschte.

Händen um den Felsbrocken herum und lauschte dem Tropf, Tropf, Tropf, als Wasser in den Raum platschte.

15
SPIONAGESPIEL

Ami zog die Kapuze dichter um ihr Gesicht, während Noctias Nebel vor der Morgendämmerung zusammen mit dem Stoff sie in Schatten hüllte. Ein kühler Morgen, ein nasser Morgen, die Regenfässer auf der ganzen Insel füllten sich langsam im Nieselregen. Sie lehnte sich gegen die Steinmauer, eine angezündete Foti-Pfeife im Mund, der minzige Rauch verschwand mit jedem Zug in seinem natürlichen Gegenstück.

Karren ratterten über das Kopfsteinpflaster und brachten Mahlzeiten und Vorräte dorthin, wo sie gebraucht wurden. Frühe Kurse, Zirkelversammlungen, Najahn-Übungen und -Entwicklungen. Die Arbeiterklasse tat ihren Teil, damit die Gelehrten und Soldaten ihren Tag haben konnten.

Ein Tag, der hoffentlich bald beginnen würde.

Eine dünne Tür befand sich zu Amis Linken, geschlossen und verschlossen. Eigentlich ein Ausgang aus dem Turm, zu dem die Tür gehörte, und einer, der sich öffnen würde, sobald der Tenet, der diesen Turm kontrollierte, die Geschäfte des Tages eröffnete.

Ami wiederholte noch einmal die Najahn-Ränge, murmelte ihre Namen, ihre Verbindungen. Sie hatte ihr Bestes getan, um in ihrer Zeit hier leichte Politik zu betreiben, Catya zu verschaffen, was sie brauchte, und sicherzustellen, dass Ami ihren Zugang behielt und ansonsten ignoriert wurde.

Die Tenets dienten als Direktoren der Najahn, jeder verwaltete einen Teil von Noctias Gesellschaft, einen Teil der Ausbreitung der Najahn. Von Nahrung bis zu Fußsoldaten, von Schiffen bis zu Skars, die Tenets überwachten sie alle, und nach Amis Erfahrung waren sie alle die gleiche Art von ehrgeizigen Bürokraten. Kriecherisch, intrigant, darauf bedacht, so viel für sich selbst herauszuholen wie für die Menschen, für die sie angeblich arbeiteten.

Deshalb war Ami nicht allzu traurig darüber, als Mattimo sie bat, einen von ihnen auszurauben.

Endlich knarrte die Tür, die Sonne hatte sich noch nicht durch das neblige Grau des Morgens gekämpft. Das dunkle Holz schwang auf, und ein Najahn-Diener in purpurnen Roben trat heraus, um Nachttöpfe in die seewärts gerichteten Abflüsse zu leeren.

Der junge Mann warf Ami einen überraschten Blick zu, begegnete Amis finsteren Starren und ging weiter. Die Abflüsse lagen auf der anderen Straßenseite, ein leichter Weg, der jetzt vom Nebel verhüllt war. Sobald der Gelehrte die Reise antrat, bog Ami nach links ab, durch die Tür und in den Turm hinein.

Drinnen brannten Lampen in kleinen Wandleuchtern und erhellten einen steinernen Korridor mit einem weinroten Teppich, der in der Mitte verlief. Zu Amis unmittelbarer Linken begann eine Treppe ihre Windung nach oben, während geradeaus das freundliche Gemurmel eines noch unbefleckten Tages zu hören war.

Ami klopfte ihre Pfeife gegen die Wand, sodass die Asche in einem Haufen in der Ecke landete, und machte sich auf den Weg zur Treppe und begann hinaufzusteigen. Die Spirale bot ihr die Möglichkeit, sich vor dem zurückkehrenden Diener zu verstecken und gab Ami die Gelegenheit, ihre Kapuze zurückzuziehen und das Wächterabzeichen auf ihrer violetten Tunika zu enthüllen.

Sie hatte in den letzten beiden Tagen zweimal versucht, diesen Turm zu betreten, wurde aber beide Male abgewiesen und ihr wurde gesagt, dass eine Wächterin hier nichts zu suchen hätte. Doch wenn Ami eines wusste, dann dass die Najahn weiche Bäuche hatten. Wenn man erst einmal durch die erste Schale gekommen war, würde es in diesem Turm niemand wagen, sie zu konfrontieren.

So hoffte sie jedenfalls.

Die zweite Ebene bot kaum mehr als die erste, ihre Büros und Vorzimmer begannen geschäftig zu werden. Die wenigen Leute im Flur, die sich zwischen den Räumen bewegten, schenkten Ami keinen Blick. So sicher in ihren Positionen, ihren Aufgaben, ihrer Macht.

Macht, die Catya ihnen durch ihr Opfer gab.

Ami schüttelte das Knurren ab, wandte sich wieder der Treppe zu und stieg weiter hinauf. Tenets, wie alle gierigen möchtegern Herrscher, hielten ihre Büros in den Turmspitzen. Ami selbst war nur einmal bei einem gewesen, dem Tenet, der über die Bezirke und die Erneuerungen herrschte, demjenigen, der ihr und Svarde die Regeln gegeben hatte, nachdem Catya die Halskette angelegt und sich selbst auf dieser verdammten Insel gefangen hatte.

Dieser Tenet – selbst längst verschwunden, ersetzt durch jemanden, den Ami weder kannte noch kennen wollte – hatte sich in dem steinernen Penthouse, das sein Auftrag war, verherrlicht. Wände übersät mit Artefakten, die nicht verdient, aber dennoch zur Schau gestellt wurden. Geschenke und Schätze von den Inseln, die den Najahn gegeben wurden, ob aus ehrlichem Verlangen oder unter Zwang, wer konnte oder wollte das schon sagen?

Der Tenet dieses Turms herrschte über etwas anderes. Ressourcen, Vorräte, Handel und Wissenschaft. Ein Sammelsurium von Dingen, die nicht zu Waffen, Monstern und Politik passten. Der Turm schien, während sie hinaufstieg, die Aufgaben des Tenets anzunehmen, sein roher grauer Stein verschwand hinter aufgehängten Karten der Inseln, viele mit Handelsrouten versehen, oder gerahmten Papieren und Bildern, die natürliche Schätze zeigten.

Das Thema passte zumindest.

Auf der dritten Ebene verweilte Ami und betrachtete ein aufgehängtes Diagramm, das Foti-geschmiedete Saphire darstellte. Nicht wirklich der Edelstein, sondern ein Produkt aus gefalteten Metallen und zermahlenen Kristallen, die Foti-Spezialität war sowohl selten als auch wunderschön. Selbst Flamebreak trug diese Schmiedekunst nicht in seiner Klinge. Das aufgehängte Bild versuchte zu beschreiben, wie das Metall hergestellt wurde, versuchte und scheiterte daran, Ami zurück in die schwüle Hitze zu versetzen, die singenden Lieder, die zum Takt des Hammers gebrüllt wurden. Die wechselnden Lichter der Lava, das Wasser so heiß wie die Luft, die ihre Kehle hinunterlief, Schweiß, der sich in Beuteln an der Taille sammelte für später. Eine durch Feuer verbundene Gemeinschaft.

Eine, in die sie nie zurückkehren würde, so sehr Ami ihr auch ihre Stärke und Widerstandsfähigkeit zuschreiben konnte. Manche Dinge ließen sich am besten durch Erinnerungen wertschätzen, nicht indem man sie erneut durchlebte.

»Wächterin?«, fragte eine zitternde Stimme, als ein

kleiner Mann neben ihr im Flur erschien. »Gibt es etwas, das Ihr braucht?«

Entdeckung. Sie hatte dafür geplant. Eine neugierige Frage abzuwehren war wie eine Klinge abzuwehren. Parieren und zustoßen.

»Ich war noch nie in diesem Turm«, sagte Ami und setzte ihr breitestes Grinsen auf, während sie zu dem Mann hinabblickte. »Ich bin durch alle anderen gelaufen und habe endlich einen Tag gefunden, um diesen hier zu sehen. Es ist faszinierend.«

Der Mann strahlte, seine Eitelkeit war besänftigt. »Nicht viele würden das sagen.« Er folgte ihrem Blick zu dem Bild mit dem Foti-Saphir. »Die meisten haben keine Geduld für die Zahnräder, die unsere Welt am Laufen halten.«

»Ich habe Catya in den letzten zehn Jahren sterben sehen«, sagte Ami. »Geduld ist alles, was mir noch geblieben ist.«

Der Gelehrte wurde aschfahl und nickte schluckend. »Das Opfer der Aegis ist das größte Geschenk, das jemand geben könnte.« Noch ein Schlucken, ein Schritt zurück. »Ich hoffe, Sie genießen unseren Turm, Wächterin.«

Der Gelehrte drehte sich um, ging schnellen Schrittes davon und verschwand in dem ersten Raum, den er rechts fand. Ami schnaubte. Noch ein Feigling, der nicht bereit war, sich den Kosten all dieses Luxus zu stellen.

Aber das war ja der Plan gewesen. Man musste diese Narren nur ein wenig verunsichern, und schon rannten sie davon, zurück in die Sicherheit ihrer Bücher und Plaudereien, wo Konsequenzen zu Abstraktionen ohne Bedeutung werden konnten.

Sie nahm wieder die Treppe.

Der vierte Stock bot eine Veränderung. Wieder der Flur,

wieder die hängenden Bilder, aber statt umherwuselnder Najahn-Gelehrter herrschte hier Stille. Die Türen schienen alle geschlossen, jede aus dickem Whent-Holz und in ihre bogenförmigen Steineinfassungen eingesetzt. Bronzene Nummern glänzten an jeder Tür und setzten voraus, dass der Betrachter wusste, was einundvierzig, dreiundvierzig und fünfundvierzig bedeuten mochten. Die geradzahligen Gegenstücke befanden sich auf der anderen Seite und präsentierten Ami eine fragwürdige Fülle an Möglichkeiten.

Die Treppe ging auch nicht weiter nach oben, also musste sie mit diesen Türen arbeiten. Abgesehen natürlich von dem Ende des Flurs und dem doppelt breiten Durchgang zur Turmmitte. Wenn dieser Turm den anderen glich, gäbe es dort vier Abzweigungen, jede mit ihrem eigenen Raumkontingent. Ein paar Dutzend zur Auswahl, und wenn dies die oberste Etage war, müsste eines davon das Büro des Tenets sein.

Wie viele konnte Ami öffnen, bevor jemand sie fand und misstrauisch wurde?

»Finden wir es heraus«, murmelte Ami, wandte sich der ersten Tür zu ihrer Linken zu und drückte die Klinke herunter.

Mit einem leisen Klicken und einem nahtlosen Schwung öffnete sich die Tür nach innen und gab den Blick auf einen kleinen Raum frei, der einen einzelnen Tisch, mehrere Stühle, Bücherregale und einen unbeleuchteten Kamin enthielt. Zwei schmale Fenster zeigten, dass draußen immer noch der Nebel dominierte. Vielleicht ein Pausenraum oder ein Treffpunkt zwischen formelleren Räumen.

Ami drehte sich um, um zur nächsten Tür zu gehen, stieß dabei aber gegen einen großen Mann, der den Flurraum hinter ihr ausfüllte.

Ein Blick offenbarte, dass es sich trotz der Najahn-Kleidung um Tamas handelte. Schlaffe Haut, entrückte Augen, zu wenig Schwielen, aber zu viele Falten für sein Alter. Ein Körper, verloren in Gedanken oder Machenschaften. Er war doppelt so breit wie Ami, obwohl unklar blieb, wie viel davon dem wallenden Gewand und wie viel seinem Körper zuzuschreiben war.

»Es ist selten, dass eine Wächterin zu unserem Turm kommt«, sagte der Mann und verbeugte sich minimal, nur mit dem Hals, vor Ami. »Wir fühlen uns geehrt durch Ihre Anwesenheit.«

»Tun Sie das nicht«, erwiderte Ami. Sie blickte um den Mann herum, suchte nach weiteren Personen und fand keine. »Ich suche nur etwas.«

»Und was könnte das sein?«

»Ein verdammtes Rückgrat, zum einen.« Ami setzte eine finstere Miene auf. Hoffentlich war dieser Kerl genauso kleinlaut wie der andere und würde davonschleichen, sobald er auf Widerstand stieß. »Wissen Sie, wo ich so etwas finden könnte?«

Der Mann lächelte, ein Grinsen, das sein ganzes Gesicht spaltete und entweder zu glücklich oder zu beängstigend wirkte. Ami konnte sich nicht entscheiden, was es war, die Ausstrahlung des Mannes war undurchschaubar. Feind, Verbündeter oder zufälliger Wanderer?

»Ich habe gelernt, dass es oft von den Umständen abhängt, Mut in einem anderen zu finden.« Der Mann trat einen Schritt zurück und deutete den Flur hinunter zum Zentrum des Turms. »Möchten Sie das näher erläutern? Vielleicht in meiner Kammer, wo neugierige Ohren nicht so nah sind.«

»Ihre Kammer? Wer sind Sie?«

»Der Herr dieses speziellen Turms.« Wieder machte der

Mann seine kleine Verbeugung. Auf Foti würde jeder, der beim Verbeugen erwischt würde, hinter seinem Rücken verspottet, möglicherweise sogar ins Gesicht geschlagen werden. Ein Reflex, den Ami nach ein paar peinlichen frühen Begegnungen auf Catyas Erneuerungsstraße zu unterdrücken gelernt hatte. »Mein Name ist Gladdring, Tenet von Noctia zu Ihren Diensten.«

Ami arbeitete schnell auf dem Weg zu Gladdrings Büro, versuchte zunächst, eine Lüge darüber zu erfinden, warum sie zum Turm gekommen war, etwas über das Besichtigen der Sehenswürdigkeiten, das Betrachten ihrer Bilder von Foti-Materialien, aber Gladdrings glitzernder Blick sagte, dass er nichts davon glaubte, also ließ Ami die Scharade fallen, als sie sich in seinen Gemächern niederließen.

Größtenteils.

»Ich bin hier, um Catya zu helfen«, sagte Ami.

Gladdring winkte Ami zu einem gepolsterten Stuhl, der aus fast schwarzem Holz geschnitzt war. Er schien nur aus Kurven und Schnörkeln zu bestehen, eingelegte Wirbel, die sich umeinander schlangen. Sie ignorierte das Angebot und stellte sich stattdessen hinter den Stuhl, die Hände auf der Rückenlehne. Gladdring betrachtete sie einen langen Moment, dann ging er hinter seinen Schreibtisch. Gladdrings eigener Stuhl war dem von Ami sehr ähnlich, wenn auch fast doppelt so groß, seine Rückenlehne ragte über seinen Kopf hinaus. Er wurde von zwei ovalen Fenstern eingerahmt, deren graues Licht sich mit dem der Wandleuchten vermischte und den überfüllten Raum erhellte.

Überfüllt, stellte Ami verwirrt fest, nicht mit Büchern, sondern mit Objekten. An den Steinwänden standen Regale, jeder Zentimeter bedeckt mit Kisten, mit Glasbehältern voller seltsamer Steine, getrockneter Früchte oder Insekten. Ein runder Globus stand in der Nähe der gegenüberliegenden Wand, seine leuchtend blaue Oberfläche eine Schätzung der Welt und des winzigen Platzes der Sieben Inseln darin. Von irgendeinem fernen Instrument schwebte eine einsame Trompetenmelodie herein.

»Der Aegis zu helfen, ist das Edelste, was jeder von uns tun kann«, sagte Gladdring, verschränkte seine Finger ineinander und lehnte sich über den breiten polierten Schreibtisch. »Wie kann ich helfen?«

Sie hatte gegen Dutzende von Unholden gekämpft, sie hatte dem Präzeptor und seinen Zirkel-Verbündeten immer wieder die Stirn geboten, ihr Leben war auf Messers Schneide gestanden, und doch war sie noch nie so gefragt worden, was sie wollte. Ami, die Wächterin, hatte keine Antwort.

Aber sie würde auch nicht schweigen. Sie ging auf und ab, machte einen langsamen Rundgang durch Gladdrings Büro und ließ die Schritte ihr Ideen geben.

»Ich möchte eine Chance, sie zu retten«, sagte Ami. »Und ich glaube, dass es hier eine gibt. Auf Noctia. In Ihren Aufzeichnungen. Oder in Ihren Lagerräumen. Irgendwo.«

Gladdring neigte den Kopf, »Deuten Sie an, Wächterin, dass Noctia einen Weg hat, der Aegis zu helfen, und sich dafür entscheidet, es nicht zu tun?«

»Tun sie das? Tun Sie das?«

Wieder dieses Lächeln. Gladdring verwandelte es in ein Achselzucken. »Falls wir es sind, weiß ich nichts davon. Tenets sind nicht in alle Informationen der Najahn einge-weiht.« Gladdring beugte sich wieder vor. »Gibt es einen Grund, warum Sie gerade zu diesem Turm gekommen sind, Ami?«

Sie hatte Gladdring nicht die Erlaubnis gegeben, sie beim Vornamen zu nennen, ein Protokollverstoß, den Ami zu ignorieren beschloss. Gladdring schien jetzt wirklich interessiert, seine Augen weit geöffnet und auf Ami fixiert, als flehe er sie an, mehr zu sagen. Entweder wollte der Mann der Aegis wirklich helfen, oder seine Tage waren so langweilig, dass ein Gespräch wie dieses das Beste daran war.

Ungeachtet dessen konnte sie Mattimo nicht verraten. Noch nicht.

»Ich möchte wissen, warum die Aegis nicht mehr so lange hält«, sagte Ami. »Etwas verändert sich. Catya altert schneller als alle anderen.«

»Und Sie glauben, die Antwort liegt bei unseren Kleinigkeiten? Bei Handel, dem Preis von Getreide?«

Nun, vielleicht würde sie Mattimo doch ein bisschen verraten. Mit Gladdring zu tanzen war nicht der Schwertkampf, den sie bevorzugte.

Ami verengte ihre Augen, näherte sich dem Schreibtisch und legte ihre Hände darauf, während sie auf Gladdring herabblickte, um ihn herum. »Ich weiß, dass es hier mehr gibt als Getreide, Gladdring. Sie haben die Art von Dingen, die mir helfen könnten.«

»Oh? Was für Dinge?«

»Warum kontrollieren die Najahn jeden Ort auf den Inseln, an dem Skars gefunden werden?«

Gladdring lachte leise, »Weil wir nach Macht streben, und die Skars haben sie.«

»Und Sie haben die Skars.«

Gladdrings Augenbrauen hoben sich. »Ganz schön anschuldigend.« Der gespielte Alarm verblasste, Gladdring lehnte sich in seinem Stuhl zurück, die Faszination schwand. Offenbar hatte Ami das Falsche gesagt. »Diejenigen, die es wissen müssen, verstehen bereits, dass wir die Überreste nehmen. Im Gegenzug bewahren wir genug

Skars für die nächste Erneuerung auf. Das ist nicht die Kontroverse, für die Sie es halten.«

»Aber warum? Was wollen Sie mit den Skars, wenn sie nicht für die Erneuerung sind?«

»Eine Frage, Ami, die ich nicht stellen würde«, sagte Gladdring. »Manche hier sind nicht so aufgeschlossen gegenüber freiem Wissen wie ich, und würden Ihre Nachforschungen über solche Dinge als gefährlich betrachten. Die Skars können Ihrer Freundin nicht helfen. Tun Sie das Richtige für sie, schenken Sie Catya Ihre Freundschaft, Ihren Trost für die Zeit, die ihr noch bleibt.«

»Dann können Sie mir nicht helfen, oder wollen Sie nicht?«

»Es spielt keine Rolle«, sagte Gladdring. »Das Ergebnis ist dasselbe. Catya wird überleben, bis die Erneuerung abgeschlossen ist, und dann wird sie sterben, wie jede andere Aegis zuvor. Die Welt wird weitergehen wie bisher. Machen Sie das Beste daraus.«

Gladdring nickte zur Tür, während er aufstand.

»Sie sahen für einen Moment fasziniert aus. Interessiert. Was wollten Sie, dass ich frage?«

Gladdring schüttelte den Kopf. »Nichts, egal. Gehen Sie, Wächterin.«

»Zeigen Sie mir den Weg hinaus?«, fragte Ami und lehnte sich gegen die gegenüberliegende Wand. »Das ist das Mindeste, was Sie tun könnten.«

»Das Mindeste, was ich tun könnte, wäre erheblich weniger«, brummte Gladdring, sein Charme nun völlig erloschen. Trotzdem bewegte er sich von seinem Stuhl zur Tür. Ami folgte, schlich hinter den Schreibtisch des Mannes, ihre Augen suchend, Finger tastend. Eine Diebin war Ami jedoch nicht.

»Was tun Sie da?«, fragte Gladdring, als er sich

umdrehte, seine Augen glitzerten mit etwas weniger als Belustigung.

»Ich hoffte, ich würde sie finden, die Skars«, sagte Ami und machte jetzt offen Anstalten, den Schreibtisch zu durchsuchen. Ihre Hände öffneten Schubladen und schlossen sie wieder. »Sie sagen, sie seien nicht wertvoll, aber ich möchte sichergehen.«

»Die Skars, falls wir sie haben, wären nicht hier«, sagte Gladdring. »Lassen Sie es gut sein, Wächterin, oder meine Höflichkeit wird ein Ende finden.«

»Oh nein.«

Ami setzte ein kaltes Grinsen auf, ließ den Schreibtisch hinter sich und quetschte sich an Gladdring vorbei.

Es bestand keine Notwendigkeit, einen Streit anzufangen, wenn sie gefunden hatte, was sie brauchte. Ami zog das kleine Papier, eigentlich ein Abzeichen, erst heraus, als sie Noctias Straßen erreicht hatte. Nichts außer einem einzelnen Emblem, gezeichnet in verlaufener schwarzer Tinte, mit sieben Kreisen, die einen gefransten Schild zierten. Ein Schlüssel, wenn Mattimo Recht hatte, zu Antworten.

Aber warum auf Mattimo warten, um sie zu finden?

Ami verschlang nicht weit entfernt ihr Mittagessen und packte sich in einem kleinen Café noch eine zweite Portion ein. Sie zahlte, wie immer, auf das Konto, das der Najahn ihr zur Verfügung stellte, als Bezahlung für die Stunden und Tage, die sie an Catyas Seite verbrachte, um sie zu beschützen. Eine Kombination aus Obst und Fisch, die sie auf dem Kopfsteinpflaster draußen genoss, nachdem die späte Morgensonne den Nebel besiegt und einen frischen, wunderschönen Tag hervorgebracht hatte. Gelehrte und Soldaten wogten um sie herum, die meisten würdigten die

Wächterin keines Blickes. Niemand sagte Hallo oder bot Dank für ihr Opfer an.

Zu Beginn hätten die Menschenmengen ihr mehr Respekt gezollt, hätten Ami dankbare Geschenke für alles zugeworfen, was sie getan hatte, um die Aegis sicher nach Hause zu bringen. Als die Unholde verschwanden, schwand auch jegliches Gefühl der Schuld, und Ami verblasste zur Bedeutungslosigkeit, während Noctia mit seinem Leben weitermachte.

Eine Zeit lang fühlte sich die relative Anonymität angenehm an, eine Atempause, die Ami mit Catya und für kurze Zeit vor seiner selbst auferlegten Isolation auch mit Svarde genießen konnte. Ein Sonnen im Erfolg, das Einfinden in einen neuen Alltag. Die tägliche Wache, die Übungen, die Hobbys. Der Rattenzahn. Aber sie war zu jung, als dass ihre Lebensgeschichte so früh versiegen sollte, eine Tatsache, die erst klar wurde, als Ami älter und Catya uralt wurde.

Zeit also, mit der nächsten Ära zu beginnen.

Sie kehrte zu Gladdrings Turm zurück und bemerkte, dass sich die Gelehrten, die sich um den Haupteingang drängten, seit Amis unzeremonieller Abreise ausgetauscht hatten. Die Wächterin hatte sich die gestohlene Notiz beim Mittagessen noch einmal angesehen und beschlossen, dass alle Geheimnisse, die durch so etwas geöffnet würden, weiter unten sein müssten, tief im abschüssigen Felsgestein am Fuße des Turms. Das Gebäude verjüngte sich nach oben hin, und der Personenverkehr in den oberen Etagen deutete auf eine zu laxe Sicherheit hin. Immerhin hatte niemand Ami bedrängt, was sie tat, bis Gladdring selbst auf sie stieß.

Diesmal verdeckte sie ihr Wächterabzeichen und ließ den Najahn-Umhang seine Wirkung tun. Ami war sich nicht sicher, ob ihr kriegerisches Aussehen jemals jemanden davon überzeugen könnte, dass sie ein Leben lang unter Büchern verbracht hatte, aber ein Moment des Zweifels war alles, was sie brauchte, was sie sich verdiente, als sie geradewegs an den Gelehrten vorbei in den Turm ging. Das eifrige Trio bellte sich gegenseitig an, gefangen in einer Debatte über Whent-Getreide und Rana-Reis.

Die Hauptlobby des Turms bot einen eindrucksvolleren Eingang als Amis Seitentür vom frühen Morgen. Gladdring hatte sie die Haupttreppe hinunterbegleitet, eine Wendeltreppe, die sich von dort, wo Ami jetzt stand, weiter nach unten schlängelte. Gänge zweigten nach rechts und links ab, während Porträts, darunter eines von Gladdring, die Wände zierten. Eine kleine Plakette zu ihrer Rechten verkündete in goldenen Buchstaben, dass dies der Turm des Handels war.

Selbstvertrauen würde bei Missionen wie dieser stets ihr Begleiter sein, und es trieb Ami voran, ließ ihre Füße über den Teppich zum abwärts führenden Treppenabsatz gleiten. Schmale Stufen fielen vor ihr ab, als sie einen, zwei, drei Stockwerke hinabstieg. Diese schienen alle gewöhnlich: mehr Gänge, mehr hängende Kunst, mehr ahnungslose Gelehrte. Das vierte, inzwischen weit genug unten, dass keine Fenster mehr die Steinmauern durchbrachen, bot das Ende der Treppe in einem laternenbeleuchteten Kreis. Die Treppe endete in der Mitte des Kreises, die Bereiche links und rechts waren mit Stühlen und Tischen besetzt, die eher für Wachschichten als für Forschung geeignet waren. Jetzt leer.

Leer vielleicht, weil ihre Bewohner vor einem geschlossenen, den Gang überspannenden Tor standen. Kein Türblatt, sondern eine schmiedeeiserne Barriere mit mindestens zwei Schlössern an der rechten Seite. Die beiden Wachen, die Ami neugierige Blicke zuwarfen, standen mit verschränkten Armen da, ihre obligatorischen

Helmbarten lehnten an den Wänden zu beiden Seiten. Ob diese beiden überhaupt ein Rückgrat hatten, fiel Ami schwer zu erraten: Ihre Gesichter wirkten verwittert, ihre Augen blass und scharf.

Gladdring stellte offenbar keine Anfänger für seine Geheimnisse ein.

Ami hielt inne, als sie die Treppe verließ, und beobachtete das Paar, während sie sie beobachteten. Eine unbehagliche Pattsituation. Plätschernde Gespräche drangen von den oberen Etagen herab, kein Laut von dieser hier. Beide Wachen schienen den Atem anzuhalten, als würde eine Bewegung irgendeine schweigende Vereinbarung mit Gladdring brechen.

»Keine Begrüßung?«, fragte Ami.

Die linke Wache runzelte die Stirn. »Wir kennen Sie nicht. Sollten Sie hier sein?«

Ami kramte das Papier hervor und hielt es hoch. »Hab das heute bekommen. Neues Projekt.«

Die linke Wache streckte die Hand aus und nahm das Papier. Die rechte Wache starrte finster, ein hässlicher Blick. Nein, Ami würde diese beiden nicht in einem Kampf erleben wollen. Zumindest nicht ohne Flamebreak.

Der Wächter reichte das Papier seinem Kollegen. Er ließ seine verschränkten Arme an die Seiten fallen. Hielt sie locker, als könnte Ami den Mann jeden Moment anspringen.

»Klar?«, fragte die linke Wache nach einigen langen Herzschlägen.

»Sieht legitim aus.« Die rechte Wache gab Ami das Papier zurück. »Wer hat Ihnen das gegeben?«

»Inwiefern geht Sie das etwas an?«, fragte Ami.

»Jeder, der durch dieses Tor geht, ist unsere Angelegenheit.«

»Gladdring hat es mir gegeben.« Ami nickte in Richtung des Tores. »Werdet ihr das Ding jetzt öffnen? Ich bin nicht den ganzen Weg hier runter gekommen, nur um mit euch beiden zu plaudern, so wunderbar ihr auch seid.«

Die linke Wache schnaubte und fingerte an einigen Schlüsseln herum, die an einem Ring an seiner Hüfte befestigt waren.

»Ein vorlautes Mundwerk ist hier unten nicht gerade von Vorteil«, sagte die rechte Wache, während der andere die Schlösser öffnete. »Dies ist ein ernster Ort.«

»Ich werde es mir merken.« Ami drängte sich an den Wachen vorbei, als das Tor aufglitt.

Sie spürte ihre Blicke auf ihrem Rücken, als sie den Flur entlangging, während geschlossene Türen ihr erneut links und rechts Möglichkeiten boten. Vor ihr signalisierte eine kahle Wand das Ende. Wenn sie die falsche Tür wählen würde, würden die Wachen dann merken, dass Ami sich hineingeblufft hatte? Oder vielleicht …

»Möchten Sie mir helfen, den richtigen Ort zu finden?«, fragte Ami das Paar.

»Welcher Ort wäre das?«

Ami verdrehte übertrieben die Augen. »Sie wissen schon, welchen ich meine.«

Die Wachen tauschten einen Blick. Der Rechte seufzte und zeigte nach links. »Erste Tür. Sie ist unverschlossen.«

»Sieh an. Hilfsbereit zu sein hat Sie doch nicht umgebracht.«

Mit einem Druck auf den Griff glitt die gewählte Tür nach innen. Sofort stieg Ami ein funkensprühender Geruch in die Nase, als wäre etwas kürzlich verbrannt worden. Die vorbeiströmende Luft und der hallende Klang deuteten darauf hin, dass der Raum dahinter viel größer war als alle, die Ami bisher im Turm gesehen hatte. Dieser Eindruck wurde durch die entfernten Lampen an den Wänden zu ihrer Rechten und vor ihr noch verstärkt. Die einzige nahe Seite befand sich zu ihrer Linken, eine vernarbte Steinplatte, die Ami noch mehr Stufen hinunterzudrängen schien, eine halbe Treppe hinab zu etwas, das wie ein ringförmiger Gehweg aussah.

Was er umringte, wurde klarer, als Ami hinabstieg. Eine gitterartige Barriere trennte den steinernen Gehweg vom grubenartigen Zentrum des Raumes. Dort unten, eine weitere volle Etage tiefer, standen sieben große Truhen. Jede ruhte auf einem Podest, in das der Name einer Insel eingraviert war. Drei dieser Truhen standen offen, ihr Inhalt glitzerte darin. Ein großer Tisch dominierte die Mitte der Grube, auf dem seltsame Gegenstände ausgebreitet lagen, die Ami nicht identifizieren konnte. Wirbelnde Metallteile, die im Licht funkelten. Eine Frau beugte sich jetzt darüber und murmelte vor sich hin, während Ami sich dem Gitter näherte und hinunterblickte.

Wer war das, und was tat sie da?

Während Ami zusah, hob die Frau eine Hand, schnippte mit den Fingern und eilte zu einer der offenen Truhen. Eine, unter der Fotis Insel eingraviert war. Zwei Verschlüsse klickten auf, der Deckel sprang hoch, und die Frau griff hinein und nahm einen glitzernden Rubin heraus, einen mit einer runzligen Form, die Ami nur zu gut kannte.

Die Frau kehrte mit dem Skar zu ihrem Tisch zurück, steckte ihn in eine Vorrichtung von der Länge eines guten Dolches, wo sich der Foti-Skar neben dem windigen Grauen einpasste, von dem Ami wusste, dass er zu Kance gehörte. Die Frau hob die Vorrichtung an und schob dann einen kleinen Schalter zwischen die beiden Skars, der sie mit einer silbernen Linie verband. Dieser funkensprühende Geruch erfüllte erneut die Luft, und die Frau drehte sich, zielte mit der Vorrichtung auf eine stehende Tafel an der gegenüberliegenden Seite des Raumes.

»Versuch Nummer zweihundertdreiundzwanzig«, sagte die Frau. »Diesmal Foti und Kance. Los geht's.«

Die Arme der Frau spannten sich an, als würde sie gleich eine Klinge ziehen, und die Vorrichtung summte, knisterte wie ein Blatt unter einem Stiefel, und eine hellorange Linie schoss heraus, traf die Tafel und ließ sie für einen Moment in Flammen aufgehen.

Ami starrte mit offenem Mund. Sie hörte, wie die Frau ihren eigenen Erfolg bejubelte. Dass die Skars eine gewisse Macht besaßen, das wurde vermutet. Dass sie konnten-

Hände packten Amis Schultern und drehten sie herum. Die beiden Wachen standen hinter ihr, einer mit seiner Voulge bereit. Hinter ihnen stand Gladdring mit finsterer Miene, sein flachsblondes Gesicht im schwachen Licht noch blasser.

»Habe ich nicht gesagt, Sie sollen das vergessen, Wächterin?«, fragte Gladdring. »Jetzt werden Sie sich wünschen, Sie hätten es getan.«

16
BESCHÜTZER

Gesättigt von Eiern und Kartoffeln, ihre Wasserschläuche am Eisblock im Zentrum des Jarl-Zahns aufgefüllt, machte sich das Trio nach Norden auf, um erneut in den schimmernden, schwülen Tunnel einer weiteren Lavaröhre vorzudringen. Bliss übernahm die Führung, ihr Metallstab klackte bei jedem Schritt auf dem felsigen Boden.

Trotz all des Laufens, trotz all der Seltsamkeiten auf Foti, erfüllte das Unterwegssein jeden ihrer Schritte mit einer gewissen Kraft. Zielstrebigkeit, das war es. Ein Antrieb, der sich seit ihrer Ankunft auf der Insel mit jedem Moment verschärft hatte. Cassignol und das Kasino waren verwirrend gewesen, aber der Kampf in der Bar, die Prügeleien auf der Straße und nun der Jarl-Zahn dienten als Mittelpunkt.

Sie hatte ihre ersten Prüfungen als Wächterin bestanden, ihren Bruder beschützt und die Gruppe in Bewegung gehalten. Das war nichts, was sie nicht tun konnte, keine Aufgabe, die für Erwachsene bestimmt war, während Bliss in Kitaye hätte bleiben sollen, um auf ihre Zeit zu warten.

Hinter ihr murmelten Wax und Quik über das Frühstück, über Quiks spätnächtliche Begegnung mit der Gruppe in der Bar. Sie waren nicht beim Frühstück dabei gewesen, einer ruhigen Angelegenheit, von der der Kellner sagte, sie sei deshalb so still, weil alle dort Lebenden bereits aufgebrochen waren, um Steine zu hacken, Tiere zu versorgen oder auf Handelssuche zu gehen.

Schwer zu sagen, wann man verschlafen hatte ohne Himmel, ohne Sonne.

Der Weg nach Norden durch die Lavaröhre verlief eine Stunde lang ohne Zwischenfälle, dann zwei. Der stetige Pfad bot keine Windungen und Biegungen, nur einen geraden Weg. Der Kellner hatte gesagt, die Reise sollte lang, aber langweilig sein, mit wenigen Unterbrechungen auf dem Weg zur Großen Schmiede, wo Fotis Skars zu finden waren.

»Vermisst du die Bäume, Bliss?«, fragte Wax, der neben sie trat und Quik hinten wandern ließ.

›Der Fels gefällt mir ganz gut‹, gebärdete Bliss mit ihrer linken Hand.

»Sag bloß nicht, die Insel wächst dir ans Herz.« Wax setzte einen Blick gespielten Entsetzens auf.

»Zumindest muss ich mir nicht jede Minute dein Gejohle anhören.«

»Das hat dir nicht gefallen?«

Bliss verdrehte die Augen. »Beim ersten Mal ist es lustig. Beim zwanzigsten Mal wird es ein bisschen alt, Bruderherz.«

»Ich bin verletzt.«

»Dann lass dir ein dickeres Fell wachsen. Es wird noch Schlimmeres kommen.«

Wax lachte. »Du klingst so weise, kleine Blume.«

Bliss blieb stehen und zwang Wax zu einem Stirnrunzeln. »Ich bin jetzt dein Wächter. Keine kleine Blume mehr.«

»Wow, okay. Tut mir leid.«

»Sie möchte wie eine Erwachsene behandelt werden, Wax«, sagte Quik, als er aufholte. »Das hat sie nach allem, was sie getan hat, verdient.«

»Verstanden.« Wax nickte Bliss kurz zu. »Wächter also. Alles geschäftlich, kein Spaß. Hab's kapiert.«

»Weiß nicht, ob das stimmt.« Bliss zeigte nach vorne, den Lavakanal hinunter. »Sieht aus, als würden wir bald wieder den Himmel sehen. Klingt für mich nach Spaß.«

Die Vorhersage bewahrheitete sich, die zerklüfteten orangefarbenen Felsen des Lavakanals verblassten zu dem schwarzen, welligen Land, durch das sie nach dem Verlassen von Smythe gelaufen waren. Über ihnen breitete sich ein klarer, kühler Tag aus, der blaue Himmel zeigte nichts außer ein paar neugierigen Vögeln, die ihre Kreise zogen. Foti erstreckte sich in alle Richtungen, hier und da von niedrigen Hügeln durchschnitten, aber nicht genug, um den klaren Blick zum Horizont zu unterbrechen. Vor ihnen wand sich der Pfad durch die Kohlenstraßen, obwohl sich die Farblinie in der Ferne zu ändern schien, als ob sie sich einer Grenze zwischen Welten näherten.

»Nichts als die Vögel«, sinnierte Quik, als sie am Ende des Kanals eine Wasserpause einlegten. »Auf Vis würde dir eine solche Aussicht mehr Leben zeigen, als du zählen könntest. Hier gibt es nichts als Felsen.«

»Das lässt einen die Heimat ein bisschen mehr schätzen«, erwiderte Wax.

»Vielleicht musst du deine Perspektive ändern. Ich finde es wunderschön«, gebärdete Bliss.

Was Bliss nicht sagte, was sie an Fotis Landschaft schätzte, war, dass sie jeden Feind von weitem kommen sehen konnte. Kein Schleichen durch den Dschungel, kein Hervorspringen aus versteckten Ecken, kein einsames und verlorenes Sterben.

Das bedeutete, dass das Trio reichlich Zeit hatte, den zerlumpten Wagenzug auf dem Pfad vor ihnen zu betrachten. Ähnlich wie die riesigen Karren in Smythe rollten diese kuppelförmigen Wannen in einem langsamen, aber unaufhaltsamen Gang über den Pfad, ihre Räder – so groß wie Bliss – mahlten auf dem staubigen Fels. Das zermalmende Rollen kündigte ihre Anwesenheit an, bevor Bliss die Dinge sah, die in Sicht kamen, als die Gruppe eine niedrige Anhöhe erklomm.

Vier massive Karren und eine dazu passende Gruppe. Aus der Entfernung zählte Bliss mindestens ein Dutzend, die meisten trugen das für Foti-Leute übliche abgetragene Leder. Die Reisenden bewegten sich um ihren Zug herum und bellten gelegentlich Befehle an die Kreaturen, die die Karren zogen, Kreaturen, die Bliss erkannte.

»Ferrite«, sagte Wax, bevor Bliss es gebärden konnte. »Riesige.«

Die Felsechsen, zwei pro Karren, schleppten sich brummend vorwärts und zogen ihre Last mit großen Ketten, die an Halsbändern befestigt waren. Selbst aus der Ferne konnte Bliss den aufsteigenden Rauch sehen, als die Echsen ihre Hitze abließen. Hin und wieder rissen die Kreaturen auch ihre Köpfe nach links oder rechts und schnappten einen verirrten Stein auf.

»Grausam«, murmelte Quik, als sie sich näherten. »Gott sei Dank müssen wir Tiere nicht so behandeln.«

»Wir transportieren ja auch kein Erz hin und her,

Bruder«, erwiderte Wax. »Glaub nicht, dass wir nicht auch ein paar Hanokos für so einen Job einspannen würden, wenn wir müssten.«

»Als ob die das mit sich machen lassen würden«, fügte Bliss hinzu. »Die Katzen würden dich töten, bevor du ihnen je ein Halsband anlegen könntest.«

Die Karren hielten nicht an, als Bliss, Wax und Quik sich näherten. Einer der Reisenden löste sich aus der Gruppe, wartete, bis die drei in der Nähe waren, und nickte ihnen mit seinem rußbedeckten Kopf zu.

»Man sieht nicht oft Reisende auf der Straße«, sagte der Mann. »Noch weniger welche von weit her.«

»Wir haben anscheinend einen Fehler gemacht«, antwortete Wax, nachdem er ihre Namen genannt hatte. »Eigentlich sollten wir ein Schiff nehmen, aber wir sind schon am Laufen, also ...«

Der Mann lächelte, seine Zähne strahlend weiß im Vergleich zu seiner verschmutzten Haut. »Am besten, ihr geht weiter.«

Bliss verengte ihre Augen und gab Quik ein Handzeichen, der mit dem passenden Tonfall übersetzte: »Was soll das heißen?«

Der Mann schüttelte nur den Kopf, behielt sein Lächeln bei und winkte sie weiter. Quik versuchte es erneut, erhielt aber nur die gleichen Worte.

»Dann machen wir das wohl«, sagte Wax, dessen Fröhlichkeit bei diesem seltsamen Austausch nachließ.

Die anderen Händler waren auch nicht viel besser, sie schenkten der Vis-Gruppe kaum mehr als flüchtige Blicke oder steinerne Mienen. Die Karren hielten nie an, die großen Ferrite machten weiter. Bliss, Wax und Quik mussten an den Rand des Pfades ausweichen und im

Gänsemarsch gehen, um die langsameren Wagen zu umgehen, wobei sie ständig wegen des aufgewirbelten Kohlenstaubs der massiven Räder husteten.

Erst als sie ein paar Schritte Abstand zum vordersten Wagen hatten, öffnete Wax wieder den Mund.

»Na, das war ja unangenehm«, sagte der Erneuerungsmensch und warf einen letzten verwirrten Blick zurück.

Bliss hielt ihren Blick nach vorne gerichtet, der Pfad führte nun abwärts zwischen zwei großen schwarzen Lavahügeln hindurch. Die Wellen türmten sich auf, das Grau-Schwarz schichtete sich wie gegossenes Öl übereinander. Die kreisenden Vögel hielten über ihnen Schritt und beobachteten sie schweigend. Bliss schnupperte, nahm aber nichts außer dem stechenden Geruch von Staub in der Luft wahr. Hier gab es wenig, was sie warnen würde, wenn etwas nicht stimmte, außer ihrem Instinkt.

Sie stieß ihren Stab auf den Boden, hörte nicht auf zu gehen, aber Wax und Quik unterbrachen ihr Hin und Her darüber, wie unhöflich die Reisenden gewesen waren.

»Was ist los?«, fragte Quik, als sie das enge Tal betraten.

»Irgendetwas fühlt sich seltsam an«, gebärdete Bliss, während sie ihre Augen umherschweifen ließ. »Zu ruhig.«

»Es ist immer ruhig, es sei denn, einer dieser Karren ist in der Nähe.« Wax folgte ihrem Blick. »Ich sehe nichts. Und wer sollte schon hier draußen sein?«

Der Pfeil schlug vor Bliss' Füßen in den Boden ein, genau da, wo ihr nächster Schritt hätte landen sollen. Er zitterte im Felsen, die grobe Befiederung eine Beleidigung für jeden Vis-Jäger, die zerbrochenen Federn zerzaust und verbogen. Der Schaft sah kaum besser aus, aber die Pfeilspitze glänzte.

»Wer ist denn da tatsächlich?«, verkündete eine Frau,

die von oben auf sie herabblickte. Ein Bogen in ihren Händen, ein spärlich gefüllter Köcher auf ihrem Rücken.

»Sledge«, murmelte Quik, seine Handschuhe blieben an seiner Hüfte. »Sie haben uns.«

Als hätte sie auf Quiks Einschätzung gewartet, kam Sledges Bande von beiden Seiten hervor, je drei Mann, die aussahen, als wären sie aus dem Felsen selbst gekrochen. In ihren Händen hielten sie Messer, einen Knüppel, eine Heugabel, die zu alt für die Feldarbeit aussah. Wenn das Banditen waren, waren sie erbärmlicher, als Bliss sich je hätte vorstellen können.

Also hob sie ihren Stab auf, machte zwei große Schritte nach vorn und rammte ihn in den Boden.

»Ich bin bei dir«, sagte Wax und folgte ihr. Er erhob seine Stimme: »Was will euer jämmerlicher Haufen von uns?«

Sledge zog einen weiteren Pfeil, legte ihn an die Bogensehne. »Ganz einfach. Wir wollen das Skar. Und euch.«

Ein Fehler. Sledge beendete die Worte mit einem unheilvollen Grinsen, aber sie entfachten ein kluges Feuer in Bliss. Wenn die Banditen das Trio lebend wollten, dann hatten sie eine Chance.

Bliss sah zu ihren Brüdern zurück, gab mit den Fingern Zeichen: »Sie wird nicht in einen Kampf schießen. Gebt nicht auf.«

Quiks Mund öffnete sich, als wolle er Bliss etwas fragen, aber sie gab ihm keine Gelegenheit dazu. Sie verschob ihren Fuß und brach in einen harten Lauf zum Ausgang des Tals, griff dabei ihren Stab auf und hielt ihn wie eine Lanze.

Wax und Quik würden entweder kämpfen und ihnen eine Chance geben, oder sie würden aufgeben und diese Reise würde enden, bevor sie überhaupt richtig begonnen hatte.

Zwei zerlumpte Männer und eine vermummte Frau, letztere weiter links, erschraken bei Bliss' plötzlichem Lauf. Der mittlere Mann, der seine Messer zu fest in den Händen hielt, trat vor, als dachte er, er könne Bliss und ihren Stab mit seiner weit überlegenen Reichweite direkt konfrontieren. Die Reue traf ihn schnell, der Mann versuchte, vom Rückfuß aus zurückzuweichen, rutschte im Staub aus. Sein Freund rettete ihn, stürzte mit einem Hieb vor... Bliss zog ihren Stab zurück, als das seltsame Gerät, eine spitze Metallsichel, die an einem Holzschaft befestigt war, in den Raum zwischen ihr und dem Trio knallte.

Sledge schrie Befehle in die Luft, rief nach diesem und jenem. Bliss ignorierte sie alle, pflanzte ihren linken Fuß und trat nach rechts, ließ ihre linke Hand den Stab in einem geraden Stoß gegen den Bergarbeiter und seine seltsame Waffe führen, die offenbar zu schwer war, um sie wieder aufzuheben. Bliss traf den Mann in die Brust, das Leder bog sich unter dem Schlag, das Gesicht des Mannes wurde lila, als ihm die Luft aus den Lungen gepresst wurde.

Etwas Blaues blitzte zu Bliss' Linken auf, und als sie den Stab zurückzog, bemerkte sie Wax, der mit gezogener Foti-Klinge einen schnellen Stoß der Frau abwehrte, die einen kurzen Speer aus ihrem Umhang gezogen hatte. Wax' Klinge schnitt das Ende des Speers ab, ließ das Stück wegspringen und die Frau mit weit aufgerissenen Augen zurückweichen.

Der Messerträger fand sein Selbstvertrauen wieder und stürzte sich mit einer Dreier-Kombination zurück ins Getümmel, wobei er Wax zurückdrängte. Bliss ließ von ihrem Angriff auf den rechten Bergarbeiter ab und schwang ihren Stab, um den Messermann zu einer Parade mit beiden Klingen zu zwingen.

Die Öffnung war da, und Wax versuchte sie zu nutzen,

indem er mit der Foti-Klinge wieder vorstieß. Ein wilder Schlag, dem der Messerträger auswich, indem er zurückwich und Wax sich zwischen den Feind und Bliss stellte.

Nein.

Was machst du, wenn das, was du zu beschützen versuchst, zwischen dir und dem Feind steht?

Schaff es aus dem Weg. Bliss ließ ihren Stab zu einem hakenden Schlag herabsausen, der Wax' rechten Knöchel traf und ihn herumschwang, sodass er mit einem Platsch auf dem felsigen Boden landete. Ihr Bruder fluchte und fragte, was Bliss da tue, Bemerkungen, die sie ignorierte, während der Messerträger seine Verteidigung vorbereitete. Aus ihrem rechten Augenwinkel bemerkte Bliss eine Bewegung, als der Bergarbeiter wieder aufstand und den Kopf schüttelte. Das Mädchen zumindest schien keine Lust mehr zu haben, sich einzumischen, und bewegte sich in Richtung des Talausgangs, die Augen auf das andere Ende des Kampfes gerichtet.

Hoffentlich hielt sich Quik wacker.

Bliss versuchte einen weiteren Stich und nutzte die Reichweite des Stabs, um einen Schlag auf den Kopf des Messerträgers zu landen. Der Mann parierte den Schlag erneut mit beiden Klingen, fing den Stab ab und zwang ihn nach oben. Diesmal stürmte er vorwärts, trat auf Wax, um Bliss mit der Schulter zu rammen.

Sie versuchte zurückzuweichen, den Stab heranzuziehen, spürte aber, wie ein schweres Gewicht ihre Schulter traf und ihr den Stab aus der Hand schlug, während ihr Körper folgte und sich Schürfwunden zuzog, als sie auf den kühlen Felsen aufschlug. Bevor Bliss sich abrollen oder aufstehen konnte, fand ein Messer seinen Weg zu ihrer Kehle, die Spitze drückte sich in ihre Haut.

»Beweg dich nicht«, knurrte der Messerträger, seine

Stimme ein heiserer, rauchiger Mix. »Dein verdammter Tanz ist vorbei.«

Bliss wog ihre Möglichkeiten ab. Versuchte einzuschätzen, ob der Messerträger sie wirklich erstechen würde, wenn sie nach ihrem Stab griffe. Wax, am Rande ihres Blickfelds, sah zu, wie der Bergarbeiter seine Klinge wegkickte. Das Mädchen kam nun zurück, zog kleine Seile von einem Gürtel an ihrer Taille und fesselte Wax' Hände.

Schon in der Unterzahl und angeschlagen, schien es keinen Ausweg zu geben. Zurück auf Vis hatten die Lira ein Prinzip für solche Momente: Warte mit offenen Augen.

Das konnte sie tun.

Quik hatte am anderen Ende des Tals nicht viel Gegenwehr geleistet. Seine Handschuhe hatten zwar Kraft, aber die Kämpfer dort unten hatten lange, angelaufene Klingen und Speere. Ein kritisches Reichweitendefizit, das Quik dazu brachte, fast sofort nach Beginn des Kampfes die Hände zu heben.

Sledge schien trotz all ihres Geschreis nicht allzu verärgert über Bliss' Funken zu sein, kam persönlich zu dem Mädchen herunter und sah zu, dass ihre Knoten fest waren, wobei sie Bliss neben ihre Brüder in eine starre Linie schob.

»Kampfgeist ist nie verkehrt«, sagte Sledge und zog die Knoten fester. Bliss' Handgelenke kribbelten unter dem Druck. »Fließt das Blut noch, Mädchen?«

Bliss schüttelte den Kopf. Wenn ihre Hände taub würden, gäbe es kein Entkommen.

Sledge lockerte die Knoten, beugte sich dann vor und flüsterte: »Ich mag dich, aber wenn du etwas versuchst, werde ich zuerst deinem Bruder die Kehle durchschneiden.«

Wax schien nicht so, als würde er sich dagegen zu sehr wehren. Die Prahlerei ihres Bruders wirkte erschöpft, das ständige Grinsen des Mannes war zu einem entschiedenen Stirnrunzeln geworden, die Augen niedergeschlagen, als seine Foti-Klinge und sein Messer weggerissen und dem jungen Mädchen übergeben wurden, das ihren kurzen Speer zerbrochen hatte. Sledge ging als Nächstes zu ihm, griff in Wax' Tunika und fand den Skar. Sie hob die Kette über Wax' Kopf, während der Messerträger seine Klinge gezogen und an Wax' Rücken hielt.

»Das musst du nicht tun«, knurrte Quik, der in der Nähe stand und von einem der Schwertkämpfer bewacht wurde. »Wax ist nicht gefährlich.«

»Das habe ich gesehen«, erwiderte Sledge. »Trotzdem, eine Sache, die man hier draußen lernt, ist, niemals unnötige Risiken einzugehen.« Sie ließ den Skar in der Luft baumeln. »Erster Preis der Erneuerung.« Sie hielt den Skar hoch und das halbe Dutzend Banditen gab ein zerfranstes Jubelgeschrei von sich. Sledge wandte ihren Blick wieder Wax zu. »Nun, reg dich nicht auf. Du wirst nicht sterben. Unsere Partner sehen das nicht gern. Wir werden dich nur an einem schönen Ort zum Ausruhen unterbringen, und wenn die Erneuerung vorbei ist, darfst du nach Hause gehen. Kein Schaden angerichtet.«

»Kein Schaden?«, konterte Wax und kramte etwas Seele zusammen. »Kostet ihr damit nicht allen Inseln eine Chance auf Frieden? Ihr schadet den Erneuerungen, was bedeutet-«

»Wir schaden doch nicht Fotis Erneuerung, oder?«, grinste Sledge und stopfte den Skar in ihre Tunika. »Hat beim letzten Mal funktioniert, nicht wahr? Fast auch beim Mal davor, wenn dieser Wächter nicht Glück gehabt hätte.«

Bliss blinzelte. Sie konnte sich kaum an die letzte Erneuerung erinnern, war bei der davor noch nicht am Leben gewesen. Sledge sah nicht alt genug aus, obwohl es unter dem Schmutz schwer zu sagen war, um vor fünfundzwanzig Jahren ihren Bogen geschwungen zu haben, aber was wusste Bliss schon? Vielleicht schickte Foti ihre Kinder mit zehn Jahren los, um Mörder zu werden.

»So«, sagte Sledge und blickte die drei noch einmal an wie eine Mutter, die im Begriff war, eine strenge Ermahnung zu erteilen. »Wir werden eine Weile laufen und dann ein ungewöhnliches Transportmittel nehmen, bis wir an die Westküste kommen. Wenn ihr euch benehmt, werdet ihr die Reise bequem überstehen. Alles wird gut sein. Kein Luxus«, lachte Sledge, »denn, nun ja, wir sind kaum das, aber ihr werdet nicht verhungern.« Ihre Augen wurden hart, ihr Lächeln verzog sich zu einem Stirnrunzeln. »Wenn ihr gegen uns kämpft, Ärger macht, werden die Dinge für euch auch schiefgehen. Wie gesagt, niemand muss sterben, aber meine Crew geht vor. Ich scheue mich nicht davor, einen von euch einem Unhold zum Fraß vorzuwerfen, um uns in Sicherheit zu bringen.«

Sledge pfiff dann, und die Banditen begannen, Bliss, Wax und Quik vorwärts zu stoßen. Die drei mussten ihre eigenen Beutel tragen, während die Banditen ihre Waffen nahmen. Bliss selbst fiel ans Ende der Reihe, das Mädchen mit dem kurzen Speer ging mit ihr am Schluss. Als sie das Tal durch seinen nördlichen Ausgang verließen, holten die massiven Karren sie ein und fuhren in die Südseite des Tals ein.

Sledge winkte dem Wagenzug zu, und diese seltsamen Reisenden, mit Wax, Quik und Bliss deutlich sichtbar gefesselt, winkten zurück.

Trotz all des Geredes von Wax und Quik darüber, die anderen Inseln sehen zu wollen, wurde Bliss die ganze Sache ziemlich leid.

»Ich heiße Torny«, sagte das Mädchen ein paar Minuten nach Beginn des Marsches. »Und du?«

Bliss hatte den Blick auf den Boden gerichtet und achtete auf ihre Schritte. Sledge hatte sie die Hauptstraße außerhalb des Tals verlassen lassen und bog nach links in einige mit Gestrüpp bewachsene Ausläufer ab. Wie sie den Weg fand, wusste Bliss nicht, denn für sie sah alles nur nach Felsen und Staub aus. Die Reihe bewegte sich fast im Gänsemarsch, Sledge vorne mit dem Messerträger, während zwei andere Banditen Wax und Quik bewachten. Torny bildete mit Bliss das Schlusslicht.

»Nicht sehr gesprächig?«, fragte Torny.

Bliss verdrehte die Augen, legte einen Finger an die Lippen und schüttelte den Kopf.

»Du kannst nicht?« Tornys Augen weiteten sich. »Wow. Das ist ja schrecklich.«

Bliss biss sich auf die Lippe, um sich davon abzuhalten, Torny einen wohlverdienten Kopfstoß zu verpassen. Sicher, sie hatte ihr ganzes verdammtes Leben lang mit den Reaktionen der Leute gelebt, wenn sie herausfanden, dass Bliss nicht sprechen konnte, aber auf Vis akzeptierten die Menschen es. Die meisten hatten eine Eigenart, und es war allgemein üblich, die Entdeckung so hinzunehmen und weiterzumachen.

Foti hatte offenbar keine solche Höflichkeit.

»Weiß nicht, was ich tun würde, wenn ich nicht sprechen könnte«, fuhr Torny fort. »Ich wäre wahrscheinlich immer noch in den Minen. Wie alle anderen.«

Bliss wackelte mit den Händen und spürte diese Knoten. Sledge hatte sie vielleicht gelockert, aber sie würden nicht abgehen, nicht ohne ernsthaftes Kratzen oder Reiben an einem Felsen oder einem herumliegenden Pfosten. Nichts, was sie während der Bewegung tun konnte.

»Kannte mal einen Jungen, der nicht richtig hören konnte«, erzählte Torny gerade und fuchtelte dabei mit Wax' Foti-Klinge in der Hand herum, während sie beobachtete, wie der Saphir das Licht einfing. »Alle sagten immer, er würde es zu nichts bringen, aber weißt du was? Er konnte den Stein perfekt fühlen. Er ist jetzt in Smythe. Hat sogar seine eigene Schmiede.« Torny hörte auf, mit der Klinge zu wedeln, und schob sie zurück in die Scheide, die jetzt an ihrem Gürtel hing, wo vorher die Seile gewesen waren. »Bist du auch so? Du weißt schon, richtig gut in etwas?«

Bliss blickte zum Himmel und maß den Weg der Sonne in Richtung Dämmerung. Noch Stunden entfernt, noch mehr Stunden, um dem hier zuzuhören.

»Hör mal«, sagte Torny, und Bliss tat es, als die Stimme des Mädchens von müßiger Neugier zu etwas Härterem wechselte, »Sledge hat uns für den langen Marsch zusammengetan. Das bedeutet, wir werden die ganze Zeit zusammen sein. Du kannst entweder weitermachen wie bisher, mich ignorieren und so, aber das wird verdammt langweilig werden. Also, wie wär's, wenn du dich für was anderes entscheidest, okay?«

Bliss runzelte die Stirn und warf Torny einen verwirrten Blick zu. Das Mädchen und ihre Freunde hatten gerade Wax' Chance, ein Aegis zu werden, ruiniert und ihre Möglichkeit zerstört, mit der Erneuerung weiterzumachen. Wie konnte Torny erwarten, dass Bliss, na ja, freundlich war?

»Hey, da haben wir's«, Torny blitzte ein schmutziges Lächeln. »Eine echte Reaktion. Was für ein Anblick.«

Jetzt, da Bliss Torny tatsächlich betrachtete, hatte das Banditen-Mädchen mehr zu bieten als nur schäbiges Leder und Unentschlossenheit. Zerzaustes Haar führte zu einem schmutzverkrusteten Gesicht, eine kleine Kappe zierte Tornys Kopf mit einem durchgehenden orange-gelben Karomuster. Persönlicher als die anderen Hüte, die die Banditen trugen. Auch unter Tornys anderen Kleidungsstücken stachen kleine Details hervor, wie ein silbern scheinendes Armband an Tornys linkem Handgelenk und mehrere matte Ringe an ihren Fingern. Tornys Schuhe wirkten abgenutzt, aber Bliss bemerkte, dass das Mädchen anscheinend keinen Laut von sich gab, wenn es ging, ihre Füße hoben und senkten sich, ohne viel Staub aufzuwirbeln. Auch Tornys Augen schienen ständig aktiv zu sein, scannten überall, während ihre Finger zuckten, als wollten sie nach etwas greifen.

Vielleicht war das der Grund, warum Torny mit der Foti-Klinge herumgefuchtelt hatte. Es fiel ihr schwer, es nicht zu tun.

Nichts davon löste das Problem, wie Bliss und Torny kommunizieren konnten. Wax, Quik und einige andere auf Vis-Bliss zuckten zusammen, als Pan durch ihre Erinnerung flatterte - es hatte Jahre gedauert, die Zeichensprache zu entwickeln, die sie so schnell einsetzte. Die einzige andere Option wäre die kleine Tafel und der Kratzstein in der Tasche an Bliss' Oberschenkel, ein Gerät, das bedeuten würde, ihre Hände freizumachen.

Da war eine Idee.

»... so geht es noch einen Tag oder so weiter, aber dann wirst du wirklich coole Sachen sehen«, sagte Torny gerade, als Bliss grunzte und ihre Aufmerksamkeit zurückzog.

Mit den gefesselten Händen, die beide vor ihr verschränkt waren, wackelte Bliss in Richtung der Tasche an ihrem rechten Oberschenkel. Torny hielt inne, ihre Hand wanderte zurück zu der gescheiften Foti-Klinge. Bliss schüttelte den Kopf, griff erneut nach der Tasche, schaffte es, ein paar Fingerspitzen um das Seil zu schlingen, das sie verschloss, und zog. Die Tasche öffnete sich, der Kratzstein und die Tafel fielen zu Boden.

»Was ist das?«, fragte Torny.

Bliss hockte sich hin, fingerte an dem Stein und der Tafel herum. Wenn sie es versuchte, schienen die Knoten locker genug, um Bliss eine Chance zum Schreiben zu geben, aber das war nicht das Ziel. Stattdessen verfehlte sie, ließ den Kratzstein ein paar Mal fallen. Währenddessen bewegte sich der Rest der Gruppe weiter, entfernte sich, während Torny zusah.

»Hier, lass mich das aufheben.« Torny bückte sich, hob die Werkzeuge auf. Sie betrachtete sie und bemerkte die verblassten Kratzer auf der Schreibtafel. »Ich verstehe. Du schreibst auf dieses Ding?«

Bliss nickte.

»Ich bin nicht die beste Leserin, aber wir können es versuchen?« Torny reichte die Tafel Bliss, die sie fallen ließ, ihre Handgelenke und Hände waren nicht schnell genug, um sie aufzufangen. Torny begann, nach dem gefallenen Objekt zu greifen, hielt dann inne und starrte Bliss mit schärferem Blick an. »Weißt du, wenn ich ein bisschen dümmer wäre, würde ich diese Knoten weiter lockern.« Bliss hob die Augenbrauen. Sie musste die Lüge weiterspielen. »Aber trotz dem, was Sledge denkt, bin ich kein Idiot. Du hast Reichweite mit diesen Fingern. Genug, um Kratzer auf diesem Ding zu machen. Also hör auf zu spielen.«

Bliss legte den Kopf schief.

Torny presste die Lippen zusammen, ließ den Kratzstein und die Tafel in die Tasche über ihrem Rücken gleiten. Sie zog das Foti-Messer, Wax' Foti-Messer, heraus und setzte dessen Spitze an Bliss' Kinn.

»Weißt du, warum wir hier sind?«, sagte Torny, von

dem neugierigen Mädchen war nichts mehr zu sehen.
»Weil wir nichts zu verlieren haben. Unser Leben bestand
aus einem schrecklichen Tag nach dem anderen, und jetzt
haben wir die Chance, hier rauszukommen. Ich möchte Sie
nicht verletzen, wie auch immer Sie heißen, aber ich
schwöre, ich werde nicht zögern. Das ist unsere einzige
Möglichkeit. Denken Sie daran.«

17
HÖHLENDÄMON

Ihre Hand streckte sich nach unten, Funken flogen um sie herum auf, als die Lava darunter aufwallte. Felsen barsten, die Höhlenwände splitterten in der Hitze. Schweiß benetzte Svardes Hand, als er die angebotene Hilfe annahm und seine Stiefel nach Halt an der verkrusteten Felsklippe suchten.

Sie schrie etwas, die Worte gingen im donnernden Krachen unter, dann lehnte sie sich zurück und zog. Svardes rechte Hand fand eine Kerbe, seine Fingernägel brachen ab, als er sich am harten Stein festklammerte. Gemeinsam erklomm er den letzten Meter und fiel auf die Steinbrücke, den Wendepunkt zwischen der Großen Schmiede und der Sicherheit. Um sie herum lagen Leichen im Dreck verstreut. Ferrite und Feuerfledermäuse rannten, kämpften und starben. Und doch hatte sie Svarde ihre Hand gereicht.

Eine andere Frau kam angerannt, wütend, verletzt und in der Rüstung eines Foti-Wachmanns. Sie zog Svardes Retterin hoch, brachte die Frau auf die Füße, und in der Bewegung erhaschte Svarde einen Blick auf das orange

Funkeln, den Stein, der um das Handgelenk der Frau geschlungen war.

Eine Rivalin, nein- Svarde unterdrückte den Gedanken, als er sich auf die Knie erhob. Keine Rivalin mehr. Die einzig Übriggebliebene. Die Erneuerung. Die zweite Frau schob Svardes Retterin weg und warf Svarde einen finsteren Blick zu, zweifellos um sicherzugehen, dass er nicht die Absicht hatte, sie mit gezogenem Schwert in dieser verfluchten Höllenfeuerhöhle zu verfolgen.

»Ich bin natürlich gefolgt, aber mit leeren Händen«, sagte Svarde in der Dunkelheit über das ständige Tropfen hinweg. »Musste ich, danach. Ich war einmal ein Wächter gewesen, hatte versagt und musste sehen, ob sie mich aufnehmen würden.«

»Warum?«, fragte der seltsame Mann, der seine Rede in letzter Zeit auf einfache Fragen reduziert hatte, als ob die Anstrengung, Sätze zu bilden, zu groß wäre.

»Weil ich verdammt sein will, wenn ich ein Versager bleibe«, antwortete Svarde.

»Hat es dann funktioniert?«

»Wenn du es als Erfolg betrachtest, die Frau, die du liebst, zu einem frühen Grab zu verdammen, dann hat es so gut funktioniert, wie es nur konnte.«

Der Mann kicherte. Bat Svarde, die Geschichte noch einmal zu erzählen.

»Ein drittes Mal?«, fragte Svarde in die Dunkelheit. »Wie wär's mit etwas anderem? So gern ich auch über mich selbst rede, es gibt noch andere Geschichten zu erzählen.«

»Du wirst nicht viele finden.«

Svarde runzelte die Stirn. Er hatte zahlreiche Geschichten, Abenteuer, die darauf warteten, erzählt zu werden. Ganze Tavernen waren wie verzaubert gewesen, als Svarde die Geschichte erzählte, wie er jenen ... nein, zerstört hatte den ... gekämpft hatte gegen einen ... Svarde stolperte, stand auf, stieß sich den Kopf an der niedrigen Decke und setzte sich wieder, mit einem flauen Gefühl im Magen und trockenem Mund.

Wenig wartete auf seine Erinnerung. Svarde konnte greifen, oh ja, er konnte greifen, genau dorthin, wo die Erinnerungen immer gewesen waren. Doch jetzt wartete dort nur Nebel. Eine mysteriöse Leere. Svarde drückte dagegen an, versuchte, sich den Geschichten von verschiedenen Winkeln zu nähern, von Vorworten und Nachworten, von der Handlung und dem Schauplatz, und fand nichts. Er konnte nicht sagen, ob er eine Axt gegen einen Feind oder einen Freund, einen Banditen oder ein Biest erhoben hatte.

Namen, die hatte er noch. Die wirklich besonderen Momente brachen durch, Schimmer inmitten des Schleiers.

»Siehst du es jetzt?«, fragte der Mann und brach in ein weiteres seiner traurigen Kichern aus. »Du musst die eine Geschichte immer wieder erzählen, weil es alles ist, was dir geblieben ist. Wenn die weg ist, wirst du wie ich sein, niemand und nichts.«

Svarde schüttelte den Kopf und versuchte, die Blockaden zu lösen. Nichts bewegte sich. Nichts änderte sich. Nur das Tropfen, Tropfen, Tropfen des Wassers auf dem Stein, dessen Rinnsale im Felsboden verschwanden.

»Das ist nicht natürlich«, sagte Svarde. »Es muss etwas geben, das das verursacht.«

»Oh ja. Das gibt es. Es nährt sich von uns.«

»Es?«

»Das Ding, das uns hierher gebracht hat.« Wieder das Lachen. »Ich bin schon so lange hier unten, ich glaube, es hat mich fast aufgebraucht.«

»Was passiert dann?«

»Ich weiß es nicht. Vielleicht vergesse ich zu atmen? Vergisst ein Herz zu schlagen?«

Svarde tastete nach seinen Äxten, erinnerte sich, dass sie weg waren. Kein schneller Ausweg für ihn also. Seinen Kopf gegen die Felsen zu schlagen, würde nichts bringen. Zu riskant, zu brutal, selbst für ihn.

»Dann müssen wir hier raus«, verkündete Svarde.

»Versuch's. Ich wünsche dir Erfolg.«

Kein Glaube in der Stimme dieses Mannes, aber Svarde tastete trotzdem die Höhle ab. Die engen Grenzen boten wenige Möglichkeiten, bis auf den einen Felsblock am engsten Ende. Eine unvollkommene Versiegelung, der Stein ruhte an den Wänden der Höhle. Svarde fuhr mit den Fingern an seinen Kanten entlang. Er hatte ein paar Mal versucht, ihn zu bewegen, fand ihn zu schwer für seine eigene Kraft allein, und der Mann dort drinnen mit ihm bot keine Hilfe an.

Oder vielleicht hatte Svarde nicht auf die richtige Weise gefragt.

»Willst du die Geschichte noch einmal hören?«, fragte Svarde.

»Ja, das will ich«, antwortete der Mann. »Es füllt mich aus. Nahrung für den verhungernden Mann.«

»Dann komm her. Hilf mir, und ich werde sie so oft erzählen, wie du willst.«

»Er wird sich nicht bewegen, sage ich dir.«

Svarde fluchte leise vor sich hin. Dummheit und ihre Sturheit. »Ist mir egal, ob er sich bewegt. Willst du die Geschichte hören oder nicht?«

Die gut platzierte Karotte wirkte. Die schmächtige Gestalt des Mannes bewegte sich auf den Steinen, barfüßige Füße klickten auf dem Fels, wo überlange Nägel kratzten. Der abgestandene Atem des Mannes verriet Svarde, dass er nahe gekommen war, also gab Svarde dem Mann Anweisungen, sagte ihm, er solle seine Hände auf die rechte Seite des Felsblocks legen.

»Auf mein Zeichen, nach oben drücken«, sagte Svarde. »Wir werden ihn wegrollen.«

»Und dann die Geschichte?«

»Und dann die Geschichte.«

Svarde zählte leise von fünf bis eins herunter, und bei der letzten Zahl drückte er sein Ende nach unten und versuchte, den Felsbrocken in Bewegung zu setzen und ihn von seiner Position auf den Felsen zu lösen. Der Mann lachte und sagte, er hätte seine Arme seit Ewigkeiten nicht mehr benutzt.

»Dann hol die verlorene Zeit nach«, brummte Svarde und stemmte sich erneut dagegen.

Der Felsbrocken zollte ihren Bemühungen zumindest Respekt. Bei Svardes zweitem Schub knirschte etwas unter dem Stein und seine Form verdrehte sich in der Dunkelheit. Svarde spürte den rauen Stein unter seinen Händen, als er sich bewegte, ein elektrisches Gefühl, das sowohl Hoffnung als auch, ja, frischere Luft mit sich brachte.

»Macht weiter«, sagte Svarde. »Hört für nichts auf.«

»Die Geschichte!«, rief der Mann. »Die Geschichte oder ich höre auf!«

Also begann Svarde erneut damit, während er weiter gegen den Felsbrocken drückte. Er erzählte von seinen Freunden, wie sie dem Ruf der Erneuerung gefolgt waren und zur Großen Schmiede aufgebrochen waren, für eine Chance auf den Skar und Ehre und eine Bedeutung jenseits des Hackens an den überfüllten Wänden einer Mine. Svarde tauchte in den schrecklichen Tag ein, kratzte an der Erinnerung, selbst als deren Ränder zu verblassen schienen, die

Gesichter seiner Freunde, denjenigen, den Svarde beschützen sollte, verschwammen zu einem Schleier.

»Und die Große Schmiede? Was ist dort passiert?«, fragte der Mann, als Svarde bei der bruchstückhaften Erinnerung ins Stocken geriet.

Das zumindest blieb hängen. Mehrere Erneuerungen kamen fast zur gleichen Zeit an, stürmten an den ahnungslosen Najahn-Wachen vorbei, um einen Versuch am Skar zu wagen. Das Timing war schlecht gewesen, der riesige Vulkan wurde unruhig und nahm ihre Annäherung als Beleidigung, spuckte Asche, Lava und Schlimmeres in Erde und Himmel.

Der Felsbrocken bewegte sich erneut, rollte nach links von Svarde weg, nicht mehr als eine Armlänge, bevor er auf eine andere Wand traf und stehen blieb. Der lachende Mann fiel vor Svarde hin, sein Schub folgte dem Felsbrocken.

»Hör nicht auf«, sagte der Mann, der dort lag. »Bitte hör nicht auf. Deine Geschichte ist alles, was ich habe.«

Svarde sagte nichts, stieg stattdessen über den Mann in den breiteren Tunnel. Er konnte verdammt nochmal nichts sehen, aber seine Hände spürten keinen Widerstand, die Luft bewegte sich durch sein Haar. Der Steinboden hatte eine Neigung, einen Weg nach oben und unten. Welcher Weg führte zu Maena und den anderen? Die falsche Richtung könnte Svarde auf eine lange, sinnlose Reise ins Nirgendwo schicken, was-

»Bitte«, sagte der Mann, seine Hände fanden Svardes Bein und umklammerten es, obwohl der Griff der Finger schwach und zerbrechlich war. »Ich brauche deine Geschichte.«

»Du brauchst Essen und Wasser, genau wie ich.«

Svarde griff zu und zog den Mann auf die Füße. »Kannst du sagen, in welche Richtung wir gehen müssen?«

Der Mann schnüffelte: »Ich werde dir nichts sagen, weil ich nichts bin. Bitte.«

Ein schwacher Verbündeter wurde schnell zu einer nervigen Belastung. Der Mann flehte weiter, und Svarde versuchte, die Worte wegzuschieben, versuchte, sich auf die Luft zu konzentrieren. In welche Richtung sie sich bewegte.

Ein weiterer Zug am Bein. Svarde rutschte auf dem Boden aus, fing sich wieder und stieß den kleineren Mann weg.

»Lass es!«, knurrte Svarde, seine Stimme hallte den Tunnel hinunter. »Entweder reißt du dich zusammen und wagst einen Versuch zu leben, oder du bleibst hier unten und verrottest. Es ist mir egal.«

Svarde versuchte, den Mann böse anzustarren, aber die absolute Dunkelheit machte es unmöglich zu erkennen, wo er war, unmöglich auch, die Bedrohung zu sehen, die Svarde in seine Augen, in sein Stirnrunzeln legte. Doch die Mühe war nicht ganz umsonst: Ein Schrei, schwach und schrill, drang den Tunnel hinunter zu ihm.

Pennifer.

Svarde ließ den wimmernden Mann zurück und ging den Tunnel hinauf, bewegte sich schnell, verlangsamte aber alle paar Schritte, um zu lauschen. Pennifer schrie weiter und hinter ihm schien der schwache Mann zu versuchen, ihm zu folgen, das Kratzen und Treten verriet ein Kriechen auf allen vieren die Höhle hinauf.

Wer wusste schon, ob der Mann überhaupt die Kraft zum Gehen hatte.

Pennifers Verschlag ähnelte dem von Svarde, mit einem runden Stein, der sie einschloss. Von außen, mit seiner Schulter und sich in die natürliche Neigung des Tunnels lehnend, löste Svarde den Felsen ohne große Anstrengung. Er rollte weg, während Svarde seinem Verfolger eine Warnung zurief, der quiekte. Als der Mann wieder zu wimmern begann, nahm Svarde an, dass er überlebt hatte.

»Du hast es rausgeschafft?«, sagte Pennifer und benutzte ihre Hände, um Svardes Arm zu finden, seinen Bart zu streifen und ihn generell zu betasten, wie der andere Mann es getan hatte. Svarde schob sie mit einem Knurren weg.

»Wir waren zu zweit«, sagte Svarde. »Du hörst gerade meinen Partner, für was es wert ist.«

»Ich war allein. Ganz allein.«

»Jetzt nicht mehr. Hast du etwas gehört, das die anderen sein könnten?«

»Die anderen? Welche anderen?« Pennifers Stimme wurde leiser. »Ich weiß nicht, wer du bist.« Als ob sie realisierte, was sie gesagt hatte, trat Pennifer einen Schritt zurück in die kleine Höhle, die sie gerade verlassen hatte. »Ich... ich weiß nicht, wer ich bin.«

Sie fing an zu weinen, als Svarde sie an den Schultern packte und Pennifer einmal kräftig schüttelte. Hätte er sehen können, hätte er das traditionelle Foti-Gegenmittel für alles angewandt: einen Schlag auf den Hinterkopf. So schien das Schütteln Pennifer zu betäuben und sie in die Realität zurückzubringen.

»Du bist Pennifer«, sagte Svarde. »Rana-Piratin, und eine verdammt gute noch dazu. Ich bin Svarde, dein Verbündeter, und wir müssen noch zwei weitere von uns finden.« Drei, wenn man Kivi mitzählte, aber Svarde ging davon aus, dass der Ferrit sie schon finden würde. »Folge mir. Und pass auf den anderen auf. Er ist ein bisschen grabschig.«

»Kann ich dir vertrauen?«

Die Frage kam mit solch ehrlicher Aufrichtigkeit, dass Svarde einen Moment innehielt und tief Luft holte. »Pennifer, im Moment bin ich der Einzige, der dir helfen kann. Entweder du vertraust mir, oder du stirbst hier unten.«

Ob Svarde irgendeinen von ihnen hier rausholen konnte, blieb eine offene Frage, aber die Worte reichten aus, um Pennifers Nerven zu stählen. Sie folgte Svarde weiter den Tunnel hinauf, der wimmernde Mann nicht weit hinter ihnen. Während sie gingen, tastete Svarde mit den Händen zu beiden Seiten, um nach weiteren Felsbrocken zu suchen.

Sie passierten mehrere weitere Zellen und öffneten jede, indem sie die Felsentüren wegschoben. Drinnen fanden sie nichts, bis auf die letzte, wo ein ausgedörrter Körper keinen Trost bot. Pennifer fand die Leiche, tastete mit ihren Händen und unterdrückte einen Fluch, als ihre Finger alten Knochen, die lederartige, verblasste Haut berührten.

Rasslebeck wartete in der vierten, der Mann murmelte seinen eigenen Namen und die Namen seiner Familie vor sich hin.

»Schön zu sehen, dass du noch bei Verstand bist«, sagte Svarde, nachdem sie einander begrüßt hatten. »Pennifer steht kurz vor dem Zusammenbruch, und der Mann hinter uns ist völlig weggetreten.«

»Von Verstand würde ich nicht unbedingt sprechen«, erwiderte Rasslebeck. »Allein in dieser Dunkelheit sitzend, blieb mir nicht viel anderes übrig, als mir selbst Geschichten zu erzählen und auf etwas Besseres zu hoffen. Zumindest würde ich mit dem Namen meiner Frau auf den Lippen sterben.«

»Du hast eine Frau und bist trotzdem hier unten?«

»Sie ist in dieser Hinsicht schon lange fort, Svarde, aber ich bewahre sie dort, wo es zählt.«

Ein seltsamer Ort für ein tiefgründiges Gespräch, ein gefährlicher Ort, um es fortzuführen, also beendete Svarde es mit einem Grunzen und trieb sie weiter nach oben. Hoffentlich würde Maena in der nächsten Zelle auf sie warten. Dann könnten sie einen Plan aushecken, um ihre Ausrüstung zurückzubekommen.

Essen und Wasser wären auch gut zu haben.

Und Svarde hätte nichts dagegen, ein Wörtchen – oder eine Faust – mit dem Wesen zu wechseln, das sie hier eingesperrt hatte.

Weiter die Höhle hinauf marschierend, die Fäuste kampfbereit, fanden sie Maena nicht. Die kleinen, von Felsbrocken versperrten Gefängnisse hörten auf, der Tunnel wurde nach oben hin breiter. Pennifer und Rasslebeck ahmten Svardes Bewegungen nach, fuhren mit den Fingern an den Wänden entlang, um das Tempo zu messen und sich in der ewigen Dunkelheit zu orientieren.

Während des Abstiegs von der Oberfläche hatte es allerlei Pilze und Moose gegeben, funkelnde Dinge, die hier und da Licht abgaben, unnatürliche und natürliche Auren, die der absteigenden Gruppe eine Chance auf Sicht gaben. Hier schien jede Wand, jeder Winkel blitzsauber geschrubbt zu sein.

»Sogar die scharfen Kanten sind abgeschliffen«, murmelte Rasslebeck. »Jemand wollte sichergehen, dass niemand den Weg nach draußen finden kann.«

»Und dass sie sich in der Dunkelheit nicht verletzen«, fügte Pennifer hinzu. »Der hier hält sein Futter frisch.«

Svarde erwähnte nicht, was der wimmernde Mann gesagt hatte, dass ihre Körper für diesen Unhold möglicherweise gar nicht so wichtig waren.

Ihr Aufstieg endete, als Svarde mit dem Kopf gegen

einen abgerundeten Stein stieß, der groß genug war, um die gesamte Höhle zu blockieren, mehr als doppelt so breit wie Svardes Armspanne.

»Keine Chance, dass wir dieses Ding bewegen können«, sagte Rasslebeck. »Vielleicht sollten wir versuchen, wieder nach unten zu gehen?«

Der wimmernde Mann holte sie ein und stöhnte bei dem schrecklichen Gedanken an eine Umkehr noch lauter.

»Die Luft kommt um den Felsen herum«, antwortete Svarde. »Das ist der Weg, den wir wollen. Die Kreatur hat uns hier heruntergebracht, oder? Entweder ist es unmenschlich stark, oder es gibt einen Weg, dieses Ding zu verschieben, den wir nicht sehen.«

»Hey«, sagte Pennifer, »vielleicht ist es das. Sehen. Du sagtest, du hättest einen anderen Tunnel gesehen, nachdem wir uns getrennt haben, richtig?«

»Ja, hab ich.«

»Dann ist vielleicht das, was wir jetzt sehen, auch nicht richtig.«

»Ich sehe nur Schwarz, Pennifer«, sagte Rasslebeck. »Du auch, es sei denn, du hast uns ein großes Geheimnis vorenthalten.«

»Warte mal«, erwiderte Pennifer. »Svarde, du hast doch diese Foti-Stiefel, oder?«

»Die hab ich immer an.«

»Groß, starkes Eisen?«

»Waren schon immer da.«

»Dann tritt gegen etwas«, sagte Pennifer. »Lass es raus.«

»Ich glaube, sie hat den Verstand verloren, Svarde«, murmelte Rasslebeck.

Svarde schnaubte zustimmend, aber wenn nichts Sinn

ergab, musste man manchmal das Lächerliche versuchen. Er verschaffte den anderen dreien Platz und schwang sein Bein gegen den blockierenden Felsbrocken, ein kräftiger Tritt nach oben, der darauf abzielte, mit seinen Stiefeln hart auf den Felsen zu treffen.

Das starre Eisen knallte und kreischte, für einen Augenblick flogen Funken in die Dunkelheit. Bei ihrem Glühen sprangen Schatten hervor, Svarde zuckte zusammen, und nichts wurde klar, außer dass ihr Weg tatsächlich von mehr Steinen blockiert zu sein schien, als die Gruppe je heben könnte.

»Mach es noch mal«, sagte Pennifer. »Ich glaube, ich habe etwas gesehen. Schau nach links.«

»Wenn ich mir dabei den Fuß breche, wirst du diejenige sein, die mich tragen muss«, sagte Svarde.

»Wenn du dir den Fuß brichst, ist es deine eigene Schuld, weil du unvorsichtig warst. Schlag auf das Metall, los geht's.«

Einer solchen Einstellung konnte man schwer widerstehen. Svarde trat erneut zu, traf das Eisen auf dem Stein. Diesmal versuchte er, nicht zusammenzuzucken, schaute im Aufblitzen nach links und sah, was Pennifer gesehen hatte: eine Lücke oben links, etwa dort, wo Svardes Arm hinreichen könnte, wenn er sich streckte. Das Loch sah auch groß genug aus, um einen Körper durchzubringen, und erklärte den Luftzug.

»Aber wie kommen wir da hoch?«, fragte Rasslebeck. »Es sei denn, einer von euch ist viel größer, als ich mich erinnere.«

»Eine Räuberleiter«, sagte Pennifer. »So machen wir's.«

»Du bist die Kleinste, also«, begann Svarde.

»Du wirst derjenige sein, der geht«, unterbrach ihn

Pennifer. »Rasslebeck und ich kennen kaum unsere eigenen Namen. Ich kann mich nicht erinnern, wie Maena aussieht. Wenn du uns durch dieses Loch schickst, werden wir wahrscheinlich umherirren und dich auch vergessen.«

»Sprich für dich selbst«, sagte Rasslebeck. »Ich habe meinen Namen bestens im Kopf.«

»Halt die Klappe«, sagte Svarde. »Pennifer hat recht. Helft mir hoch, dann schicken Rasslebeck und unser Freund hier Pennifer direkt hinterher. Wir machen eine schnelle Suche und kommen zurück, um euch zu retten.«

»Also werde ich mit dem Verrückten zurückgelassen?«

»Er ist nicht verrückt. Er mag nur Geschichten. Du hast doch ein paar, die du erzählen kannst?«

»Ich habe nur meine Namensliste.«

Der wimmernde Mann horchte bei diesen Worten auf, was die Entscheidung besiegelte.

Pennifer und Svarde krochen durch das Loch, wobei der kräftigere Mann zuerst ging. Rasslebecks Sprechgesang begleitete ihre ersten Schritte jenseits, ein Name nach dem anderen, gefolgt von Titeln, einer Beschreibung und zufälligen Anekdoten.

»Größere Familie als jede, die ich je gekannt habe«, sagte Svarde und half Pennifer auf den Boden.

»Dann hast du nicht viel Zeit auf Rana verbracht«, erwiderte Pennifer, hielt dann aber inne. »Ich habe keine Ahnung, warum ich das gerade gesagt habe. Ich kann mich an nichts von dieser Insel erinnern.«

Wieder überlegte Svarde, Pennifer zu erzählen, was mit ihren Erinnerungen passiert sein könnte, und wieder verwarf er den Gedanken. Wenn Pennifer von irgendeinem Nutzen sein sollte, konnte er es sich nicht leisten, dass sie in Panik geriet. Ein guter Kämpfer mochte gegen einen Feind standhalten, aber wer Pennifer in diesem Moment war, konnte Svarde nicht sagen.

Und außerdem bot ihre neue Höhle bessere Möglichkeiten. Ein einzelner gewundener Tunnel führte nach links, und jetzt waren die Wände nicht mehr blank geschrubbt. Purpurrosa Moos wuchs in Büscheln, eingebettet entlang der linken Seite, wo ein Wasserrinnsal floss. Möglicherweise dasselbe, das durch Svardes früheres Gefängnis sickerte.

»Scheint, als müssten wir hier lang«, sagte Svarde und ging mit knirschenden Schritten voran.

Nur wenige Schritte später verengte sich der Tunnel, bevor er in einen vertrauten Raum mündete, von dem drei Abzweigungen abgingen. Rechts führte ein aufwärts gerichteter Tunnel zu einem helleren rosa Schein. Dort musste der Quarz sein. Geradeaus lag das Unbekannte, und links befanden sich die Dunkle Tiefe und der Fluchtweg.

»Welchen Weg?«, fragte Pennifer.

»Du erinnerst dich nicht?«

»Abgesehen von den letzten Minuten, Svarde, erinnere ich mich an nichts. Ich weiß nicht, woher ich die Worte kenne, die ich benutze, wie man geht, gar nichts. Alles ist leer, als würde man versuchen, durch eine dieser Wände zu greifen.«

Svarde holte tief Luft. »Wir gehen nach rechts. Dort ist wahrscheinlich unsere Ausrüstung, die wir brauchen werden, wenn wir Rasslebeck befreien wollen.«

»Oder wir könnten fliehen.«

Svarde warf einen Blick zurück und musterte Pennifer. Wie ihm hatte man ihr die Rüstung weggenommen und sie nur in den dünnen Rana-Gewändern zurückgelassen. Ihre Haut war von Kratzern übersät, ihre Augen angespannt, und bei der Frage stieg ihr eine leichte Röte ins Gesicht.

»Du erinnerst dich, oder?«, fragte Pennifer. »Du zögerst. Du weißt, wo wir sind.«

»Ich erinnere mich an dich, Pennifer. Ich erinnere mich, dass du nie weggelaufen wärst, für nichts auf der Welt.«

»Das alte Ich vielleicht. Aber die neue Version? Die, die hier gerade steht? Ich will leben, Svarde. Ich will nicht herausfinden, was uns hinter diese Felsen gebracht hat, was auch immer unsere Erinnerungen gestohlen hat. Ich will einfach nicht mehr hier sein.«

»Ich verstehe das. Wirklich. Öfter als ich zählen kann, wollte ich von dort weglaufen, wo ich war.« Svarde legte eine Hand auf Pennifers Schulter. »Aber jetzt wegzulaufen wird uns später nur umbringen, durch etwas genauso Böses. Du bist eine Kämpferin, Pennifer. Vertrau mir. Sobald du ein Schwert in der Hand hast, wirst du so tödlich sein wie alles hier.«

Pennifers Augen huschten zurück zu den Höhlen, ihre Schultern spannten sich an, und für einen Moment fragte sich Svarde, ob sie es nicht doch versuchen würde, in die Freiheit zu rennen und ihr Glück in der Dunkelheit zu versuchen, allein und unbewaffnet.

»Bitte«, sagte Svarde. »Ich werde deine Hilfe brauchen, um Maena und Rasslebeck zu retten.«

Und Kivi. Bitte lass diesen verdammten Ferriten in Ordnung sein.

Pennifer erschauderte und nickte Svarde zu. »Okay. Ich bin bei dir. Bis zum Ende.«

Gemeinsam bogen sie nach rechts ab, den Tunnel hinauf in Richtung des Quarzes, in Richtung der Ausrüstung. Svarde hatte vor, langsam und vorsichtig zu gehen, die Ohren gespitzt. Dieser Plan starb, sobald sie den Quarztunnel betraten, als aufgeregte Flüche vom Fels widerhallten, vermischt mit dem, was wie unverständliche Sprache klang, ein lautes Gespräch, zu undeutlich, um es zu verstehen.

Diese Flüche jedoch kamen klar und deutlich durch.

Svarde, der Pennifer zuflüsterte, sich zu beeilen, stürmte den Tunnel hinauf, direkt in den Quarzraum. Die Brillanz des Edelsteins blendete erneut die Sicht, die Handlung verblasste langsam, als wäre Svarde gerade aufgewacht.

Der Quarz selbst klirrte, die vielen Kleidungsstücke und Ausrüstungsgegenstände an seinen rosa Leinen bewegten sich im Wind, der durch die Höhle peitschte. Der Wirbelsturm konzentrierte sich auf Svardes rechte Seite und landete auf einem erbärmlichen Durcheinander aus Flügeln, winzigen Gliedmaßen und was wie schiefergraue Gesichter aussah, deren Münder abwechselnd Luft bliesen und schrien, Unsinn murmelnd. Der Fokus des Ungeheuers schien auf Maena gerichtet zu sein, die Rana-Piratin stand mit dem Rücken zur Höhlenwand, ihr Säbel schnitt durch die Luft vor ihr und versuchte, das Ding zurückzudrängen.

Hinter beiden kämpfte Kivi, in die Ecke gequetscht. Der Schwanz des Ferriten zuckte auf dem Boden, ihre Krallen kratzten mit halbherziger Anstrengung, um sich aufzurichten, eine Bewegung, die durch den ständigen Wind verzögert und zum Scheitern verurteilt war.

»Was ist das für ein Ding?«, fragte Pennifer, erstarrt hinter Svarde.

»Es spielt keine Rolle, was es ist«, antwortete Svarde und stürzte zum Quarz, zu zwei vertrauten Äxten, die an der linken Seite des Edelsteins hingen. »Wir müssen es töten.«

Sich gegen den Wind zu bewegen, fühlte sich an, als würde man durch eine Wand drücken. Svarde senkte die Schulter und knurrte gegen den Staub, als der wirbelnde

Wind kleine Steine und Staub aufhob und beides gegen sein Gesicht schleuderte. Pennifer folgte ihm nicht, scheinbar wie gelähmt am Eingang des Raumes.

Zu denken, dass das Stehlen der Erinnerungen eines Menschen alles nehmen konnte, was sie ausmachte, sie nutzlos machen konnte, eine Hülle und ein Schatten.

Svarde weigerte sich, darüber nachzudenken, was passieren würde, wenn dieses Ungeheuer sterben und Pennifers altes Ich nicht zurückkehren würde, was ein so verängstigtes Geschöpf hier unten in der Dunkelheit tun könnte.

Maenas Schreie waren schwerer zu ignorieren. Sie hatte noch nicht nach Svarde selbst gerufen, noch nicht um Hilfe gebeten. Stattdessen schien sie, wie Rasslebeck, ihr Leben auszurufen. Freunde, Familie, Orte auf Rana und die Inseln, zu denen sie gesegelt war. Als Svarde seine erste Axt erreichte und sie vom Edelstein zog, blickte er zurück zum Ungeheuer und sah, dass es nicht versuchte, Maena zu schlagen oder zu treffen. Stattdessen schwebte die Kreatur knapp außerhalb ihrer Schwertreichweite, während der Wind Maena an den Felsen drückte.

Diese Gesichter heulten sie dann an, bliesen und saugten und pfiffen und sprachen. Fraßen, erkannte Svarde, an den Teilen, die Maena menschlich machten.

Svarde schnappte sich seine zweite Axt und zog Funken vom Quarz, als die Schneide der Waffe über das Rosa kratzte. Er ignorierte die Leder- und Fellrüstung, nutzlos wie sie gegen dieses Monster war.

»Pennifer, deine Armbrüste«, brüllte Svarde über den Wind hinweg, als er auf Maena und das Ungeheuer zustürmte. »Jetzt!«

Der Ruf riss Pennifer aus ihrer Erstarrung, und die Frau stolperte gegen den Wind zurück. Sie sah zu Svarde, zum

Edelstein hinter ihm. Ihre Armbrüste waren dort, rechts, baumelnd. Sie schätzte die Entfernung ab. Svarde sah, wie sich ihre Augen weiteten, sah, wie sie seine Schritte und deren Richtung beobachteten, den bevorstehenden Kampf.

Pennifer drehte sich um und rannte ohne ein Wort davon.

18

EIN NEUER ANBLICK

Immerhin war die Aussicht schön. Der Nachmittag begann wunderbar, goldene Wellen schlugen weit unten ans Ufer, unterbrochen von reger Schiffsaktivität. Der Ruf der Erneuerung schien den Handel angekurbelt zu haben, jeder wollte noch seine letzten Profite einstreichen, bevor mehr Unholde auftauchten und sich die Inseln zum Überleben verschanzten.

Dieser Balkon wäre kein schlechter Ort für solch eine Verschanzung. Nicht sehr verteidigungsfähig, und die dünnen Eisengeländer würden beim Schwingen von Flamebreak gegen anfliegende Unholde im Weg sein, aber die kühle Brise streichelte Amis Haut, und der Wein, der vor ihr auf dem Tisch stand, war von besserer Qualität als alles, was sie seit langem getrunken hatte. Der einzige Nachteil war der Mann, der ihr gegenüber saß, viel zu selbstgefällig.

Gladdring wiederholte die Ereignisse des Morgens, wie er einen der nutzlosen Gelehrten beauftragt hatte, sie nach dem Verlassen seines Zimmers im Auge zu behalten, brüstete sich mit ihrer Gefangennahme, tadelte sie mit einem

Wurstfinger wegen Amis schlechter Tarnung und fragte, was Ami denn dort unten zu tun gedachte.

»Mit unseren Geheimnissen davonspazieren? Einen unserer Forscher entführen?«, fragte Gladdring, sein widerliches Grinsen wurde immer breiter. »Ich bin so neugierig, Wächterin. Was war Ihr Plan?«

Dass Ami keinen gehabt hatte, war eine Tatsache, die sie diesem Mann niemals eingestehen würde. Der spöttische Blick, der sich auf seinem Gesicht ausbreiten würde, die Art, wie seine Hände vor hämischem Vergnügen zucken würden ... Ami müsste aufstehen und Gladdring vom Balkon werfen. Zuzusehen, wie er auf den Felsen unten zerschellte, wäre so befriedigend.

Allerdings waren Amis Hände vorne mit festen Seilen gefesselt, die gerade genug Spielraum ließen, um das Weinglas zu greifen und an die Lippen zu führen. Neben der Balkontür, nur einen Schritt entfernt, stand außerdem ein Najahn-Wächter, die Voulge bereit. Dennoch, wenn sie ihre Hände freibekäme, wettete Ami, dass sie Gladdring über die Kante befördern könnte, bevor der Speer einen tödlichen Schlag versetzen würde.

»Ist es das, wie Sie Ihrer Freundin, der Aegis, zu helfen gedenken? Mit zufälligen Streifzügen an Orte, an die Sie nicht gehören?«, fuhr Gladdring fort, als Ami nicht antwortete. »Gerade jetzt könnten Sie an ihrer Seite sein, sie vor Unholden beschützen. Unsere Sicherheit verlängern. Stattdessen, was? Wurden Sie neugierig?«

»Es ist das, was ich in Ihrem Büro gesagt habe. Ich möchte helfen.«

Gladdring nickte. »Ja, ja. Das Unmögliche vollbringen. Die Aegis von ihrem Fluch befreien. Ich habe Ihnen bereits gesagt, dass es in unseren dunklen Höhlen keine solche

Flucht gibt. Wir haben keine Wunder.« Gladdrings Stimme verlor sich, seine Augen bekamen einen Glanz. »Noch nicht.«

Ami seufzte. »Spucken Sie es aus, Tenet. Ich bin nicht für Spielchen zu haben.«

»Kein Spiel. Eine Verhandlung.« Gladdring lehnte sich vor, eine Bewegung, von der Ami allmählich dachte, dass sie eine Angewohnheit war. »Schauen Sie sich das an.« Gladdring griff in seinen purpur-goldenen Najahn-Umhang, der an den Nähten mit den geneigten Wirbeln verziert war, die jeder Tenet verdient hatte. Gladdrings Hand kam mit einem orange-gelben Stein zum Vorschein, klein genug, um ihn zwischen zwei Fingern zu halten. »Ein Tamas-Skar.«

»Also behalten Sie sie doch.«

»Ach bitte. Spielen Sie jetzt nicht die Dumme, Ami.« Gladdring richtete seinen Blick auf den Stein. »Was zählt, ist nicht, dass wir die Steine haben, sondern was wir mit ihnen machen können.«

Ami wartete, Gladdrings Tonfall deutete darauf hin, dass der Mann im Begriff war, eine Rede zu halten, die er schon zu lange vorbereitet hatte. Ein Geheimnis, das endlich enthüllt werden durfte.

Gladdring sprach jedoch nicht. Stattdessen schien er sich mehr auf den Skar zu konzentrieren und ließ ihn von seinen zwei Fingern in einen vollen Griff seiner Handfläche gleiten. Der Mann schien zu erschaudern, seine Augen schlossen sich und öffneten sich dann ruckartig wieder. Das Lächeln, das jetzt zurückkehrte, war nicht das spöttische Grinsen von zuvor, sondern, wenn Ami den Mann einer solchen Emotion für fähig hielt, fast zärtlich.

»Sie lieben sie«, sagte Gladdring, ohne einen tadelnden oder harschen Ton in seiner Stimme. »Das tut mir leid.«

Ami kniff die Augen zusammen. »Was? Wen liebe ich?«

»Catya.« Gladdring runzelte die Stirn. »Seltsam. Ich habe noch nie eine Aegis bei ihrem tatsächlichen Namen genannt. Da ist auch eine Traurigkeit. Als ob der Skar es mir nicht nur mitteilt, sondern-«

»Der Skar?« Ami entschied sich, über die Anschuldigung bezüglich ihrer Gefühle für Catya hinwegzugehen. Wenn es überhaupt jemanden gab, mit dem sie diese teilen wollte, war es sicher nicht Gladdring. »Der Skar hat das getan?«

»Sie sind die Überreste der Götter, Ami«, sagte Gladdring und ließ den Tamas-Skar zurück in seinen Umhang gleiten. »Jeder trägt ein Stück seines Gottes in sich, zumindest für eine Weile. Einige wenige von uns haben gelernt, wie man sie benutzt, so wie ein Kind einen Stock aufheben und schütteln würde.«

»Wie benutzen?«

Gladdring kicherte. »Meistens als Spielzeuge. Nehmen Sie einen Kance-Skar und lassen Sie an einem heißen Tag den Wind durch Ihr Zimmer wehen. Benutzen Sie einen Vis-Skar, um diesen Papierschnitt in Sekunden heilen zu lassen.«

»Papierschnitt? Aber Sie könnten-«

»Nein, könnten wir nicht«, Gladdrings Stimme wurde eisern. »Das sind keine Wunder. Ein Papierschnitt, sagte ich, weil ich einen Papierschnitt meinte. Die Skars sind keine Wünsche, die wahr werden. Sie sind Werkzeuge, und wie jedes Werkzeug muss der Benutzer lernen. Nur, Ami, sind wir alle Lehrlinge in dieser Kunst. Es gibt keine Meister.«

Nichts ging über Hoffnungen, die geweckt und dann zunichte gemacht wurden, aber Gladdring schien nicht der Typ zu sein, der Wohltätigkeit spielte. Warum ihr die

Hände fesseln und sie hier heraufschleppen, nur um mit dem Skar anzugeben?

»Was wollen Sie dann von mir?«, fragte Ami und nahm noch einen Schluck Wein. Die Außenchance, dass Gladdring seinen Spaß haben und sie dann über den Rand werfen würde, ließ den Wein süßer schmecken.

Was das über Ami sagte, über ihre Lebenseinstellung, besser, das blieb unter dem tiefen Rot in ihrem Glas begraben.

»Nun, Wissenschaft erfordert Forschung, und Forschung erfordert Versuchsobjekte«, sagte Gladdring. Bei Amis finsterer Miene hob er abwehrend die Hände. »Wir sind uns in dieser Sache einig, Ami. Noctias Ziel mit den Skars ist es, die Unholde aufzuhalten, uns alle zu schützen.«

»Und uns an den Zirkel zu ketten.«

»Oh nein. Was für ein schreckliches Joch.« Nun war es an Gladdring, mit den Augen zu rollen. »Wer beschwert sich, wenn Noctia seiner Insel Hilfe schickt? Wer beschwert sich, wenn wir es allen Inseln erleichtern, miteinander Handel zu treiben, wenn wir Streitigkeiten zum Wohle aller schlichten? Der Zirkel ist nur eine Ansammlung von Menschen, Ami. Das ist alles. Sie könnten von jeder Insel kommen, genau wie die Aegis und ihre Wächter.«

»Sie werden mich nicht davon überzeugen, dass dies kein Machtspiel ist.«

»Dann werde ich es nicht weiter versuchen.« Gladdring lehnte sich zurück. Der interessante Teil des Gesprächs war nun vorbei, es ging in Richtung Verhandlung, Geschäftemacherei, Überzeugungsarbeit und ja, Machtspiele. »Es gibt nicht viele Najahn, die ich in so etwas einbringen kann. Noch weniger mit Ihren Fähigkeiten.«

»Fähigkeiten worin?«

»Unholde zu vernichten, natürlich.« Gladdring nickte zu ihren gefesselten Händen. »Diese Hände und dieses Schwert zurück in Ihrer Wohnung haben so manches Monster zerstört. Mit Ihrer Hilfe, wenn Sie uns zeigen, wozu diese Skars fähig sind, könnten wir bessere Waffen, bessere Verteidigungen entwerfen. Wir könnten sogar die Schlacht gegen die Unholde gewinnen. Stellen Sie sich vor, was Soldaten mit einsatzbereiten Skars tun könnten? Wunden würden heilen, Angst könnte unterdrückt werden, und wenn unsere Vermutungen stimmen, könnten wir fliegen, könnten einen Speer mit der Kraft des Steins selbst führen.«

Gladdring begann zu spucken, während er sprach, seine Aufregung überwältigte seine Manieren. Trotz der Hässlichkeit spürte Ami den Sog der Möglichkeit. Gladdrings Hoffnungen, wenn sie sich verwirklichten, würden eine massive Veränderung in der Art und Weise bedeuten, wie gegen Unholde gekämpft wurde. Es könnte sogar eine Aegis überflüssig machen.

Könnte eine Expedition wie die von Svarde zu etwas anderem als einer hoffnungslosen Quest machen.

»Wenn ich ja sage, was dann?«, fragte Ami.

»Dann beginnt das wahre Abenteuer, Wächterin.« Gladdring leerte seinen Wein in einem einzigen Schluck und wischte die Reste mit seinem Ärmel weg. »Ich muss wohl nicht erwähnen, dass wir Sie, falls Sie ablehnen, nicht mit Ihrem Wissen auf die Straße zurücklassen können.«

Ami richtete einen toten Blick auf den Tenet. Er schien ein Mann zu sein, der an den Sieg gewöhnt war. Ami kaute einen langen Moment auf ihrer Lippe, wollte den Genuss hinauszögern, den er bald haben würde. Als jedoch eine Möwe über ihnen kreischte, atmete Ami aus und nickte.

»Welche Wahl habe ich schon?«

Zumindest befreiten sie ihre Hände für den langen Weg nach unten. Ein Wächter mit einer griffbereiten Voulge folgte Amis Schritten, während sie Gladdring folgte. Sie stiegen wieder in den geschützten Gang hinab und passierten die beiden dort stationierten Najahn mit nichts weiter als einem Blick. Dahinter jedoch führte Gladdring sie nach links in einen anderen Gang. Dieser hatte Räume auf beiden Seiten, ein geschwungener Flügel, in dem jeder Raum dem ... Wohnen? gewidmet zu sein schien.

»Ich habe Leute, die jetzt Ihre Wohnung ausräumen«, sagte Gladdring und blieb vor der dritten Tür links stehen. »Keine Sorge, sie werden Ihr Schwert mit größter Sorgfalt behandeln.«

»Warum müssen sie meine Wohnung ausräumen?«, fragte Ami, obwohl das, was vor ihr lag, die Antwort deutlich genug machte.

Eine einfache Pritsche, ein kleiner Tisch und ein Regal an der Rückwand standen nahe dem winzigen Fenster, das zum Meer hinausging. Dünnes Glas bedeckte die sich verjüngende Bogenöffnung, wobei zumindest die untere rechte Ecke offen zu sein schien. Abgestandene Luft machte jedes Gefängnis unerträglich.

Denn dies war ein Gefängnis, daran hatte Ami keine Zweifel.

»Dies ist kein müßiges Projekt«, sagte Gladdring. »Alles hängt von Ihren Bemühungen ab. Morgens, mittags, nachts werden Sie damit beschäftigt sein. Wenn Sie gut genug arbeiten und uns das geben, was wir brauchen, könnten Sie Catya mit mehr als nur nutzloser Liebe sehen.«

»Wenn Sie noch einmal so über Catya oder mich reden, können Sie Ihre Skars vergessen.«

Gladdring schnaubte: »Ja, fühlen Sie sich nur beleidigt.

Wenn die Geschichtsschreibung darauf zurückblickt, wie die Welt zugrunde ging, wird Ihre Eitelkeit Sie sicher in einem wunderbaren Licht erscheinen lassen.«

Ami tat das, wozu sie ausgebildet worden war, was sie als Wächterin gelernt und über all die schrecklichen Jahre, in denen sie Catya leiden sah, verfeinert hatte: Sie nahm ihren Zorn, formte ihn zu einem winzigen Ball und platzierte ihn in dem dunklen Teil ihres Verstandes. Ein überfüllter Teil in diesen Tagen, der nach Befreiung schrie. Aber nicht jetzt, noch nicht.

»Eine Sache noch«, sagte Ami, als Gladdring sich zum Gehen wandte. »Mattimo, der Historiker? Bringen Sie ihn zu mir herunter.«

»Diesen weinsüchtigen Narren? Warum?«

»Weil er mehr weiß, als Sie denken, und ich werde Hilfe brauchen.«

Gladdring schüttelte den Kopf. »Sorgen Sie erst einmal für einen guten Start, dann bekommen Sie Ihre Wünsche erfüllt. Belohnung für gutes Verhalten, so nennt man das wohl in den Kerkern.«

Amis finsterer Blick brachte Gladdring nur zum Lachen, und er ging mit einem letzten Wort:

»Ihr erster Test beginnt heute Abend.«

Drei Stunden. Sie schlossen die Tür hinter ihr ab, als sie gingen, und ließen Ami in ihrem kleinen Raum eingesperrt zurück, mit kaum mehr als dem Fenster zum Hinausstarren und den Wänden zum Analysieren. Nicht einmal Wein zum Trinken oder Essen. Nur ihre eigenen Gedanken zur Qual.

Und qualvoll waren sie. Ami gab sich nie viel Selbstreflexion hin: Das Leben einer Wächterin ermutigte nicht zu langsamem Denken, zum Hinterfragen der eigenen Motive und Entscheidungen. Nein, sofortiges Handeln und ein klares Ziel waren viel angenehmere Begleiter. Nachdem sie daher zwanzig erschreckende Minuten lang das Gefühl hatte, in eine düstere Rückschau ihres Lebens und all ihrer Entscheidungen zu versinken, hörte sie auf, legte ihren schweren Umhang ab und begab sich stattdessen von einer Übung zur nächsten. Die Bewegungen dienten dem doppelten Zweck, ihren Geist zu beruhigen und ihre Energie auszutreiben.

Allerdings könnte Ami es bereuen, sich so verausgabt zu haben, angesichts des heftigen Klopfens an der Tür, als diese drei Stunden vorüber waren.

Das Klopfen hielt an, während Ami sich aufrichtete und sicherstellte, dass ihre letzten Ausfallschritte ihre Kleidung nicht zu sehr in Unordnung gebracht hatten. Sie beäugte die Tür, das stabile Holz erzitterte bei jedem Schlag. Warteten sie darauf, dass Ami die Tür öffnete? Welches Gefängnis gewährte seinen Gefangenen diese Art von Höflichkeit?

Die Antwort, als Ami das Portal aufzog, kam in Form einer kleineren Frau, die jedoch in einem so seltsamen Outfit steckte, dass Ami zunächst nicht erkannte, welche Person sich darin befinden könnte.

»Hallo«, sagte die Frau, ihre Stimme eine Balance zwischen grenzenlosem Enthusiasmus und widerwilliger Zurückhaltung. »Gladdring meinte, ich soll Sie holen, wenn der nächste Test bereit ist?«

Ami neigte den Kopf. »Wer sind Sie?«

»Annalyse Everbrite«, antwortete die Frau. »Ich könnte Sie das Gleiche fragen.«

»Hat Gladdring Ihnen nicht gesagt, wer ich bin? Und Sie wissen es nicht?«

»Gladdring behandelt mich wie jeden Forscher hier unten«, Annalyse zuckte mit den Schultern, »wie Werkzeuge, wie Insekten, es ist ihm egal, solange er den Ruhm erntet.«

Irgendwie konnte Ami keine Bosheit in den Worten erkennen. Eine Situation, wie sie eben war, Fakten über Fakten.

»Also nein«, fuhr Annalyse fort, »er hat mir nicht gesagt, wer Sie sind.« Unter ihrer kupfernen Brille gab Annalyse Ami einen mitfühlenden Blick. »Andererseits halten unsere Versuchspersonen meist nicht sehr lange durch, also dachte er vielleicht, es würde mich nicht interessieren.«

»Sie sterben?«

»Sterben, werden verrückt, verlieren zu viele Gliedmaßen, um weiterzumachen. Es ist eine ganze Palette von Leiden, aber wir werden besser.« Annalyse blickte zur Decke, ihre Stimme wurde leiser. »Eine Woche. So lange ist es her seit dem letzten, äh, Unfall. Ein neuer Rekord!«

»Wie rekrutieren Sie diese ... Testpersonen?«

»Gladdring sagt es uns nicht, und wir fragen nicht«, erwiderte Annalyse. Sie verschränkte die Arme, jeder in einem anderen silbernen Armschienensystem, mit Schlitzen und Kerben für Werkzeuge. »Ich weiß, das klingt schrecklich, ich weiß, es sieht aus, als würden wir hier die schlimmsten Dinge tun-«

»Ich weiß nicht, was Sie tun?«

»Richtig, ich meine, ich versuche zu sagen, dass wir Opfer bringen müssen. Es ist auch für uns nicht leicht, verstehen Sie? Wir ziehen die Abzüge, wir gehen auch die Risiken ein. Ich lebe mit diesen Albträumen.«

Ami trat einen Schritt zurück in ihr Zimmer. Trotz Gladdrings Versprechen war niemand mit Flamebreak oder ihren Sachen vorbeigekommen. Das Schwert wäre jetzt ein Trost gewesen: Wenn nichts anderes, hätte das Wissen, dass sie versuchen könnte, sich den Weg frei zu hacken, den Trost eines Kriegers gebracht. Stattdessen hatte Ami nur ihre Hände und Füße, und während es aussah, als könnte Annalyse mit all dem wackligen Kram an ihr mit einem einfachen Schubs umgeworfen werden, wären die Wachen dahinter nicht so leicht zu überwinden.

»Ich habe Sie erschreckt, nicht wahr?«, sagte Annalyse.

»Ich verstehe Sie einfach nicht«, antwortete Ami. »Was wollen Sie?«

»Ganz einfach. Kommen Sie mit mir.«

Zu den Vor- und Nachteilen, die Sieben Inseln während Catyas Erneuerung zu erkunden, gehörte das eher neutrale Element, sich an das Unbekannte zu gewöhnen. Nachdem sie immer wieder mit seltsamen Speisen, noch seltsameren Menschen und den seltsamsten Orten konfrontiert worden war, hatte Ami gelernt, eine stoische Reserve aufzubauen, eine Fähigkeit, die Dinge so zu beurteilen, wie sie kamen, anstatt sie zu fürchten oder sich an ihrer Ankunft zu erfreuen.

Also folgte sie Annalyse mit sicheren Schritten aus ihrem Zimmer. Sie hörte Annalyse über die Skar-Forschung plappern, ein Thema, das anfangs interessant war, sich aber bald in technische Begriffe auflöste, die für Ami zu verschwommen und esoterisch waren, um sich dafür zu interessieren. Elementare Wattzahl? Spezifische Seelenfrequenzen? Skar-Klarheit?

Diese würden zweifellos für jemanden von Bedeutung sein, und dieser Jemand wäre, so Foti es wollte, nicht sie.

Interessanter und offensichtlicher war der Ort, zu dem Annalyse Ami führte. Nicht der vollgestopfte Käfig und das Labor, in das Ami sich zuvor geschlichen hatte, sondern eine steilere Treppe, deren laternenbeleuchtete Steinstufen alle zwei Absätze von starken Eisentoren unterbrochen wurden. Die Wände schlossen sich eng, verzichteten auf die Aussicht eines weiteren Raumes zugunsten der besseren Verteidigung, die ein enger Korridor bot.

Annalyse bemühte sich nicht, die Bauweise zu erklären, und Ami fragte nicht danach. Manches war offensichtlich genug: Diese Treppe sollte etwas drinnen halten oder alle anderen draußen. Trotzdem zeigte sich kein einziger Wächter, der Weg war verlassen.

Zumindest bis die beiden unten ankamen. Die Treppe endete in einem weiten Kreis, die Steine gingen in einen geglätteten Höhlenboden über. Die Luft bekam einen natürlichen Beigeschmack, einen feuchten, salzigen Geschmack. Sie waren tief genug hinabgestiegen, um sich dem Meer zu nähern.

Die Veränderung der Luft ging einher mit der Veränderung der Umgebung: Während oben industrielles Design alles makellos erscheinen ließ, hatten hier unten grobe Aushöhlungen Gänge hinterlassen, die von ihrem Landeplatz abzweigten, wobei die Treppe und ihre engen Wände eine gewundene Unterbrechung in einem ansonsten offenen Raum darstellten. Fackeln, keine Laternen, standen brennend auf in den Boden gerammten Metallpfosten. Die vier vom zentralen Raum abgehenden Gänge hatten jeweils Bretter, die an in die Wände geschlagenen Nägeln hingen. Zwei zeigten eine durchgehend karmesinrote Seite, während das zweite Paar wie mit grasgrüner Farbe bespritzt aussah. An den Wänden des Raumes befanden sich Waffenständer, von denen einige tatsächlich Waffen trugen, während andere Kisten oder Dinge stützten, die Ami nicht identifizieren konnte, seltsame Sammelsurien aus Metall. Mehrere Tische und Stühle standen im Raum verteilt, und ein Seitenschrank schien frisches Wasser und Obst darauf zu haben.

»Ein richtiges Zuhause hier unten«, murmelte Ami.

»Es ist ein langer Weg«, erwiderte Annalyse. »Der Abort, sollten Sie ihn benötigen, befindet sich durch jene letzte Öffnung dort.«

Der einzige unmarkierte Tunnel. Ami hatte ihn zunächst gar nicht bemerkt, doch ein wenig Konzentration verriet ihr, dass diese Öffnung die Meeresluft hereinließ. Eine Öffnung zum Strand, zu einem Dock? Wofür?

»Können Sie für heute Abend den Speer benutzen?« Annalyse zeigte auf einen an einem Ständer. Die Waffe hatte in der Tat ein speerähnliches spitzes Ende, aber der Schaft glich keinem, den Ami je zuvor gesehen hatte.

Was eine gerade Holz- oder Metallstange hätte sein sollen, glänzte stattdessen in narbigem Silber, die muschelförmigen Vertiefungen jeweils mit einer Kupferabdeckung überzogen. In den meisten saß nichts, aber ganz oben glitzerte ein orangeroter Rubin. Ein Stein, den Ami gut kannte.

»Ein Foti-Skar«, sagte Ami und nahm die Waffe in die Hand. Schwerer als ein normaler Speer, aber gut ausbalanciert. »Wofür ist er?«

»Sie spüren nichts?«, fragte Annalyse, wobei sie sowohl unüberrascht als auch enttäuscht klang.

»Sollte ich?«

Annalyse hatte jedoch ein kleines Buch hervorgeholt und kritzelte mit einem Holzkohle-Stift. Als Ami näher kam und ihre Frage wiederholte, blickte Annalyse auf, ihr Stirnrunzeln verwandelte sich in ein ruhiges Lächeln.

»Sollte ist für uns eine irrelevante Frage«, sagte Annalyse. »Entweder Sie tun es, oder Sie tun es nicht. Wenn Sie mir folgen können, möchte ich, dass Sie diese Handschuhe anprobieren.«

Auf einem anderen Gestell, an einem in den Holzrahmen gejammten Haken hängend, befand sich ein Paar schwarzmetallener Handschuhe. Lockere goldene Ringe liefen durch das Schwarz und blitzten auf, als Ami sie anzog.

»Diese sind zu dick für echte Kämpfe, wenn Sie das wollen«, sagte Ami, während sie ihre Hände in die Handschuhe streckte. Zu groß, zu aufgebauscht. Sie würde nicht spüren können, wenn eine Klinge oder ein Speer ihr verraten würde, was als Nächstes kommt.

»Sie sind ein Experiment, wie alles andere auch.« Annalyse hielt inne und neigte den Kopf. »Wie schlecht sind sie Ihrer Meinung nach für den Kampf?«

»Ich denke, jeder, der gezwungen wäre, gegen einen Duellanten zu kämpfen, würde den Kürzeren ziehen.«

»Und gegen einen Unhold?«

Ami hob eine Augenbraue. »Kommt auf den Unhold an.«

Annalyse nickte, kehrte zu ihrem Notizbuch zurück und kritzelte etwas Kurzes.

»Notieren Sie alles, was ich sage?«, fragte Ami.

»Dies ist Forschung. Nichts kann außer Acht gelassen werden, Ami. Jede kleine Bemerkung könnte der Schlüssel sein.« Annalyse nickte in Richtung des Baus mit dem grünen Schild. »Okay, sind Sie bereit für das Hauptereignis?«

»Bekomme ich danach etwas zu essen?«

»Sicher!«

»Dann bin ich bereit.«

Der Bau führte nicht weit, nach wenigen Sekunden Fußmarsch kamen sie zu einem verstärkten Tor. Wie die anderen auf der Treppe, und eines, das Annalyse wieder mit einem Schlüssel öffnete. Demselben einzelnen Schlüssel, bemerkte Ami, der bisher für alle Tore verwendet worden war.

Also nicht so besorgt wegen Dieben.

Jenseits dieses Tores bat Annalyse Ami, einen Moment zu warten, während sie zur rechten Seite der Wand ging und einen kleinen Hebel herunterzog, den Ami bis zu diesem Moment nicht gesehen hatte. Etwas schien über ihren Köpfen zu seufzen, Spannung, die sich in der ganzen Höhle löste.

»Was war das?«, fragte Ami und hielt den Speer fester.

»Sicherheit«, antwortete Annalyse. »Sie werden gleich sehen, warum.«

Ami hielt ihre Augen offen und schaute während der nächsten kurzen Strecke umher. An den fackelbeleuchteten Seitenwänden schien nichts ungewöhnlich, aber oben an der Decke zeigten sich dunkle Linien, gerillt und fast über die gesamte Länge zwischen den beiden Toren verlaufend.

Jenseits der letzten Barriere jedoch sah Ami, warum die Sicherheit so gründlich zu sein schien: ein knurrender, blitzender, grün-blauer Unhold wartete darin. Nicht größer als Amis Knie, peitschte das Monster mit greifenden, nudelähnlichen Armen durch das Gehege, jeder endete in zwei stumpfen Fingern, die dennoch stark genug waren, um sich in den Felsen zu graben und das Ding herumzuzerren. Während Ami zusah, schnappte es sich einen Halt und schleuderte sich gegen das Tor, flog in die Luft und drehte sich so, dass sein steifer Rücken mit rücksichtslosem Lärm gegen das Metall hämmerte. Das Tor klingelte, aber die Metallpfosten hielten stand. Der Unhold prallte ab, landete auf dem Rücken, wo Ami sechs verschachtelte Arme zählen konnte, die aus dem Unterleib des Dings hervorragten. Diese Arme schnappten herum, bis sie, nachdem sie einen Halt am Tor gefunden hatten, den Unhold neu ausrichteten und er sein Herumtorkeln in der Arena wieder aufnahm.

»Soll ich überhaupt fragen?«, sagte Ami, als sie sah,

dass Annalyse bei ihrer letzten Annäherung still geblieben war. »Ist das der Schrecken, den Sie hier unten versteckt haben?«

»Gladdring hat Ihnen erklärt, warum wir das tun«, sagte Annalyse. »Die Unholde müssen aufgehalten werden. Die Aegis stirbt, und die nächste wird schneller sterben. Das bedeutet, wir müssen einen anderen Weg finden.«

»Also haltet ihr hier unten Monster für, was, Tests?«

»Sie klingen gar nicht wütend?«

Ami schüttelte den Kopf. »Ich war darauf vorbereitet. Ich erwartete, etwas Schlimmeres zu finden, irgendein Geheimnis darüber, wie Noctia einen Weg, die Aegis zu retten, unter Verschluss hielt. Jetzt sehe ich, dass ihr versucht, es zu verbessern.«

Annalyse nickte. »Zumindest einige von uns.« Als ob sie sich plötzlich erinnerte, dass sie ihr Notizbuch in der Hand hielt, richtete sich Annalyse auf, ihre Augen funkelten. »Also, hier ist, was wir versuchen zu tun. Mit diesen Handschuhen werden Sie den Speer hier und hier halten.« Annalyse zeigte auf ein paar Griffumrisse am Speer. Beide, bemerkte Ami, waren mit demselben Gold wie ihre Handschuhe durchzogen. »Wenn es richtig funktioniert, werden Sie das Skar im Speer spüren. Versuchen Sie es jetzt.«

Währenddessen schlug der Dämon erneut gegen die Gitterstäbe. Annalyse zuckte zusammen. Ami ignorierte es: Trotz seiner Tentakel schien der Dämon klein genug zu sein, um mit einem Speer in der Hand leicht getötet zu werden.

Ein Speer, der sich, als Ami die Waffe in ihren Händen verschob und ihren behandschuhten Griff genau in diese Rillen legte – eine Platzierung, die für die breitere Haltung eines Mannes gemacht war –, als mehr als nur ein Speer erwies.

Flamebreaks Skar fügte Effekte hinzu, warf Funken, wenn das Schwert durch die Luft sauste, und verlieh dem Stoß eine brennende Note, wenn es sein Ziel traf. Zufällige Wirkungen, die ohne Amis Gedanken, ohne ihre Anstrengung geschahen.

Das Skar im Speer sprach zu ihr. Nicht in Worten, aber Ami konnte dem Geschehen, der Empfindung, die in ihren Ohren flüsterte, ihren Rücken hinunterlief, ihre Arme, ihre Hände bis hin zum Speer selbst und dem Skar darin, keinen anderen Rahmen geben. Ein hohler Gesang, der darauf wartete, dass Ami die Lücken füllte, den Klang verdrehte und beugte, bevor sie ihn sang.

»Ich spüre es«, sagte Ami und zog die Worte in die Länge. »Was passiert hier?«

»Gut. Eine weitere konsistente Verbindung«, antwortete Annalyse. »Sie spüren das Skar. Wir wissen nicht genau, was davon ausgeht, aber wir glauben, dass es das ist, was die Halskette und den Schild der Aegis antreibt. Was Demion gefunden hat.«

»Wie?«

Annalyse schüttelte den Kopf. »Das ist jetzt nicht wichtig. Für heute Abend möchte ich, dass Sie da hineingehen.«

»Zu dem Dämon?« Ami hätte von dieser Bitte mehr genervt sein sollen, aber es fiel ihr schwer, das Flüstern des Skars abzuschütteln, diese Lücken in seinem Gespräch, wo sie, wenn sie es versuchte –

»Ja. Ich möchte, dass Sie diesen Speer nehmen und das Skar benutzen, um den Dämon zu töten.«

Das zumindest brachte Ami in die Gegenwart zurück. »Ihn töten?«

»Ami, das ist der springende Punkt. Wenn Sie das Skar beherrschen können, können Sie anderen zeigen, wie man es genauso macht. Das öffnet alle Möglichkeiten. Das rettet die Welt. Das macht eine Aegis überflüssig.«

Ami betrachtete den Speer, das rote Skar an seiner Spitze, das im Fackelschein schimmerte. Konnte etwas so Kleines so viel bewirken?

Ja, schien das Skar zu flüstern. Ja, das konnte es.

19
ROLLENDE LAVA

Der Fluss verriet sich durch die Luft. Vor Wax schien die Welt zu flimmern, die Hitze faltete sich in sich selbst und verzerrte die wellenden Berge in der Ferne. Dahinter, so sagte Sledge, würden sie den westlichen Ozean finden, einen Ort, der zu leer für Segelschiffe und der perfekte Platz war, um lästige Erneuerungen festzuhalten, bis ihre Zeit abgelaufen war.

Sledge hielt Wax bei sich, an der Spitze der kleinen Kolonne. Quik und die anderen Banditen schlurften ein paar Schritte hinter ihnen, während Bliss und das Mädchen, das sie im Auge behielt, scheinbar immer wieder in Seitenwege und Ablenkungen abschweiften.

»Mach dir keine Sorgen um sie«, sagte Sledge einmal während des Marsches, einer kargen Wanderung durch Gestrüpp und Staub. »Es ist Tornys erstes Mal, und ich denke, deine Freundin ist schlau genug zu wissen, dass es hier ein schneller Weg in den Tod wäre, allein davonzulaufen.«

»Sie ist nicht meine Freundin«, murmelte Wax.

»Beschützerin dann.«

Wax hielt seine Widerrede kurz. Je weniger diese Idioten über ihn und seine Familie wussten, desto besser. Nicht dass Wax viel Erfahrung mit dieser Art von Leuten hatte - Banditen auf Vis hatten die Angewohnheit, von den Lira gewaltsam gejagt zu werden -, aber Sledge hatte immer diesen hungrigen Blick, starre Augen und große Pupillen, die Informationen aufsaugen wollten.

Sledge sah aus wie ein Hanoko, das seine nächste Mahlzeit wollte.

Wax selbst hätte auch nichts gegen ein Mittagessen gehabt, aber Sledge verbot jegliche Pausen, bis sie die andere Seite des Flusses erreicht hatten. Als Quik aufgrund seines knurrenden Magens gefragt hatte, warum, antwortete Sledge, dass es besser sei, kein Essen an jemanden zu verschwenden, der sowieso sterben würde.

Eine makabre Stimmung schwebte über der Truppe, während Sledge ihren Abstieg in eine enge Schlucht anführte, einen eingeschnittenen Pfad, der gerade glatt genug war, um auf menschliches Eingreifen hinzudeuten. Die Hitze nahm zu, so stickig, dass alle überflüssige Kleidung abwarfen und sie in Taschen stopften oder um die Taille banden.

»Wird euch sowieso nicht helfen«, sagte Sledge. »Wenn ihr von den Felsen fallt, ist es vorbei.«

»Sagen Sie mir noch einmal, warum wir das tun?«, fragte Wax. »Sie sagten doch, Sie wollten uns lebend?«

»Weil der lange Fußmarsch uns genauso sicher umbringen wird wie die Lava. Es ist alles Wüste zwischen hier und der Küste.«

»Was ich nicht verstehe«, sagte Wax, während er und Sledge sich ihren Weg über die Steine bahnten, schwarze Lavafelsen zu beiden Seiten aufragend, »ist, dass jeder Fluss, den ich je gesehen habe, nur in eine Richtung fließt.

Wenn der Fußmarsch uns umbringen wird, wie kommen wir je zurück?«

»Das ist eine Sorge für die ferne Zukunft, Junge«, erwiderte Sledge. »Konzentriere dich auf das, was vor dir liegt, und vielleicht erlebst du es noch.«

»Dreht sich bei Ihnen alles um den Tod?«

»Leb lange genug in diesem Teil von Foti und du wirst auch so reden.«

»Nein, danke.«

Sledge schnaubte in seine Richtung: »Du denkst, die Leute hier wählen das? Die Inseln brauchen einen Ort für ihren Müll, und du läufst gerade mittendurch.«

Was den Müll betraf, musste Wax Sledge zustimmen: Der Lavastrom war ein ziemlich guter Ort dafür. Breiter als die Lavaröhre, durch die sie gelaufen waren, bewegte sich der Strom zügig von den höheren Hügeln im Osten durch das sich verengende Tal in Richtung der fernen Küste. Orange und rote Wellen, dunklere Brocken, die über hellere Stellen in der Lava trieben, wirkten lebendiger als jeder Fluss, den Wax je gesehen hatte. An den Rändern spritzten Glutstücke gegen die schwarzen Felsen und hinterließen glühende Flecken, wo immer sie auftrafen. Zischende und fauchende Geräusche übertönten die Unterhaltung, zischender Rauch stieg auf, wo auch immer etwas Unglückliches nah genug herankam, um zu entzünden.

Sledge ließ ihren Rucksack einige lange Schritte vom Strom entfernt fallen, wo ihr Abstiegspfad in einen flachen Einstieg mündete, der Strom leckte an seinem verkrusteten Rand wie ein freundlicher Bach es auf Vis getan hätte.

»Das kann nicht Ihr Ernst sein«, sagte Wax und blieb weiter zurück als die Banditenführerin. »Wir werden alle sterben, wenn wir darauf reiten.«

»Ich habe es dreimal gemacht«, konterte Sledge. »Jeder

hier außer euch dreien und Torny hat es mindestens einmal gemacht.« Sledge klopfte auf die neue Scheide an ihrer Hüfte, in der Wax' Foti-Klinge ruhte. »Außerdem hast du keine Wahl.«

»Aber wie? Falls Sie es nicht bemerkt haben, wir tragen nichts dafür. Wir werden verbrennen.«

»Nicht mit diesen«, erwiderte Sledge.

Wax wollte gerade fragen, was »diese« waren, als Sledge sich nach rechts drehte und gegen einen schiefen Felsen drückte. Die hohe, dünne Schieferplatte verschob sich leicht und enthüllte ein ausgehöhltes Loch, in dem sich mehr als genug dicke Stiefel für alle befanden.

Mit Hilfe einiger anderer Banditen hatte Sledge bald genug Paare ausgelegt, die Lavastiefel ein Paradebeispiel für fotische Zweckmäßigkeit. Gesprenkeltes Eisen bedeckte die Außenseite der Stiefel und ging an der Innenseite in ein grob gefertigtes gummiartiges Material über. Als Wax fragte, woraus das alles bestand, grinste Sledge nur und meinte, er müsse dem fotischen Talent vertrauen.

»Und wenn ich das nicht tue?«, fragte Wax.

»Dann eben nicht«, erwiderte Sledge. »Du gehst so oder so mit. Ich empfehle dir, die Stiefel zu tragen.«

Die Stiefel reichten nicht nur über Wax' Knie, fast bis zur Hüfte, sondern er stellte beim Anziehen – ein schwieriges Unterfangen – auch fest, dass ihre Sohlen kleine, diamantscharfe Profilnoppen hatten.

»Die werden dich auf den Felsen oder wo auch immer du hintrittst festhalten, solange du nicht dumm bist.« Sledge zog ihre Stiefel als Erste an und griff dann wieder in die Höhle. Einen nach dem anderen holte sie eine Reihe von Stöcken heraus, die halb so lang waren wie Bliss' Stab. Jeder endete in einer weiteren geschmiedeten Metallspitze und hatte an einer Seite eine Schabeplatte, die wie ein quadratischer Fächer hervorstand.

»Wenn Lava auf deine Stiefel landet, schabst du sie damit ab«, sagte Sledge und demonstrierte es, indem sie das Ende gegen ihr Schienbein schlug. »Dann rammst du dieses Ende schnell in den Felsen, um dich festzuhalten.«

»Wie lange machen wir das?«, fragte Quik. Wax' Bruder saß am Boden und versuchte, sein Bein in die größten Stiefel zu bekommen, die die Foti hatten.

»Bis wir die Küste erreichen«, antwortete Sledge. »Wenn der Fluss schnell ist, nur ein paar Tage. Wir werden zum Ausruhen absteigen.«

Wax wandte sich wieder seinen Geschwistern zu und las eine entmutigende Angst in ihren Augen. »Genauso wie das Schwingen zu Hause. Es wird Spaß machen.«

Inspirierende Worte. Genau das, was die Erneuerung sagen sollte, oder?

Ihre Boote flussabwärts waren, wie Sledge immer wieder sagte, Felsen. Wax hatte bis zu diesem Punkt angenommen, dass sie in irgendeiner Metapher sprach, dass es hier tatsächlich echte Wasserfahrzeuge gäbe, die auf der Oberfläche der Lava fahren und sie bequem zur Küste bringen würden. Aber nein, sobald die Stiefel angezogen und die Stangen in Bestposition waren, brachte Sledge Wax mit ihr an den Rand der Lava.

»Schau nach rechts«, sagte Sledge. »Wir warten, bis ein großer vorbeikommt, dann springen wir auf.«

»Keine Boote? Ernsthaft?«

»Ich habe dir schon gesagt, dass der Weg hierher von der Küste aus öde ist«, erwiderte Sledge. »Es ist schwer zu überleben mit nichts als dem Essen und diesen Stiefeln auf dem Rücken. Niemand trägt ein Boot so weit.«

Nachdem sie ihr Argument vorgebracht hatte, deutete

Sledge erneut den Lavastrom hinunter. Ihr Gesicht war schweißüberströmt – regelmäßige Züge aus dem warmen Wasserschlauch bewahrten Wax vor dem Zusammenbruch –, sodass er sich nicht sicher sein konnte, aber Wax glaubte, taumelnde Brocken über der Lava aufragen zu sehen. Die Felsen, einige breit und andere winzig, trieben den Strom hinunter.

»Foti ist keine ruhige Insel«, sagte Sledge und umklammerte ihre Stange mit beiden Händen. Sie trug ihren Bogen und Köcher auf dem Rücken, zusammen mit ihrer Tasche, eine volle Kombination, die die Banditin ohne Unbehagen trug. »Die Vulkane zerbrechen ständig das Lavagestein. Warte, und wir werden einen guten finden.«

»Wie lange?«

»Werden wir sehen.«

Hinter ihnen packten die anderen Banditen Essen für eine Mittagspause aus, etwas, das Wax gerne geteilt hätte, aber Sledge sagte ihm, er solle darüber hinwegkommen. Die Ersten drauf bedeuteten die Ersten runter, und Wax würde überleben.

Ihre Fahrgelegenheit ließ nicht lange auf sich warten, ein sich langsam drehendes halbmondförmiges Gestein mit einem hervorstehenden Dorn an der Vorderseite. Als es um eine Biegung des aufwärts fließenden Stroms in Sicht kam, prallte der Felsen mit einer funkensprühenden Welle vom gegenüberliegenden Ufer ab und kreiste zu ihrer Seite.

»Das ist er«, sagte Sledge und pfiff dann. »Nächstes Paar, macht euch bereit!«

»Angenommen, wir schaffen es auf diesen?«, fragte Wax und festigte seinen Griff.

»Wir kommen drauf oder sterben bei dem Versuch, Vis. Versuche, nicht Letzteres zu sein.« Sledge bewegte sich zu Wax' Rechten, weiter das Ufer hinunter. »Ich gehe zuerst.

Du folgst.« Sie warf Wax ein fieses Grinsen zu. »Versuche jetzt nichts Dummes, sonst werden dich meine Freunde ausweiden, bevor sie mir folgen.«

Verstanden, aber Wax hatte seine Augen auf den sich langsam drehenden Felsen gerichtet. Er berechnete die Entfernung, den Winkel, die Geschwindigkeit, die er mit diesen großen Stiefeln erreichen musste. Nicht wie die barfüßigen Läufe zurück auf Vis, aber wenn der Felsen seinen aktuellen Kurs beibehielt, würde er nicht-

Sledge zuckte, rammte ihre Stange in den Boden und nahm einen laufenden Anlauf. Ihr linker Fuß, am weitesten vorn, bekam einen Lavaschleck ab. Sledges rechter Fuß überquerte die Lücke und landete auf dem Felsen. Ihre nachziehenden Arme rissen die Stange frei, als sie ihren linken Fuß hob, begleitet von einem Funkenregen bei ihrer Ankunft auf dem Stein.

»Jetzt, Wax!«, schrie Sledge und rammte ihre Stange in den Felsen, um sich zu stabilisieren.

Wie Sledge mit der Linken vorangehend, sprang Wax über das Orange hinweg. Die Stiefel zogen ihn nach unten, sein eigener Sprung reichte kaum über den orangefarbenen Tod hinaus. Wax streckte seinen Stab nach vorne, die Spitze traf das halbmondförmige Felsenfloß im selben Moment, als sein rechter Fuß auf Stein aufschlug. Der Aufprall ließ Wax wackeln, sein linkes Knie sackte in Richtung Lava. Panik erfüllte ihren Zweck und trieb Wax dazu, seinen linken Fuß hochzuziehen, während sein rechter wegrutschte, wobei die Diamantstollen über den schwarzen Felsen kratzten. Der Stab hielt zumindest, Wax lehnte sich über den Lavastrom nach hinten, während der Felsen weiter trieb. Beide Stiefel klammerten sich an die abfallende Seite der Sichel, Wax' Fersen wurden heiß, als die Lava nah heraufspritzte.

»Festhalten«, knurrte Sledge, stieß ihren Stab auf und ging die zwei Schritte zu Wax hinüber. Mit einer Hand am Stab griff Sledge nach Wax' rechtem Unterarm und zog ihn nach vorne. »Bleiben Sie in der Waage, rollen Sie mit den Knien auf dem Stein.«

Wax dachte, er würde mit etwas Einfacherem anfangen, wie atmen. Er behielt beide Hände am Stab und wollte sich gerade auf den Felsen knien, als Sledge ihn aufhielt.

»Der Stein ist zu heiß zum Anfassen. Halten Sie die Hände am Stab und sonst nirgendwo.« Sledge gab Wax einen kräftigen Klaps auf die Schulter. »Seien Sie stolz, Vis. Sie haben gerade etwas geschafft, was nur wenige in den Inseln je zustande bringen würden.«

»Aus gutem Grund«, murmelte Wax und blickte zum Ufer zurück.

Quik und ein anderer Bandit nahmen nun Wax' Platz ein, bereiteten sich bereits auf ihre Fahrt vor, ein flaches Quadrat schaukelte auf sie zu. Sein Bruder traf Wax' Blick und nickte dem jüngeren Mann zu. Vielleicht nicht das, was sie erwartet hatten, aber sie würden das hier durchstehen.

Auf einem Lavastrom zu reiten erwies sich, nach den ersten Momenten, in denen man jede Sekunde mit einem schrecklichen Tod rechnete, als genauso nervenaufreibend wie diese ersten Sekunden. Durch die Bäume auf Vis zu fliegen, brachte Wax zwar auch in Gefahr, wobei ein falscher Schwung einen direkt in den Schoß eines Hanokos oder aufgespießt auf einen Sana-Dorn landen lassen konnte. Die Lava jedoch hatte eine gewisse Unmittelbarkeit, ihre zischenden Spritzer landeten auf dem Felsen, besudelten Wax' Stiefel und zwangen ihn, seinen Stab loszumachen und den Schleim abzuwischen.

»Machen Sie es schnell, sonst kühlt es ab und klebt an Ihnen fest«, warnte Sledge nach dem ersten Spritzer. »Jedes bisschen wird Sie runterziehen, es schwieriger machen, sich zu bewegen. Und Sie wollen bestimmt nicht am Ende auf diesem Ding festsitzen.«

»Warum nicht?«

Sledge hustete, die raue Luft setzte ihnen beiden zu, und grinste: »Die Überraschung verderben? Warum sollte ich das tun?«

Sie trieben nun schon seit ein paar Stunden auf dem Lavastrom, der sich windend seinen Weg durch schnelle Rinnen und träge Kurven bahnte. Hinter ihnen verteilte sich die Banditencrew mit Wax' Bruder und Schwester auf ihren eigenen Felsflößen. Selbst ohne die Lavaspritzer war die Reise nicht einfach: Die Felsen waren keine ebenen Gebilde, und Wax musste sich oft von den harten Ufern des Lavastroms abstoßen, um zu verhindern, dass ihr sichelförmiges Boot kenterte.

Eine Aufgabe, die durch den Schweiß, der seine Haut bedeckte und sich in seinen Stiefeln sammelte, noch erschwert wurde. Ein paar Mal war er ausgerutscht, die Stange glitt ihm aus den Händen und wurde nur durch einen panischen Griff gerettet. Sledge hatte klargemacht, dass der Verlust der Stange seinen Tod bedeuten würde.

Doch als der Strom in ein weiteres Tal floss, wobei sich der Lavafels zu beiden Seiten in seiner geschichteten Masse aufbaute und ausdehnte, rief Sledge eine andere Art von Warnung aus.

»Bleibt wachsam«, schrie Sledge, ihr Ruf hallte zu den anderen Felsen zurück. »Ferrit-Gebiet.«

Wax lachte: »Ferrite? Wir haben so einen kleinen gezähmten kennengelernt. Die netten Felsechsen?«

»Kaum nett«, erwiderte Sledge und neigte dann den Kopf in Wax' Richtung. »Sie meinen, Sie haben jemanden mit einem gezähmten Ferrit getroffen? Nicht zum Erztransport?«

»Ja?«

»Glückspilz«, murmelte Sledge. »Man muss ein Ei bekommen, es von Geburt an richtig aufziehen. Verhindern, dass es zu groß wird, sonst fangen diese Echsen an, andere Ideen zu entwickeln.«

Was diese Ideen sein könnten, wurde um die nächste Biegung deutlicher. Der Lavafels verlor seine glatten Konturen, tiefe Einbuchtungen und Schnitte peitschten ihre Seiten. Die Ursache war auch nicht schwer zu finden, denn die Ferrite lagen direkt im Freien und genossen die Mittagssonne. Wax konnte nur staunen: Diese Felsechsen waren mehr als dreimal so groß wie Kivi, ihre steinernen Panzer zerschlagen, zerkratzt und mit getrockneter Lava verkrustet. Ihre saphirblauen Augen leuchteten jedoch prächtig, als die fünfzehn oder mehr ihre Köpfe drehten, um die Neuankömmlinge zu beobachten, die vorbeischwebten.

»Sie wollen Felsen, richtig?«, fragte Wax und beobachtete, wie die Ferrite über ihnen Dampf ausstießen und eine dünne Wolke bildeten. »Was würden sie von uns wollen?«

»Worauf stehen wir, Wax?«

»Aber sie sitzen gerade auf Lavagestein. Es-«

»Dein Zuhause fressen oder schwimmen gehen und etwas Frisches holen?«, schnaubte Sledge. »Halt den Mund, Vis, und lass mich mich konzentrieren.«

Sich zu konzentrieren schien für Sledge zu bedeuten, eine Hand an der Stange zu lassen und mit der anderen Wax' Foti-Klinge zu ziehen. Das blaue Metall funkelte beeindruckend im Licht, schien die Ferrite aber kaum einzuschüchtern. Die Echsen, als Wax und Sledge sich der Mitte ihres Gebiets näherten und die anderen Banditenfelsen hinter ihnen auftauchten, begannen, sich langsam tiefer zu bewegen. Ihre Krallen gruben sich bei jedem Schritt langsam ein, die Köpfe und ihre züngelnden Zungen flitzten zwischen den Zielen hin und her.

»Ich dachte, du hättest gesagt, das wäre der sicherere Weg«, fragte Wax und passte seinen Griff an der Stange an.

Sledge sagte nichts, sondern pfiff stattdessen erneut.

»Was bedeutet das?«, fragte Wax, als Sledge ihre Stange aus dem Felsen zog und sie mit beiden Händen stabilisierte, während das sichelförmige Floß, auf dem sie fuhren, zum rechten Ufer trieb.

»Das bedeutet, wir müssen enger zusammenrücken«, antwortete Sledge. »Diese Ferrite werden sich nicht mit zu vielen Leuten anlegen.«

Enger zusammenzurücken auf einem Lavastrom bedeutete offenbar, ihre Stangen gegen die Strömung zu stemmen, indem sie sie in die felsigen Ufer rammten und sich zurückschoben. Eine leichte Verzögerung, die Wax nicht besonders gefiel, da er dabei über dem orangen Zeug schwankte, aber die Banditen und seine Geschwister taten das Gegenteil: Sie schwangen ihre Stangen und benutzten sie wie behelfsmäßige Ruder, um die verschiedenen Plattformen zusammenzubringen. Die Ferrite beobachteten, wie die Felsflöße aneinanderstießen und eine klobige Kette bildeten.

»Quik, Bliss, alles okay bei euch?«, rief Wax, da seine Geschwister zum ersten Mal seit Stunden in Rufweite waren.

Quik schien genauso verschwitzt wie Wax, seine Haut glänzte, sein Gesicht war angespannt und müde, die Stange hielt er fest umklammert. Kein Lieblingstag für seinen Bruder. Bliss schien es besser zu gehen, sie hielt das Heck mit Torny und behielt die Lavaechsen im Auge. Ein knappes

Handzeichen signalisierte, dass es ihr gut ging und dass sie wachsam bleiben sollten.

Das war typisch Bliss, immer auf das Wesentliche konzentriert.

»Jetzt werden wir sehen, ob sie Feiglinge sind«, sagte Sledge, die Foti-Klinge erneut gezogen und auf die Echsen gerichtet.

Vielleicht hatten die Ferrite Sledges Worte gehört, vielleicht hatten sie beschlossen, dass sie zu hungrig waren, um sich so eine Mahlzeit entgehen zu lassen, aber die Kreaturen kamen auf einmal, alle scrammelten los, als ob ein Signalfeuer gezündet worden wäre. Die Bestien rannten die Felswände hinunter, einige sprangen direkt auf die Flöße zu. Einer verfehlte sein Ziel vor Wax und platschte in die Lava, scheinbar ohne Schaden zu nehmen.

»Benutzt die Stangen«, rief Sledge. »Haltet sie lange genug in der Lava, und sie werden überhitzen.«

Wax spreizte die Beine, um einen festen Stand zu bekommen, als er seine Stange hob und nach etwas suchte, das er damit stoßen konnte. Die aufgebogene Vorderseite des Halbmonds lag vor ihm, eine vorstehende Spitze, die den breiten Weg des Stroms hinabführte.

Und über dieser Spitze lugte der Kopf des Ferrits hervor, der seinen Tauchvorstoß verfehlt hatte.

»Bleib weg«, sagte Wax und schlug mit seiner Stange nach dem Ding.

Der Schlag war nicht Wax' beste Leistung, weniger ein kräftiger Stoß als ein leichter Klaps. Der Ferrit nahm den Schlag auf seiner steinernen Stirn hin, die Stange rutschte mit einem Funken ab. Saphirblaue Augen verengten sich zu Wax hin, und der Ferrit brachte seine beiden Vorderkrallen hoch, um sich seiner Schnauze anzuschließen.

Wax schlug erneut zu, diesmal härter. Er trieb die Spitze

in die rechte Klaue des Ferriten. Nachdem er Kivi kennengelernt hatte, wollte Wax den Ferriten nicht unbedingt töten
oder ihm allzu sehr wehtun, aber diese Güte verblasste
schnell angesichts der Aussicht, in den brennenden Fluss
geworfen zu werden.

Doch auch dieser Schlag prallte von der steinernen
Haut des Ferriten ab. Die Stange rutschte nach rechts, Wax
verlor das Gleichgewicht, seine Füße glitten, bis er einen
Ruck an seinem Rücken spürte, der ihn in eine bessere Position zog.

»Kämpfe klug und du wirst überleben«, sagte Sledge,
deren eigene Stange im Stein steckte und frei stand.

Wax sah, wie sie mit seiner Foti-Klinge nach einem
zweiten Ferriten schlug und in die ausgestreckte Klaue der
Echse schnitt. Anders als die Stange durchschnitt das blaue
Schwert die Steinhaut und schmolz sie weg. Der Ferrit
zischte und sprang davon, erreichte kaum das nahe Ufer.

Wax' eigene Echse war noch nicht fertig. Die Hälfte
ihres Körpers lag nun auf dem sichelförmigen Felsen, ihre
untere Hälfte glühte von der Hitze der Lava. Diese spindeldürren Klauen machten Ausfallangriffe auf Wax, die er mit
der Stange abwehrte. Jeder Treffer zwang Wax, mit den
Füßen zu tänzeln, sich zu stabilisieren und bot keine
Chance für einen Gegenangriff.

Kein Kampf, den er gewinnen würde.

»Hilfe?«, rief Wax.

Ein weiterer Ruck und Sledge zog sich neben Wax, das
Schwert erhoben. Der Ferrit sah das Blau und riskierte es
nicht, stieß sich zurück in die Lava und schwamm davon.

»Danke«, sagte Wax, als Sledge wieder die Plätze mit
ihm tauschte, wo sie den Banditen hinter ihr helfen konnte,
sich zu schützen.

Und sie brauchten die Hilfe. Sledge und Wax hatten es

mit zwei Ferriten zu tun gehabt, aber die Flöße hinter ihnen waren überrannt. Quik, der seine Stange weniger zum Stechen als zum Fegen benutzte, schleuderte eine, dann eine zweite Echse mit einem einzigen langen Schwung von seinem Felsen. Die Bewegung ließ ihn das Gleichgewicht verlieren und brachte Quik auf ein Knie, wobei er fliegenden Lavaglut knapp auswich.

Das Floß, das Wax am nächsten war, mit zwei Banditen darauf, schien in den größten Schwierigkeiten. Von beiden Seiten von einem Ferrit-Trio bedrängt, lag ein Bandit bereits auf dem Rücken, Messer gezogen, aber machte wenig Fortschritte gegen diese harten Panzer. Die andere, eine Frau, hatte die Stange ihres Freundes aufgehoben und benutzte beide, um die Ferriten in einem langsamen Rückzug in Richtung von Sledges und Wax' Sichel von sich fernzuhalten. Sie hatte nur noch wenige Schritte Fels vor sich, Schritte, die verschwanden, als ein Ferrit aus der Lava hochschnellte und den Fels hinter der Banditin wegbiss.

Sledge, die so gut es ging auf den Messermann zustürmte, bemerkte es nicht. Wax hatte einen Moment des Zweifels: Die Banditen waren ihre Feinde, einer weniger würde eine leichtere Flucht bedeuten.

Aber Wax erinnerte sich an den Seefahrer auf der großen Sana, wie sehr ihn der Gedanke, sie getötet zu haben, krank gemacht hatte. Er hatte hier die Chance, etwas anderes zu tun, etwas Besseres.

»Halt!«, schrie Wax und stieß sich vom Stein in Richtung der zurückweichenden Banditin ab.

Sie hatte ihn entweder nicht gehört oder nicht realisiert, dass die Worte für sie bestimmt waren. Als sie erneut mit beiden Stangen ausholte, sah die Banditin, wie ihre Waffen von einem riesigen, verfolgenden Ferrit beiseite geschlagen wurden. Das Ding folgte der Ablenkung mit einem schnellen Satz, und die Banditin machte einen Schritt zu viel nach hinten, um zu entkommen.

Nur um von Wax, der sich vom Ende seines Felsens lehnte, bei ihrem Rückwärtsstürzen aufgefangen zu werden. Wax fiel ebenfalls zurück, die Stiefel der Banditin streiften über die Lava, als sie beide hart auf dem Felsenfloß aufschlugen.

Durch Wax' Gewebe brannte der Felsen. Sowohl er als auch die Banditin rappelten sich auf, die Banditin murmelte ein schnelles Dankeschön und griff dann nach Wax, während sie beide versuchten, festen Halt zu finden.

Sledge, mit fliegender Foti-Klinge, verscheuchte die Ferrite vom Messerträger, die Echsen tauchten zurück in die Lava und verschwanden. Die Kreaturen schienen sich nun zurückzuziehen, der Strom schob sich an ihren ausgehöhlten Löchern und Nestern vorbei.

»Geschafft«, sagte Wax, griff nach seiner Stange und setzte sie so in den Stein, dass sowohl er als auch die Banditin sie greifen konnten. »Wir haben sie überlebt.«

»Nein«, sagte die Banditin. »Sie haben ihre Beute genommen.«

Quik stand allein auf seinem Floß. Seine Banditenbegleitung war verschwunden. Wax' Bruder schien es nicht bemerkt zu haben, da er zurück den Lavastrom hinunterrief, in Richtung des letzten Floßes. Ein Floß, das nun leer auf der Seite trieb.

Bliss, verschwunden.

20

ÜBERRESTE

Ami mit Flamebreak, eine brennende Schneise durch die Luft schneidend, während Catya ihre Messer warf, die Gurte über beide Schultern gespannt. Ihre Ablenkungen ermöglichten es Svarde, eine tödliche Position einzunehmen, auf den Unhold herabzustürzen, den Banditen, die Kreatur mit mörderischer Glorie. Ein Team, das waren sie gewesen.

Eines, das Svarde jetzt schmerzlich vermisste, allein in einem Sturm gefangen. Na ja, nicht ganz allein, aber Kivi lag immer noch auf der Seite, offensichtlich betäubt oder verwundet. Maena, gegen die Wand gepresst, jetzt zusammengekauert, während der Unhold ihren Willen verschlang, würde auch nicht helfen.

Und Svarde, mit nichts weiter als seinen Äxten und einem zerlumpten Hemd, schmutzigen Unterhosen, musste wieder einmal zur Rettung eilen.

Der Wind stellte diese Idee auf die Probe und drückte gegen Svarde, als er versuchte, sich auf den Unhold zuzubewegen. Das Heben seines Fußes belastete Svardes Oberschenkel, während das Ausrichten seiner Äxte auf den Feind seine Hände verkrampfte. Svardes Augen tränten, als Staub hineinblies. Vor ihm sangen diese heulenden Gesichter, diese schrecklichen Hände.

Ein Schritt, zwei, und Svarde blieb weit außerhalb der Reichweite seiner Schläge. Maena kauerte sich noch mehr zusammen, der Unhold breitete sich nun über ihr aus, drohend. Die Gesichter wirbelten schneller, der Wind wurde stärker, der Orkan erreichte seinen Höhepunkt.

Der Plan würde nicht funktionieren. Svarde konnte sich nicht durchkämpfen. Er brauchte einen anderen Plan, und dieser Plan begann und endete mit seiner Lieblings-Felsechse.

Kivi, den Rücken gegen den Quarz gepresst und mit kratzenden Krallen, verlor gegen den Sturm und blieb auf der Seite liegen. Svarde ließ seine Äxte fallen, machte eine scharfe Wendung nach links, der Sturm schleuderte ihn gegen den Edelstein. Seine Schulter nahm den Aufprall auf, seine Beine erlitten kleine Schnitte an Kristallspeeren, aber Svarde konnte sich bewegen, konnte gehen, wenn er nicht gegen den Wind anrennen musste.

Als Svarde sich Kivi näherte, schob er sich gerade weit genug aus dem Quarz hervor, um sich zwischen den Wind und die Ferritin zu stellen und die Böe abzublocken. Kivi, deren saphirblaue Augen aufleuchteten, als Svarde in Sicht kam, nutzte die Verschnaufpause und warf sich auf den Bauch, wobei sie alle vier Krallen in den Stein grub.

»Schnapp sie dir«, rief Svarde über den Lärm hinweg.

Kivi gehorchte.

Die Ferritin blieb tief, presste ihren Bauch auf den Steinboden und grub bei jedem Huschen ihre Krallen ein. Svarde drehte sich, der Wind drückte seinen Rücken gegen dieselbe rosa Wand, an der Kivi festgesessen hatte. Er beobachtete, wie die Ferritin, die ihr Bestes tat, um ihr

Profil zu verkleinern, sich an das saugende Ungeheuer heranschlich.

Er sah zu, wie Kivi sich unter das Monster schob, den Kopf ruckartig hochriss und zubiss.

Der Wind brach ab und erstarb, als der Unhold von Kivis steinernem Kiefer wegflog und sich an der Decke platt machte. Diese bleichen, formlosen Gesichter pressten sich gegen den Stein und verschmolzen so sehr damit, dass Svarde sich fragte, ob das Monster sie die ganze Zeit beobachtet hatte.

Eine Frage, über die er besser nachdenken sollte, nachdem er das Ding mit seinen Äxten zerhackt hatte.

Svarde eilte zu seinen Waffen zurück, während Kivi auf die Wand sprang und auf den Unhold zuhuschte. Die Lamellen der Ferritin teilten sich und stießen Dampf aus. Kivi war also wütend und bereit, grausame Rache an der Kreatur zu üben.

Gut so.

Svarde hob seine Äxte auf und sah einen Blitz, als der Unhold von Kivi wegglitt. Diese Gesichter heulten so stark, dass sie den luftigen Körper des Unholds von der Wand stießen und ihn quer durch den Raum auf die gegenüberliegende Seite gleiten ließen.

Allerdings nicht zu weit für einen Wurf. Svarde hob die Axt, zielte -

»Hilf mir«, wimmerte Maena, ihre gebrochene Stimme ließ Svardes Bewegung stocken.

Sie hatte sich aus ihrer Schale befreit und lehnte nun an der Wand des Raumes. Maenas Gesicht wirkte blutleer, ihre Augen fast ganz weiß. Sie zitterte so heftig, dass Svarde es zunächst für eine Art Anfall hielt. Ihr Atem kam in schnellen, flachen Stößen.

»Kivi, beschäftige dieses Ding«, befahl Svarde, und die

Ferritin gehorchte, indem sie die Decke als Boden benutzte, um das Monster zu jagen.

Svarde ließ sich vor Maena nieder und musterte sie. Abgesehen von einigen Kratzern, die sie sich beim Anschlagen gegen die Wände zugezogen hatte, sah Maena nicht schlimmer aus. Svarde selbst hatte wahrscheinlich mehr blaue Flecken von dem blinden Lauf durch den Tunnel im Hinterraum des Biests.

»Es ist alles in Ordnung«, sagte Svarde. »Wir haben es jetzt in die Flucht geschlagen.«

»Svarde?«, fragte Maena. »Bist du hier?«

»Nicht ohne erhebliche Anstrengung.« Svarde schaute nach rechts und sah, wie Kivi sich dem Unhold erneut näherte und das Monster wieder davonglitt, um sich auf dem höchsten Punkt des Quarzes niederzulassen. Diese Gesichter drehten sich, augenlosen Löcher starrten die beiden Menschen an. »Kannst du aufstehen?«

»Svarde«, sagte Maena erneut und wiederholte seinen Namen. »Das ist der einzige Name, den ich kenne. Deiner.«

Svarde schob die Kälte beiseite, die ihre Worte androhten. Er stellte sich gerade hin und ließ eine Axt fallen, um Maena auf die Füße zu ziehen.

»Mach dir später Gedanken um Namen«, sagte Svarde. »Was jetzt zählt, sind Fähigkeiten und Instinkt. Das Biest scheint die nicht zu nehmen. Kannst du eine Waffe führen?«

Maena blinzelte. »Ich weiß nicht. Bist du ein Freund?«

»So ein guter Freund, wie du hier unten finden wirst«, sagte Svarde. Kivi schnaubte und der Wächter wirbelte herum, seine eine Axt in einem Schwung vor seiner Brust hochreißend. Das Biest, das sich näherte, heulte auf und blies sich nach rechts, wo es sich an der Decke platt machte. »Wir müssen dieses Ding festnageln, und ich weiß, wie wir das machen werden. Kivi, halt es dort.«

»Wer ist Kivi?«, fragte Maena.

»Eine Frage für eine andere Zeit.« Svarde zog sie mit sich, zur linken Seite des Quarzes, wo Pennifers Ausrüstung an den Spitzen des Edelsteins baumelte. »Nimm einen von denen. Eine Armbrust.«

Die erste Prüfung kam, als Svarde Maena die Waffe reichte, und sie bestand sie, indem sie den Schaft wie ein Bogenschütze ergriff, die Waffe sofort richtig herum drehte und prüfte, ob ein Bolzen geladen war.

»Du kannst damit umgehen?«, fragte Svarde und wagte zu hoffen.

»Ich glaube schon?«

»Dann schieß auf dieses Biest«, sagte Svarde. »Nachdem du geschossen hast, nimm die andere hier und mach dasselbe. Wir werden dieses Ding noch zur Strecke bringen.«

Jemandem zu vertrauen, der gerade sein Gedächtnis verloren hatte, schien etwas leichtsinnig, aber Svarde dachte, er hätte nicht viel zu verlieren. Dass er noch seinen eigenen Verstand hatte, schien ein Glücksfall zu sein, und wenn das Biest hier die Oberhand gewinnen würde, wäre es ein schneller Abstieg in die blinde Leere des Nichts.

»Kivi, halt es ruhig«, rief Svarde und schob sich zurück, um seine fallengelassene Axt aufzuheben.

Das Monster und seine Gesichter schienen zufrieden damit, dort zu hängen und auf ihren nächsten Zug zu warten. Diese missgestalteten Hände zuckten unter seinem dunklen Umhang, als wollten sie nach etwas greifen, wurden aber im letzten Moment von besseren Instinkten zurückgerufen.

»Was für ein schreckliches Wesen hat dich erschaffen?«, murmelte Svarde, dann blickte er zurück zu Maena, die die Armbrust hochgehoben und anvisiert hatte. »Gib ihm einen Schuss!«

Maena hob die Waffe, zielte und feuerte. Der Bolzen schoss heraus, flog quer durch die Höhle und direkt in das regungslose Biest. Zuerst war kein Geräusch zu hören, als der Bolzen traf, kein dumpfer Aufprall auf Fleisch oder helles Klirren von Metall auf Metall. Zumindest zunächst nicht.

All diese Gesichter weiteten sich, ihre Münder dehnten sich bis an die äußersten Ränder, das blasse Grau wurde dünner. Dann kamen die Heullaute, die sich übereinander legten, laut und erschrocken, scharf und hoch. Svarde zuckte zusammen, schrie Kivi an, das Ding anzugreifen, und stürmte selbst los.

Der Dämon begann sich zu winden und faltete sich um den Punkt, an dem Maenas Bolzen einschlug, als ob der Pfeil das Monster gegen die Steinwand gepinnt hätte. Die Gesichter drehten und bewegten sich, ihre augenlosen Höhlen blickten überall und nirgendwo hin. Die Hände zuckten wild. Svarde hob seine Äxte, während Kivi über die Decke heranstürmte, und Maena schoss einen weiteren Bolzen ab, der die linke Seite des Dämons traf.

Das Heulen wurde schriller, der Lärm durchbohrte Svardes Ohren und setzte seinen Verstand in Flammen, als hätte er den Kopf ins Feuer gesteckt. Seine eigenen Augen tränten, seine Zähne waren zusammengebissen, aber Svarde tat, was er schon so oft getan hatte: Er konzentrierte sich auf seinen Griff, die soliden Schäfte seiner Äxte, und machte weiter.

Zwei Schritte entfernt beschwor der Dämon seine Winde herauf. Das Heulen brauste über Svardes Kopf hinweg, zerzauste sein Haar und blies Kivi weg. Es löste den Frettchen von der Decke und schleuderte seinen zu wilden Angriff auf den felsigen Boden darunter. Ein dritter Bolzen wurde in seinem Flug abgelenkt und prallte ab.

Doch der Wind wirbelte hinter Svarde, schob ihn mit mehr Geschwindigkeit, als der Wächter erwartet hatte, auf den Dämon zu. Er stolperte, der doppelt hohe Schwung, den er geplant hatte, kam zu früh herunter, sodass Svarde seine Hände auf den Boden stützen musste, um nicht der Länge nach hinzufallen.

Der Dämon nutzte seine Chance.

Das langsame Tropfen des Wassers in der Höhle darunter erschien wie eine Krankheit, ein langsames Absaugen von Svardes Erinnerungen, Empfindungen und Verstand. Als der Dämon zuschlug, wurde diese Krankheit zur Katastrophe, zu einem vollständigen Entreißen. Svarde spürte, wie seine Verbindungen zu seinem alten Leben verschwanden, Gesichter und Namen blitzten auf, als würden sie sich verabschieden, bevor sie verschwanden, weggerissen von diesen heulenden Gesichtern.

Sein Leben, als er auf Foti aufwuchs, schwitzend in den Minen neben seinem Vater und Onkel. Geschwister, die sich zusammendrängten, um das zu essen, was sie aus den kargen Gärten in der Ödnis erübrigen konnten, die brillanten Glückstage, wenn ein Händler vorbeikam, der etwas von ihrem Erz gegen ein neues Spielzeug, eine neue Chance tauschen wollte. Die Erneuerung, der verzweifelte Ruf nach gesunden jungen Bewerbern. Das erste Mal, dass Svarde eine Axt im Zorn schwang.

Und Catya. Dort in der Großen Schmiede, wie sie Svarde in seinem verzweifeltsten Zustand akzeptierte und ihm ein zweites Leben gab.

Sie verblasste, ihre Züge verschmierten dort in dieser

Höhle. Catya hatte Svarde wegen seiner Axt angeheuert, und er würde sie nicht enttäuschen, nicht noch einmal.

Heulte er selbst? Brüllte er? Svarde wusste es nicht, konnte nichts wahrnehmen außer seiner Hand am Schaft und den grauen Gesichtern vor ihm.

Svarde warf die Axt. Die Waffe fing den eigenen Windstoß des Dämons auf und wirbelte Kopf über Kopf, um in das nächste Gesicht zu krachen, ihre Schneide zerschlug die Maske und zerschmetterte den breiten Mund, diese augenlosen Augen. Das Gesicht spaltete sich, seine Hälften fielen zu Boden und zerbrachen wie Töpferware. Dahinter lag nur Dunkelheit und der schwächste Hauch von Funken, wie Sterne in der tiefsten Nacht.

Das Heulen hörte auf, das Saugen verstummte, und Erinnerungen stürzten auf Svarde ein wie eine umgedrehte Sanduhr. Seine geworfene Axt fiel zu Boden und der Unhold floh, riss sich von der Wand los und verschwand in einem Seitentunnel. Zurückgeblieben, an den Bolzen nahe dem Stein baumelnd, waren dunkle Fetzen, ein Umhang, der nicht aus Stoff, sondern aus teuflischerem Material gemacht war. Als Svarde wieder auf die Beine kam, schrumpften die Überreste und lösten sich in dünnen grauen Rauch auf.

Kivi stieß zuerst gegen sein Bein und schnaubte schnell.

»Mir geht's gut«, antwortete Svarde auf die Frage des Ferriten. »Ich glaube, ich glaube, es hatte mich noch nicht verschluckt.«

Das Wort ließ Svarde taumeln. Er war so nah dran gewesen, so nah daran, alles zu verlieren. Ein glücklicher Wurf, oder er wäre schlimmer als tot gewesen.

»Svarde?«, rief Maena von der anderen Seite des Raums. »Verfolgen wir es?«

»Nein«, Svarde drehte sich um und nickte dem Quarz

zu. »Nehmt, was ihr könnt, schnell. Dann verschwinden wir, bevor es zurückkommt.«

Svarde folgte seiner eigenen Anweisung, schnappte sich seine Rüstung von den Ästen des Edelsteins und zog sie an. Seinen Beutel und auch Rasslebecks. Maena hob ein paar Dinge auf und legte sie wieder hin, betrachtete sie mit ausdruckslosem Gesicht, bis Kivi ihr half, der Ferrit führte die verlorene Frau zu ihrem Beutel, ihrem Säbel.

»Kommt schon«, sagte Svarde, als sie fertig waren. »Holen wir Rasslebeck und verschwinden. Wir haben diesem Mistkerl wehgetan, aber es ist nicht tot, und ich werde mein Glück nicht noch einmal herausfordern.«

Svardes Glück hielt lange genug, dass das Trio durch den Tunnel vom Quarz weg und dann links zurück zu dem großen Felsen ducken konnte, der Rasslebeck und den gebrochenen Mann einschloss. Rasslebecks Vortrag hatte die ganze Zeit, in der Svarde weg gewesen war, angedauert, ein ständiges Wiederholen von Namen und Leben, um den Wunsch des anderen Mannes nach Geschichten zu befriedigen.

»Bitte, Svarde«, sagte Rasslebeck, nachdem Letzterer ihre Rückkehr angekündigt hatte, »du musst mich hier rausholen. Ich werde diesen Kerl bald umbringen.«

Rasslebecks raues Flehen war motivierend genug, aber die drei hatten nicht die Kraft, den Felsen zu bewegen. Der kleine Mann auf der anderen Seite hätte Rasslebeck hochheben und durchschieben können, aber das würde ihn gefangen zurücklassen, verdammt auf eine Art, an die Svarde nicht denken wollte.

Und doch.

Der Unhold lebte noch. Die Minuten, die sie hier vor diesem verdammten Felsen verbrannten und versuchten, einen Weg zu finden - Kivi hatte sogar ein paar Bisse vom großen Stein genommen, aber die kleine Echse konnte keinen ganzen Fluchtweg aus dem Felsen fressen -, ließen den Unhold nur sich erholen und neue Wege finden, ihnen zu schaden.

»Kannst du ihn rausheben?«, fragte Svarde.

»Ich, ihn hochheben?«, antwortete Rasslebeck.

»Nicht du. Ich kenne deinen Namen nicht, mein Freund, und das tut mir leid, aber ich muss es wissen. Kannst du Rasslebeck befreien?«

Der wimmernde Mann sagte lange Zeit nichts, dann hörte Svarde Geräusche auf der anderen Seite des Steins. Hände bewegten sich, Stiefel hoben sich.

»Er versucht es«, sagte Rasslebeck. »Ich glaube, wir können es gerade so schaffen.«

Svarde warf einen Blick auf Maena und versuchte herauszufinden, ob sie eine Meinung dazu hatte. Die alte Maena, diejenige mit Raubzügen im Blut, hätte wohl die harte Entscheidung getroffen. Das Besatzungsmitglied retten, den gebrochenen Mann zurücklassen.

Wenn Svarde doch nur niemanden verdammen müsste.

»Ich kann das Loch erreichen«, sagte Rasslebeck. »Soll ich durchkommen?«

»Wenn er geht«, sagte der wimmernde Mann, »bin ich dann nicht allein?«

»Es muss doch einen Weg geben«, meinte Maena. »Ein Seil irgendwo? Vielleicht können wir unsere Hemden zusammenbinden?«

»Selbst wenn die Lumpen, die wir jetzt tragen, sein Gewicht halten würden, haben wir keine Zeit dafür«, sagte Svarde. »Der Unhold wird zurückkommen.«

»Moment mal«, sagte Rasslebeck. »Ich hab eine Idee.«

Svarde beobachtete, wie das schmale Silberlicht kaum mehr als Schatten im Tunnel zeigte. Über Svardes buschigem Haar erschien ein Fuß, dann ein zweiter. Rasslebecks nackte Füße, zerkratzt und schmutzig.

»Wir haben deine Sachen hier«, sagte Svarde.

»Gut, denn wenn ich noch eine Minute länger auf diesen Steinen ohne meine Schuhe laufen müsste, würde ich mich einfach hinlegen und aufgeben«, erwiderte Rasslebeck. »So, mein Herr, ich kenne Ihren Namen nicht, aber ich werde jetzt nach unten greifen. Sie müssen meine Hand nehmen.«

»Das kann ich.«

»Okay, ich hab seine Arme«, verkündete Rasslebeck, von dem nur die untere Hälfte im Tunnel zu sehen war. »Ihr müsst mir helfen, mich durchzuziehen. Ich werde ihn hochheben.«

Beflügelt von der Aussicht, den armen Mann nicht einem schrecklichen Schicksal überlassen zu müssen, stemmte Svarde Maena hoch und ließ die Frau Rasslebecks Beine packen. Gemeinsam arbeitete die ganze Crew daran, Rasslebeck durchzuziehen und zog dabei den dünnen Mann mit sich.

Als Rasslebeck auf dem Boden landete und nach den wenigen Habseligkeiten griff, die Svarde mitgebracht hatte, betrachtete er das Trio, das zurückgekommen war, um ihn zu retten.

»Wo ist Pennifer?«

Sie war den falschen Weg gegangen. Svarde führte die Gruppe aus dem Gebiet des Unholds heraus, zurück durch die Höhlen in das Dunkle Unten. Sie waren den ganzen Weg zurück nach oben gegangen, vorbei an den versiegelten Eingängen, die der Unhold geschaffen hatte, um ahnungslose Kreaturen, Entdecker und Nahrung in sein Lager zu locken. Die nächste Gabelung bot eine Wahl: nach oben und rechts, die lange Reise zurück zur Whent-Oberfläche.

Nach links führte ein weiterer Abstieg, steil und zerklüftet, aber besser beleuchtet und vom Geräusch rauschenden Wassers begleitet. Als die Crew zum ersten Mal vor dieser Wahl stand, hatten Svarde und die anderen sich für den allmählicheren Tunnel entschieden, anstatt für den, der einen anstrengenden Abstieg erforderte, aber Pennifer hatte offenbar jetzt keine solchen Bedenken.

Ihre Fußabdrücke, verschmiert mit Blut von den passierenden Felsen, gaben eine klare Markierung für ihren Weg.

»War sie eine von uns?«, fragte Maena, während sie auf die Entscheidung starrten.

»Sie ist eine von uns«, erwiderte Rasslebeck. »Nur weil sie es im Moment nicht weiß, heißt das nicht, dass wir sie aufgeben.«

Während des gesamten Aufstiegs bis hierher hatte Rasslebeck, dessen Stimme durch die wiedergefundenen Beutel und deren Wasserschläuche erfrischt war, Maena und dem anderen Mann die Reise zurück detailliert geschildert. Anfangs war Svarde zögerlich gewesen, das Wasser zu benutzen, da es aus dem berüchtigten Teich des Unholds stammte, aber die Auswirkungen auf das Gedächtnis schienen jenseits der Grenzen des Unholds nachzulassen, oder vielleicht entzog die Lagerung in den Schläuchen dem Wasser langsam seine Kraft.

Wie auch immer, nachdem Rasslebeck mehrere Schlucke ohne negative Folgen getrunken hatte, fand sich die ganze Gruppe dabei wieder, sich daran zu laben.

»Die Frage ist, ob wir ihr folgen können«, brummte Svarde. »Maena weiß kaum, wer sie ist. Wir haben einen anderen, der völlig verloren ist. Du und ich sind erschöpft, unsere Ausrüstung ist ramponiert oder zerstört. Was auch immer da unten ist, wird sicher genauso schlimm sein wie das, was wir hinter uns gelassen haben.«

»Du bist der Kapitän«, schnauzte Rasslebeck zurück. »Ob du es willst oder nicht, mit Maena außer Gefecht bist du dran. Du kannst uns nach oben befehlen und ich werde folgen, weil ich nicht sterben will, aber ich weiß eines: Ich würde es für den Rest meines Lebens bereuen, sie zurückzulassen.«

Wieder fand sich Svarde dabei wieder, sich an Maena zu wenden, genauso wie er es bei Ami und Catya all die Tage getan hatte, als sie um die Inseln marschierten. Er war eine Waffe, kein Kapitän. Ein Bezwinger von Männern, kein Anführer.

»Wir gehen ihr nach«, sagte Svarde. »Nur einen halben Tag, bis wir uns ausruhen müssen. Wenn wir sie finden, wenn wir nah dran sind, dann haben wir unseren Lohn. Wenn nicht, wenn sie immer noch weg ist, dann kehren wir um.«

»Ein fairer Deal«, nickte Rasslebeck.

»Habe ich auch ein Wörtchen mitzureden?«, fragte Maena.

»Oder ich?«, fügte der andere Mann hinzu. »Ich möchte an die Oberfläche gehen. Bitte. Ich dachte, ich würde da drin sterben, und jetzt nicht? Ich habe eine Chance?«

»Wir gehen Pennifer nach«, knurrte Svarde. »Du hast eine gewisse Chance, wenn du bei uns bleibst. Du hast keine Chance allein. Triff deine Wahl.«

Danach gab es keinen Widerspruch mehr.

21
FLOSS

Bis zur dritten Stunde hatten Bliss und Torny ihre Namen ausgetauscht. Als sie den Lavastrom erreichten und zusahen, wie Wax und Sledge ihr sichelförmiges Floß bestiegen, hatten die beiden eine Übereinkunft: Bliss würde nicht versuchen wegzulaufen, und Torny würde aufhören, bohrende Fragen zu stellen. Seitdem waren die beiden in respektablem Schweigen weitergegangen, was Bliss die ganze Zeit und Konzentration gegeben hatte, die sie brauchte, um ein Auge auf ihren Bruder zu haben und herauszufinden, wie die Banditen arbeiteten.

Vor allem wirkte die Crew abgekämpft. Ihre Ausrüstung war ungepflegt, mit Ruß bedeckt, von Hitze und Steinen beschädigt. Ihre Waffen schienen so ziemlich das Einzige zu sein, was in anständigem Zustand war, die Metallkanten glänzten. Konzentration auf die Prioritäten, vermutete Bliss.

Sie sprachen auch wenig. Nichts wie die Lieder, das Geplänkel, das die Jagdgesellschaften auf Vis umschwirrt hatte. Bliss konnte nicht genau sagen, warum, außer

Verzweiflung. Diese Leute waren nicht auf einer ehrenhaften Mission, um ihre Freunde zu retten oder ein edles Ziel zu verfolgen. Sie brauchten Wax' Skar und jeden Profit daraus, um zu überleben.

Erbärmliche Kreaturen, diese.

Außer, seltsamerweise, Torny. Die jüngere Frau hatte die hellsten Augen in der Gruppe, obwohl sie nicht viel mit den anderen Banditen sprach. Ihre Kleidung schien am wenigsten beschmutzt, ihr Gesicht nicht so grimmig. Das Abenteuer schien für sie noch etwas Aufregendes zu haben.

Diese Aufregung fand eine neue Prüfung auf dem schmalen Oval, das Bliss und Torny für ihr Lavafloß aussuchten. Oder besser gesagt, Torny aussuchte, indem sie Bliss zum brennenden Fluss vorwärts schob und darauf zeigte, sagend, dass sie nicht zu weit zurückfallen dürften. Als Bliss den Kopf schüttelte, runzelte Torny die Stirn, wiederholte ihre Aufforderung und bewegte ihre Hand zum Messer an ihrer Taille.

Mit ihrer Stange in der Hand, dachte Bliss, könnte sie sie hochreißen und Torny in die Lava schlagen, bevor die Banditin einen verdammten Finger rühren könnte, um sie aufzuhalten. Was das allerdings für Wax und Quik bedeuten würde ...

Als der Felsen in die Nähe trieb, machte Bliss einen einzigen Sprung, landete sicher auf dem Felsen in diesen Stiefeln - hässlich, unbequem, aber nützlich - und pflanzte ihre Stange ein. Torny kam hinterher, ihr Sprung zu lang für die kleine Größe des Ovals. Sie verlor das Gleichgewicht, ihr gelandeter Fuß rutschte auf einigen losen Steinen. Torny rammte ihre Stange nach unten und griff mit beiden Händen danach, während ihre Füße unter ihr wegrutschten. Stiefel leckten Lava, der schwarze Stein schwankte, und Bliss ging in die Hocke, streckte sich und packte Tornys Tunika, um sie hochzuziehen.

»Danke«, sagte Torny, als sie sich stabilisierte und mit der Stange etwas trocknende Lava von ihren Stiefeln abklopfte. »Nicht gerade mein Glanzmoment.«

Bliss hob eine einzelne Augenbraue in Richtung Torny, dann wandte sie sich wieder der Beobachtung von Quik und Wax zu. Die beiden schienen auf ihren Felsen genug gefestigt zu sein, und sie waren zu weit weg, als dass Bliss hätte helfen können, wenn etwas schief ginge. Für die nächsten paar Stunden zumindest würde Bliss die Wächterin nur für sich selbst verantwortlich sein.

»Sledge sagte, das würde nicht schwer werden«, murmelte Torny, ihre Stange mit beiden Händen haltend, den Stock jetzt richtig festgeklemmt. »Es wäre eine einfache Fahrt zur Küste hinunter, sagte sie.«

Bliss schaute ihre Floßpartnerin nicht an, verdrehte aber trotzdem die Augen. Sledge schien die Art von Anführerin zu sein, die ihr Team durch alles ziehen würde, um zu bekommen, was sie wollte. Nicht vertrauenswürdig.

»Du scheinst ziemlich entspannt«, sagte Torny, während der Lavastrom sie um eine träge Kurve nach der anderen brachte. »Hast du das schon mal gemacht?«

Bliss schüttelte den Kopf.

»Natürlich nicht. Warum solltest du auch, wo du doch aus Vis kommst?« Torny kicherte. »Das bin ich, tut mir leid. Ich neige dazu, viel zu reden, wenn ich nervös bin.«

Bliss nickte.

»So offensichtlich?«

Bliss nickte wieder.

»Es ist irgendwie schön, dass du nicht sprechen kannst, weißt du das?«

Jetzt warf Bliss der Banditin einen finsteren Blick zu.

Torny versuchte, ihren Mund und ihre hellen Augen in etwas Entschuldigendes zu verziehen. Es hätte vielleicht funktioniert, wäre sie nicht an ihre Stange geklammert, während die Lava um sie herum sprühte und knallte.

»Schau, ich meine das nicht böse, okay, es ist nur so, dass die meisten Leute dazu neigen, mich zu ignorieren«, fuhr Torny fort. »Ich meine, du kannst das gerne tun, und ich bin mir nicht sicher, ob du es tust, aber zumindest redest du nicht über mich hinweg, richtig?«

Bliss kniff ein Auge zusammen. War das Selbstmitleid oder einfach nur Geplapper, eine nervöse Person, die versuchte, sich von der Situation abzulenken?

»Es ist seltsam, wie man an solche Orte gerät«, fuhr Torny fort. »Nicht, dass ich es geplant hätte, weißt du, aber die Dinge häuften sich einfach. Fast ohne meine Kontrolle. Außer, ich meine, die offensichtlichen Sachen, aber trotzdem. Man wacht nicht eines Morgens auf und plant, auf einem Felsen einen Lavafluss hinunterzureiten.«

Bliss zuckte mit den Schultern. Eigentlich war dies gar nicht so weit entfernt von einigen der Abenteuer, die sie auf Vis erlebt hatte. Die Inseln hatten reichlich seltsame und wunderbare Dinge zu bieten, und Bliss musste sich glücklich schätzen, dass sie in ihren jungen Jahren so viel gesehen hatte. Obwohl der Lavastrom vielleicht etwas auf der gefährlichen Seite war.

Besonders jetzt, da Ferrite auf den Felsen über ihnen auftauchten, mit glitzernden saphirblauen Augen. Sledge schrie etwas darüber, auf der Hut zu sein und vorsichtig zu bleiben.

»Das gefällt mir nicht«, sagte Torny, die es ausnahmsweise schaffte, eine Hand vom Stab zu nehmen und nach ihrem Messer zu greifen. Der kurze Speer des Banditen wäre vielleicht nützlicher gewesen, aber der war im Kampf zerbrochen. Und

Bliss' Stab auf Tornys Rücken? Noch besser, aber Torny schien nicht zu wissen, wie man ihn benutzt. »Wenn diese Echsen beschließen, uns anzuspringen, bleib in meiner Nähe, okay?«

Als ob Bliss irgendwo anders hin könnte. Ihr ovales Floß schien die langsamste Route zu nehmen, und es war reichlich Abstand zwischen ihrem Felsen und dem von Quik. Ihr älterer Bruder teilte seine Blicke anscheinend zwischen Bliss und Wax auf, obwohl keine Angst im Gesicht des Mannes zu sehen war.

Er war zuversichtlich, dass er es schaffen würde. Bliss konnte genauso sein, würde genauso sein.

Zuversicht hielt die Echsen jedoch nicht ab. Tornys Fluch unterstrich, was Bliss sah, das schnelle Aufbrechen, als alle Ferrite sprangen, rannten und in die Lava platschten, um die vier Flöße anzugreifen. Es hatte kein Kommando gegeben, keinen Pfiff wie bei den Vögeln zu Hause, nur ein paar hatten ihre Dampföffnungen aufgestoßen und der ganze Haufen war über sie her.

Der erste Ferrit traf ihr Floß aus der Luft, plumpste auf das kleine Oval und wirbelte auf Bliss zu, wobei der Schwanz der Echse Torny traf und sie zu Boden schickte. Ihre Knie schlugen hart auf den Felsen, während beide Hände ihren Todesklammergriff am Stab behielten.

Bliss riss ihren Stab vom Felsen hoch, um ihn abwehrend gegen das schnappende, stumpfe Maul des Ferrits zu heben. Die Echse hielt ihre Krallen im Felsen verankert und machte diese Zähne zu ihrer einzigen Waffe. Nicht dass der Ferrit, angesichts der vielen körnigen Spitzen in diesem Maul, eine andere gebraucht hätte.

Der Ferrit war jedoch grau. Genau wie ein Hanoko, dessen Gedanken beim zukünftigen Abendessen waren, statt bei der Beute, die es ausmachen würde. Nach ein paar erfolglosen Schnappern, bei denen Bliss nach beiden Seiten auswich, ohne ihre Füße zu bewegen – genau wie beim Spielen mit Wax auf den Baumästen zu Hause –, stürzte sich der Ferrit direkt auf sie.

Bliss schwang ihren Stab nach oben und beugte dabei ihren Rücken durch. Die schwingende Klinge am Stab traf den Körper des Ferrits, als er herankam, und Bliss' Arme knickten unter dem Gewicht ein. Der Ferrit warf sie auf den Felsen, setzte aber seinen Weg fort, sein eigener Schwung noch verstärkt durch Bliss' Schwung. Mit einem überraschten Schnauben rollte die Echse über die Vorderseite des Floßes und in die Lava, wobei Bliss zerkratzt und verbrannt auf dem Stein zurückblieb.

»Bist du in Ordnung?«, fragte Torny über die Rufe von vorn hinweg. Sledge sagte etwas, das Bliss nicht hören konnte. »Dieses Ding kam wie aus dem Nichts.«

Sie kommen alle wie aus dem Nichts, wollte Bliss sagen, aber stattdessen stand sie auf und steckte ihren Stab zurück in das Oval, um sich hochzuziehen. Torny war auch aufgestanden und hatte sich von ihrem Ende des Ovals in Richtung Bliss bewegt. Eine seltsame Bewegung, wenn man bedenkt, wie–

»Unser Boot wird aufgefressen«, bemerkte Torny, während sie sich bewegte. »Schau.«

Bliss musste nicht genau hinschauen, da das Oval sein Heck verloren hatte. Der abgerundete Felsen war jetzt eine gezackte Kante, an der ein Ferrit kaute, dessen Kopf aus der Lava auftauchte, um einen Bissen zu nehmen, bevor er wieder unter das heiße Orange tauchte.

»Wirklich keine faire Taktik«, sagte Torny und wich in Bliss' Nähe zurück. Hinter ihnen gingen die Rufe und Kämpfe weiter, genug um anzudeuten, dass Hilfe, selbst wenn sie möglich wäre, nicht kommen würde. »Irgendwelche Ideen?«

Das Mampfen des Ferrits und der Wirbel des Kampfes hatten ihr brechendes Floß näher an das nördliche Ufer getrieben, einen einschüchternden Abhang, der dennoch mehr Griffe zu haben schien als der durchschnittliche Sana-Stängel. Und der Versuch zu klettern, schlug das Fallen in die Lava in so ziemlich jeder Hinsicht.

Bliss tippte Torny auf die Schulter und zeigte.

»Was, springen?«, Torny lachte düster. »Wir würden den Rest der Crew verlieren.«

Wieder einmal, besser als der Tod. Bliss hatte keine Zeit, die Antwort auf ihr kleines Tablet zu schreiben, ein Manöver, das sie sowieso nicht auf dem schräg liegenden Steinfloß riskieren würde. Das Ferrit biss ein weiteres Stück ab und brach zur Mitte zurück. Das Gewicht der Echse drückte das Floß tiefer in die Lava, das klebrige Orange flackerte in Richtung ihrer Stiefel.

»Es muss einen anderen Weg geben«, sagte Torny und stocherte mit der Stange nach dem Ferrit.

Und sie konnte sich die Zeit nehmen, einen zu finden. Bliss würde nicht warten. Sie rutschte auf den Zehenspitzen und drehte sich nach Norden, stieß sich ab, während sie die Stange in die Seite des Floßes rammte. Bliss nutzte den Schub, ließ die Stange zurück, als sie flog und traf die Felswand weniger als eine Armlänge über dem spuckenden Fluss.

Bliss' Finger suchten nach Griffen, die Hitze der Klippe war kaum geringer als die ihres Floßes so nah an der Lava. Jede Berührung brannte, aber Bliss hatte schon früher Schmerzen ignoriert und konnte es wieder tun. Sie trat mit ihren Stiefeln gegen den schwarzen Fels, spürte, wie die Sohlen sich festbissen, als Bliss sich gegen die Klippe presste. Torny schrie etwas hinter ihr.

Es spielte keine Rolle. Was zählte, war nach oben zu klettern.

Bliss blickte kurz nach oben, während ihre Finger Kanten in den Felsfalten fanden. Wie sie es unzählige Male mit den Sanas getan hatte, zeichnete sich vor ihren Augen ein Pfad ab, Linien in Sprungweite, die von Griffen und Tritten zum nächsten führten.

Sie stieß sich ab, Stiefel und Hände bewegten sich auf beiden Seiten im Tandem. Das Gewicht auf ihren Füßen half Bliss nicht bei der Bewegung, aber angesichts der Schmerzen in ihren Händen, an ihren Schultern und Armen, wo das spärliche Gewebe den heißen Fels berührte, würde Bliss damit zurechtkommen.

Eine starke Vibration stieg auf, und Bliss riskierte eine Pause in ihrem Aufstieg, um nach unten zu schauen und Torny zu sehen, deren Gesicht in panischer Angst verzogen war, während sie sich unter ihr an die Klippe klammerte. Bliss' Stab hing immer noch am Rücken der Banditin, das Foti-Messer prallte an Tornys Hüfte von der Klippe ab.

Die Banditin sah unbeständig genug aus. Bliss beäugte ihren Stab. Sie könnte ein paar Griffe hinunterrutschen, versuchen sich zu lehnen und ihre Waffe zu greifen, dann Torny in den Fluss treten.

Nein, zu riskant. Torny könnte in Panik geraten, fallen. Dann würde Bliss ihren Stab nie zurückbekommen.

Außerdem hatten die Ferrite ihre Flucht bemerkt. Zwei Echsen eilten zu ihrer Linken auf Bliss zu, ihre steinknabbernden Mäuler bereit, ernsthaften Schaden anzurichten, wenn sie an der Klippe bliebe.

Bliss stieß sich ab und erklomm den schwarzen Fels mit einer Geschwindigkeit, die Wax bewundert hätte, wobei sie alles nutzte, was Vis ihr gab. Jeder Tritt brachte Bliss zwei Griffe nach oben, jedes Reichen mit einem Arm übertrug den Schwung in einen weiteren Abstoß mit ihren Beinen. Die Steine kühlten mit jedem Aufstieg ab, die Luft bekam sogar eine Brise, die nicht nach dem schwefligen Gestank der Lava roch.

Als der erste Ferrit an ihrem Stiefel knabberte, erreichte Bliss eine Unterbrechung, wo die steile Seite in einen kleinen Hügel überging, bevor sie ihren Aufstieg fortsetzte. Keuchend zog sich Bliss auf die Falte, trat mit ihrem Stiefel aus und traf den Ferrit in sein beißendes Maul. Die Echse schnaubte, warf Bliss einen langen Blick zu, bevor sie sich umdrehte und nach unten flitzte.

Nach unten, zweifellos in Richtung Torny.

Auf Händen und Knien drehte sich Bliss um und kroch zum Rand der Klippe. Als sie hinunterblickte, sah sie Torny festsitzen, ihre rechte Hand und Füße klammerten sich an feste Griffe, während ihre linke Hand das lange Messer gegen die geduldigen Ferrite schwenkte. Das Echsenpaar musterte die Banditin und blieb entschlossen zwischen Torny und den löchrigen Klippen, wo, wie Bliss vermutete, die Wesen ihre Behausungen hatten.

Der Anblick weckte eine Eingebung, eine Antwort auf eine Frage, über die Bliss gegrübelt hatte, seit die Echsen ihren Zug gemacht hatten: Wenn die Ferrite Fels und Stein fraßen, warum sich dann mit einem Haufen Menschen abgeben?

Es sei denn, die Echsen wollten ihr Zuhause, ihre Nester, ihre Jungen vor Eindringlingen schützen. Wenn Torny sich von diesen Löchern entfernte, könnte sie dem Zorn der Ferrite entkommen.

Aber wie sollte sie das kommunizieren?

Bliss sah sich um. Lose Steine gab es zuhauf, kleine und

große. Bliss griff einen, zielte und schleuderte ihn los. Der Stein streifte die Klippe zwischen Torny und den Ferriten und ließ die Banditin aufblicken. Bliss winkte nach links, weg von den Ferriten-Nestern.

»Was meinst du?«, fragte Torny angespannt.

Bliss presste ihre Lippen zusammen. Die Ferrite bewegten sich, einer ging nach unten und der andere kletterte die Klippe hinauf. Wenn sie Torny spalteten, würde dieses lange Messer nicht viel helfen. Mit gezogener Klinge konnte sich Torny auch nicht besonders gut bewegen.

Bliss musste wohl aggressiver werden.

Bliss suchte nach einem weiteren handgroßen Stein und warf ihn auf den höheren Ferrit. Der Stein zerbrach an der harten Schale der Echse, richtete keinerlei Schaden an und zog nur einen schnappenden Blick auf sich.

Torny versuchte einen Schwung gegen den unteren Ferrit, ein fehlgeleiteter Schlag, den die Echse kommen sah. Die Echse wich dem ersten Hieb aus, bevor sie nach dem Messer schnappte und es bei Tornys Rückschwung erwischte. Mit einem Fluch ließ die Banditin die Klinge los, als der Ferrit seine Kiefer um das schlanke Metall legte, es wegriss und das Messer in den Fluss schleuderte.

Jetzt hatte die Banditin keine andere Wahl als zu fliehen.

Bliss schleuderte einen weiteren Stein, als Torny die Klippe erklimmen wollte. Der Stein traf den gedrungenen Hals des oberen Ferrits, als die Echse einen Vorteil erhaschen wollte. Sein Biss ging knapp daneben und erwischte nur Tornys Haare zwischen den Zähnen. Einige Strähnen rissen ab, als die Banditin vorbeikraxelte, und der Ferrit hustete, als sich Tornys drahtige Locken in seinen Zähnen verfingen.

Torny fluchte weiter und kletterte weiter. Der untere

Ferrit jagte hinterher, biss in den Metallabsatz von Tornys linkem Stiefel und brach ihn ab. Der andere, einen weiteren von Bliss geworfenen Stein ignorierend, schnappte nach Tornys Beutel und riss ihn weg, sodass Essen und Ausrüstung hinunterfielen. Doch die Banditin bewegte sich weiter, streckte ihre Finger immer weiter aus und trat mit ihren Stiefeln in neue Griffe.

Bliss streckte die Hand aus, ergriff Tornys Hand, als sie näher kam, und zog sie auf den flachen Hang. Die Ferriten steckten ihre Köpfe hervor, kassierten Tritte für ihre Bemühungen und verschwanden. Torny kroch weg, schob sich mit Knien und Ellbogen den Hang hinauf, während Bliss wartete und nach weiteren Eidechsenvorstößen Ausschau hielt.

Es kamen keine mehr, und entlang der Klippen beobachtete Bliss, wie die Eidechsen in ihre Höhlen zurückkehrten. In der Ferne fuhren die Banditenflöße weiter. Bliss konnte Quik ausmachen, der groß und allein auf seinem Floß stand, dann die drei Banditen und ihren Bruder, die sich alle zurechtfanden. Was Bliss' altes Floß betraf, schien das Oval völlig verschwunden oder in zu kleine Stücke zerbrochen zu sein, um sie zu sehen.

Zumindest war es befriedigend zu wissen, dass sie die richtige Entscheidung getroffen hatten.

»Wir sind tot«, sagte Torny, die neben Bliss auftauchte. »Sie sind weg. Wir sitzen hier in der Einöde fest. Ich habe meinen Wasserschlauch und das war's.«

Bliss nickte in Richtung des Stabs auf Tornys Rücken, dessen dünne Bänder, die ihn auf den Schultern der Banditin hielten, zwar ausgefranst, aber noch intakt waren.

»Was, dein Stock? Ja, der wird uns retten«, murmelte Torny, ihre Augen verfolgten die sich entfernenden Banditen. »Kann er Essen und Wasser finden? Oder uns vielleicht zur Küste teleportieren, denn da müssen wir hin.«

Bliss schüttelte den Kopf. Sie betrachtete Tornys zusammengesunkene Gestalt. Auch die Banditin war von Verbrennungen gezeichnet. Sie würden Medizin und Salben brauchen, wenn sie die nächsten Tage ohne Infektion oder Schlimmeres überstehen wollten.

Torny hatte auch nicht Unrecht, Nahrung und Wasser wären notwendig. Bliss blickte zum Himmel. Es war Mittag. In ein paar Stunden würde es dunkel sein, und obwohl sie nicht wusste, welche Raubtiere in Fotis Ödland umherstreiften, schien es kein guter Plan, nachts im Freien erwischt zu werden.

Bliss bewegte sich ohne Vorwarnung, stürzte sich auf Torny und rang um den Stab auf dem Rücken der Banditin. Torny versuchte, Bliss abzuwehren, aber ohne ihre Messer, ohne die Unterstützung der Banditen, hatte Bliss die Oberhand. In zwei schnellen Herzschlägen hatte sie Torny an den Rand der Klippe gedrängt, mit Blick hinunter in die Lava, ein so bedrohlicher Anblick, dass die Banditin den Kampf mit nicht mehr als einem Achselzucken aufgab.

»Okay, du hast gewonnen«, sagte Torny. »Hurra für dich.«

Bliss zog den Stab aus seiner Halterung und begutachtete ihn. Ein paar kleine Lavaverbrennungen an einer Metallkappe, aber ansonsten einsatzbereit. Ein kleiner Segen.

Bliss stand auf, die Stiefel gaben ihr guten Halt auf dem rauen Fels, und übte einen Schwung, den Stab quer über ihren Körper schwingend. Torny setzte sich auf und beobachtete, wie das Bambusrohr über ihren Kopf flog. Sie beobachtete weiter, wie Bliss eine einfache Routine durchführte und dabei den zunehmenden Schmerz der Verbrennungen ignorierte.

»Okay, du weißt also, wie man das Ding benutzt«, sagte Torny und verschränkte die Arme auf ihrem Schoß. »Toll.«

Was für ein Tonfall. Bliss hätte vermutet, dass Torny es nicht gut aufnahm, aus der Machtposition verdrängt zu werden, aber die Banditin schien weniger besorgt darüber, dass Bliss die Oberhand hatte, und mehr besorgt über, nun ja, Vorräte. Tornys Blick wanderte zu ihrem Wasserschlauch, zu Bliss' eigenem, der an ihrem Oberschenkel festgebunden war.

»Fertig mit Angeben?«, fragte Torny, als Bliss den Stab in eine Hand nahm und nach oben blickte. »Vielleicht können wir jetzt herausfinden, was wir tun werden?«

Die Klippe bot keine sofortigen Lösungen, nur weiteres Klettern, aber zu den Ferriten zurückzukehren war keine Option, ebenso wenig wie der Lavastrom. Selbst wenn sie zurückgingen und auf ein anderes Felsenfloß warteten, müssten sie sich erneut den Echsen stellen.

Bliss richtete den Stab auf die Klippe und machte einen Schritt in diese Richtung.

»Ach, ich verstehe, das hier ist also eine Diktatur«, sagte Torny zu Bliss' Rücken, stand aber auf und begann zu gehen. »Du darfst die Entscheidungen treffen, weil du einen großen Stock hast.«

Bliss nickte, ohne sich umzudrehen. Sie erreichte die Klippe, blickte zu Torny zurück und bedeutete der Banditin, die Riemen abzunehmen, um den Stab zu halten.

»Jetzt nimmst du mir auch noch meine Sachen weg?«, fragte Torny, tat aber wie Bliss es verlangte.

Den Stab gesichert, begann Bliss zu klettern. Murrend folgte Torny, während die Sonne weiter der Nacht entgegensank.

22

GEFANGENE

Die Tentakel-Schildkröte – Annalyses Name für das Ding – betrachtete Ami, als die Kriegerin den Käfig betrat. Zumindest nahm Ami das an, da das Biest überhaupt keine Augen hatte. Mit zitternden Tentakeln unter dem Panzer drehte sich das Monster, um Amis Eintritt zu folgen, als ob es den besten Zeitpunkt für einen Angriff plante.

Wenn es das doch nur täte. Dann könnte Ami das Ding aufspießen, das Experiment für beendet erklären und nachsehen, was Gladdring zum Abendessen in seinem Gefängnis anbot. Das Wunder der Skars war genau das, ein Wunder, aber Ami einen Speer in die Hand zu drücken und ihr zu sagen, sie solle Magie wirken, war... nervig.

»Denk daran, deine Hände in den Rillen zu lassen«, sagte Annalyse, sicher außerhalb der Gitterstäbe. Sie hatte einen Kohlestift bereit, ihr Notizblock gegen die Höhlenwand gedrückt. »Das Ziel ist nicht, das Biest zu töten, sondern den Skar zu benutzen.«

»Danke für die Erinnerung.« Ami richtete den Speer auf das Biest und versuchte, ihre behandschuhten Finger in den flachen Rillen zu behalten. »Noch irgendwelche Anforderungen? Muss ich es erst ein Stück aus mir herausbeißen lassen?«

Bevor Annalyse antworten konnte, stürzte das Biest nach vorne, wobei die Tentakel auf den Steinboden klatschten und die Schildkröte auf Ami zuschoben. Ein langsamer Angriff, auf den Ami vielleicht hereingefallen wäre, hätte sie nicht die früheren käfigüberquerenden Bewegungen des Monsters gesehen.

Es lockte sie zu einer Reaktion. Kaum das Verhalten eines dummen Geschöpfs.

Ami täuschte einen Vorstoß an und versuchte, das Biest glauben zu machen, sein eigener Plan sei aufgegangen. Die Schildkröte fiel darauf herein und bewies damit, dass ihre Intelligenz knapp unter der eines taktischen Genies lag. Zwei Tentakel um den Rücken der Schildkröte herum peitschten hoch und über sie hinweg, schlugen dort auf, wo Ami gewesen wäre, hätte sie sich auf den frontalen Stoß eingelassen. Stattdessen trafen sie auf Stein und prallten weit ab.

»Knifflig, knifflig«, murmelte Ami.

»Der Skar, Ami«, erinnerte Annalyse.

Gewiss, die Hitze des Foti-Edelsteins durchströmte den Speer und konzentrierte sich auf diese muschelförmigen Einsätze. Das Flüstern des Skars, verzerrt, als würde es aus weiter Ferne heulen, verlangte nach einer Antwort.

»Verbrenn es dann«, murmelte Ami dem Speer zu.

Der Skar reagierte nicht.

Der Unhold huschte vorwärts und Ami wich zurück, gab den Boden vor der Käfigtür auf. Das Monster hatte ihr nun den einfachen Ausweg abgeschnitten, doch Ami ließ sich nicht aus der Ruhe bringen. Selbst wenn sie keine

Meisterin im Speerkampf war, sollte dieses Ding ein leichter Gegner sein.

Okay, wenn Worte nicht funktionierten ... Ami versuchte, an den Skar zu denken, hielt ihren Mund geschlossen und schrie einfach in Gedanken, dass der Foti-Stein Feuer aus dem Speer speien und den Unhold zu Asche verbrennen sollte.

Wieder nichts. Der Unhold schien genauso verwirrt wie Ami, aber als der Angriff ausblieb, versuchte das Monster einen weiteren Vorstoß. Seine Tentakel schlugen auf den Steinboden, um das schildkrötenartige Geschöpf in die Luft zu katapultieren, ein lebendiges Geschoss, das direkt auf Amis Brust zielte.

»Pass auf!«, rief Annalyse.

Ami wich zur Seite aus, duckte sich dabei und hielt den Skar-Speer an ihre Brust gedrückt. Das wäre der perfekte Moment für einen Speerstoß gewesen, aber anscheinend gab es hier Regeln.

Der Skar flüsterte weiter, als der Unhold vorbeischoss, seine Tentakel ausstreckend, um Amis Schulter zu treffen. Die Schläge wirkten, als sollten sie leicht sein, sanfte Berührungen, aber jeder einzelne traf wie ein schlechter Kneipenschlag, etwas wild und indirekt, aber zusammen stark genug, um Ami rückwärts taumeln zu lassen. Nur die Höhlenwand bewahrte sie vor einer unglücklichen Landung auf dem Boden.

Also keine gesprochenen Worte, keine Gedanken. Wie wollte der Skar funktionieren?

»Hast du irgendwelche Tipps?«, rief Ami, während sich der Unhold über seine Landung rollte und sie erneut ins Visier nahm.

»Hör ihm zu«, antwortete Annalyse. »Der Skar wird dir sagen, wie du ihn benutzen sollst.«

Worauf hören? Dieses irre Gemurmel, das in ihren Kopf drang, ein halb gehörtes und kaum erinnertes Gespräch? Ami sammelte sich, pflanzte ihre Füße fest auf den Boden und richtete den Speer auf den Unhold.

Wenn er noch einmal auf sie zusprang, würde Ami den Unhold aufspießen, Annalyse hin oder her.

Als sie den Speer ausrichtete, änderte sich das Flüstern des Skars. Die Stimme, wenn man es so nennen konnte, wurde eine Oktave höher und spuckte den Unsinn in einem schnelleren Tempo aus, wie ein Barkeeper, der Bestellungen ausrief.

Interessant.

Ami versuchte, den Speer herumzuschwenken, fühlte sich dabei etwas lächerlich, aber als sie sich mit der Waffe bewegte, änderte der Skar seine Reaktion. Wenn sie den Speer geradeaus richtete, verfiel der Skar in ein schnelles Stottern, während das Heben der Waffe in eine Verteidigungshaltung die Gemurmel des Skars zu einem trägen Lallen verlangsamte. Als Ami nach dem Unhold stieß, um ihn zurückzudrängen, wurde der Skar lebhafter und schrie fast in Amis Kopf.

»Was sagt es dir?«, fragte Annalyse. »Du musst es mir sagen. Für die Forschung.«

Ami hörte die Wissenschaftlerin jedoch kaum. Stattdessen tanzte sie mit dem Skar und lauschte seinem sich verändernden Ton, während sie zurückwich, auswich, zustieß und sich mit dem Speer schützte. Jede Bewegung schien etwas Neues zu offenbaren, eine Kadenz des Skars, einen Rhythmus seiner Sprache.

Das Ungeheuer, entweder verwirrt oder etwas Neues planend, brachte Abstand zwischen sich und Ami. Tentakel wickelten sich um die Gitterstäbe des Käfigs und hoben das Ungeheuer auf Amis Höhe. Die Kriegerin beobachtete und wirbelte den Speer über ihrem Kopf, während sie der Aufregung des Skars lauschte. Jedes Mal, wenn die Speerspitze über Amis Kopf wirbelte, pulsierte das Skar wie ein fröhlicher Schrei in ihrem Geist.

Das waren die Momente, der Rausch, der Augenblick, in dem das Skar wirken konnte. Und als Ami den Speer wieder senkte, konnte sie sie immer noch wahrnehmen, die Schreie, gedämpfter zwar, aber immer noch da. Punkte, an denen der Speer, das Skar, für etwas Besonderes offen zu sein schien.

Das Ungeheuer sprang. Der Sprung reichte nicht bis zu Amis massigem Körper, aber das schildkrötenartige Ding rollte am Boden, legte seinen Panzer ab und peitschte einen ganzen Wald von Tentakeln in Richtung von Amis Gesicht.

Den Zeitpunkt mit einem Schrei abstimmend, fegte Ami den Speer vor sich her, rammte das Ende in den Boden und hoffte, hoffte, dass das Skar reagieren würde.

Wenn nicht, würden diese Tentakel einige harte Prellungen hinterlassen.

Der Speer glühte auf, ein Blitz flog vom Skar aus und umhüllte die Waffe und den Raum darum mit heißem Feuer. Die Tentakel des Ungeheuers trafen auf die plötzliche Barriere, zischten und prallten ab.

»Erstaunlich!«, rief Annalyse.

Ami wusste es nicht so genau, da sie zurückgefallen war und hart an ihren Armen und Haaren patschte, wo das Feuer des Speers etwas zum Brennen gefunden hatte. Die Waffe wackelte, als das Feuer verschwand, und fiel mit einem lauten Knall zu Boden.

Das Ungeheuer wand sich, verbrannte Tentakel zuckten, während Ami sich aufrappelte. Sie starrte auf den Speer.

»Es hätte mich fast getötet«, sagte Ami über Annalyses anhaltende Begeisterung hinweg. »Kaum eine Innovation.«

»Aber du weißt nicht, was du tust! Stell dir vor, was jemand könnte, der es weiß?«

»Das versuche ich, wenn ich aus diesem Käfig raus bin«, sagte Ami und griff nach dem Speer.

Und zog ihre Hand schnell zurück. Die Waffe strahlte Hitze aus, so heiß wie jede Foti-Schmiede. Annalyses Handschuhe schienen den ersten Ausbruch überlebt zu haben, aber eine weißglühende Waffe aufzuheben, war nichts, was Ami riskieren wollte.

Das Ungeheuer bemerkte es. Es überwand seine Tentakelprobleme, die Schildkröte drehte sich um, zog ihre Gliedmaßen heraus und krabbelte auf Ami zu.

»Greif nach dem Speer!«, schrie Annalyse.

»Er ist zu heiß.« Ami bewegte sich nach links und versuchte, zurück zu den Käfigstäben und der Tür zu kommen. Eine Chance zu fliehen. »Dein Experiment hat zu gut funktioniert.«

Das Ungeheuer schien Amis Absicht zu erkennen und schlängelte sich durch die Mitte des Raumes, um der Wächterin den Fluchtweg abzuschneiden. Es streckte sich aus, packte die Käfigstäbe und zog sich zum Metall, bereit für einen weiteren Wurf und Aufprall.

Wenn Herauskommen nicht möglich war, konnte Ami etwas anderes versuchen.

Sie spreizte ihre Füße, streckte ihre Hände vor sich aus und forderte das Ungeheuer auf, es mit ihr aufzunehmen.

Das Monster tat genau das, stieß sich von den Stäben ab und flog auf Ami zu. Die Wächterin erkannte den Winkel, verschob ihren linken Fuß, duckte sich und schwang ihren rechten Arm hoch. Tentakel peitschten wie kleine Keulen und prallten gegen ihre Schulter, aber Amis behandschuhte Hand packte die Tentakelmasse des Ungeheuers im Vorbeiflug. Mit den Füßen abstoßend und die rechte Faust um die Tentakelmasse des Monsters geklammert, nutzte Ami den Schwung des Ungeheuers, tauchte es mit seinem eigenen Gewicht ab und rammte es mit der Schale voran direkt in die Felswand.

Die Barriere des Monsters brach zwar nicht, aber Ami spürte, wie ihre Faust durch viele weiche Teile drang und das weiche Zentrum des Ungeheuers zu Brei zerquetschte. Die schlagenden Tentakel erschlafften und hinterließen Ami mit nichts als einer Ladung Eingeweide und Galle über ihrer Ausrüstung, ihrem Gesicht und ihren Haaren. Sie zog sich zurück und ließ den Kadaver zu Boden fallen.

»Alles in Ordnung?«, fragte Annalyse und öffnete die Käfigtür.

»Sag den Wachen, dass ich ein Bad brauchen werde.«

Wenn es einen Vorteil in Gladdrings Luxusgefängnis gab, dann war es das eigene Bad des Tenets. Die Wüste Noctias verlangte von den Bürgern, öffentliche Bäder zu teilen, riesige Becken mit Meerwasser und Regenwasser gemischt, die erneuert wurden, wenn die Natur oder absolute Verschmutzung es erforderte. Ami, wie alle anderen auch, gewöhnte sich mit der Zeit daran. Die einzige andere Option war ein Schwimmen im Ozean, der voller Raubtiere und jetzt auch Ungeheuer war.

Das Tenet-Bad befand sich am Fuße des zentralen Turms des Kreises, ein Ort, zu dem Ami ohne zwei Gladdring-Wachen an ihrer Seite kein Recht hatte. Wann immer sie an einem Beamten oder einem anderen Najahn-Soldaten vorbeikamen, zeigten die Wachen ein Zeichen vor, das Ami immer wieder zu erhaschen versuchte, aber nie schaffte, und das Trio wurde durchgewunken.

Hinter dem letzten Tor erwartete sie ein dampfendes

Becken, größer als jeder Raum, in dem Ami je übernachtet hatte. Dünne Holzlatten unterteilten das Becken in acht separate Badeplätze. Jede Latte konnte, wie Ami bemerkte, zur Seite geschoben werden, sodass die Tenets sich während des Badens ihrer weichen Hände und Füße mit wem auch immer sie wollten unterhalten konnten.

Die Stunde, die sich dem Abendessen näherte, bedeutete, dass die Bäder nur zwei Besucher hatten, beide mit hochgezogenen Trennwänden, beide still. Ami suchte sich ihren eigenen Platz, gut abgetrennt, und vergewisserte sich, dass sich beide Wachen aus dem Raum zurückgezogen hatten. Nicht, dass sie ein großes Risiko darstellte: Die Steinkammer bot keine anderen Ausgänge, und abgesehen von ihrem Najahn-Gewand und den Überresten des Dämons – Annalyse hatte das Schlimmste mit einem Lappen abgewischt – hatte die Wächterin nichts, um eine Flucht zu bewerkstelligen.

Stattdessen glitt sie in das blubbernde Becken, das von einem darunter liegenden Boiler beheizt wurde, und keuchte auf. Heißes Wasser allein war eine Seltenheit, reserviert für Tees, nicht für gewöhnliche Bäder, und ein Becken mit nur hundert anderen zu teilen, grenzte an Magie. Dampf stieg um sie herum auf, die Trennwände tropften, und als Ami sich bis zum Kinn ins Wasser sinken ließ, nachdem sie sich bereits mit einem bereitliegenden Tuch gereinigt hatte, fielen die langen Jahre ihres Lebens auf der Straße und im Kampf von ihr ab.

»Du bist eine schwer zu findende Frau«, sagte eine Stimme zu ihrer Rechten durch die Trennwand. Ami schreckte auf, setzte sich auf, und der Dämmerzustand verflog. Ihre Haut sah schrumpelig aus, ihr Atem ging flach.

Wie lange hatte sie schon im Bad gelegen?

»Wirst du die Trennwand öffnen, oder soll ich durch

das Holz sprechen?« Wieder die Stimme, eine, die sie erkannte, auch wenn diesmal der Wein keine Spuren hinterlassen hatte. »Wenn es dir um Bescheidenheit geht, keine Sorge. Ich werde meine Augen bei mir behalten.«

Ami griff hinüber, zog die Trennwand gerade so weit auf, dass ihr Gesicht und Mattimos aufgedunsene Visage zu sehen waren. Der Mann schien das Bad genauso zu genießen wie sie zuvor, seine Augen waren trotz seiner Worte geschlossen, seine Schultern entspannt.

»Bescheidenheit stirbt in dem Moment, in dem man jemanden sieht, der von einem Dämon zerfetzt wurde«, sagte Ami. »Was willst du?«

»Ich dachte, die Frage wäre, was Ami will?«

»Keine Rätsel mehr, das ist es.«

Mattimo öffnete ein Auge. »Rätsel? Das ist kein Rätsel. Du kamst zu mir auf der Suche nach Informationen, ich nannte dir den Preis, und dann bist du verschwunden. Kaum ein faires Spiel.«

»Ich habe gefunden, wonach ich suchte.«

Mattimo schüttelte den Kopf. »Du hast gefunden, was Gladdring dir zeigen wollte, zweifellos. Nicht das, wonach du gesucht hast.«

»Ich habe die Skars gesehen. Ich weiß, was er mit ihnen macht.«

Jetzt schossen beide Augen auf. Mattimo drehte sich um und blickte durch den Dampf zu Ami. »Du hast Glück, dass die anderen beiden weg sind. Die Najahn halten strikte Essenszeiten ein, und es ist keine andere Seele hier. Andernfalls wärst du vielleicht tot, bevor du in dein Zimmer zurückkehrst.«

»Ich möchte sehen, wie sie es versuchen.«

Mattimo gluckste: »Genau das ist es, Ami. Du würdest

es nicht. Erwähne die Skars nicht. Niemals, es sei denn, du bist in Gladdrings kleinem Verlies.«

»Wenn du wusstest, was er tut, warum wolltest du dann, dass ich einen Weg hinein finde?«

»Es ist nicht das, was er tut, was mich interessiert«, erwiderte Mattimo. »Es ist das, was er nicht tut. Was er nicht weiß und sich weigert zu lernen.«

Ami seufzte und schloss ihre eigenen Augen. »Ich sagte keine Rätsel mehr, Mattimo.«

»Dann hilf mir, Ami.«

»Wenn du rein willst, frag Gladdring selbst.«

Mattimo planschte im Wasser, ein leichtes Prasseln gegen das Holz. Verspielt, wie ein Mann, der sich vorstellt, einem Feind einen Schlag zu versetzen.

»Ich muss nicht mehr reinkommen«, sagte Mattimo. »Jetzt, wo du drin bist.«

»Ich werde nichts für dich tun.«

»Wie wäre es dann für Catya?«, fragte Mattimo.

Das brachte ihm Amis Aufmerksamkeit und ihren Blick ein.

»Gladdring hat dir gesagt, dass es keine Hoffnung für sie gibt, richtig?«, Mattimo rieb seine Hände zusammen. »Er irrt sich. Die Skars haben Kräfte, die wir heute nicht verstehen, die aber einige früher kannten.«

»Was für Kräfte?«

»Das, liebe Wächterin, ist das Geheimnis und der Schlüssel zu meiner Bitte. Bring mir einen Skar. Einen Vis-Skar, und ich werde einen Weg finden, deinen Aegis zu retten.«

Ein weiteres Bad in drei Tagen. Dann würde Ami, abgetrocknet und unter Begleitung zurück zu Gladdrings Turm gehend, Mattimo den Skar übergeben. Einige Zeit danach, wieder im Becken des Tenets, würde der Historiker das zurückgeben, was sie gefunden hatten, den angeblichen Schlüssel zu Catyas Überleben.

Wieder würde sie die Robe des Diebes anlegen. Wieder würde Ami ihre Grenzen überschreiten. Doch wer würde da sein, um sie aufzuhalten?

Als Ami durch die letzte bewachte Tür ging, erneut in den schmucklosen Korridor zu ihrem tristen Zimmer, hörte sie nur ein Geräusch von vorne und unten: Lachen, ein Keuchen und einen aufgeregten Schrei.

Alles von einer Person, dem einzigen Hindernis auf Amis Weg. Aber welches Risiko stellte eine Wissenschaftlerin für eine Soldatin dar?

23
GEISELN

Wax schleuderte den Brei auf Sledge. Die kleine Holzschüssel traf die Anführerin der Banditen mitten auf die Stirn, und der Matsch verteilte sich über ihre ramponierte Ausrüstung, die ihr zurückgegeben worden war, nachdem die Crew kurz nach den Ferriten den Lavastrom hinter sich gelassen hatte.

Laut Sledge würden sie bald genug zum Lavastrom zurückkehren, aber jetzt war es Zeit für eine Neugruppierung, eine Neubewertung und vielleicht eine Chance für Torny und Bliss aufzuholen.

Das Warten brachte das Verhältnis auf drei gegen zwei, nachdem Quiks ehemaliger Entführer in den brennenden Fluss geworfen worden war. Sledge zusammen mit einem anderen Mann und einer Frau, deren Namen sie zwar nannte, aber Wax prompt vergaß, da sein Verstand mit wichtigeren Dingen beschäftigt war, wie etwa dem kraftvollen Servieren des späten Mittagessens an die Banditenführerin.

Sledge reagierte wie die meisten Menschen es tun würden: Sie fiel fluchend von dem klumpigen schwarzen

Felsen, den sie sich als Sitzplatz ausgesucht hatte. Wax sprang auf und eilte zu den abgelegten Taschen, unter denen sich auch seine Foti-Klinge befand. Er hatte den Plan in dem Moment gefasst, als Sledge das Schwert ablegte – ein fataler Fehler, der durch die mangelnde Eignung ihres gewählten Steins zum Aufhängen von Waffen verursacht wurde.

Die anderen beiden Banditen schrien auf, ihre Worte gedämpft, als Quik aufstand, um das zu tun, was Wax von jedem Wächter erwartete: die Erneuerung mit Fäusten und Wut zu verteidigen.

Die fünf hatten einen hässlichen Felsvorsprung für ihre Pause gewählt, weit genug vom Lavastrom entfernt, um frische Luft zu einer realistischen Vorstellung zu machen, wenn auch nicht weit genug, um die Hitze und den beißenden Schwefelgeruch zu vertreiben. Schwarzes Gestein und einige mutige Sträucher vervollständigten den Ort, der sich bereits einen Platz unter den meistgehassten in Wax' Herzen erobert hatte.

Dieser Hass fand neue Kraft, als Wax die aufgestapelte Ausrüstung erreichte, nur um festzustellen, dass der spröde Stein eine scharfe Oberfläche zum Abrutschen bot, als er wild nach einer Waffe griff. Seine aufgeschürften Knöchel fanden die Scheide und zogen die azurblaue Klinge heraus. Wax hielt das Schwert in einer Art Triumph hoch, wobei die Schneide das Sonnenlicht einfing und das Handgemenge für einen Moment zum Stillstand brachte.

»Verletzt meinen Bruder und ich bringe euch um«, sagte Wax und richtete die Klinge auf die beiden Banditen, obwohl beide von Quiks geballten Fäusten in die Enge getrieben schienen. »Das Ganze endet hier und jetzt.«

»Tut es das?«, fragte Sledge und stand hinter ihrem Stein auf, während der Schleim von ihrem Haar tropfte.

»Was hast du vor, Renewal? Den ganzen Weg zurück nach Jarl's Tooth wandern? Du wirst verhungern, bevor du dort ankommst, oder in dieser verfluchten Einöde schmelzen.« Während sie sprach, verschränkte Sledge ihre Arme und starrte Wax an, als wäre sie seine eigene Mutter. »Fährst du den Fluss hinunter, kommst du zu unserem Lager, wo dich nichts Freundliches erwartet. So oder so der Tod ohne uns.«

Sledges Worte brachten Wax für einen Moment aus der Fassung. Lager? Niemand hatte ein Lager erwähnt. Wax hatte sich einen Albtraum am Strand ausgemalt, bei dem er das nächste Jahr unter Sledges wachsamem Auge Insekten und Fische im Sand essen würde. Ein Lager deutete auf etwas Größeres hin, etwas Schlimmeres.

»Denkst du, wir sind die einzige Crew, die Renewals und andere Ausländer jagt, die sich nicht an die Regeln halten?«, lachte Sledge. »Naivität wird dich umbringen, Junge.«

Wax warf einen Blick auf Quik, suchte nach einer Antwort und fand wenig in dem finsteren Gesicht seines Bruders. Eine andere Antwort lag jedoch zu Wax' Füßen, um seine Beine herum. Die Banditen hatten genug Nahrung, so versprach es Sledge, um ihr ganzes Team zur Küste zu bringen. Teilte man diese Nahrung nur zwischen Wax und Quik auf, sollte Jarl's Tooth erreichbar sein.

Noch besser, das würde flussaufwärts gehen, in Richtung der Stelle, wo Bliss und Torny auf ihren Felsen gesprungen waren. Quik hatte gesehen, wie die beiden den Sprung machten, schwor, dass sie überlebten, was bedeutete, dass sie gefunden werden mussten.

»Ich denke, ich werde mein Glück versuchen«, sagte Wax. »Du und deine zwei Freunde können spazieren gehen. Geht da raus, zur Lava. Wohin auch immer ihr wollt.«

Sledge verengte ihre Augen. Die anderen beiden

Banditen beobachteten sie. »Du willst die Beutel behalten?«

»Ich meine, dass ihr spazieren gehen sollt. Ihr könnt behalten, was ihr am Leib tragt.«

Sledge lachte erneut. »Dann bringst du uns um. Das geht nicht. Was aber geht, ist, dass wir unseren Weg fortsetzen. Also leg die Klinge nieder und lass uns neue Flöße finden. Das Tageslicht schwindet.«

Wax spürte, wie ihm die Röte ins Gesicht stieg, und verdrängte sie. Keine Chance, dass er sich von Sledge herumschubsen ließe, nicht nach dem, was er gesehen, was er getan hatte.

»Du hast mich gehört«, sagte Wax. »Geht.«

Mit ihrem enervierende halben Lächeln trat Sledge um den Felsen herum und ging direkt auf Wax zu, ihre Arme fielen locker an ihre Seiten.

»Bist du bereit, mich jetzt zu töten, Junge?«, fragte Sledge, während sie sich näherte. »Das ist es, was du tun musst. Steck dieses Schwert genau hier hinein.« Sledge zeigte mit ihrer rechten Hand auf ihr eigenes Herz. »Mach es zu einem kräftigen Stoß, denn auch wenn dieses Leder heiß ist und zu viele Jahre gesehen hat, wird es immer noch den Stich eines Feiglings abwehren.«

»Ich bin kein Feigling.«

Wax umklammerte die Klinge mit beiden Händen. Er richtete die Spitze auf Sledge. Was hatten sie auf dem Kance-Schiff gesagt? Warte nicht mit dem Zuschlagen. Überraschung und Geschwindigkeit gewinnen mehr Kämpfe als Können.

»Dann beweise es.«

Kaum hatte Sledge die Worte beendet, stieß sich Wax mit den Füßen ab und stieß die Foti-Klinge mehr wie einen Speer als ein Schwert nach vorne, zielend auf den Punkt, den Sledge ihm genannt hatte. Genau dorthin, wo sie ihn erwartete.

Sledge hob ihren Arm, verlagerte ihr Gewicht auf ihre Füße, die ohne die schweren Lavastiefel leichter waren, und ließ Wax' Klinge an ihrer linken Seite vorbeigleiten. Sie klemmte ihren Arm auf das Schwert, holte mit der rechten Faust aus und schlug Wax ins Gesicht, sodass Sterne vor seinen Augen explodierten und er rückwärts taumelte.

Sledge riss die Klinge aus Wax' halbherzigen Händen, fand den Griff und richtete die Spitze auf ihren Besitzer.

»Kein Feigling«, sagte Sledge. »Das muss ich dir lassen.«

Wax fing sich, schüttelte den Kopf, um das Summen loszuwerden, und beobachtete das Schwert. Die Vorräte und möglicherweise andere Waffen lagen zu seiner Linken, in unerreichbarer Ferne. Hinter ihm befand sich der Rand der Klippe und ein langer Fall in den grimmigen Tod. Quik und die anderen lagen in der einzigen anderen Richtung, ein Weg, den Sledge auch mit einem schnellen Schlag versperren konnte.

Gefangen und in Schwierigkeiten. Keine ungewöhnliche Situation für Wax, eine Tatsache, mit der er sich später auseinandersetzen würde.

»Was ist deine Wahl?«, Sledge trat einen weiteren Schritt vor. »Jetzt sterben, zusammen mit deinem Bruder, oder leben.«

»Redest du immer so?«, konterte Wax und ließ seine Hände an die Seite fallen.

»Wie rede ich denn?«

»Wie ein Najahn, der Urlaub braucht«, sagte Wax. Sledge machte einen weiteren Schritt nach vorne, jetzt stirnrunzelnd. Die Sticheleien zeigten ihre Wirkung. »Ich meine, komm schon. Wir sind auf ein paar öden Felsen, du hast die Hälfte deiner Crew verloren. Nicht gerade die Arbeit eines Genies, oder?«

»Du wirst in einer Minute nicht mehr als eine Leiche sein«, knurrte Sledge und brachte die Klinge haarscharf an Wax' Brust.

Wenn Wax eine Sache von den Kance-Duellanten gelernt hatte, dann, dass die Haltung mehr verriet als die Position des Schwertes oder Speers. Wie Sledge stand, wie sie die Klinge hielt, verriet, was sie damit vorhatte, und im Moment sagte Sledges einhändige Spitze: drohen, nicht töten, nicht zustechen.

Also stieß sich Wax vom Felsen ab und rannte direkt auf den einzigen Verbündeten zu, den er hatte.

»Jetzt, Quik!« Der Ruf klang nicht gerade triumphierend, aber Quik nutzte die Gelegenheit trotzdem, indem er dem Banditen zu seiner Linken den Ellbogen in die Seite rammte und den anderen nach vorne stieß, sodass dieser über den Felsen stolperte.

»Was ist der Plan?«, fragte Quik, als Wax näher kam und der gestoßenen Banditin einen zweiten Schlag versetzte, der sie zu Boden schickte. »Wegrennen?«

»Oder gewinnen«, Wax trat den gestolperten Banditen, sodass dessen Kopf zur Seite rollte. Er bückte sich und zog ein Messer aus dem Gürtel des Banditen. »Jetzt haben wir sie.«

»Ihr habt gar nichts«, verkündete Sledge, ihre Worte kalt wie Eisen.

»Wax«, murmelte Quik.

»Was, Schwert hin oder her, sie-« Wax drehte sich um, das Messer kampfbereit.

Sledge hatte ihren Bogen gespannt, den Pfeil schussbereit. Die Foti-Klinge lag zu ihren Füßen auf den Felsen. Die Entfernung war groß genug, um ihr einen klaren Schuss zu ermöglichen, lange bevor Wax oder Quik sie erreichen konnten.

»Lass das Messer fallen«, sagte Sledge. »Entschuldige dich. Und vielleicht töte ich dich nicht sofort.«

Warum schien diese Frau für jeden von Wax' Tricks einen Konter zu haben? Frustrierend, und zum ersten Mal fiel Wax nichts mehr ein.

»Lauf«, flüsterte Quik. »Ich kann dir Zeit verschaffen.«

Wax wollte sofort ablehnen, als Sledge erneut verlangte, dass er das Messer fallen lasse. Quik zu opfern, um Wax einen zufälligen Lauf in die Wildnis zu ermöglichen, war keine Option. Aber der Vorschlag brachte ihn auf eine bessere Idee.

Wax begann langsam in die Hocke zu gehen und reichte mit dem Messer nach unten, als wolle er es ablegen. Kurz bevor Wax es auf den Stein legte, sprang er nach rechts, umfasste mit seiner linken Hand den bewusstlosen Banditen und setzte dem Mann das Messer an die Kehle.

»Neuer Deal«, sagte Wax, als Sledge den Bogen schwang und ihr Pfeil auf Quiks ungeschützte Gestalt zielte. »Sie lassen meinen Wächter gehen, und ich komme mit Ihnen. Keine Tricks, keine Kämpfe, kein Ärger.«

»Wax, was-«, begann Quik.

»Gehen?« Sledge schüttelte den Kopf. »Es gibt nirgendwo hinzugehen. Die nächste Stadt, von der ich weiß, ist tagelang im Norden. Er wird sterben, bevor er in die Nähe kommt.«

»Er wird dieses Risiko eingehen«, sagte Wax.

Er warf Quik einen Blick zu, entschlossen. Sein Bruder musste verstehen, dass sie bei diesen Banditen nur einen langsamen Tod finden würden. Was auch immer Sledge über vergangene Erneuerungen sagte, es schien unwahrscheinlich, dass sie Wax und Quik nach wer weiß wie langer Zeit am Leben lassen würden. Dumm. Eine eitle Hoffnung wie die, die Wax hatte, bevor Pan ein Dorn in die Seite gestoßen wurde.

Quiks Chancen in der Einöde wären besser. Und vielleicht, nur vielleicht, könnte sein Bruder da draußen Hilfe finden.

»Wax hat recht. Ich werde mein Glück versuchen«, sagte Quik. »Geben Sie Ihrem Freund sein Leben. Lassen Sie mich gehen.«

Sledge wog die Optionen ab, ihr Arm hielt den Pfeil schussbereit. Wax vermutete, dass die Anspannung hart sein musste, schwer, schussbereit zu bleiben. Und Sledge bewies ihm recht, als sie den Pfeil mit einem Schulterzucken entspannte.

»Dann geh. Nimm deinen Wasserschlauch und lauf, Vis. Wenn ich dich zurückkommen sehe, stirbt dein Bruder zuerst.«

Quik nickte und legte eine Hand auf Wax' Schulter. »Ich werde dich nicht im Stich lassen, Bruder«, flüsterte er. »Halt durch.«

»Was, ich werde nur etwas schöne Zeit mit diesen Leuten verbringen. Du bist in der schwierigen Lage.«

Quik lachte und blickte nach Norden.

»Geh«, befahl Sledge. »Oder ich erschieße dich jetzt.«

Ohne einen letzten Blick in Wax' Richtung rannte sein Bruder los, keuchend den schwarzen Felsen hinauf und über den Hügel, verschwindend, als die Sonne tiefer am Himmel sank.

Die Rückkehr auf den Lavastrom ging beim zweiten Mal leichter, die Fahrt war glücklicherweise ferritfrei. Mit Sledge vorne und den anderen beiden Banditen hinten nahm Wax seinen Sieg an und ritt in der Mitte, hielt seine Stange auf dem großen Stein, den sie gesichert hatten.

Keine Wächter mehr bei ihm jetzt. Quik, ein Vis-Jäger, konnte fast überall überleben. Bliss war auch nicht weit weg, solange der andere Bandit nicht verzweifelt und stechlustig wurde. Trotzdem musste Wax seiner Schwester in jedem Kampf den Vorzug geben.

Sledge schien die gleiche Verzweiflung zu spüren. Mit einer Hand an der Stange, der anderen an Wax' Foti-Klinge, sah die Banditenführerin sich immer wieder um, als wolle sie sich vergewissern, dass ihr Gefangener und die verbliebenen Mitglieder noch da waren. Falten zeichneten ihr Gesicht, das nun in einem dauerhaften Stirnrunzeln verharrte. Keine Anekdoten mehr über Foti, über das Leben inmitten der Ödnis kamen von gelangweilten Lippen. Dies war jemand, dachte Wax, der erkannte, dass dieser Versuch gründlich schiefgegangen war.

Wer würde am Ende warten, um sie dafür zu verurteilen?

Die anderen beiden Banditen hielten sich zurück, abgesehen davon, dass sie Wax ihre Waffen aus den gierigen Händen nahmen. Sie murmelten nicht mehr als die nötige Navigation, ihre Augen verschattet und die Lippen fest zusammengepresst. Hände umklammerten die Stangen. Seufzer kamen oft, hörbar über das endlose Knistern und Zischen der Lava.

Als sie von den Flößen stiegen, war die Dunkelheit hereingebrochen, das orange-gelbe Glühen der Lava bot genug Licht für ein Klettern einen weicheren Hügel hinauf, dieser gesprenkelt mit mehr Leben. Als Wax nach dem Grund fragte, antwortete Sledge nicht, aber ein Bandit hinter ihm bot eine Erklärung an:

»Näher an der Küste gibt's mehr Regen«, sagte die andere Frau. »Man kann das Salz riechen.«

Wax schnupperte. Jeder Atemzug brachte immer noch

mehr Schwefel und Übelkeit erregende Gerüche mit sich als alles andere, aber die Banditin hatte Recht: Unter allem lag ein Hauch von Ozean.

»Sprich nicht mit ihm«, sagte Sledge, als sie die Taschen ablegten. »Nicht, bis wir das Lager erreichen. Ich habe genug aus seinem Mund gehört.«

»Tut mir leid«, sagte Wax und setzte sein natürliches, freches Grinsen auf. »Es ist nicht meine Art, ruhig zu sein.«

Sledge schüttelte den Kopf und nickte über Wax' Schulter. »Bringen Sie ihn zum Schweigen, würden Sie?«

Wax behielt sein Lächeln bei, als er sich umdrehte, behielt es lange genug, um das Messer kommen zu sehen, mit dem Griff voran in einem Schlag gegen seine Stirn.

Niemand fing seinen Sturz auf den Felsen auf.

24
RETTUNGSMISSION

Svarde erzählte die Geschichten während des Gehens, und Rasslebeck sprang von Zeit zu Zeit mit seinen eigenen ein, wenn die Kehle des Wächters zu trocken wurde. Die Höhlen um sie herum verschwammen in ihrem endlosen dunklen Gestein bei den Erzählungen und verwandelten sich unter Maenas Blick in Segelschiffe oder enge Schlachtfelder, wo Svarde, Ami und Catya auf dem Weg zu einem weiteren Skar Ungeheuer um Ungeheuer bekämpften. Die ganze Zeit über hörten Maena und der wimmernde Mann zu und verlangten nach mehr.

Bei einer Pause, als sie die Moose und das Quellwasser aßen, die sie finden konnten, fragte Svarde das zerrissene Paar, worauf sie hofften.

»Offensichtlich darauf, uns selbst zu finden«, antwortete Maena. »Ich möchte mich daran erinnern, wer ich bin.«

»Du wirst wissen, was wir dir erzählen, nicht mehr«, antwortete Svarde. »Die Hülle, nicht was drin ist.«

»Dann werde ich mich mit der Hülle begnügen.«

Svarde nickte und blickte zu dem geschrumpften Mann.

Er war in letzter Zeit ruhiger geworden und verbrachte mehr Zeit damit, die Steine zu betrachten. »Und du? Wir wissen nichts darüber, wer du bist. Was wirst du tun?«

Der Mann kratzte sich am Kinn. Svarde bemerkte, dass er die Angewohnheit hatte, mit den Händen über seinen eigenen Körper zu streichen, als würde er seine eigene Haut erkunden. Vielleicht erinnerte er sich daran, wie er aussah, was sein Körper war.

»Ein leeres Gefäß, das darauf wartet, gefüllt zu werden«, antwortete der Mann. »Diese Geschichten, die ihr erzählt, sind ein Gerüst für mich. Teile, an denen ich mich festhalten kann, Erinnerungen, die ich abrufen kann, auch wenn sie nicht meine eigenen sind.«

»Du hältst jetzt an ihnen fest?«

Der Mann nickte: »Mit jedem Schritt weg von dem Versteck dieser Kreatur spüre ich, wie ich zu mir selbst zurückfinde. Nicht die Erinnerungen, nein, aber mein Gefühl für … mich selbst.«

»Irgendetwas Nützliches in diesem Gefühl?« Svarde deutete mit einem halb gegessenen Pilz auf Maenas Kombination aus Armbrust und Säbel. »Denkst du, du könntest eines davon benutzen?«

Der Mann schüttelte den Kopf. »Ich glaube nicht, dass ich je ein sehr kriegerischer Mensch war.«

Rasslebeck schnaubte: »Warum warst du dann überhaupt hier unten?«

»Ich denke«, sagte der Mann langsam und unsicher, »ich denke, ich war schon immer hier unten.«

Rasslebeck verdrehte die Augen und sah Svarde an. »Schätze, er wird zumindest als Köder dienen, wenn sonst nichts.«

Pennifers blutige Fußspuren verschwanden nach mehreren Stunden Fußmarsch, ihre Schmierereien manchmal durch Tasten, manchmal durch Geruch und, am seltensten, durch das gelegentliche moosgegebene Glühen in der Tiefe verfolgt. Ohne Fackeln ging das Quartett mit vorsichtiger Behutsamkeit voran und verließ sich auf Kivi, um den Weg zu weisen. Ihr Schnauben warnte vor steilen Hängen, plötzlichen Abgründen oder zackigen Wänden. Bei Bedarf spaltete die Ferrite ihre Schale, stieß Dampf aus und gab für einige Schritte ein schwaches orangefarbenes Glühen von sich, sodass die Gruppe Bäche überqueren oder unter speerartigen Auswüchsen, die von der Decke hingen, hindurchgehen konnte.

»Ein Wunder, dass sie so lange durchgehalten hat«, bemerkte Rasslebeck, als sie den letzten Abdruck erreichten. Pennifers Blut sah jetzt schwarz und brackig aus und vermischte sich mit Schlimmerem. »Wenn wir sie nicht bald einholen, wird es meiner Meinung nach nicht mehr viel zu retten geben.«

Als wollte sie seinen Worten trotzen, hallte ein Schrei durch den Korridor, ein kristallklarer Ruf der Überraschung. Rasslebeck und Maena zuckten nach vorne, doch Svarde hielt einen Arm aus, um sie davon abzuhalten, in die Düsternis zu rennen.

»Kivi führt. Wir sind ihr keine Hilfe, wenn wir unterwegs zusammenbrechen.«

Die Ferrite nahm Svardes Befehl an und schnaubte sich vorwärts, reinigte ihre Lüftungsschlitze und beleuchtete die Höhle, eine schmale, violette Strecke. Kratzspuren zeichneten hier die Wände und das schon seit einiger Zeit, alte und neue Kratzer legten glitzernde Mineralien frei. Svarde hatte früher angenommen, dass jedes Ungeheuer seine Reise nach oben zu einem unvermeidlichen Ende gegen den Schild der Aegis oder die Klinge eines Kriegers antrat. Jetzt... jetzt schien es, als ob einige Monster sich entschieden, hier unten zu bleiben und ihr Zuhause in der Dunkelheit zu errichten.

Hatte Pennifer ein weiteres Versteck gefunden oder war sie auf ein umherziehendes Ungeheuer gestoßen, das hier ebenso wenig zu Hause war wie sie?

Der Tunnel ebnete sich, ein Bach schnitt in den Pfad und mündete in einen tieferen Tümpel. Svarde und die anderen platschten hinein, während Kivi sich an den trockeneren Wänden hielt. Pennifer schrie erneut, diesmal weniger panisch und mehr wütend. Sie war nicht tot, vielleicht die größte Errungenschaft für jemanden ohne Waffe in dieser Tiefe.

»Halt durch«, antwortete Svarde auf das Geräusch. »Wir sind gleich bei dir.«

Ein Klicken hinter ihm verriet, dass Maena ihre Armbrust erhoben und bereit hatte. Svarde zog seine Äxte, während er durch das kühle Wasser watete. Die Nässe fühlte sich fast gut an seinen wunden Füßen an, diesen rauen Schwielen, aber ihre Wirkung würde sich später gegen ihn wenden. Die Blasen, das zerfallende Schuhwerk, zu oft hatte-

Ein Körper platschte vor ihm ins Wasser, Hände flogen zusammen mit dem Wasser hoch. Anstatt nach der Gestalt zu greifen – Svarde nahm an, es sei Pennifer, aber Kivis Lüftungsöffnungen konnten das Wasser mit ihrem Glühen nicht durchdringen – stieg Svarde an der plätschernden Form vorbei. Wenn sie es nicht war, hatte Rasslebeck ein Messer, das einen schnellen Tod bringen würde.

Der wahre Spaß lag vor ihnen, der Tümpel wurde tiefer, als Svarde vorwärts watete, durchnässte Schuhe rutschten auf glattem Stein. Im Wasser sprudelten Fontänen nach oben, ihre blubbernden Geysire fingen Kivis ausgestoßene Gase auf und glühten in deren Widerschein.

So taten es auch, glücklicherweise, die Augen. Zwei große perfekte Kreise, ihre Pupillen schwarz und so groß wie Svardes Kopf, fixierten den Krieger mit ihren Blicken. Jedes saß auf seiner eigenen Seite der Höhle, weit genug entfernt, um Svarde seine Chancen überdenken zu lassen, den ganzen Weg zu ihnen hinüber zu waten, ohne einen oder zwei tödliche Schläge einzustecken.

Allerdings, ein Schlag von was? Svarde hatte noch nichts gesehen. Keine Klaue, kein Tentakel. Die Augen verfolgten ihn, als Svarde in der Nähe der Geysire anhielt und den warmen Wasserspritzer ertrug, während er überlegte.

»Schau sie nicht an!«, rief Pennifer mit spuckender Stimme von hinten. »So kriegen sie dich.«

Svarde richtete seinen Blick geradeaus auf die verblasste Wand am anderen Ende des plätschernden Wassers. Augen als Waffe waren eine seltene Eigenschaft. Noch seltener war die Stille, die absolute Lautlosigkeit, die von diesen Unholden ausging. Svarde vermutete, dass es zwei waren, die jeweils eine Hälfte der Höhle einnahmen.

»Wie kriegen sie dich?«, fragte Rasslebeck. »Ich sehe keine Waffen.«

»Brauchen sie nicht«, antwortete Svarde für den Mann. »Du hast den letzten Unhold gesehen. Manche Dinge brauchen keine Klinge.«

Maena platschte in Svardes Nähe und hielt ihren Blick genauso geradeaus wie er. »Was machen wir dann? Sie beobachten uns nur.«

»Wir haben Pennifer gefunden«, sagte Svarde. »Lass uns zurückgehen. Ein Kampf bringt uns nichts.«

»Bist du sicher?«

»Wenn du genug gekämpft hast, weißt du, wann du die Axt nicht schwingen sollst. Lass uns gehen.«

Mit einer einzigen Bewegung drehte Svarde den Augen und ihren unverwandten Blicken den Rücken zu. Er streckte die Hand aus und drehte auch Maena um. Kivi, der an der Höhlenwand nahe dem Eingang des Raumes wartete, schnaubte.

»Niemand läuft gerne weg, Kivi«, sagte Svarde und machte sich auf den Rückweg. »Wir sind nicht in der Verfassung für einen Kampf, besonders nicht mit dem Rückweg, der uns noch bevorsteht.«

Der Plan schien gut zu sein, die Augen-Unholde taten absolut nichts, als Svarde und Maena zurück zum Tunnel wateten, wo Rasslebeck Pennifer festhielt. Die Frau kämpfte, ihre Arme und Beine traten ins Wasser.

»Ihr könnt sie nicht am Leben lassen«, sagte Pennifer. »Das könnt ihr nicht.«

Als Kivi mit Svarde Schritt hielt, gab das Leuchten ihm einen guten Blick auf Pennifers Zustand, auf die Schnitte und Striemen, die ihren Körper überzogen. Die wenigen Lumpen, die sie noch trug, schienen sich dort im Wasser aufzulösen und zu zerfallen, abgesehen von dem robusten Leder. Das würde während des Aufstiegs ein schwerer, kalter und unbequemer Begleiter sein, aber die Frau hatte keine andere Wahl.

»Wir riskieren nicht-«, begann Svarde.

»Sie haben unsere Freunde«, sagte Pennifer, und Svarde konnte nicht sicher sein, ob das Wasser, das ihre Wangen benetzte, nicht Tränen waren. »Sie haben sie und sie werden sie nicht zurückgeben.«

»Welche Freunde?«, fragte Rasslebeck und begann, Pennifer den Tunnel hinunter zu ziehen. Hinter ihnen beiden hielt sich der wimmernde Mann nur selbst und zitterte. »Alle unsere Freunde sind oben, Pennifer.«

»Nicht diese«, sagte Pennifer, ihr Blubbern wurde zu

einem Flüstern. »Das sind alle Freunde, die ich noch habe. Bitte.«

»Sie hat den Verstand verloren, Svarde«, sagte Rasslebeck und verstärkte dann seinen Griff um die Gefangene. »Halt still, verdammt.«

Unholde gab es in allen Arten und Möglichkeiten. Wer wusste schon, von welchen Freunden Pennifer sprach, was sie ihr bedeuteten, ob Svarde seine eigenen 'Freunde' gestohlen finden würde, wenn er zu diesen monströsen Augen zurückkehrte. Ein Rätsel, das er gerne ungelöst lassen würde.

»Sie bewegen sich«, flüsterte Maena, zog an Svardes Arm und zwang den Krieger, sich umzudrehen.

Wo zuvor ein gerader Weg zum dunklen Ende der Höhle gewesen war, saß nun eines dieser Augen, seine Pupille jetzt größer und das gesamte Weiße verdeckend. Nur orange und lila Filamente wiesen Svarde den Weg. Ein faszinierender Tanz, selbst aus dieser Entfernung.

Wenn er genau hinsah, konnte Svarde sich sogar selbst in diesen Linien erkennen. Das Auge schien größer zu werden, die Pupille teilte sich wie ein Kuchen in Abschnitte, jeder einzelne spiegelte Svarde wider, einen Teil von ihm, ein früheres Ich.

Svarde?

Dort, auf der linken Seite, stand er mit Ami und Catya in der Nähe des großen Rana-Strudels und wartete auf das Boot, das sie zum Zentrum, zum Skar, bringen würde. Am oberen Rand des Auges saß Svarde im Haus seiner Familie, einem kleinen Haus in Smythe. Er hielt einen Kinderhammer in der Hand und hämmerte auf ein Stück Erz, während sein älterer Bruder zusah. Rechts war die Rattenzahn und Svarde, der mit Che-Ri einen Krug hob. Und unten? Svarde mit Kivi in ihrer Berghütte auf Vis, wie sie die letzten Handgriffe an der Außenterrasse vornahmen.

Zunächst erschien jede Erinnerung, wie sie sollte, ein an den Rändern verschwommenes Fragment, aber klar in der Handlung. Klar genug, damit Svarde den einen Unterschied erkennen konnte: In jeder Erinnerung, jedem Splitter, lauerte hinter der Szene dasselbe Auge, und darin, in Details zu fein für Svarde, um sie zu erfassen, schienen noch mehr Splitter, mehr Erinnerungen zu sein.

Wasser traf sein Gesicht, als Svarde in den Pool fiel, Maenas Stoß hatte seine Wirkung getan. Die Kälte weckte Svardes Nerven, seine Muskeln zuckten wieder zum Leben, befreiten sich von phantomartigen Ketten, die ihn in einer unsichtbaren, ungespürten Lähmung gehalten hatten. Mit seinen Axtgriffen stieß er sich über Wasser und wandte sich von dem riesigen Auge ab, um die Rücken seiner Freunde zu sehen. Sogar Kivi wedelte in der Nähe mit ihrem stummelhaften Schwanz, ihr saphirblauer Blick nach vorne gerichtet.

»Bist du wieder bei uns, Krieger?«, fragte Maena und streckte eine Hand nach hinten aus, ohne sich umzudrehen.

»Du hast es gesehen, nicht wahr?«, rief Pennifer vom vorderen Teil des Tunnels, wo Rasslebeck sie aus dem Wasser zog. »Siehst du, warum wir es zerstören müssen?«

Ein Schrecken. Der Unhold verdiente sicherlich eine Axt ins Auge, aber Svarde hörte keinen Kampfruf, spürte kein großes Verlangen, sich umzudrehen und dem Blick erneut zu trotzen. Zwei Unholde, die in zu kurzer Zeit ein Festmahl aus seinem Verstand gemacht hatten, ließen ihn vorwärts stolpern, eine Axt zurück in die Scheide stecken und Maenas Hilfe annehmen.

»Wir gehen«, sagte Svarde, während das Wasser von seinem Bart tropfte. »Wir gehen und kommen verdammt sicher nie wieder. Diese Dinger können in diesem Loch verrotten.«

»Wahrscheinlich fangen sie mehr von ihrer eigenen Art«, fügte Maena hinzu.

»Dann tun sie uns einen Gefallen.«

Pennifers Wut legte sich, nachdem sie getrocknet war, nachdem sie alle zwischen den staubigen Steinen getrocknet waren. Der Rückweg zur Oberfläche schien einen gemeinsamen Zweck neu zu entfachen, ein loderndes Ziel, das ihre Beine in Bewegung hielt und ihre Gemüter, wenn nicht gerade hochfliegend, so doch von der Verzweiflung fernhielt.

Rasslebeck und Svarde erzählten abwechselnd Geschichten, die von den anderen dreien begierig aufgenommen wurden. Pennifer erklärte ihre Flucht vor den Augen mit simplem Zufall:

»Ich hatte keine Schuhe an. Ich bin einfach ausgerutscht.«

Bei der ersten Pause, die sie in einer kleinen Seitennische einlegten, die mit violett leuchtenden Pilzen überwuchert war, wrangen sie ihre durchnässte Kleidung aus, sammelten ihre verbliebene Ausrüstung und versuchten, einen Plan für das weitere Vorgehen zu schmieden. Eine Aufgabe, die noch schwieriger wurde, als Rasslebeck, vielleicht noch verärgert darüber, dass er Pennifer aus dem Becken ziehen musste, die Frau zur Rede stellte.

»Jetzt, wo wir wieder atmen können, könntest du dich vielleicht bei uns allen entschuldigen?«, fragte Rasslebeck.

Etwas weniger durchnässt, aber nicht weniger ruiniert, zuckte Pennifer bei diesen Worten zusammen. Eine Reaktion, die die alte Pennifer nie gezeigt hätte. Svarde warf einen Blick auf Maena, um zu sehen, ob sie die gleiche Beobachtung gemacht hatte, doch die Rana-Kapitänin beobachtete die Konfrontation mit weit aufgerissenen Augen und sichtlicher Neugier.

»Eine Entschuldigung wofür?«, piepste Pennifer.

»Dafür, dass du weggelaufen bist, dafür.«

Der wimmernde Mann trat zwischen die beiden, seine dünnen Arme streckten sich nach Rasslebeck aus, der sie beiseite schob.

»Bitte«, sagte der Mann, »sie weiß von nichts.«

»Du weißt auch nichts, aber du bist nicht weggerannt.« Rasslebeck spuckte zur Seite und baute sich vor Pennifer auf. Sie presste sich gegen den Felsen, die Steine bohrten sich in ihren Rücken. Svarde wollte schon einschreiten – das Letzte, was ihre Gruppe gebrauchen konnte, waren unnötige Verletzungen –, aber dann trat Rasslebeck einen Schritt zurück, sein Kinn senkte sich im magentafarbenen Schein. »Tut mir leid. Ich weiß nicht, wie es dir geht, was du fühlst. Ich weiß nur, dass meine verdammten Füße wehtun, mein Magen knurrt und wir noch zu viele Tage zu laufen haben, bis wir die Oberfläche erreichen.«

»Darüber habe ich nachgedacht«, sagte Svarde und lenkte die Aufmerksamkeit wieder auf sich. »Wir haben nicht genug Vorräte, um es zurück zu schaffen. Unsere Wasserschläuche sind fast leer, wir haben kaum Beutel, um Nahrung zu lagern, die wir finden könnten. Ein direkter Aufstieg zur Oberfläche würde uns höchstwahrscheinlich verhungern lassen.«

»Was willst du damit sagen?«, fragte Maena, obwohl ihr Tonfall verriet, dass sie es bereits ahnte.

»Wir müssen zurück. Dieses Biest finden und es erledigen.«

25
DIE ÖDNIS

Die Ödnis machte ihrem Namen alle Ehre. Bliss hatte noch nie eine so trostlose Weite gesehen wie diese schwarzen Wellen, die sich in alle Richtungen bis zum Horizont erstreckten. Hier und da ragte mutiges Buschwerk hervor, einsame Geier flirteten mit dem Himmel, aber ansonsten durchbrach kaum etwas die Eintönigkeit.

Abgesehen von Tornys endlosem, farbenfrohemm Fluchen.

Die Banditin schien über einen Wortschatz zu verfügen, der die Sieben Inseln überspannte, und sie setzte ihn großzügig ein. Sie wechselte zwischen leichteren Beleidigungen der Götter, wenn sich ein Zeh - sie hatten die schweren Lavastiefeln zurückgelassen - an einem Stein stieß, zu derberen Schmähreden gegen das Schicksal selbst, wenn ein Fehltritt zu einem aufgeschürften Knie führte oder wenn die Wasserschläuche leer wurden.

Der Abend war schon weit fortgeschritten, als Bliss den letzten Tropfen aus dem abgenutzten Schlauch quetschte. Sein sonnengebleichtes Braun schrumpfte in ihren Händen zusammen, ähnlich wie sie selbst. Das anfängliche übermütige Selbstvertrauen nach der Flucht vor dem Ferrit war verflogen und hatte nur noch einer gedämpften Teilnahmslosigkeit Platz gemacht.

Torny behauptete, sie würden nie eine Zuflucht erreichen, bevor sie verhungerten oder verdursteten, und Bliss begann zu vermuten, dass die Banditin Recht hatte.

Also hielt sie auf einem leichten Hügel an, dessen narbige schwarze Höhe genug Aussicht bot, um einen wunderschönen Sonnenuntergang und wenig anderes zu bestätigen.

»Zumindest werden unsere Knochen herausstechen«, murmelte Torny, die sich neben Bliss den Hügel hochschleppte. »Die Geier werden alles andere fressen, aber die Knochen lassen sie liegen.«

›Und unsere Kleidung?‹

»Kein Idiot, der sich wie wir verirrt hat, wird sie benutzen«, schnaubte Torny. Schwefel drang durch die Brise, ein fauliges Ei-Erlebnis den ganzen Tag lang. »Ich schätze, sie nutzen sich ab, genau wie wir.«

Bliss nickte. Während ihrer Pausen hatte sie begonnen, Torny die ersten Lektionen im Gebärden zu geben. Einfache Dinge wie ihren Namen, wohin man schauen sollte, Gefahr und so weiter. Die Banditin lernte schnell und bemerkte, dass sie schon früher Handzeichen benutzt hatte.

Wann und wo dieses »früher« gewesen war, fragte Bliss nicht. Torny würde die Zeichen nicht kennen, und es auf der kleinen Tafel einzuritzen, würde zu lange dauern. Außerdem spielte die Vergangenheit keine Rolle, wenn die Zukunft bald enden würde.

»Ich war noch nie an der Nordküste«, sagte Torny, ihre Stimme rau und trocken. »Ich hab mich Sledge damals in

Smythe angeschlossen. Brauchte die Kohle. Verzweiflung macht einen nur noch verzweifelter.«

Bliss nickte, obwohl sie keine Ahnung hatte, was Torny meinte. Vis war keine Insel für Verzweiflung. Kein Ort, der einen zu solchen Entscheidungen zwang. Vielleicht war das der Grund, warum Torny so zappelig wirkte, dazu neigte, ins Leere zu starren, während sie gingen, ihr Geist so weit weg.

Jedenfalls weit genug entfernt, dass Torny nichts sagte, als sich die offensichtliche Route auftat. Dank dieser Geier, die isolierten Vögel, die sich in einiger Entfernung im Nordwesten zusammenfanden, mindestens sieben oder acht, die um etwas kreisten.

Bliss zeigte mit ihrem Stab darauf, und Torny begriff dann, dass es mehr als nur Selbstmitleid in der Welt gab.

»Was, die Vögel? Wen kümmert's?«

Bliss seufzte und hielt sich davon ab, Torny an den Schultern zu packen und die Banditin zu schütteln. Überall, wo Geier kreisten, gab es Ressourcen. Nahrung, Wasser, vielleicht nur eine Leiche mit etwas Brauchbarem. Ein totes Tier konnte gereinigt und gekocht werden, sein Blut, wenn nötig, etwas zu trinken.

Ein Vis-Jäger musste immer vorbereitet sein. Eine Lira umso mehr.

Bliss machte sich den Hügel hinunter auf den Weg. Torny folgte ihr glücklicherweise.

Die Nacht brach während des Marsches herein und machte den Weg durch die Lavafelsen tückisch. Zumindest für jemanden, der nicht daran gewöhnt war, ohne Sonnenlicht durch die Natur zu wandern, wie es bei Torny offenbar der Fall war. Bliss verlangsamte ihr Tempo, streckte manchmal die Hand aus und hielt Tornys Hand, um ihr zu helfen, enge Stellen zu navigieren, großen Löchern auszuweichen und weiterzugehen.

Wären sie gut ausgerüstet gewesen, hätte Bliss beim ersten Mal aufgegeben, als Torny stolperte und gegen einen Felsblock prallte, wobei sich ein roter Streifen den Arm der Banditin hochzog und die ohnehin schon zerlumpten Kleider, die sie seit dem Lavastrom trugen, weiter zerriss. Bliss selbst bewegte sich instinktiv, aber Beinahe-Unfälle gab es zuhauf. Ihre Augen verschwammen oft, ihre Beine waren einen Tick langsamer, als sie beim Gehen sein sollten.

Erschöpfung.

Quik hatte Geschichten darüber erzählt. Die langsame Auszehrung, wenn ein Jäger seinen Körper an die Grenzen trieb. Man konnte lange Zeit in einem einzigen Anlauf verfolgen, kämpfen, überleben, aber irgendwann holten einen Zeit und Anstrengung ein. Mehr als ein paar Vis waren gefunden worden, Futter für Hanoko, nachdem sie daran gescheitert waren, eine Reise von einem Tag auf zwei oder drei auszudehnen.

Und diese Jäger starteten mit Vorräten, hatten einen Plan. Bliss hatte weder das eine noch das andere, außer dem Drang, weiter auf diese Vögel zuzugehen, die immer noch kreisten, jetzt immer noch krächzten, rosa Schatten in Sichis schwachem Licht.

Das Gestrüpp wurde dichter, als sich das Paar dem Ort näherte. Bliss stützte Torny und verlangsamte ihr Tempo zu einem Schleichen. Geier mochten zwar die Toten markieren, aber wer wusste schon, ob sie die einzigen waren, die heute Nacht auf der Jagd waren?

Torny schien zumindest den Ernst der Lage zu begreifen und hielt den Mund. Ein Segen, auch nur für eine Minute von ihren Flüchen befreit zu sein.

Tief in die Hocke gehend, schob Bliss dünne, trockene

Halme beiseite, jeder gekrönt von einer spärlichen aschweißen Distel. Dahinter lag das Ziel der Geier ausgestreckt auf dem Stein.

»Unmöglich«, murmelte Torny. »Man sieht Tolkets nie außerhalb der Schmieden.«

Bliss wandte den Begriff auf das Ding vor ihr an, eine rollende, mammutartige Bestie. Wenn Ferrite felsige Schuppen für Lava hatten, schien der Tolket aus einem rotschwarzen Netzwerk gebaut zu sein, die gegitterte Haut umhüllte eine beinlose Form. Der Kopf des Tolkets – falls es der Kopf des Wesens war – schien in mehreren Antennen zu enden, jede so lang wie Bliss' Arme und mit gehärteter Lava überkrustet. Der Schwanz teilte sich in zwei Flossen, die beide so hart aussahen wie der Fels, auf dem Bliss stand.

Das Wesen sah nicht so aus, als gehöre es auf das trockene Land wie hier. Es sah eher so aus, als sollte es in der Lava schwimmen, wo diese Ferrite zuvor gewesen waren.

Bliss ließ ihren Blick schweifen und versuchte zu erkennen, ob jemand oder etwas anderes ihnen zuvorgekommen war. Das Erste, was sie sah, war Torny, die an ihr vorbeistreifte und direkt auf den Tolket zuging, immer noch den Kopf schüttelnd.

»Diese Dinge sind selten, Bliss«, flüsterte Torny, ihre Stimme erstarb. Die Geier zwitscherten und flogen davon, als Torny sich näherte, verärgert über ihre unterbrochene Mahlzeit. »Soweit ich weiß, bleiben sie tief in der Erde, unten in den Lavaseen.« Torny streckte die Hand aus, berührte den Tolket und zog sie mit einem Zischen zurück. »Es ist auch noch heiß.«

Bliss ging wie Torny näher heran und vergewisserte sich, dass kein Unheil in der Nähe lauerte. Sie musste den Tolket nicht berühren, um zu bestätigen, dass die Kreatur sehr tot zu sein schien. Nichts bewegte sich. Kein Atmen, kein Zucken, wie es ein Fisch tun würde, wenn man ihn aus seinem wässrigen Zuhause zöge.

»Ich bin keine Expertin«, fuhr Torny fort und massierte ihre Hand, während sie um den Tolket herumgingen. »Ich glaube, das ist niemand wirklich. Aber man hört ab und zu von ihnen. Bringt Glück, wenn du einen beim Schmieden siehst.«

Würden sie zwei unglückseligen Entdeckerinnen das gleiche Glück bescheren?

Auf der anderen Seite des Tolkets, ein Weg, der mehr Schritte erforderte, als Bliss erwartet hätte, lag zischend und spuckend ein Hinweis darauf, woher die Kreatur gekommen war.

Als ob der schwarze Fels einfach geschmolzen wäre, brodelte ein schwarz-oranger See. Bliss runzelte die Stirn über sich selbst. Sie hätte dieses Glühen in der Nacht erkennen müssen, wissen müssen, dass Lava wartete. Aber dann wieder hatte sie noch nie eine Nacht in der Ödnis verbracht.

»Schau dir diese Dinger an«, sagte Torny, und Bliss drehte sich um und sah, wie die Banditin ganz nah an das heranging, was wie Millionen winziger Flossen aussah, jede etwa so groß wie Bliss' Finger und glitzernd. »Es sind so viele. Sie werden hart, wenn sie austrocknen. Wir könnten sie abschneiden und in Smythe ein Vermögen machen.« Torny blickte zu Bliss. »Oder wo auch immer wir hingehen.«

Bliss schnippte mit den Fingern, ein Zeichen, das sie Torny beigebracht hatte.

»Ja, wir«, Torny zeigte ein halbes Lächeln. »Ich bin nicht dumm. Du könntest mich jederzeit mit diesem Stab töten. Oder mich auf den Kopf schlagen und zurücklassen.

Das tust du nicht, was bedeutet, dass wir in dieser Sache zusammen sind.«

Bliss zeigte auf Torny und winkte in die dunkle Ferne.

»Oh, was, du meinst, ich könnte einfach weggehen?« Torny lachte. »Nein danke. Hast du nicht gerade ein paar Stunden mit mir da hinten verbracht? Ich bin ein Stadtmädchen. Ich wäre toter als dieses Ding hier draußen auf mich allein gestellt.«

Dem konnte Bliss nicht widersprechen.

Stattdessen konzentrierte sie sich auf den Lavasee, während Torny das Biest untersuchte. Der See selbst schien gerade groß genug, wenn auch knapp, damit der Tolket ihn als Weg an die Oberfläche nutzen konnte. Die Frage war jedoch, warum?

Tiere konnten seltsam sein, aber Bliss hatte noch keines gesehen, das sich absichtlich und grundlos in tödliche Gefahr begab. War der Tolket krank gewesen? War er verwirrt gewesen?

»Hey«, sagte Torny und holte Bliss zu sich zurück. Die Banditin hatte ihr Messer gezückt und zeigte mit der Klinge auf die Kreatur. »Weißt du, wie man das hier zerlegt? Ich werde langsam hungrig, und auch wenn dieses Ding nicht lecker aussieht, ist es besser als Steine zu essen.«

Sichi stand hoch am Himmel, als Bliss und Torny genug vom Tolket-Speck und -Muskelfleisch abgeschnitten hatten, um an das Gute zu kommen. Der Lavasee diente als praktisches Kochfeuer, wobei Bliss' Stab dazu diente, das neu entdeckte Tolket-Steak über die brodelnde Grube zu halten, bis es innen und außen gebräunt war. Noch besser war, dass sich die beiden großen Blasen unter dem Kopf des Tolkets als Wasserblasen erwiesen, die Flüssigkeit speicherten, um das Ding am Leben zu erhalten. Torny machte einen kleinen Schnitt mit ihrem Messer, und die beiden füllten ihre Wasserschläuche mit dem, was zugegebenermaßen das übelste Wasser war, das Bliss je getrunken hatte.

Aber Wasser war es dennoch.

Nachdem sie gegessen hatten, tauschte Torny ihre Flüche gegen eine beschwingte Melodie ein, ein fast gesprochenes Lied über einen Schmied, der alles verloren hatte, weil er einem mystischen Erz nachjagte. Die Geschichte wäre deprimierend gewesen, wäre da nicht die letzte Strophe, in der der Schmied, nach so langem Streben und weiter Reise, jenes Erz fand und dessen Brillanz nutzte, um der Familie zu helfen, die er fast verlassen hatte.

»Dieser letzte Teil?«, sagte Torny und verbeugte sich nach ihrem Auftritt, während Bliss höflich applaudierte. »Den haben wir alle vor Beginn der letzten Erneuerung hinzugefügt. Sonst wäre es zu düster gewesen, weißt du?«

Bliss zeigte auf ihre eigene Brust. Sie konnte zwar nicht singen, aber Vis hatte andere Möglichkeiten, einen schönen Abend zu verbringen. Die junge Frau stand auf, ließ ihren Stab am Boden liegen, trat ein paar Schritte zurück und festigte ihren Stand.

»Oh, was wird das? Eine Kostprobe der Kultur von Vis?«, fragte Torny.

Bliss ließ Kitayes Trommeln und singende Stimmen in ihrem Kopf einen Rhythmus finden und schloss für einige lange Sekunden die Augen, während sie ihre Hände zusammenführte. Ihr linker Fuß begann, im stillen Takt zu wippen, ein Zählen setzte in Bliss' Kopf ein. Beim sechsten Klopfen schnellte sie nach vorne, beugte sich fast ganz zu Torny hinüber in einen Ausfallschritt, woraufhin diese mit weit aufgerissenen Augen zurückzuckte. Allein diese Reaktion von jemandem, der diesen Tanz noch nie gesehen hatte, hätte Bliss fast zum Aufhören und Lachen gebracht.

Stattdessen federte sie zurück, folgte dem nächsten Takt in einen bogenförmigen Rückzug, ihre Arme flogen über ihren Kopf hinaus, als Respektsbezeugung für die große Sana. Bliss beugte ihre Knie und Waden und beendete den Bogen mit einem engen Rückwärtssalto, landete auf Händen und Zehen, das Gesicht zu einem angespannten Knurren verzogen.

Der Hanoko.

Torny, die nun verstand, worum es ging, pfiff Bliss anerkennend zu. Sie begann, in die Hände zu klatschen, nahe genug an Bliss' tatsächlichem Takt, während der Tanz fortgesetzt wurde und sich durch die wichtigsten Kreaturen, Orte und Menschen von Vis bewegte.

Mit einem letzten wirbelnden Furioso schloss Bliss mit einer tiefen Verbeugung ab, die eigentlich zum Meer hin hätte zeigen sollen, nun aber direkt auf den Lavasee gerichtet war.

Einen sehr, sehr aktiven Lavasee.

Tornys Klatschen erstarb so schnell wie der Tanz, beide Frauen starrten, als die Lava eine Blase nach der anderen hervorbrachte, jede wuchs nach oben und außen, bevor sie mit einem Zischen platzte. Die Ränder des Sees dehnten sich ebenfalls aus und krochen über den Fels auf sie zu.

»Zeit, zurückzugehen«, sagte Torny, griff nach ihrem Wasserschlauch und raffte das übrig gebliebene Fleisch zusammen. »Irgendetwas hat Foti wütend gemacht.«

Bliss nahm ihren Stab und ihren eigenen Wasserschlauch und folgte Torny um den Tolket herum. Über ihnen gaben die Geier ein weiteres genervtes Krächzen von sich, bevor sie sich in verschiedene Richtungen zerstreuten. Seltsam, dass sie eine gute Mahlzeit zurückließen.

Die Lava jedoch machte den Ruf der Geier zur richtigen Entscheidung, als sie plötzlich einen Geysir nach oben schickte, hoch genug, dass Tropfen auf dem Tolket landeten und auf der dunklen, netzartigen Haut verbrannten.

Ein weiterer Fluch von Torny. Bliss drehte den Stab um und umklammerte ihn mit ihren Händen.

Als der Geysir nachließ, standen vier Obsidianbeine gespreizt über dem See, die alle zu einem muschelförmigen Körper führten, dessen Vorderseite ihnen zugewandt war, mit verzerrten, verkrusteten Zähnen, die in alle Richtungen abstanden. Dampf quoll aus Löchern, die die Schale des Monsters übersäten, das Ganze in brillantem Orange.

»Jetzt wissen wir wohl, warum der Tolket hier ist«, murmelte Torny, das Messer in der Hand. »Wette, er ist vor diesem Ding weggelaufen.«

Genauso wie sie es tun sollten.

26

EINE PRÜFUNG DER LOYALITÄT

Der Pfeil flog scharf und bohrte sich in die linke Seite der Zielscheibe, weit vom Bullseye entfernt. Ami senkte den Bogen und runzelte die Stirn. Sie war noch nie eine großartige Schützin gewesen, die Genauigkeit war nicht das Problem, aber sie hatte kein Flüstern von dem silberblauen Skar vernommen, der in der Mitte des Bogens eingebettet war, genau dort, wo ihre linke Hand das gebogene Holz umfasste.

»Immer noch nichts?«, fragte Annalyse.

»Es ist schwach«, antwortete Ami. »Als würde ich versuchen, jemandem zuzuhören, der auf der anderen Seite des Raumes spricht.«

Die Brandung machte es noch schwieriger, die leise Stimme des Skars zu hören. Annalyse hatte Gladdrings Turm für den Tag verlassen und Ami durch eine andere Richtung von der ausgehöhlten Treppe geführt, die zu der versteckten Bucht führte, wo die Experimente des Tenets über das Meer eingebracht werden konnten. Die Wissenschaftlerin hatte mehrere Ziele entlang des Sandes aufgestellt, jedes in einer anderen Entfernung, wobei das letzte in den Wellen schaukelte.

In der Nähe, unter Wasser eingesperrt, befand sich ein übellauniger Dämon. Das bandartige Geschöpf mit seiner ockerfarbenen, pelzigen Haut blitzte auf, als es zu den Gitterstäben des Käfigs schwamm und dagegen prallte, was die Konzentration auf Dinge wie Amis Pfeile erschwerte.

»Mit dem Speer konnte ich den Skar deutlich hören. Ich musste nur herausfinden, was er wollte. Hier ist es verschwommen.« Ami drehte den Bogen um und vergewisserte sich, dass sie ihre Finger in den schmalen Vertiefungen platziert hatte. Genauso. »Die Worte sind auch anders. Der Skar spricht nicht wie der von Foti.«

Annalyse nickte: »Das deckt sich mit meinen Erkenntnissen. Jede Insel scheint ihre eigene Lösung zu brauchen.«

»Können wir versuchen, diesen hier in den Speer zu stecken? Vielleicht würde uns das etwas-«

»Er funktioniert dort«, unterbrach Annalyse und tippte sich mit dem Kohlestift ans Kinn. Ein permanenter schwarzer Fleck hatte sich dort eingenistet. »Der Speer ist unsere Grundlage. Er ist bisher der einfachste.«

»Der einfachste?«

Im Käfig rüttelte der Dämon erneut an den Gitterstäben und schickte einen Sprühregen über die trägen Wellen. Draußen kündigte ein grauer Morgen den nahenden Winter an. Sowohl Ami als auch Annalyse trugen dickes Leder, wobei die Handschuhe der Ersteren mit Whent-Pelzen ausgestopft waren. Im Hintergrund hatten einige unsichtbare Diener einen gedeckten Tisch mit frischem Wasser, mittlerweile abgekühltem Kaffee und Brot und Käse zum Frühstück hinterlassen. Alles in allem sorgte Gladdring dafür, dass die Arbeit mit minimalem Aufwand fortgesetzt werden konnte.

»Die Skars scheinen darauf zu reagieren, wo sie sich befinden«, sagte Annalyse. »Als würden sie die Eigenschaften aufnehmen. Sie sagen: ›Ich bin jetzt in einem Speer, also ist das, was ich tun kann‹.«

»Du meinst, sie sind schlau?«

Annalyse zuckte mit den Schultern. »Sie sind zumindest formbar. Was wir allerdings nie geschafft haben, ist, einen dazu zu bringen, mit einem Bogen zu arbeiten.«

Ami musste nicht fragen, warum das wertvoll wäre. Nicht jeder wollte einem Unhold zu nahe kommen.

»Tut mir leid, dass ich enttäuschen muss.« Ami ging zum Waffenständer und legte den Bogen zurück an seinen Platz. »Machen wir heute Morgen noch etwas anderes?«

»Du willst es nicht noch einmal versuchen?«

»Ich werde meine Zeit nicht verschwenden«, sagte Ami. »Wenn du etwas anderes ausprobieren willst, bin ich dabei.«

Annalyse warf einen flüchtigen Blick zurück zur Höhle, die in den Keller des Turms führte. Das hatte sie heute Morgen schon oft getan, abgelenkt von den Tests. Ami hatte es auf das Versagen des Bogens geschoben, ein erwartetes Ergebnis, das eine Hinwendung zu interessanteren Möglichkeiten nach sich zog.

Jetzt aber?

»Hör mal«, sagte Annalyse, »warum versuchst du es nicht noch einmal? Nur ein letztes Mal?«

»Warum?«

»Weil ich dich darum bitte.«

Annalyse war etwa so furchteinflößend wie eine Maus, und ihr fordernder Tonfall half ihr dabei nicht. Ami hob eine Augenbraue und überlegte, die Arme zu verschränken und nein zu sagen. Aber was schadete schon ein weiterer Pfeil?

Ami hob den Bogen wieder auf und nahm einen weiteren schwarzgefiederten Pfeil aus dem Köcher im Sand. Sie ging zu der Linie, die von ihren eigenen Füßen markiert wurde, und zielte diesmal auf das nächstgelegene Ziel. Der einfachste Schuss ins Schwarze. Sie könnte genauso gut mit einer guten Marke aufhören.

Als Ami ihre Finger auf die Kerben legte, hörte sie wieder das leise Flüstern. Bei dem Speer hatte sie gelernt, den Rhythmus zu hören, mit der Absicht des Skars zuzustoßen und auszuweichen, zu blocken und zuzustechen. Hier schien der Skar, selbst mit eingelegtem Pfeil und gespannter Bogensehne, keinen Fokus zu haben, wie jemand, der eine Geschichte erzählt und bei jedem zweiten Satz das Thema wechselt.

Ami holte tief Luft. Konzentrierte sich. Ihr Arm, bereits müde von den Dutzend Pfeilen, die sie geschossen hatte, war in einer Position angespannt, in der er sich nicht oft befand. Müde Muskeln, ein Krampf bahnte sich an. Ami versuchte, sich anzupassen, den Winkel genau richtig zu bekommen und die Spannung ein wenig zu lösen.

Der Skar reagierte. Ein scharfer Anstieg, das Flüstern beschleunigte sich zu einem schnellen Stakkato, wie jemand, der mit der Zunge schnalzt. Ami hielt ihre Position, zielte wieder mit dem Pfeil. Vielleicht würde jetzt der-

Der Skar verblasste, als Ami ihren Arm hinunterblickte und den Schuss anvisierte. Hmm.

Zurück zu ihrem Arm, konzentriert auf den Schmerz, die Anspannung. Der Skar reagierte wie zuvor, sprudelte zum Leben. Okay, er las also die Anspannung, aber wie konnte Ami das nutzen?

Sie versuchte, ihrem Arm zu folgen, spürte den angespannten Muskel bis hinunter zu ihren Fingern, zur Bogensehne und quer über ihre Brust bis zum linken Arm, der den

Bogen selbst gerade hielt. Während Ami sich darauf konzentrierte, nahm der Skar an Geschwindigkeit zu, bis er zu einem ununterbrochenen, poppenden Strom wurde.

Die Verbindung entstand, als Ami ihre Muskeln zusammenband und der Linie von den Fingern einer Hand zur anderen folgte. Der Skar wurde fest, und ein blitzartiger Schub durchfuhr Amis Körper. Ihre rechte Hand löste sich, die Bogensehne schnappte, und mit einem Knall schoss der Pfeil auf das Ziel zu. Das winzige Geschoss traf und zersprengte das einfache Holz zu Splittern, wobei auch der Pfeil selbst zerbrach und in alle Richtungen flog.

»Wie hast du das gemacht?«, fragte Annalyse, nachdem sie sich aus dem Sand aufgerappelt hatte, in den sie sich geworfen hatte, als das Ziel explodierte. »Wie hat es sich angefühlt?«

Ami hatte nicht aufgehört, den Bogen anzustarren, den Kanse-Stein darin. Jeder Skar hatte seine eigene Sprache, und mehr noch, sie mussten zu ihrer Umgebung passen. Arbeit, aber wenn es einen einfachen Pfeil in eine solche Kraft verwandeln konnte?

Ami wandte sich Annalyse zu, bereit, ihre Frage zu beantworten, aber die Worte erstarben auf ihren Lippen. Gladdring, in die Hände klatschend, trat aus der Höhle hervor. Hinter ihm, von zwei bekannten Najahn-Wachen vorangetrieben, stolperte ein blutiger Mattimo.

Der Historiker trug seinen lädierten Zustand mit aristokratischer Manier, warf gleichermaßen wortreiche Beleidigungen gegen seine Wachen und Gladdring, deren Silben oft von blutigen Hustenanfällen unterbrochen wurden. Seine Najahn-Roben waren zerrissen und befleckt, als wäre Mattimo mitten aus einer Mahlzeit gerissen und mitgeschleift worden, bevor er Fuß fassen konnte. Als seine

Augen Ami fanden, spielte der Historiker ein klügeres Spiel, als Ami erwartet hatte, verriet keine Wiedererkennung und bot stattdessen einen frischen Hohn.

»Das ist also, wen du für deine Arbeit hast, Gladdring?«, fragte Mattimo. »Den ausgelaugten Wächter der Aegis?«

Gladdring hob eine Hand in Richtung Ami, als wolle er sich für die Ausbrüche des Mannes entschuldigen. Der Tenet schien sich auf dem Sand etwas unwohl zu fühlen, sein Gleichgewicht schwankend bei jedem Schritt. Zusammen zerstörten die beiden Gladdrings übliche imperiale Präsenz und machten sowohl ihn als auch Mattimo zu etwas weniger Bedrohlichem, etwas weniger Ernstzunehmendem.

Die beiden Najahn-Wachen zumindest bewahrten ihre Rollen. Keiner von ihnen strauchelte bei seinen Schritten auf den Strand, beide behielten ihre starren Blicke bei, eine Hand jeweils an Mattimos Roben und die andere stets in Richtung der Voulge driftend, die über ihre Schultern geschnallt war.

Keine Chakrams, diese. Offenbar fürchteten sie nicht, dass Mattimo davonlaufen würde.

»Ein neues Versuchsobjekt«, verkündete Gladdring Annalyse, die die ganze Gruppe mit ihrer üblichen weitäugigen, trockenen Beobachtung betrachtete. »Dieser hier hat sich als Plage erwiesen, also lasst uns ihn wenigstens nützlich machen.«

»Wie?«, fragte Annalyse.

»Indem ihr mich gehen lasst«, antwortete Mattimo, bevor Gladdring sprechen konnte. »Ich bin kein von der Straße aufgegabelter Gefangener, Mädchen. Ich bin-«

»Niemand von Bedeutung«, unterbrach Gladdring. Er

warf Mattimo einen zähnefletschenden Blick zu. »Bei all deiner Forschung, Mattimo, wird sich keine Seele an dich erinnern. Diese schrecklichen Feste werden weitergehen, deine Speichellecker und Bittsteller werden nur kurz innehalten, um eine neue Weinquelle zu finden. Du bist eine elende Seele, in deinem Lebensabend fasziniert von Dingen, die weit über dich hinausgehen. Du hättest bei deinen Büchern bleiben und die Fußnote bleiben sollen, die du bist.«

Mattimos Gesicht war rot angelaufen, sein Einatmen ein Zeichen, dass sich ein ebenso großer Wutausbruch vorbereitete, als Gladdring eine scharfe Handbewegung machte. Der Wächter zur Linken stieß Mattimo nach vorn und erstickte jede Erwiderung mit einem Mund voll Sand.

»Du sagtest, du hättest vor, heute mit einem Unhold zu arbeiten?«, fragte Gladdring schnell und wandte sich wieder Annalyse zu. »Ist es das dort? Ami hat es noch nicht getötet?«

»Noch nicht«, antwortete Annalyse.

»Was ist der Skar heute?«

»Kance. Ami hatte vielleicht einen Durchbruch.«

Gladdring nickte, seine Augen flackerten für den Bruchteil einer Sekunde zu Ami, bevor sie zu seiner Wissenschaftlerin zurückkehrten. »Perfekt. Hier ist eine Chance, den Erfolg zu wiederholen. Gib Mattimo den Skar und wirf ihn hinein. Wenn der Mann meistert, wonach er gesucht hat, könnte er überleben. Wenn nicht, dann bietet ihm der Unhold vielleicht die Vergessenheit, die er verdient.«

Ami, die noch immer den Bogen hielt, hörte, wie Annalyse sie bat, den Skar zu entfernen. Die Wissenschaftlerin schien sich nicht zu widersetzen. Hinrichtungen und Gerichtsverfahren mit wahrscheinlichem Todesausgang waren auf den Inseln nicht ungewöhnlich, aber dies erschien obszön. Außerdem würde Mattimo, wenn er durch die Hand des Ungeheuers sterben sollte, seinen Teil der Abmachung nie erfüllen können.

»Warum?«, fragte Ami, während Mattimo vor ihr versuchte, den Sand aus seinem Mund zu spucken. »Was hat er getan?«

»Das, Wächterin, geht dich nichts an«, sagte Gladdring. »Entferne den Skar. Jetzt.«

Catya. An sie musste Ami jetzt denken. Nicht an den weinsüchtigen Historiker, nicht an die Ungerechtigkeit. Dies war kein Kind, das von einer Klippe geworfen wurde, kein Unschuldiger, der dem Schwert übergeben wurde. Alle hier spielten in Najahns Politik mit, und Mattimo hatte das Spiel verloren.

Ami versuchte, nicht darüber nachzudenken, was solche Rechtfertigungen mit ihrer Seele anstellten. Sie löste den Skar, schob ihren Daumen unter den Stein in seinem Schlitz und reichte ihn – das Flüstern war bei der Berührung intensiv – Annalyses wartender Hand.

»Mattimo«, sagte Gladdring und kniete sich neben den Historiker, »weißt du überhaupt, wie man eine Waffe benutzt? Eine Weinflasche zählt natürlich nicht.«

Mattimo hustete. »Verdammt seist du, Gladdring.«

»Ich nehme das als ein Nein.« Der Tenet stand auf. »Gib ihm den Skar, Annalyse.«

Die Wissenschaftlerin ging an Mattimos Seite und hielt den Skar hin. Der Historiker nahm ihn mit zitternder Hand. Er warf Annalyse einen Blick zu, der Hoffnung, Angst und Verwunderung vermischte. Offener Mund, zusammengekniffene Augen, schweißnasse Haut.

»Dies ist ein Kance-Skar«, sagte Annalyse. »Du wirst

spüren, wie er zu dir spricht. Wenn du ihn richtig einsetzt, wirst du, so glauben wir, das tun können, was Kance konnte. Zumindest teilweise.« Ihr Gesicht leuchtete auf, als sie sprach, als ob die Umstände keine Rolle mehr spielten, sobald Möglichkeiten ins Spiel kamen. »Du könntest sogar fliegen, denke ich.«

»Wie?«, fragte Mattimo.

»Ein Geheimnis, von dem wir alle hoffen, dass du es lösen wirst«, sagte Gladdring. »Genug Geplapper, Annalyse. Schick ihn hinein.«

Die Wachen verstanden den Befehl, hoben Mattimo hoch und schleiften ihn zur Brandung hinunter.

»Ami, wenn du so freundlich wärst, einen weiteren Pfeil zu nehmen und deinen Bogen nachzuladen«, sagte Gladdring.

Annalyse folgte den Wachen und Mattimo zu den Wellen hinunter und redete die ganze Zeit darüber, wie Mattimo sich mit dem Skar verbinden könnte.

»Für das Ungeheuer?«, fragte Ami, wissend, dass dem nicht so war.

»Falls unser Freund durch ein Wunder das Geheimnis des Skars entdeckt und wegzufliegen beginnt«, sagte Gladdring, »wirst du ihn herunterholen.«

»Ich bin nicht dein Henker.«

»Falsch, Ami. Du bist alles, worum ich dich bitte.«

Amis Griff hätte in diesem Moment einem Mann das Genick brechen können, aber der Bogen hielt stand. Mattimo, als die Wachen ihn durch das Meer zum Käfig des Ungeheuers zogen, tat es nicht.

Vom ersten Platschen ins Meer an kämpfte der Historiker, seine Roben zogen ihn schnell unter die Wellen. Für einen kurzen Moment war das Einzige, was über dem

Wasser blieb, die Hand des Mannes, der Kance-Skar glitzerte daran.

Dann verschwand auch sie.

»Ach ja«, sagte Gladdring, während das Wasser sich rot färbte, als das Ungeheuer seine nächste Mahlzeit fand. »Es ist nie so einfach, oder?«

27
FELSENLAUF

Was war schlimmer: seine Pflichten als Wächter oder als Bruder zu vernachlässigen?

Quik war in den Stunden seit er Wax und die Banditen verlassen hatte zu keinem eindeutigen Schluss gekommen. Was er jetzt wusste, war, dass er wahrscheinlich hier draußen sterben würde. Seine Jägerinstinkte hielten seine Füße in Bewegung, leicht über die Steine gleitend, während Sichis Glühen gerade genug Licht spendete, um ihn vor einem schlimmen Sturz, einem gebrochenen Knöchel oder völliger Verzweiflung zu bewahren. Die Konzentration half ihm, ein Fokuspunkt, der nicht die Kette war, die zum Lavastrom, den Ferriten und den Banditen geführt hatte.

Eine Kette, die mit ihm begonnen hatte.

Wasser. Das war alles. Ein nächtlicher Versuch, etwas Durst zu löschen, und Quik hatte alles an die falschen Leute verraten. Auch sein Zögern, als Bliss in der engen Schlucht angriff. Sicher, Sledge hatte sie unter Pfeilbeschuss, aber Quiks Schwester hatte Recht: Sie würde ihre Beute nicht riskieren. Er hätte die geizigen Diebe erledigen können, deren zerlumpte Ausrüstung und Körper von einem kargen Leben zeugten. Nichts für einen Vis-Jäger.

Ein Leuchten fiel Quik ins Auge, als er einen weiteren Lavahügel erklomm. Die Hügel wurden jetzt etwas flacher, weniger zerklüftet, als Quik sich nach Norden bewegte, und gaben ihm bessere Sichtlinien, um zu sehen, wie weit er ins Nirgendwo laufen würde.

Das Leuchten jedoch versprach etwas anderes. Etwas Interessantes. Orange und rot, die Farbe der Lava. Vielleicht ein Becken, aber wenn sonst nichts, dann Wärme. Die Foti-Nacht hier oben wurde kühl, der Wind zerrte an seiner lockeren Kleidung. Sie hatten ihre warmen Sachen abgelegt, bevor sie auf der Lava ritten, eine Entscheidung, die Quik bereut hätte, wenn es denn eine echte Wahl gegeben hätte. In voller Ausrüstung auf der Lava zu reiten, hätte nur bedeutet, im eigenen Schweiß zu ertrinken.

Geier stiegen über Quiks Kopf auf und flogen nach Süden. Eine Gruppe, seltsam genug, noch seltsamer, sie nachts in der Luft zu sehen. Dass sie überhaupt hier waren, bedeutete, dass mehr als nur Lava vor ihm lag, obwohl ihr Flug auf Schlimmeres hindeutete.

Schlimmer für die Geier jedenfalls. Quiks Magen machte einen Sprung bei dem Gedanken, dass etwas Schmackhaftes in Aussicht sein könnte. Das ständige Schlagen seines Wasserschlauchs gegen seinen Oberschenkel erinnerte ihn daran, dass er seit der Flucht vor Sledge nichts außer ein paar Tropfen zu sich genommen hatte.

Eine Mahlzeit, ordentlich über etwas warmer Lava gekocht, wäre fast jedes Risiko wert.

Der Boden ebnete sich den Hügel hinab und ließ Quik in einen vollen Lauf Richtung des Leuchtens übergehen. Kopfüber loszustürmen war vielleicht nicht die jägerischste

Entscheidung, aber die fliehenden Geier bedeuteten, dass etwas aktiv sein musste, das möglicherweise Quiks potenzielle Beute zerstörte.

Außerdem deuteten die Chancen darauf hin, dass es sich bei dem fraglichen Geschöpf um einen weiteren Ferrit handelte, eine Eidechse, die Quik glaubte, allein mit seinen Händen verscheuchen zu können. Trotzdem bückte sich Quik im Laufen und hob einen faustgroßen Stein vom Boden auf. Das spröde Lavagestein würde in einem Kampf zwar nicht viel aushalten, aber Tiere konnten mit einem gut gezielten Wurf eingeschüchtert werden.

Der Sprint erweckte in Quik auch eine andere Art von Leben, weckte eine schlummernde Kraft, die kalte Nacht ein Balsam für seine von Lava vernarbten Lungen. Das Blut pumpte, seine Muskeln sangen, wie sie es seit dem Verlassen von Vis nicht mehr getan hatten. Bisher hatte Foti keine Gelegenheit geboten, rauszugehen und zu laufen.

Bisher war Foti ein elender Ort gewesen.

Die Stimmen, die der Wind herantrug, klangen allerdings nicht so elend. Zwei, wenn Quik sie richtig hörte, und sie kamen aus der Blüte. Ihre Rufe waren von Furcht gefärbt, mit der Schärfe eines Kampfes. Kurze Bellen. Nein, eine einzige Stimme, die ihre Melodie änderte.

Warum?

Quik verlangsamte sein Tempo, näherte sich der Blüte und bemerkte jetzt, dass die Quelle hinter einer großen Masse verborgen lag. Sichis Licht ließ den klumpigen Wurm in schimmerndem Schwarz und Rot erscheinen, eine kühne Haut, die noch fantastischer wurde, als Quik sich näherte, sich jetzt duckte und das gitterartige Muster bemerkte. Das Geschöpf schien tot zu sein, obwohl der Jäger sich nicht sicher sein konnte, da es Quik den Rücken zuwandte.

Was die Stimme betraf, so jaulte sie erneut auf und erhob sich dann zu einer singenden Melodie. Etwas rumpelte hinterher, grub sich in den Schmutz mit dem schlittenartigen Geräusch eines schleifenden Schlittens.

Also kein Ferrit.

Quik schlich sich an den rot-schwarzen Koloss heran, vergewisserte sich, dass das schleifende Geräusch, das die Schreie verfolgte, sich entfernte, bevor er einen Blick darüber warf.

Das Geschöpf – Quik hätte es als Unhold bezeichnet, aber wer wusste schon, welche Schrecken auf Fotis verfluchter Insel lauern mochten – zog zuerst seine Blicke auf sich, denn wie konnte es auch anders sein? Der große Panzer, der mit wirren Reißzähnen gespickt war, schleppte sich mit zerzausten Flossen durch den Schmutz. Im Schein der Lava wirkte das Monster mehr wie Schatten und Flamme als wie ein Lebewesen, eine surreale Bestie, die in Albträume gehörte.

Nicht so die Person, die es jagte. Das Banditenmädchen tanzte vor dem Unhold zurück, ihre Hand flatterte über ihrem Mund, veränderte ihre Stimme, während sie sich bewegte und dem Monster ohne große Schwierigkeiten davonlief.

Warum drehte sie sich nicht um und rannte weg?

Sowohl der Unhold als auch die Banditin befanden sich auf der anderen Seite des Lavatümpels, dessen Helligkeit den Blick auf alles andere versperrte. Zumindest auf alles jenseits seiner Finger.

Die Haut unter seinen Händen hatte die Kälte des Todes, aber einst war Leben darin gewesen, was Fleisch bedeutete. Die Banditin war vielleicht auf die Jagd gegangen und hatte ein Problem gefunden.

Aber dann war die Banditin auch diejenige gewesen, die

mit Quiks Schwester zusammen war. Wenn jemand wusste, wohin sie gegangen war, dann das Mädchen, das sich mit dem Unhold anlegte.

Ein Mädchen, das jetzt wirklich aufschrie. Quik fand sie, sah, dass sie gestolpert war und auf dem Boden lag. Die Haltung bröckelte schnell, die Füße der Banditin rutschten auf den Steinen weg, während ihre Hände versuchten, sie wieder hochzudrücken. Das Geschöpf, das einen Sieg witterte, beschleunigte seine Flossen.

Quik machte seinen Zug, sprang über den Kadaver des toten Geschöpfs. Mit dem aufgehobenen Stein in der Hand schleuderte Quik den Brocken, als er landete. Der Stein prallte gegen den Panzer des Geschöpfs und zerbarst. Der Treffer konnte dem Ding nicht wehgetan haben, dennoch zitterte der Unhold und blieb stehen. Hätte es Augen gehabt, hätte Quik erwartet, dass sie sich ihm zuwenden würden, aber das taten sie nicht.

»Es ist der Klang!«, rief die Banditin, die wieder auf die Beine kam und Abstand gewann. »So findet es dich.«

Schnell hatte sie ihn als Verbündeten erkannt, und ihre Vermutung war richtig, denn das Geschöpf hörte ihre Stimme und nahm seine Verfolgung wieder auf, schwarzes Gestein flog auf, als es vorwärts stürmte.

Ein Klopfen, viel näher an seinen Füßen, lenkte Quiks Aufmerksamkeit von der Verfolgungsjagd auf den Boden, wo seine Schwester lag und ihr verletztes Bein schonte. Ihr Stab ruhte neben ihr und dahinter, nahe dem toten Mammut, lagen die ersten geschnitzten Stücke dessen, was viele Abendessen ergeben würde.

»Bliss!« Quik begann den Namen als Ruf, dämpfte ihn zu einem Flüstern, als er sich an ihre Seite kniete. »Wie schlimm ist es?«

Bliss schüttelte den Kopf, ihre Zeichen blitzten im Lavaschein. »Sieht schlimmer aus, als es ist. Hilf ihr.«

Hätte Quik seine Handschuhe gehabt, wäre es ein Leichtes gewesen, der Banditin zu helfen: ein Sprung hinter das gepanzerte Wesen, ein Schlag auf den Kopf, um es zu Boden zu treiben, und dann weiter draufhauen, bis das Monster aufgab.

Ohne seine übliche Taktik brauchte Quik etwas Neues.

Dieses Etwas schien Bliss' Stab zu sein.

»Kann ich den mal ausleihen?«

»Du machst ihn kaputt, ich mach dich kaputt.«

Quik kicherte. Gut zu sehen, dass seine Schwester noch bei Laune war.

Bliss' verbesserter Stab hatte Metall an beiden Enden, Metall, das hell glühte, als Quik die Kante in den Lavapool tauchte. Weiter vorne lockte die Banditin das Monster immer noch in großen Kreisen herum und folgte Quiks zugerufener Anweisung, es in der Nähe zu halten.

Aber nicht zu nah.

»Ich werde langsam müde hier drüben!«, rief die Banditin.

»Bereit!«, antwortete Quik.

Der Unhold war laut Bliss aus der Lava aufgetaucht. Das bedeutete, dass der Panzer und die Flossen des Dings den erhitzten Stab ohne Probleme aushalten würden. Aber wie sah es mit dem Inneren des Monsters aus?

Quik hob den Stab mit beiden Händen und ging um die linke Seite der Grube herum, wobei er das Metallende in der Lava mitschleifte, um es heiß zu halten. Die Banditin lief quer über die Vorderseite der Grube, das gepanzerte Ungeheuer hetzte hinter ihr her. Während die Banditin schwer atmete, überall schwitzte und Kratzer samt ihres Blutes im Lavaschein glänzten, zeigte der Unhold keine solche

Erschöpfung. Die Flossen arbeiteten wie bei Quiks Ankunft und bewegten sich flink über den Boden.

»Lauf weiter an mir vorbei«, sagte Quik und zog das heiße Ende aus der Grube.

»Ganz deins«, sagte die Banditin und rannte direkt am Jäger vorbei.

Der Unhold kam näher. Quik holte tief Luft und zielte mit dem heißen Ende genau dorthin, wo sich hoffentlich dieses riesige Maul öffnen würde.

»Hierher!«, schrie Quik, als der Unhold vor ihm vorbeizog und der Banditin folgte.

Die Kreatur kam ruckartig zum Stehen, ihre Flossen schabten über den Felsen, um sich Quik zuzuwenden. Diese knorrigen Zähne waren zerfressen und verkohlt, überzogen mit getrockneter Lava. Der Panzer sah aus der Nähe genauso aus, und Quik konnte sich nicht vorstellen, wie schwer all das getrocknete Gestein sein musste.

Der Unhold gab ihm auch nicht viel Zeit zum Nachdenken, er schnellte mit einem zuschnappenden Biss nach vorne. Sein Kiefer verdunkelte den Jäger, blockierte Sichis Licht dahinter. Aber Quik hatte eine heiß glühende Führung, und er stieß sie nach vorne.

Der Stab traf auf etwas Weiches. Quik drückte zu, spürte, wie das Monster zurückwich, wie der Unhold sich mühte, rückwärts zu gehen. Die Zähne zitterten, schlossen sich aber nicht.

Ein Monster, das schlau genug war, seinen eigenen Tod nicht zu verschlucken. Nicht gut. Quik tanzte auf seinen Zehen zurück, verschaffte sich Platz, während der Unhold hustete, ein trockener Krampf. Der Stab verließ das Maul des Monsters, aber die Bestie hielt es offen, vielleicht um die Wunde zu belüften, vielleicht um in einer Art furchterregendem Tanz all seine Zähne zu präsentieren.

Wie auch immer, die Banditin nutzte die Gelegenheit.

Quik erwartete, dass das Mädchen sich zurückziehen würde, vielleicht in der Nacht verschwinden, wenn sich die Gelegenheit böte. Stattdessen kam die Banditin, mit leichten und lautlosen Schritten auf dem Stein, neben dem Unhold zum Stehen, Wax' altes Foti-Messer gezückt. Sie stach die Waffe in den Mundwinkel des Monsters, was es dazu brachte, zurückzuzucken. Die Banditin sprang ebenfalls zurück und wirbelte das Messer in ihrer Hand.

»Hab dich erwischt, du hässlicher Bastard«, sagte die Banditin.

»Glaub nicht, dass das es getötet hat«, murmelte Quik, als der Unhold erneut sein Ziel wechselte, die Banditin auswählte und nach vorne stürmte.

Diesmal jedoch wich die Banditin nicht zurück, bewegte sich nicht. Das große Maul kam näher. Sie würde gefressen, abgeschlachtet werden. Quik fluchte, ließ Bliss' Stab fallen und stürzte in einen kopflosen Lauf.

Diese knorrigen Zähne kamen immer näher. Die Banditin grinste. Quik sprang.

Er rammte die Banditin, spürte die Zähne nicht zuschlagen und umschlang die kleinere Gestalt der Banditin, als sie auf die Steine aufschlugen. Quiks zerlumpte Kleidung riss weiter ein, neue Prellungen und Schnitte fügten sich seiner Sammlung hinzu. Sein Kopf schlug hart auf einen Stein, wodurch die Welt zur Seite kippte und seine Ohren klingelten.

Hart genug, dass er nicht verstehen konnte, was die Banditin sagte, als sie sich aus seinen Armen befreite und sich über ihn stellte.

Ihren Tritt verstand er allerdings gut genug.

Quik schüttelte den leichten Schlag ab, brachte seinen Fokus wieder in Ordnung und setzte sich auf. Er sah, wie die Banditin zum Unhold zurückkehrte, dessen Zähne hoch erhoben waren.

So hoch, als wären sie gar nicht heruntergekommen, um zuzubeißen.

Die Banditin näherte sich dem Unhold, holte tief Luft und spuckte auf das Monster, bevor sie einfach an ihm vorbei in Richtung der Lava ging, zu Bliss.

Quik kratzte sich am Kopf und starrte. Rätsel über Rätsel.

»Kein Rätsel«, sagte Torny, die Banditin, als sie gebratenen Tolket und ein paar angeröstete Kräuter aßen, die sie zwischen den Steinen gefunden hatten. »Willst du etwas töten, das größer ist als du? Gift ist der Weg dazu.«

Quik runzelte die Stirn. »Eine unfaire Methode.«

Bliss ließ ihren Blick zwischen den beiden hin und her wandern. Torny lachte über Quiks Antwort.

»Unfair? Hast du dich mal selbst angeschaut? Du bist wahrscheinlich die dreckigste Person auf der Insel.«

Quik ignorierte die aufsteigende Röte. Der Schmutz verbarg sie wahrscheinlich sowieso.

»Ich meine, es fehlt an Geist. Fairness. Du hast den Kill nicht verdient.«

»Natürlich hab ich das. Ich hab es getötet, oder nicht? Es ist tot, oder nicht?«

›Hör auf, Quik‹, gebärdete Bliss. ›Sie wird es nicht verstehen.‹

Nun huschte Tornys Blick zwischen den Geschwistern hin und her, das selbstgefällige Lächeln wich nie von ihrem Gesicht. »Hört mal, es ist mir scheißegal, was ihr denkt. Ich habe eure verdammten Leben gerettet, und das macht uns quitt.«

›Ich könnte sie jetzt in die Lavagrube stoßen‹, gebärdete Quik zu Bliss, dann wandte er sich an Torny, die sich gerade mehr verkohlten Tolket in den Mund stopfte. »Wir wären ohne dich und deine Freunde gar nicht hier gewesen. Das ist deine Schuld.«

Torny verdrehte die Augen. »Hab das deiner Schwester schon erklärt, die übrigens viel cooler ist als du, aber das sind nicht meine Freunde. Sie sind eine Gelegenheit. Genau wie ihr.«

Quik schnaubte: »Eine Gelegenheit wofür?«

»Am Leben zu bleiben. Was sonst gibt es?«

28

RÜCKKEHR

Vertraut und doch fremd. Der Tunnelabschnitt, die versperrten Abzweigungen, sahen genauso aus wie zuvor, erleuchtet vom schwachen Pilzlicht. Blitzblau, frühlingsgrün. Die Luft stank wie immer, moderte bei jedem Atemzug auf Svardes Zunge.

Diese Dinge waren gleich geblieben, waren schon seit Tagen, Wochen gleich, wie lange auch immer er schon unter der Oberfläche war.

Jetzt aber betrat Svarde die Steine nicht als Wanderer, als Entdecker auf der Suche nach Antworten, sondern als etwas, das er noch nie zuvor gewesen war: ein Mörder.

Kivi nahm den Sinneswandel mit mehr Begeisterung auf, das Ferrit krabbelte vor Svarde her und öffnete fröhlich ihre Lüftungsklappen. Der Dampf, das orangefarbene Glühen darunter führten die Gruppe vorwärts und ließen Svarde sich auf seine Schritte, seine Strategie konzentrieren.

Maena und Rasslebeck waren bereit genug, sich dem Unhold erneut zu stellen. Bewaffnet, wenn auch ohne viel

Verteidigung, plauderten die beiden über Taktiken, wobei Rasslebeck mehr seinen ehemaligen Kommandanten aufklärte. Die Rana-Plünderer hatten anscheinend eine lange Liste von Kampftechniken mit diesen Armbrüsten und Rasslebecks zusammengesuchten Steinen.

Pennifer und der wimmernde Mann schleppten sich hinterher, beide widerwillig in ihrem Vorgehen, wie von einer unsichtbaren Kette gezogen, die ihnen einen langsamen Hungertod in der Dunkelheit versprach, sollten ihre Schritte sie in die Irre führen. Maena und Rasslebeck boten ihnen gelegentlich ein Wort des Trostes an, die Hoffnung, dass die Erinnerung wiederkehren könnte, dass der Unhold ohne das Überraschungsmoment schnell ihren vereinten Waffen zum Opfer fallen würde.

Svarde hatte weder diese Zuversicht noch diese Erwartung.

Er hatte jedoch zwei Äxte, die es kaum erwarten konnten, ihre scharfen Klingen in das Fleisch des Unholds zu versenken.

Der lange Marsch durch den Tunnel des Ungeheuers zermürbte die Unterhaltung und die Stimmung. Angst und Erwartung starben auf diesen Stufen, so langsam, dass Svarde erwog, einen Halt auszurufen und sogar eine Wache aufzustellen, um zu schlafen. Ein Kampf nach einer Ruhepause und mit vollem Magen wäre besser als einer ohne beides. Doch das Ungeheuer war ihnen zuvor schon aufgelauert, und jetzt, so fühlte Svarde, waren sie wieder nah genug dran.

»Wir sind fast da«, sagte Svarde, als Maena danach fragte. »Du wirst deine Energie zurückbekommen, wenn das Monster auftaucht. Zweifle nicht daran.«

»Ist das deine Hoffnung?«, fragte Rasslebeck. »Dass

unsere erschöpften Ärsche am Ende doch noch alles auf die Reihe kriegen?«

»Das ist keine Hoffnung. Das ist eine Tatsache. Wenn wir hier schlafen, werden wir nicht mehr aufwachen.«

»Manche von uns hätten damit vielleicht kein Problem«, fügte Pennifer hinzu.

»Die alte du hätte das nicht gesagt«, entgegnete Rasslebeck und wechselte die Seiten. »Die alte du hätte sich gefragt, warum wir dem Mistkerl nicht gleich beim ersten Mal den Garaus gemacht haben.«

»Die alte ich hat verloren.«

»Dann räche dich«, knurrte Svarde, seine Füße niemals stehen bleibend, immer weiter hinab, hinab, hinab.

Das Versteck des Ungeheuers sah genauso aus, wie Svarde es in Erinnerung hatte: der dreizackige Eingang, der von den Gefängnissen abzweigte, der Quarz in der Mitte und ein linker Pfad, den sie nie erkundet hatten.

Jetzt war nicht der Zeitpunkt für neue Richtungen.

Die sanfte Brise kehrte mit ihnen zurück, eine nicht unwillkommene Veränderung, auch wenn sie ihre Quelle kannten. Zumindest vertrieb die Luft ihren kollektiven Gestank.

»Die Mitte«, sagte Svarde. »Wenn das Ungeheuer zu Hause ist, wird es dort sein. Wenn nicht, holen wir unsere Ausrüstung zurück. Seid bereit.«

»Danke für die Warnung«, murmelte Rasslebeck.

Im Hintergrund machte der wimmernde Mann weiter, wie er es in der letzten Stunde getan hatte, und wiederholte Rasslebecks Geschichte, die Namen auf der Liste des Rana-Plünderers. Es hätte nervig sein können, kam aber stattdessen als eine Art Trost durch, wie ein Rhythmus zu ihrem verdammten Marsch.

Kivi führte sie durch den mittleren Tunnel, hinauf zu seiner scharfen Biegung in die Quarzkammer. Wieder vertrieb das rosa Licht die Dunkelheit und zwang Svarde beim Eintreten zum Blinzeln. Der Edelstein war so geblieben, wie er ihn zuletzt gesehen hatte, mit Rüstungen und Kleidung, Waffen und Beuteln, die von den spießenden Zacken hingen.

Das Ungeheuer schien abwesend. Kivi nahm die Mitte des Raumes ein, drehte sich auf ihren stämmigen Beinen und schnaubte. Keine unmittelbare Bedrohung.

»Rein und bewaffnet«, sagte Svarde und ging mit seinen Äxten voran. »Man weiß nie, wann es merkt, dass wir hier sind.«

Rasslebeck und Maena bewegten sich an der Wächterin vorbei und steuerten auf den Edelstein zu. Der wimmernde Mann folgte, Augen und Mund weit aufgerissen angesichts dessen, was er sah.

»Ist etwas davon deins?«, fragte Svarde angesichts des Gesichtsausdrucks des Mannes.

»Wenn es so wäre, würde ich es nicht wissen.«

Was der Mann auch nicht wusste, als Svarde ihn einen Moment später bedrängte, war, wohin Pennifer gegangen war. Als der wimmernde Mann Unwissenheit behauptete, pfiff Svarde die Crew zurück zur Aktion. Der Wächter wollte den Tunnel hinunterstürmen, Pennifer finden und sie entweder mit ihnen zurückzerren oder den Dämon abschlachten, der ihre Seele aussaugte.

Aber er bewegte sich nicht.

»Wir gehen ihr nicht nach?«, fragte Rasslebeck, jetzt mit Säbeln in beiden Händen. »Ist das nicht der Sinn der Sache?«

»Der Sinn ist, nicht zu sterben«, sagte Svarde. »Wenn der Unhold sie gefunden hat, können wir wenig tun. In diese dunklen Tunnel zu stürmen, gibt ihm jeden Vorteil. Stattdessen bauen wir auf. Warten.«

»Und Pennifer?«

»Wir werden sie danach finden.«

Dass sie tot sein würde, eine leere Hülle, sagte Svarde nicht, musste er nicht sagen. Sein Körper gab dieses Edikt für ihn, und die anderen drei widersprachen nicht. Kivi, die sich zur Decke hocharbeitete, gab ein leises, zustimmendes Schnauben von sich.

»Wir haben versucht, sie zu retten, sind den ganzen verdammten Weg gegangen, und jetzt wirfst du ihr Leben weg?«, Rasslebeck spuckte auf den staubigen Felsen. »Was für ein Anführer du bist.«

»Wollte nie ein Anführer sein«, erwiderte Svarde. »Geh zurück zum Quarz.«

Svarde entwarf die hastige Strategie. Maena und Rasslebeck würden die Mitte des Raumes halten, wobei Maena bereit war, ihre Armbrust abzufeuern – eine zweite, geladene lag zu ihren Füßen – sobald der Unhold erschien. Rasslebeck würde sie verteidigen, so gut er konnte, die Aufmerksamkeit des Unholds auf sich ziehen, damit Svarde, der in der Nähe des mittleren Tunnelausgangs kauerte, hervorspringen konnte. Kivi, oben, spielte die Überraschung, eine zweite Falle oder eine Verfolgungsjagd mit Krallen, je nach Bedarf.

Der wimmernde Mann blieb an der Seite, ein langes Rana-Messer in der Hand. Svarde würde dem Mann nicht zutrauen, etwas anderes als sich selbst zu erstechen, aber jeder hatte die Chance, Glück zu haben.

Der Wind erwies sich als Hinweis, steigerte sich von einer sanften Brise zu schnellen Böen, ähnlich wie zuvor. Svarde traf Blicke, erhielt Nicken als Antwort. Der wimmernde Mann ging weiter seine Liste durch.

So bereit, wie sie sein konnten.

Das Knirschen von Stein ertönte zu Svardes Rechten, wo der mittlere Tunnel in den Quarz mündete. Maena hob die Armbrust, nur damit Rasslebeck sie herunterschlug.

»Pennifer«, sagte Rasslebeck. »Komm her!«

Wenn sie zuvor halbtot ausgesehen hatte, ein zerlumpter Schurke, der durch Verzweiflung und die Unfähigkeit zu sterben am Leben war, so zählte Pennifer jetzt zu den erbärmlichsten Wesen, die Svarde je gesehen hatte. Sie schlurfte in die Kammer, ihre Augen glänzten und starrten geradeaus. Ihre Zähne, ihr Mund machten bei jedem Atemzug ein langsames Pfeifen, als wüssten sie nicht, wie man sich öffnet, wie man einatmet. Ihre Hände hingen schlaff herab, ihr kurzes Haar war zerzaust. Frische Schnitte übersäten ihre Beine, als wäre Pennifer über den Boden geschleift worden.

Oder hatte sich vor Schrecken selbst auf die Felsen geworfen.

Kivis Schnauben riss Svarde von Pennifers Wrack weg. Der Dämon nutzte die Ablenkung und stürmte aus dem linken Tunnel herein. Die grauen Gesichter, der schwarze Umhang, die vielen dünnen Arme griffen nach Maena, nach Rasslebeck.

Keiner von beiden war bereit.

Der Rana-Hauptmann drehte sich um, hob die Armbrust und drückte den Abzug in den peitschenden Wind. Der Bolzen prallte vom Felsen unter dem Dämon ab, ein hastiger Fehlschuss, dem kein weiterer folgen würde. Maena sank zu Boden, als ein graues Gesicht sie fand, der Dämon rotierte seine Masken, bis ein klaffender Schlund begann, an ihrer Seele zu saugen.

Rasslebeck stieß einen Rana-Schlachtruf aus, als Svarde sich von der Wand abstieß und nach links auswich, um hinter den Dämon zu gelangen. Kivi schien dasselbe oben entlang zu tun, bereit zum Sprung. Beide Vorstöße kamen langsam voran, der Wind drückte gegen jede ihrer Bewegungen.

Zu Svardes Rechten blies der Windstoß Pennifer in den wartenden, schwachen Griff des wimmernden Mannes, das Paar krachte gegen die Steine. Zumindest aus dem Kampf und damit aus Svardes Sorge.

Rasslebecks erster Schwung schien bestimmt, ein graues Gesicht zu zerschmettern, bis sich ein Arm erhob, um ihn abzufangen. Das dünne Glied blockierte den Säbel wie eine Keule, der Dämon stieß einen blassen Schrei aus, als die Klinge in seine dunkle Haut schnitt. Etwas Weißes und Sich-Windendes quoll aus der Wunde, verschwand zu Dampf, bevor es den Boden berührte.

Damit kam Sprache, Unterhaltung, mehrere Sekunden mit Stimmen, die Svarde noch nie gehört hatte, einem Akzent, den er nicht identifizieren konnte.

Sie sprachen über Zuhause und die Dunkelheit darin.

Ein andermal. Konzentrier dich.

Svarde setzte einen Fuß vor den anderen, seine zerfetzten Schuhe, die Blasen an seinen Sohlen bedeutungslos, als die Kampfeslust Fuß fasste.

Dies würde kein Kampf zum Fliehen sein.

Rasslebeck fluchte, als er den Säbel erneut schwang, ein anderer Arm blockierte den Schlag. Noch eine rätselhafte Unterhaltung. Noch immer sog der Dämon an Maena, die ihre eigenen Schreie zum Rauschen des pfeifenden Windes hinzufügte.

Kivi ließ sich fallen. Das Frettchen landete auf dem Dämon, drehte sich in der Luft, um den schwarz umhüllten, gesichtrigen Körper zu treffen und zu Boden zu zwingen. Sofort riss sich Maena los, lehnte sich schluchzend gegen den Quarz. Rasslebeck setzte zum Kreuzschlag an, hielt inne, als das sich windende Monster ein graues Gesicht zu ihm drehte. Rasslebeck zitterte, der Säbel fiel aus seinem Griff und prallte auf den Felsen.

»Kämpf dagegen an!«, schrie Svarde, gab jede Überraschung auf und stürmte die letzten Schritte vor.

Der Wind blies ihn vom Kurs ab, brachte Svarde näher an Rasslebeck heran als beabsichtigt, und so traf sein erster Schlag, als der Dämon mit Kivi rang, nur den rechten Rand des Dämons und zerriss das Schwarz.

Worte brachen hervor. Geräusche. Klatschen, Jubel, Weinen, Gespräche und das rollende Donnern eines Sturms. Der Lärm füllte den Raum, betäubte Svarde sowohl durch seine Lautstärke als auch durch seine Zufälligkeit. Der Wind nutzte die Gelegenheit und ließ ihn an Rasslebeck vorbeistolpern.

Der Kämpfer fiel auf die Knie, sein Mund bewegte sich in einem vertrauten Rhythmus, während das Chaos weiter tobte. Er wiederholte seine Liste, klammerte sich daran.

Eine Anstrengung, die Svarde nicht umsonst sein lassen würde.

Der Fuß des Wächters traf auf etwas Weicheres als Kristall, etwas Vertrautes, und Svarde ließ seine Äxte fallen, tauschte sie gegen eine Chance ein.

Vor ihm gelang es dem Unhold, Kivi mit seinen Armen zu packen und den Ferrit gegen die Wand nahe dem mittleren Tunnel zu schleudern. Kivi prallte hart gegen den Stein, seine Krallen suchten bereits nach Halt, um einen weiteren Anlauf zu nehmen.

Sein Ferrit-Freund, so loyal, so stark. Noch jemand, den Svarde nicht im Stich lassen konnte.

Der Wind wirbelte, die Böen änderten ihre Richtung, als der Unhold sich zusammenriss und sich erhob. Weiße Erinnerungen – denn das mussten sie sein – strömten aus unzähligen Wunden, die das Biest bedeckten, und lösten sich auf, als sie den Boden berührten. Ein graues Gesicht drehte sich zersplittert, aber das andere schien unversehrt.

Als Svarde die Armbrust hob, bemerkte es der Unhold. Er fegte Rasslebeck beiseite und erhob sich vor Svarde, seine große, zerrissene Masse aus sich windenden Gesichtern und Gliedmaßen verdunkelte die Welt.

Svarde visierte das Monster an, ließ seine Hand zum Abzug der Armbrust gleiten und fand sich plötzlich woanders wieder. Nirgendwo.

Wenn das große Auge weiter unten Svarde in mehrere Momente gleichzeitig gezogen und sie in ein verzerrtes Licht getaucht hatte, fühlte es sich bei diesem Unhold so an, als wäre Svarde über sein gesamtes Wesen gestreckt. Gedanken, Gefühle und Emotionen prasselten auf ihn ein und verbannten alles Reale zugunsten dessen, was in einem unmöglichen Durcheinander gewesen war, das zu versiegen begann, als der graugesichtige Unhold seinen Haken fand.

So schnell wie es begonnen hatte, so schnell wie Svarde sich in sich selbst verloren hatte, schnappte er zurück. Zurück in den Raum, den Quarz, den Unhold. Und vor ihm, mit ausgestreckter Hand in einem vergeblichen Versuch, das Monster zu erstechen, stand der wimmernde Mann. Der Unhold nahm den Stich hin, packte den Mann mit seinen verwundeten Armen und zog den armen Kerl zu seinem mittleren, ausdruckslosen grauen Gesicht.

Der Wind half dabei, schob Svarde und den Mann auf den Unhold zu.

Und gab Svarde ein perfektes Ziel.

Der Wächter drückte ab. Die Armbrust zuckte. Der geladene Bolzen flog über den Kopf des wimmernden Mannes hinweg, direkt in den kreisförmigen, saugenden Mund des Unholds.

Zuerst erstarb der Wind, dann zerbrachen die Gesichter, aber die Gespräche, die verbrauchten Erinnerungen von wer weiß wie vielen, die gingen weiter, als Svarde auf die Knie fiel, die Hände nach dem wimmernden Mann ausgestreckt, nicht wissend, ob es noch etwas zu finden gab.

29
BANDITENLAGER

Der Lavastrom brachte sie durch eine neblige Wand, während sich kalte Tröpfchen auf Wax sammelten, der sich an seiner Stange festhielt. Sledge wieder vorne, die zwei anderen Banditen hinten. Zwischen ihnen, auf dem großen Stein, der als ihr Floß diente, lagen ihre Besitztümer, die spärlichen Überreste nach mehreren Tagen auf der heißen Fahrt.

Das Floß kam von selbst zum Stehen, der grau-weiße Nebel verschluckte alles bis auf Sledges schattenhafte Gestalt. Der Fels bebte, ein mahlendes Knirschen erschütterte Wax' Knochen. Ihre Fahrt ging zu Ende.

»Packt die Taschen zusammen, folgt mir«, befahl Sledge. »Wir sind da.«

Die drei Banditen hatten während der Fahrt kaum mit Wax gesprochen, und er war froh gewesen, ihnen diesen Gefallen zu tun. Stattdessen wandte sich Wax dem Skar zu und hielt dabei ständig eine Hand an der Halskette, am warmen Vis-Stein. Wenn er den Smaragd berührte, schien dieser zu ihm zu sprechen, ein sanftes Flüstern in einer Sprache, die er nicht verstehen konnte, wenn es überhaupt

Worte waren. Dennoch enthielt der Ton nicht den Hass, die Abscheu, die Frustration, die in jedem von Sledges Worten mitschwang.

Wax würde sich nicht als zerbrechliche Seele bezeichnen, aber Tag für Tag wie ein Tier behandelt zu werden, konnte einen Mann zermürben. Vor den Ferriten, vor der Flucht, hatte Sledge wie eine ehrenwerte Diebin gewirkt.

Tod und Versagen schienen sie gebrochen zu haben.

Das Ende der Lava schien jedoch ihren Geist wiederzubeleben. Sie streckte sogar die Hand aus, um Wax vom Felsen in den Nebel zu helfen, und warnte ihn, die Stange mitzunehmen, um sich auf dem schwankenden Boden unter ihnen abzustützen.

»Die Lava lässt hier das Land wachsen, aber das braucht Zeit«, sagte Sledge, als Wax seine ersten Schritte vom Eisstrom herunter machte. »Es ist launisch und neigt zum Brechen. Prüfe jeden Schritt, bevor du ihn machst.«

»Wie lange?«, fragte Wax.

»Das werdet Ihr erfahren, wenn wir es geschafft haben«, antwortete Sledge. »Allerdings werden wir keine weitere Nacht in der Wildnis verbringen.«

Diese Vorhersage erwies sich als völlig falsch. Ihr langsamer Marsch dauerte nur wenige Minuten, bis sich der Nebel lichtete und die Felsen härter wurden. Vor dem Nebel hatte Sledge gesagt, dass der Ozean nahe sei und seine kalten Wasser mit der Lava zusammenprallten, um die Wand zu bilden.

Nun, als sich der letzte Vorhang des Nebels teilte, folgte Wax Sledge auf eine zerklüftete Lavafels-Halbinsel, die in die brandenden Wellen hinausragte. Zu beiden Seiten erstreckte sich ein breiter Strand, überlaufen von umherwuselnden Kreaturen und braunem Sand. Möwen sprenkelten den Himmel, ihre weißen Formen wirbelten und stürzten sich auf dieselben Kreaturen, ihre Rufe eine willkommene Abwechslung zum unaufhörlichen, tödlichen Knistern der Lava.

Unter den Vögeln, im Süden, kamen andere Geräusche, das Lied der Zivilisation. Wax folgte Sledges Wendung in diese Richtung, obwohl er ihren erleichterten Seufzer nicht nachahmte.

Ihr Ziel schien entlang des Strandes aufgebaut und in das felsige Hinterland hineingewachsen zu sein. Strohhütten, aufgeworfene Erdwälle umgaben mit Büschen bedeckte Dächer. Lagerfeuer brannten, der Rauch stieg in den klaren Nachmittagshimmel. Gelächter schwebte über die Wellen, vermischt mit irgendeinem Lied.

»Zuhause«, sagte Sledge nickend. »Immer gut, es dort zu finden, wo wir es zurückgelassen haben.«

»Bewegt sich Euer Haus oft?«

Sledge grinste, als die anderen beiden Banditen auftauchten, die Taschen auf ihren Rücken und Schultern geladen. »Macht, was ich tue, und Ihr werdet lernen, immer rastlos zu sein.«

Das Banditenlager hatte tatsächlich eine nervöse Energie, obwohl die singende Stimmung und das Klirren aneinanderstoßender Bierkrüge versuchten, sie zu vertreiben. Wax, der nun seinen eigenen Anteil an den Taschen trug, erkannte bei jedem Blick die Notwendigkeit der Schnelligkeit. Waffen lagen auf leicht erreichbaren Gestellen, die Griffe nach oben und die Klingen glänzend. Gesalzener Fisch und geerntetes Gemüse – Gartenparzellen sprenkelten den felsigen Hang oberhalb des Lagers – lagen in Haufen, Taschen zum schnellen Packen in der Nähe. Die Augen, die er sah, wenn Wax nicht ihre Aufmerksamkeit auf sich zog, schienen immer wieder zum Horizont zurückzukehren, wartend auf etwas, das auftauchen könnte.

»Wir sind nicht alle so gemütlich wie Ihr«, verkündete Eggrad, der Lagerhauptmann, nachdem die Vorstellungen ausgetauscht waren. »Beständigkeit ist ein Luxus für uns.«

Der Banditenführer hielt nicht viel von Prunk, aber die Halle, in der Wax sich wiederfand, schmückte ihr karges Gestein und den Sand mit erbeuteten Gütern. Foti-gefertigter Schmuck lag auf einer Seite, aufgehäuft auf einem flachen Felsen. In der Nähe, auf dem Boden, lag gesammeltes Gerät. Quiks hölzerne Handschuhe bildeten die neuesten Ergänzungen des Haufens. Dahinter, weiter auf der Nordseite, lagen zufällige Wertsachen. Ein Buch, irgendein seltsames Gerät, das Wax nicht erkannte, und mehrere Flaschen Tamas-Rotwein.

Eggrad hielt sich in der Mitte des Raumes, flankiert von zwei Wachen, die ihre Aufgabe nicht allzu ernst zu nehmen schienen. Die Frau rechts warf immer wieder ein einzelnes Messer hoch und fing es stets am Griff auf. Der andere schien im Stehen zu schlafen, beide Augen geschlossen und die Hände in einen zerlumpten Gürtel eingehakt.

»Beständigkeit und Qualität«, sagte Wax. Eggrad trug, wie so viele andere Banditen, eine zusammengewürfelte, gebrauchte Sammlung aus Leinen und Leder. »Ich bin nicht beeindruckt.«

Eggrad kicherte. »Vis hat dieses Mal einen ziemlich frechen Erneuten ausgesucht.« Er nickte Sledge zu. »Ich sehe, du hast auf der Reise etwas gefunden?«

»Was meinen Sie?«, fragte Sledge.

»Ich meine dieses neue Schwert an deiner Hüfte, oder täusche ich mich in dem, womit du von hier aufgebrochen bist?«

»Nicht ihr Schwert«, sagte Wax. »Es ist meins.«

»Nichts gehört dir mehr, Junge.« Eggrad zeigte auf den

Ausrüstungshaufen. »Gib es her, Sledge. Betrachte es als deinen Preis für diejenigen, die du verloren hast.«

Sledge verschränkte die Arme. »Jeder Mund, den wir nicht füttern müssen, bedeutet mehr für den Rest von uns.«

Wax blinzelte. Sagte Sledge damit, dass sie die Verluste geplant hatte? Waren die Frettchen beabsichtigt?

»Du machst mein Argument für mich«, entgegnete Eggrad. Im Gegensatz zu Sledge behielt der Mann seine Hände an der Hüfte. »Uns, sagst du. Die Klinge gehört auf den Haufen. Wir werden sie am Ende der Saison aufteilen, wie immer.«

»Wo sie bei Ihnen landen wird«, konterte Sledge.

»Ist das eine Herausforderung?« Eggrad fletschte die Zähne, so fleckig und räudig sie auch waren.

Sledge spannte sich an. Würde sie es jetzt mit Eggrad aufnehmen? Wax war noch keine Stunde im Lager, aber was würde ein solcher Kampf bedeuten? Eine Fluchtmöglichkeit?

»Vielleicht eines Tages«, murmelte Sledge, ihre Hand bewegte sich zur Foti-Klinge. Sie zog die Waffe, warf sie an Wax vorbei auf den Ausrüstungshaufen, wo sie mit einem harten Klirren landete. »Sie werden irgendwann jemanden zu weit treiben, Eggrad, und man wird Sie dafür töten.«

»Ich habe keinen Zweifel, dass du Recht hast«, sagte Eggrad. »Dieser Tag ist jedoch nicht heute.« Er wandte sich wieder Wax zu, mit einem neuen Glanz in seinen Augen. »Nun denn, Erneuter. Lass es uns sehen.«

»Was sehen?«

»Du bist nicht dumm genug, um eine idiotische Frage abzuziehen, Junge. Das Skar.«

»Hören Sie auf, mich Junge zu nennen.«

Eggrad neigte den Kopf, hob eine Hand zu dem dünnen grau-roten Ziegenbart an seinem Kinn. »Wie soll ich dich dann nennen? Deinen Namen? Nein. Den hast du dir noch nicht verdient. Bist du ein Mann? Kaum. Sledge hat dich gefangen, dich den ganzen Weg hierher geschleift. Kein Mann, den ich kenne, würde eine solche Demütigung ertragen.«

Sledge errötete. Wax ballte seine rechte Hand zur Faust. Eggrad war nah genug, dass Wax vielleicht einen Schritt machen und zuschlagen könnte, um dem Mann einen kräftigen Hieb auf den Kiefer zu verpassen, bevor die Wachen reagieren würden.

Das würde ihm allerdings nichts außer einer Tracht Prügel einbringen. Pan würde zur Vorsicht raten. Den richtigen Weg finden und einschlagen.

»Wofür wollen Sie es haben?«, fragte Wax und seine linke Hand wanderte zum Skar, tastete es unter seinem zerrissenen Leinenhemd.

»Ich will es nicht, aber unsere Kunden wünschen es sich sehr«, sagte Eggrad. »Ich bitte Sie darum, weil ich gerne meine Leute und ihre Familien durch den kommenden Winter bringen möchte. Eine Spende, für die wir Ihnen dankbar wären.«

»Das ist nichts im Vergleich zu den Leben, die ein Aegis retten könnte.«

Eggrad lachte. »Du? Ein Aegis? Zu schmächtig, zu vorlaut. Das ist ein ernsthaftes Geschäft, Junge. Lass es lieber-«

Wax sprang los, nicht auf Eggrad zu, sondern nach links, in Richtung des Ausrüstungshaufens und eines besonders glänzenden Griffs. Seine Hand schloss sich um die Foti-Klinge, und Wax riss sie hoch und herum, zielte auf das Gesicht, den Körper, von dem er wusste, dass er da sein musste.

Das Schwert traf auf Eisen, das gepanzerte Handgelenk

des schlafenden Wächters, der schnell genug zu Sinnen gekommen war, um Wax' Schlag zu blocken. Mit der weit ausholenden Foti-Klinge hatte Wax keine Verteidigung gegen das, was als Nächstes kam: die andere Hand des Wächters, zur Faust geballt, die gegen Wax' Schläfe krachte.

Die Kälte weckte ihn, der Wind schnitt durch Wax' dünne Kleidung. An seinen Füßen kitzelte eine Welle seine Zehen, glitt unter ihn. Wax blinzelte, versuchte den Kopfschmerz abzuschütteln, und spürte getrocknetes Blut, das an seinem linken Auge klebte. Als er es abwischen wollte, konnte Wax seine Hände nicht bewegen. Gefesselt, zusammen mit seinen Beinen. Wax verfolgte das Gefühl, sah das Holz, das zu beiden Seiten tief im Sand steckte.

»Wach?«, fragte Sledge. Sie saß vor ihm im Sand, ihren Bogen neben sich auf den Körnern ruhend. »Oder nur ein weiteres Zucken?«

»Was geht hier vor?«

Mit einem Pfeil zeichnete Sledge ein müßiges Muster in den Sand. Hinter ihr schwand der Tag. Die Feuer des Banditenlagers stachen nun hervor, die Felsen eine grinsende Silhouette hinter den Unterkünften.

»Eggrad spielt gerne den ganzen Tag Wortspiele«, sagte Sledge, »aber wenn du etwas Körperliches versuchst, nimmt er es persönlich.«

»Also hätte ich ihn über mich hinweggehen lassen sollen?«

»Wenn du leben willst, tust du, was er verlangt.«

»Ist das, was du tust?«

Sledge schüttelte den Kopf: »Du bist nicht schlau genug, um mich aufzuregen, Wax.« Sie hob den Pfeil aus dem Dreck und richtete ihn auf den Vis-Mann. »Er hat dir das Skar abgenommen. Er wird dir auch dein Leben nehmen, es sei denn, du gibst ein Versprechen.«

Wax musste seine Hände nicht befreien, um die Wahrheit zu bestätigen. Die Wärme des Skars war verschwunden, sein Flüstern verstummt. Sein Mund wurde trocken, seine Muskeln zitterten nicht vor Kälte.

»Was für ein Versprechen?«

»Zu bleiben. Dich uns anzuschließen.«

Sledge schien den Worten, die sie sprach, kein Interesse entgegenzubringen, als wäre die Aufforderung an Wax, seinen Lebensunterhalt aufzugeben, eine einfache Sache.

»Warum sollte ich das tun?«

»Weil du hier draußen bleiben wirst, an diese Balken gefesselt, bis du es tust. Wenn die Flut kommt, wirst du entweder erfrieren oder ein neugieriger Fisch wird an dir knabbern.«

»Klingt nicht so, als hätte ich viel Wahl.«

»Die haben Sie auch nicht. Und wenn Sie Ja sagen, werden Sie monatelang jede Minute beobachtet, bis Eggrad davon überzeugt ist, dass dies die einzige Möglichkeit zu leben ist.« Sledge holte tief Luft. »Jede Sekunde jedes Ihrer Tage wird von diesem Leben durchdrungen sein, bis es das einzige ist, das Sie sich vorstellen können.«

»Sie scheinen nicht überzeugt zu sein.«

»Ich bin hier, oder?«, fragte Sledge und stand auf. »Es ist kein perfektes Leben, aber verdammt besser, als unten in diesen Minen zu sterben. Auf Foti kann man nicht viel mehr verlangen.« Sie wandte sich dem Banditenlager zu und machte Anstalten zu gehen. »Ich komme in ein paar Stunden wieder. Entscheiden Sie sich bis dahin. Es hat keinen Sinn, für nichts zu sterben, Wax.«

»Mein Bruder und meine Schwester werden zurückkommen, um mich zu holen.«

Sledge lachte, als sie durch den Sand stapfte: »Ihr

Bruder und Ihre Schwester sind tot. Und selbst wenn nicht, wird ihnen niemand auf dieser Insel helfen.«

Wax wollte noch eine scharfe Erwiderung rufen, aber ihm fiel keine ein. Seine Handgelenke und Fußknöchel schmerzten dort, wo das Seil ihn an das Holz band. Die Kälte raubte ihm den Atem und überzog seine Haut mit Gänsehaut. Der Hunger nagte, der Durst kratzte. Nicht ein einziges Mal in all seiner Zeit auf Vis hatte er sich so elend gefühlt, nicht ein einziges Mal.

Das war es, was Pan ihm gegeben hatte. Kein großes Abenteuer, keine gefeierte Reise. Nur ein Kampf, einer, der mit nichts endete, nichts außer Kälte, Dunkelheit und dem Meer.

30
WIEDER EIN WÄCHTER

Die Lelune blühten heute Nacht wieder. Ami ging an ihnen vorbei, den Krater hinunter zum vertrauten Gefängnis. Zum ersten Mal seit Tagen begleitete sie kein Najahn-Wächter, doch deren Ketten lasteten fast genauso schwer auf ihr wie ihr Schwert und ihre Foti-Rüstung. Gladdrings Erklärung, noch bevor Mattimo aufgehört hatte, im Meer zu kämpfen, dass Ami nur sein Werkzeug sei und sonst nichts.

»Sie werden für mich arbeiten, mit mir, und wie ich es sage, ohne Lügen, Tricks oder Täuschungen«, sagte Gladdring dort am Strand, halb zur Höhle und seinem Turm zurückgewandt. »Mattimos Tod wird mich etwas kosten, aber Ihren wird niemand bemerken oder sich darum scheren.«

Catya würde es.

Doch als sie auf die Aegis und die Wunde zustapfte, geriet Ami bei diesem Gedanken ins Stocken. Wie lange würde es dauern, bis Catyas Geist genauso verkümmert war wie ihr Körper? Würde sie Ami überhaupt noch erkennen, oder hatte der Stress Catya bereits ruiniert?

Die Nachricht kam, als die Experimente des Tages – ein weiterer Dämon, ein weiterer Skar, ein weiterer kleiner Erfolg – zu Ende gingen: Dämonen strömten aus der Wunde, die Wächter wurden überrannt, und die Aegis brauchte ihren Wächter.

Gladdring übergab Ami dem Schildwächter und faselte dabei von den Kosten für Noctia, davon, wie froh er sei, dieses Opfer für das Wohl aller zu bringen.

Obwohl sie direkt vor dem Eingang des Turms standen, umgeben von Gelehrten und Najahn, verspürte Ami in diesem Moment den brennenden Wunsch, Gladdring das Genick zu brechen. Ein einfaches Greifen und Drehen hätte genügt.

Wieder hatte sie sich für Catya zurückgehalten.

»Wie viele Leben du gerettet hast«, murmelte Ami.

»Was ist das?«, fragte der einsame Ward, der vor dem Heim der Aegis stand, die knochenweiße Leinwand, die sich über einen Riss im Boden spannte. Dieser Riss, die Wunde, führte angeblich direkt zu Noctias Herz oder dorthin, wo es gewesen war, als die Göttin noch lebte. »Sind Sie der Wächter?«

Ami musterte die saubere Rüstung, die unversehrte Glefe und den neuen Chakram, der auf dem violett-schwarzen Ensemble ruhte. Das junge Gesicht dahinter war keine Überraschung, eher die Tatsache, dass jemand so Unerfahrenes hier an diesem Ort stehen konnte.

»Es ist schlimmer, als ich dachte«, sagte Ami und richtete sich auf. »Wie viele Jahre, Ward? Oder sollte ich sagen Tage?«

Der Mann zuckte zusammen. Ein weiteres schlechtes Zeichen. Wards mussten selbstsicher sein, bereit, allem zu begegnen, weil ihnen alles begegnen konnte.

»Es ist jetzt ruhig«, sagte der Mann. »Die Unholde

bekämpfen sich gegenseitig so sehr wie uns. Es ist eine gute Zeit für einen Besuch.«

»Kein Besuch. Ich bleibe.«

Zumindest bis Gladdring an ihrer Leine zog.

Die Aegis lebte trotz ihres Ranges und ihrer Bedeutung für die Inseln ein ärmliches Leben. Essen und Trinken wurden zwar gebracht, und in den ersten Jahren, als Catya noch gesund genug war, um ihre eigenen Anweisungen zu geben, gab es glückliche Zeiten, die man auf dem harten Stein unter der Leinwand teilte. Unterhalter kamen zu Besuch, Musiker, Schriftsteller, sogar Politiker von den Inseln, die ihren Respekt zollten und Geschenke brachten.

Diese Besuche wurden weniger, als Catya schwächer wurde, und nun verharrte sie, kaum mehr als ein Hauch, auf ihrem steinernen Thron. Decken umhüllten sie, da der nahende Winter die Nächte in Noctia kühl werden ließ, obwohl Ami dachte, dass die stehenden Fackeln den Raum warm genug hielten.

Die Wunde füllte die Mitte des Raumes, ein zackiger Schnitt, ungebeugt von so vielen Jahren. Ami blickte zuerst dorthin, als sie eintrat, und erwartete, dass ein Unhold genau in diesem Moment hervorkriechen würde, mit Spinnenbeinen oder Fledermausflügeln, und ihr Blut, ihre Seelen oder etwas irgendwie Schlimmeres fordern würde.

Stattdessen sah sie Wards. Fast ein Dutzend, obwohl die meisten entweder leichte Wunden versorgten, Ausrüstung polierten oder sich an den gestapelten Speisen und Getränken auf dem einzigen dunklen Holztisch nahe dem Eingang bedienten. Tatsächlich eine ruhige Zeit.

Nur zwei schienen Wache zu halten, beide bewaffnet mit ihren Chakrams und am Rand der Wunde stehend, in die Schwärze starrend, wie Ami früher von ihrem Balkon in

Noctia in die Sterne gestarrt hatte, auf der Suche nach einem Grund, sich zu kümmern.

»Wächter, wir sind froh, dass Sie hier sind«, erklang Terrevins Stimme, deren Besitzerin sich von einem neuen Schreibtisch direkt neben der Tür erhob.

Eine Tafel lag auf der Oberfläche des Schreibtisches, bedeckt mit Flecken von vielfach ausradierten Linien. Frische Markierungen sahen aus wie Tage, Namen in einer langen Tabelle. Terrevin ragte darüber, nickte Ami respektvoll zu, was in starkem Gegensatz zu der selbstgefälligen Haltung stand, die sie zuerst in der Wohnung des Wächters gezeigt hatte.

Wie lange das her zu sein schien.

Terrevins einstige Zuversicht war der Vorsicht gewichen, ihre linke Hand klopfte gedankenverloren auf den Tisch, während Falten eine Stirn furchten, die noch immer über etwas anderes als das Schwert des Neuankömmlings nachsann. Dennoch setzte sich Terrevin mit einem Lächeln wieder in den steifen Stuhl, als Ami den Gruß erwiderte.

»Nur einen Moment, dann können Sie so lange zu Catya gehen, wie Sie möchten«, sagte Terrevin.

Catya schien nicht bemerkt zu haben, dass Ami eingetroffen war, also tat die Wächterin, worum die Schildwächterin sie gebeten hatte, und achtete darauf, die Arme zu verschränken und ihr Gesicht ernst zu halten. Respekt hin oder her, Ami würde nicht Terrevins Lakai sein.

Sie hatte Gladdring in dieser Hinsicht schon genug Zugeständnisse gemacht, und es gab Grenzen für den Schaden, den ihre Würde ertragen konnte.

»Wissen Sie, warum Sie hier sind?«, fragte Terrevin.

»Ihre Wächter können Catya nicht schützen.«

Terrevin schnaubte, verlagerte ihre klopfende Hand auf

das Tablet und fuhr mit einem einzelnen Finger die Namen auf der linken Seite entlang.

»Es ist, weil wir sie *tatsächlich* beschützen, Ami«, sagte Terrevin. »Wir tun alles, was wir können, damit Ihre Freundin am Leben bleibt. Die Unholde geben ihr Bestes, um es uns schwer zu machen, und unsere Opferzahl, sowohl Verletzte als auch Schlimmeres, dezimiert unsere Reihen.«

»Also waren Sie nicht vorbereitet.«

Terrevin atmete tief durch und schloss die Augen. Sie wehrte Amis Sticheleien also ab. Ami bereitete eine schärfere Spitze vor, sich bewusst, dass ihr Ärger weniger mit Catyas Sicherheit zu tun hatte und mehr damit, dass sie tagelang in Gladdrings Käfig gesteckt hatte. Diese Erkenntnis ärgerte Ami nur noch mehr.

Catyas Husten machte dem allen ein Ende.

Der Husten selbst war schwach, wie das Röcheln eines sterbenden Tieres. Amis Kopf schnellte herum und fixierte die Aegis, als Catyas Augen sich öffneten und die ihren fanden.

»Ami«, sagte Catya, ein Flüstern, das sein Ziel traf. »Du bist hier.«

Terrevin konnte ihren Atem und ihre Ausreden für sich behalten. Ami ignorierte die Blicke der Wächter, als sie an Catyas Seite trat, sich neben der Aegis hinkniete und eine Hand ergriff, die mehr Knochen als Haut war.

»Sie haben mich zu lange von dir ferngehalten«, sagte Ami.

»Aus gutem Grund, oder waren sie eifersüchtig?« Catyas Augen, verdammt seien sie, hatten immer noch ihr Funkeln.

»Eifersüchtig.« Ami holte jetzt selbst tief Luft. Es war immer ein Kampf, Catya so nahe zu sein, ein Verschmelzen, als verlorene Möglichkeiten mit anhaltender Hoffnung kollidierten. »Ich war nicht untätig.«

»So habe ich gehört«, sagte Catya, und Ami zuckte zusammen. »Schau nicht so überrascht, Ami. Ich lebe seit mehr als einem Jahrzehnt hier. Du bist nicht meine einzige Freundin.«

»Was dann?«

»Sag mir zuerst, gibt es eine Chance?«

Oh, dieses Funkeln. Eine Lebendigkeit, die jeden Moment von Catya durchdrungen hatte, ein springendes Licht. Konnte Ami es mit der Wahrheit zerbrechen? Dass die Skars zukünftigen Najahn-Kämpfern eine gewisse Chance boten, aber bisher nichts für die Aegis?

»Vielleicht«, sagte Ami.

Catya neigte den Kopf. »Lügst du mich an, Wächterin?«

»Ich kann nicht. Nicht bei dir.«

»Nein. Ich glaube, du schuldest mir noch etwas von unseren Spielen unterwegs.« Catya versuchte zu lachen, hustete stattdessen wieder. Sie schüttelte es ab und beugte sich näher an Amis Ohr. »Sei vorsichtig. Das ist nicht, was es scheint.«

Ami zwang sich, ruhig zu bleiben. »Was?«

»Nicht jeder will, dass du oder ich überleben.«

»Wer?«

»So viel weiß ich nicht. Nur, dass ihre Waffen nicht ganz so loyal sind, wie ihre Herren glauben.« Catyas Griff verstärkte sich, wie eine Federberührung. »Halte dich einfach in Sicherheit, Ami. Du bist diejenige, um die ich mir Sorgen mache.«

»Es ist doch eher-«

»Es bist du, und nur du.« Catyas Blick wanderte zu den Getränken und dem Essen. »Denkst du, du könntest mir etwas von diesem Kance-Tee holen? Er ist wirklich der beste.«

Terrevin traf Ami bei den Erfrischungen. Sie füllte ihren eigenen irdenen Becher, stopfte einen kleinen Metallball mit losen Teeblättern und legte ihn in heißes Wasser, das von einem nahegelegenen, niedrigen Kochbrazier warm gehalten wurde.

»Wir haben unser Gespräch nicht beendet«, sagte Terrevin.

»Wirklich? Ich dachte, das hätten wir. Du kommst nicht mit, also brauchst du mein Schwert.«

»Ich brauche mehr als dein Schwert«, erwiderte Terrevin. »Ich brauche das, woran du mit Gladdring arbeitest.«

Ami hielt inne, Catyas Becher in ihren Händen ziehend. »Die letzte Person, die in seinen Angelegenheiten herumgeschnüffelt hat, endete tot.«

»Gladdring wird sterben, wenn die Wunde durchbricht«, entgegnete Terrevin, ohne im Geringsten besorgt zu wirken. »Du wirst ihn fragen. Wenn er sich weigert, dann-«

»Es ist nicht fertig«, sagte Ami. »Egal wie sehr du es dir wünschst, was er tut, wird nur deine Leute umbringen.«

Ami selbst konnte die Skars kaum zum Reagieren bringen. Irgendein Ward, der nicht wüsste, was zu tun ist, würde nur zulassen, dass ein Unhold sie von Kopf bis Fuß zerreißt, während er versucht, den flüsternden Wahnsinn eines Skars zu entschlüsseln.

»Welche anderen Wunder kannst du dann anbieten?«, fragte Terrevin. »Denn ich versuche, meine Leute am Leben zu erhalten, und mir gehen die Möglichkeiten aus.«

Von allen Dingen kitzelte Svardes rücksichtslose Mission in die Dunkle Tiefe Amis Erinnerung.

»Vielleicht greifen wir an, anstatt uns zu verteidigen?«,

schlug Ami vor. »Gehen wir gegen die Unholde vor, anstatt darauf zu warten, dass sie zu uns kommen?«

»Über den Schutz der Aegis hinauszugehen lädt den Tod ein«, entgegnete Terrevin.

»Der Tod kommt auf uns zu, ob wir ihn einladen oder nicht, Schildwächterin. Ich denke, wir wären besser dran, wenn wir versuchen, ihn zuerst zu bekämpfen.«

»Wir müssen nur durchhalten, bis die nächste Erneuerung abgeschlossen ist.« Terrevin wich vom Tisch zurück. »Du vergisst, Ami, dass meine Wards Familien haben, Leben jenseits dieser Pflichten. Ich kann nicht von ihnen verlangen, Selbstmord zu akzeptieren, nicht einmal einen verzweifelten.«

Ami beobachtete, wie Terrevin zu ihrem Schreibtisch zurückkehrte, bevor sie wieder an Catyas Seite ging. Selbstmord. Ein hartes Wort für eine Mission zur Rettung der Sieben Inseln. Andererseits hatte der Kreis Svardes Bemühungen genauso eingestuft. Selbstmord, und nichts weiter.

Als Catya den dampfenden Becher aus Amis Händen nahm, pfiff ein Wächter, der die Wunde überblickte. Der zweite Mann echote das Geräusch, brachte seine Hände an den Mund und stieß einen vorbereitenden Ruf aus.

»Wie viele?«, fragte Terrevin und nahm ihre Glefe von ihrer Lehne am Schreibtisch auf.

»Eins«, antwortete der erste Wächter. »Ein großes, und wütend.«

»Bist du nicht froh, dass du gekommen bist?«, sagte Catya, als die Wächter in hektische Betriebsamkeit ausbrachen. »Wie gelangweilt warst du?«

Auf Terrevins Anweisung begannen die Wächter, Foti-Feuerbomben in die Wunde zu werfen. Andere griffen nach Whent-Wurfsteinen und schleuderten sie in den aufgerissenen Boden. Noch mehr bewegten kleine Palisaden an den

Rand der Wunde, deren Metallspitzen mit Vis-gefertigten natürlichen Giften versehen waren, die jedes Biest in ein gelähmtes, erkranktes Faultier verwandeln sollten.

»Waffen bereit!«, rief Terrevin, und die Wächter-Verteidiger zogen sich zurück. Die Hälfte nahm die vorderen Reihen ein, mit ihren Glefen bereit, während die anderen ihre Chakrams abnahmen.

Ami stand auf, zog Flamebreak und hielt es vor sich. Sie pflanzte sich zwischen die Wunde und Catya. Flamebreaks Skar glühte in orangefarbenem Feuer, bereit. Jetzt, da sie darauf achtete, konnte Ami sein Flüstern hören, seine Begierde, nach vorne zu stürzen und einen Feind zu finden.

Keine Sorge, dachte Ami, es wird bald genug hier sein.

Der Unhold kündigte seine Ankunft nicht mit einem Brüllen an, kreischte nicht und spie keine Galle aus der Wunde in einem säurehaltigen Regen. Stattdessen brach die Kreatur hervor und sprang aus der Öffnung direkt auf das Dach des Unterstands zu. Ihr Aufstieg riss durch das Leinwanddach und legte den Nachthimmel frei. In ihn erhob sich ein blutendes, brennendes, missgestaltetes Monster, dessen flatternde, tropfende Flügel einen Körper bedeckten, der immer weiter kam, sich in die Luft erhob und wand. Eine pelzige Schlange, eine Katze, zu lang gestreckt und mit Fledermausflügeln, die Parallelen verschwammen, als der Ansturm des Unholdes nachließ, seine Flügel, die wie die eines Kolibris schlugen, es nicht mehr in der Luft halten konnten.

»Hier kommt es!«, rief Terrevin.

Und das Monster, das die Sterne über ihnen verdunkelte, stürzte auf sie herab.

31
EIN SCHIFF, EIN SCHUSS

Quik hielt sie mit Tricks am Leben, die Bliss noch nie gesehen, geschweige denn sich vorgestellt hatte. Der Jäger führte ihren Treck über die Ödnis im Norden mit präziser Anleitung und strengen Regeln. Bewegungen und Momente durften nicht verschwendet werden, selbst mit dem reichhaltigen Protein des Tolkets, das provisorische, aus seiner netzartigen Haut geschnittene Beutel füllte. In der ersten Nacht zerlegte Quik auch den toten Unhold, benutzte dessen zerbrochene Zähne, um grobe Messer herzustellen, und zerschlug seinen Panzer mit Steinen, um an die weicheren Innereien zu gelangen, einschließlich weiterer Wassersäcke.

»Er ist echt eklig«, sagte Torny mehr als einmal, als die Tage vergingen und Quik vorschlug, sich mit Schlamm einzureiben, um sich vor der Sonne und den Fliegen zu schützen. »Ist er wirklich dein Bruder?«

Bliss nickte und tat, was Quik vorschlug. Die Sitte der Vis verlangte, sich dem erfahrensten Jäger einer Expedition unterzuordnen, und dies war nichts anderes als eine Reise durch raues Land, das ihnen allen unbekannt war. Selbst

Torny, angeblich eine Einheimische von Foti, behauptete, sie sei nie über die Städte hinausgekommen, bis Sledge sie auf dieser letzten Reise aufgegabelt hatte.

»Wie hätte ich Nein sagen können?«, witzelte Torny eines Abends an einem weiteren Lagerfeuer, einem kurzen Ding, das gerade lang genug Gestrüpp und Zweige verbrannte, um ihr in Lava gekochtes Abendessen zu erwärmen. »Eine Chance, die Asche und das Erz hinter mir zu lassen für ein Leben voller prickelnder Banditerei? Aufregende Sache.«

Quik war während dieses Gesprächs abwesend gewesen und hatte auch sonst meist geschwiegen. Nach dem anfänglichen Schock, seine Schwester und Torny überhaupt lebend zu sehen, war er in ein finsteres Brüten verfallen, wann immer er keine Befehle oder Ratschläge gab.

Bliss konnte sich denken, warum, denn dasselbe Gefühl drohte auch sie zu überwältigen. Hätte es auch, wäre da nicht Tornys unaufhörliches Geplauder gewesen.

Sie hatten nicht nur als Wächter versagt, sie hatten auch ihre Familie im Stich gelassen. So einfach und verheerend war das.

›Du musst es verdrängen‹, gebärdete Bliss zu Quik, als sie am fünften Tag neben ihm ging. ›Wir haben ihn nicht im Stich gelassen. Wir hatten keine Wahl.‹

›Du vielleicht‹, antwortete Quik in Gebärdensprache und hielt so die hinter ihnen gehende Torny aus dem Gespräch heraus. ›Ich habe mich entschieden zu gehen. Ich hätte umkehren, versuchen können, sie aus dem Hinterhalt anzugreifen. Zu kämpfen.‹

›Warum hast du es nicht getan?‹

Weniger eine Anschuldigung, eher ein Versuch, Quik davon abzuhalten, sich selbst zu hassen. Hoffentlich würde ihr Bruder die Bedeutung verstehen. Quik seufzte jedoch nur und richtete seinen Blick nach vorn. Die aufgehende Morgendämmerung brach heute über etwas Neues herein: ein Land, das nicht vollständig von schwarzem Gestein geformt war, sondern stattdessen lange Gräser und schmale Bäume bot, die sich in dünnen Hainen erhoben. Vögel, mehr als nur Geier, erhoben sich aus den hohen Gräsern und tauchten wieder zwischen ihnen ein.

Ein gutes Zeichen: In diesen Halmen musste Nahrung warten.

»Erstaunlich«, sagte Torny, als sie alle am Rand des Lavagesteins standen und eine Pause einlegten, bevor sie sich in die langen Gräser wagten. »Ich hätte nicht gedacht, dass wir es tatsächlich bis zum Ende schaffen würden.«

»Das hättest du auch nicht«, sagte Quik.

Torny lachte: »Absolut nicht. Mein Dank gilt dir, oh Jäger der Wildnis. Deine Künste mit Schlamm und Eingeweiden sind wirklich bemerkenswert.«

Quik verengte seine Augen.

»Sie scherzt«, gebärdete Bliss zu ihm.

»Ich weiß, dass sie scherzt«, erwiderte Quik. »Sie ist trotzdem eine Banditin, und sie kann froh sein, dass wir sie nicht dort zurückgelassen haben.«

»Oh, ihr hättet es versuchen können, aber ich wäre euch gefolgt.«

»Du wärst gescheitert.«

»Vielleicht. Ich schätze, wir werden es nie erfahren.«

Bliss stand auf und stellte sich zwischen die beiden. Das Gesicht ihres Bruders wurde immer furchiger, eine leichte Röte stieg in seinen Tiefen auf. Eine Stimmung, die sie gut genug kannte: Quik würde bald etwas Dummes vorschlagen, etwas, das nicht leicht zurückzunehmen wäre.

Torny wäre auch selbstgefällig genug, ihn darauf anzusprechen.

Stattdessen zeigte Bliss mit ihrem Stab nach Norden. Mit ihrer linken Hand machte sie Zeichen, die Torny inzwischen kannte.

»Lass uns gehen.«

Rauch und zivilisierte Gerüche erfüllten die Luft am Mittag, zusammen mit Salz und einer Meeresbrise. Torny bemerkte, dass Fotis Landstreifen sich nach Norden hin verjüngte und in einer Spitze endete. Sie waren noch nicht ganz an diesem Rand, aber die Große Schmiede und ihre umliegenden Städte mussten nahe sein.

»Das bedeutet, wir können ein Bad nehmen«, sagte Torny, als sie durch die hohen Gräser wanderten und bei jedem Schritt Ungeziefer und Vögel aufscheuchten. »Die heißen Quellen hier oben sollen unglaublich sein.«

»Nicht, bevor wir meinen Bruder zurückbekommen haben«, sagte Quik von vorne.

»Ja, klar, aber wenn du nicht vorhast, den ganzen Weg zurückzuwandern-«

»Das werde ich. Sobald wir einige Vorräte haben.«

»Und wie planst du das zu tun? Betteln? Etwas von diesem ranzigen Tolket-Fleisch verkaufen, das wir fast eine Woche lang mit uns herumgetragen haben?«

Bliss wirbelte herum und drückte das Ende ihres Stabes gegen Tornys Brust. Die Banditin zuckte mit den Schultern und behielt ihr breites, offenes Grinsen bei.

»Was?«, flüsterte Torny. »Dein Bruder ist so ernst. Wenn Wax jetzt nicht tot ist, dann hat er entweder einen Deal gemacht oder sich Sledges Crew angeschlossen.«

Bliss blinzelte, »Was?«

»Das ist es, was sie tun. Sie nehmen dir alles, was du hast, lassen dich verzweifelt zurück und lassen dich dann beitreten, um alles zurückzuverdienen«, Torny griff nach oben und schob Bliss' Stab beiseite. »Wie denkst du, wachsen sie weiter? Du musst fast tot sein, um dich ihnen anschließen zu wollen.«

Bliss nickte Torny zu und ließ ihre Augenbrauen die Frage stellen.

»Oh ja. Das war ich. Bin es immer noch, schätze ich.« Torny lachte wieder. »Ich habe einige wirklich schlechte Entscheidungen getroffen, aber hey, wer hat das nicht?«

Quiks Ruf beendete das Gespräch, besonders als seine Nachricht sich als so verlockend erwies: »Wir sind da.«

Wenn sich Kitaye, die Vis-Stadt, in die Bäume eingebettet hatte, die ihre Bucht markierten, so hatte sich die Foti-Stadt rücksichtslos über das Land ausgebreitet, um sich ihren eigenen Platz zu schaffen. Die langen Gräser und dünnen Bäume verschwanden am Stadtrand und machten Platz für gepflügte Felder mit abgeernteten Nutzpflanzen. Stein und sandgestrahlte Ziegel rahmten flache einstöckige Häuser ein, weit entfernt von Smythes höheren, dominanten Strukturen. Geräumte Wege waren mit Meeressand bedeckt, der vom nahen Strand und dem spinnennetzartigen Hafen, der vom westlichen Punkt der Stadt hervorragte, heraufwehte. Die Bewohner des Ortes blickten überrascht auf das Trio, als sie in die Stadt kamen, ein Blick, den Torny eher auf ihr zerzaustes Aussehen zurückführte als auf die Tatsache, dass sie überhaupt existierten.

»Im Süden gibt es nur Smythe, sonst nichts«, sagte Torny, als sie am Stadtrand vorbeigingen. »Es gibt zwar Orte wie Jarls Zahn, die in den Lavaröhren Bergbau betreiben, aber ansonsten geht niemand irgendwohin. Hier oben gibt es Häfen, es wird zwischen Rana und Whent gehandelt. Hier ist was los.«

»Warst du schon mal hier?«, fragte Quik, dessen Neugierde für den Moment seine Abneigung gegen die Banditin zu überwiegen schien.

»Natürlich nicht. Warum sollte ich an einen Ort wie diesen kommen?«

Quik suchte Bliss' Aufmerksamkeit und verdrehte die Augen. Torny ergab nicht immer Sinn, das konnte Bliss zugeben, aber sie schien weniger düster als ihr Bruder, also würde Bliss sie ertragen.

Das Stadtzentrum bot ein Gasthaus, mehrere Läden und die üblichen Anlaufstellen, die für ein zivilisiertes Leben erforderlich waren: Metzger, Bauunternehmer, Lebensmittelhändler und dergleichen. Wäre da nicht die andere Architektur, die windgepeitschte Atmosphäre und die Leinenkleidung gewesen, hätte Bliss sagen können, es fühlte sich wie zu Hause an.

Besonders als sie einen klaren Blick auf den Hafen erhaschten, der sich vor ihnen auf einem abwärts führenden Hang von der Stadtmitte aus erstreckte. Ähnlich wie in Smythe schienen alle Menschen um sie herum zum Zentrum am Meer zu gehen oder von dort zu kommen. Der Grund dafür erhob sich aus dem Wasser: zwei Schiffe, eine schwere Foti-Galeone, die Kiste um Kiste an Fracht aufnahm, und ein schnelleres Schiff mit lila-schwarzen Segeln.

»Ein Najahn-Schiff in einer Stadt wie dieser?«, sinnierte Torny. »Etwas seltsam. Wir sind nicht weit von der Großen Schmiede entfernt, aber es gibt nähere Häfen.«

»Sie sind die Hilfe, die wir brauchen«, sagte Quik. »Ausnahmsweise ist uns das Glück hold.«

Der Jäger straffte die Schultern und wollte losgehen, doch Bliss packte ihn und brachte Quik zum Stehen.

›So wie wir aussehen, werden wir keine Hilfe bekommen‹, gebärdete Bliss. ›Und ich wette, wir riechen noch schlimmer.‹ Tornys Bemerkung über Wax' Existenz unterstützte dieses Gefühl. ›Ein paar Stunden werden jetzt keinen Unterschied mehr machen.‹

Quiks eigener Magen unterstrich Bliss' Gefühle und knurrte über dem ruhigen Treiben der Stadt, als der Jäger den Mund öffnete. Quik schloss ihn, verzog das Gesicht und blickte zum Gasthaus.

»Eine Mahlzeit und ein Bad also, aber wir bleiben nicht lange.«

Das Gasthaus bewies, dass seine Lage kein Zufall war. Mehrere heiße Quellen, eine Verbindung zwischen Meer und unterirdischer Lava, sprudelten in seinem Hinterhof. Das Trio musste all ihre gesammelten Fiendzähne, ihre provisorischen Beutel und ihr übriges Tolket-Fleisch – gut als Köder, so der Gastwirt – abgeben, aber die Bezahlung brachte ihnen eine frische Fischmahlzeit, Brot und, ja, diesen heißbegehrten Artikel: ein Bad.

Nach ihrem Bad erwartete jeden von ihnen ein frischer, wenn auch dünner Satz Leinenhosen. Gut genug zum Tragen, aber zu wenig, um jemanden im Wind warm zu halten, hatten die drei dennoch nichts anderes. Selbst Tornys Ledersachen waren nach dem langen Marsch ohne Öle und Pflege kaum mehr als Fetzen.

»Immerhin sehen wir jetzt wie Menschen aus und nicht wie besonders hässliche Unholde«, sagte Torny, als sie das Gasthaus verließen und der Tag sich dem Abendessen näherte. »Ich weiß ja nicht, wie es euch beiden geht, aber ich bin ein großer Fan davon, keinen Sand mehr zwischen den Zähnen und Zehen zu haben.«

Quik hielt bei ihren Worten inne, die drei standen am Straßenrand in Richtung Hafen. Verkrusteter Sand und kurze Lava- und Kalksteinklippen erhoben sich um sie herum. Möwen beherrschten nun den Himmel, und der

Geruch des Tagesfangs übertönte den Meeresduft in der Luft.

»Warum bist du überhaupt noch hier?«, fragte Quik. »Wir haben die Stadt erreicht. Solltest du nicht längst jemand anderen ausrauben?«

Zum ersten Mal versagte Tornys Schlagfertigkeit. Sie verschränkte die Arme und blickte zu Bliss.

»Ehrlich gesagt, habe ich nirgendwo anders hinzugehen«, sagte Torny. »Ich dachte, wenn ihr zu den Banditen zurückkehrt, um deinen Bruder zu holen, könnte ich mitkommen.«

»Und was dann, dich ihnen wieder anschließen? Die erste Chance nutzen, um uns mit diesem Messer in den Rücken zu stechen?«

»Das würde sie nicht tun«, gebärdete Bliss schnell. »Nicht nach allem, was wir durchgemacht haben.«

»Warum vertraust du ihr?«, wandte sich Quik nun an Bliss. »Du verteidigst sie die ganze Zeit, als ob sie nicht mitverantwortlich für all das wäre.«

»Weil ich ohne sie tot wäre.«

Als Bliss' erster Angriff gegen den Unhold am Lavagrube mit einem zerschmetterten Stab und einem Zahn, der ihren Knöchel aufriss, endete, war es Torny gewesen, die johlend und schreiend Steine warf und den Unhold ablenkte.

»Sie hätte weggehen können, hätte sich zurückziehen und mich sterben lassen können, aber das tat sie nicht«, gebärdete Bliss. »Du warst nicht dabei.«

Quik taumelte bei diesen Worten zurück, ein Schlag, den Bliss erst in diesem Moment bemerkte. Der Jäger erholte sich jedoch schnell und entfesselte denselben beschützenden Zorn, um einen wütenden Finger auf Torny zu richten.

»Bliss erkauft dir dein Leben, in Ordnung?«, sagte Quik. »Sie erkauft dir sonst nichts. Wenn du irgendetwas versuchst, breche ich dir das Genick oder lasse es die Najahn für mich tun.«

Torny schluckte, ließ aber keine Furcht in ihre Augen treten. »Rede nur weiter, Quik, wenn es dich besser fühlen lässt. Aber wie wäre es, wenn wir das auf ihrem Schiff tun, bevor sie ablegen?«

Das Najahn-Schiff schien sich tatsächlich für die Nacht fertig zu machen. Die Crew, die einige kleine Kisten verladen hatte, schien verschwunden zu sein, und die Abendlaternen waren an den Seiten des Schiffes erloschen, um es auf einen ruhigen Abend vorzubereiten.

»Damit kann ich wenigstens einverstanden sein«, murmelte Quik und ging voran.

»Ein echtes Prachtexemplar, dein Bruder«, flüsterte Torny zu Bliss.

»Er denkt, wir seien seine Verantwortung«, gebärdete Bliss zurück, bevor ihr einfiel, dass das Mädchen bei Tornys verwirrtem Blick noch nicht alle Zeichen kannte. Also eine einfachere Botschaft.

»Er liebt uns.«

Torny, die in der Dämmerung nickte, schien das zu verstehen.

32
AUF DEM WASSER

Wie die Bewohner von Foti es in ihren Städten mit ihrem Elend und Gestank aushalten konnten, war Quik ein Rätsel. Smythe und Jarls Zahn hatten anfangs eine gewisse Faszination auf ihn ausgeübt, doch nun lichtete sich der Nebel. Alles auf dieser Industrieinsel stank, die Menschen liefen mit Elend auf ihren Schultern herum, und ihre verzweifelte Gier hatte sowohl Quiks Ziel als auch seinen Bruder geraubt.

Jetzt schien auch Bliss davon gefesselt zu sein und sammelte die Banditin wie ein neues Accessoire. Tornys freche Erwiderungen und Sticheleien hätten Quik nicht so sehr gestört – zumindest nicht so sehr, dass er auf dem wasserbenetzten Pier auf dem Weg zum Najahn-Schiff beinahe ausgerutscht wäre –, wenn die Banditin nicht ständig Blicke zu seiner Schwester geworfen hätte, als wären die beiden beste Freundinnen.

Sie hätten die Banditin in der Einöde zurücklassen sollen, wo Torny den langsamen Tod gefunden hätte, den sie und ihresgleichen verdienten.

Die Najahn würden wenigstens Quiks Sichtweise teilen.

Die Noctia-Streitkräfte schienen selten tolerant gegenüber Banditentum oder Dummheit zu sein, beides Bereiche, die Torny mit Bravour abdeckte. Wenn sie sie nicht verjagten oder ins Meer warfen ... nun, Bliss würde schon zur Vernunft kommen.

Das musste sie einfach.

Aus der Nähe betrachtet, verblasste das Najahn-Schiff im Vergleich zur benachbarten Foti-Galeone und übertraf sie zugleich. Quik ging zwischen ihnen auf einem breiten, langen Pier entlang, auf dem hier und da übrig gebliebene Kisten vom Morgenwerk standen.

Das Foti-Ungetüm passte in seiner Beschaffenheit zur Insel: geschwärztes Holz, verstärkt durch Metallringe. Das Schiff ächzte in der sanften Brandung, während der Abend zur Nacht wurde. Keine Segel waren gesetzt, die gewaltigen Masten verschwanden im Himmel. Schmutzige Glasfenster blickten in Quiks Richtung.

Im Gegensatz dazu bot die Najahn-Schaluppe eine schlanke Figur. Heller, sonnengebleicht und fast grau in ihrem Holz, hielt das Schiff sein Metall schlanker, seine Geheimnisse verborgen. Die drei eigenen Masten waren kürzer, schienen aber mit mehr Seilen ausgestattet zu sein, die Sichis Glühen wie ein rosa Spinnennetz am Himmel einfingen. Gesicherte Laternen flackerten an den Rändern, runde Kugeln verliehen dem Boot eine Lebendigkeit, die das Foti-Schiff nicht erreichen konnte.

Ein Leben spiegelte sich in der Rampe des Najahn-Schiffes wider, die trotz der späten Stunde noch heruntergelassen war. In der Nähe lehnte eine Hellebarde an mehreren Kisten, und ein Wächter stand rauchend daneben. Er musterte Quik lange, bevor der Mann aus Vis näher kam, und hatte offenbar entschieden, dass der Mann trotz seiner Muskeln keine große Bedrohung darstellte.

»Brauchen keine Hilfe«, sagte der Najahn und stieß eine mintgrüne Rauchwolke in die Luft, bevor er weitersprach. »Was auch immer du suchst, es ist nicht hier.«

»Hilfe ist genau das, wonach ich suche«, erwiderte Quik.

Der Najahn ließ seinen Blick über Quiks Schulter schweifen. »Suchen die beiden da auch Hilfe? Eine ganze Familie?«

»Sie sind es nicht, die Hilfe brauchen«, antwortete Quik und stellte sich auf gleiche Höhe mit dem Wächter. Der Mann trug seine Najahn-Lederkleidung, darunter eine Tunika und dicke Hosen. Ein guter Plan angesichts der nächtlichen Kälte, die hier draußen auf dem Wasser noch spürbarer war. Quiks eigene Lumpen ließen ihn wissen, dass er es hier draußen bald ungemütlich haben würde.

»Erwartest du, dass mich das interessiert?«, fragte der Najahn.

Quik nickte. »Genau das erwarte ich.«

Die Najahn-Kapitänin glich ihrem Wächter in Kleidung und Skepsis, aber zumindest fand das Gespräch an Bord des Schiffes statt, in der relativ warmen Umgebung der Kapitänskajüte. Quik erzählte die Geschichte zum zweiten Mal, von den Banditen, Wax und dem Lavastrom. Als er fertig war, blickte die Najahn-Kapitänin zu Torny.

Der Wächter vom Pier war bei ihnen geblieben, wirkte nicht mehr so träge und hielt seine Hellebarde bereit. Er stand hinten an der Tür, eine Position, die, wie Quik bemerkte, jede Flucht von Torny unmöglich machen würde. Es sei denn, sie plante, an der Kapitänin vorbeizustürmen und sich durch ein Fenster ins Meer zu werfen.

Das wäre ein befriedigendes Ende.

»Du gehörst zu ihnen?«, fragte die Najahn-Kapitänin. »Zu diesen Banditen?«

»Gehörte«, sagte Torny, ohne dass Stress in ihrem Gesicht oder ihrer Stimme zu erkennen war. »Ich vollziehe gerade einen Berufswechsel.«

Das Lächeln der Kapitänin zeigte all ihre Zähne. Helle noch dazu, etwas, das Quik auf Vis nicht aufgefallen wäre, aber auf dieser ascheverwüsteten Insel hervorstach. Tatsächlich hielten die Kapitänin und ihr Schiff alles rundherum sauber. Was Quik erwartet hatte, und zum ersten Mal war er erfreut, diese Erwartungen erfüllt zu sehen.

»Eine kluge Entscheidung«, sagte die Kapitänin. »Diebe wie ihr steuern auf ein schnelles Ende zu. Die Dämonen werden euch holen, und wenn sie es nicht tun, dann wir.«

Torny schnaubte, was alle außer Quik überraschte. Autoritäten gegenüber abweisend zu sein, schien der Standardmodus des Mädchens zu sein.

»Die Leute, bei denen ich war, machen das schon seit Jahren«, antwortete Torny. »Warum sollten sie jetzt damit aufhören?«

Die Kapitänin nickte. »Weil der Mann, der diese Route früher geleitet hat, nicht mehr hier ist.«

»Was, habt ihr ihn umgelegt?«

»Schlimmer«, sagte die Kapitänin. »Er wurde befördert. Vor fast einem Jahr nach Noctia zurückgeschickt.« Sie lehnte sich vor und stützte ihre Ellbogen auf den kargen Tisch vor ihr, begleitet von Navigationskarten und Dingen, die Quik nicht lesen konnte, nicht verstand. »Mein Name ist Pavarde, Kapitänin Pavarde, und ich habe den Befehl, eurem Unfug ein Ende zu setzen.«

Quik lehnte sich in seinem Stuhl zurück und ließ ein Grinsen über sein Gesicht huschen. Endlich ein echter Sieg. »Dann werdet Ihr uns also helfen, unseren Bruder zurückzuholen?«

Pavarde wandte ihre Augen abrupt zu Quik. »Nenn ihn nicht so. Er ist jetzt nicht mehr dein Bruder. Er ist die Erneuerung von Vis. Das ist es, was zählt, und das ist es, wer ich holen werde. Morgen früh segeln wir nach Süden.«

»Und wir kommen mit?«, fragte Quik und bemerkte, dass Bliss ihm die gleiche Frage zuwinkte.

»Natürlich«, antwortete Pavarde. »Zeugen, die die Geschichte erzählen können, wie die Najahn ihre Erneuerungen angesichts von Banditentum sicher bewahren, sind immer willkommen.«

Pavarde verstaute das Trio mit der Fracht im unteren Deck der Schaluppe, eine düstere Unterkunft, wenn die Reise länger als ein oder zwei Tage dauern sollte. Pavarde behauptete jedoch, die Schaluppe könne schnell reisen, insbesondere mit den Winterwinden. Mit diesem Gedanken schlief Quik zum ersten Mal seit seiner Abreise aus Smythe tief und friedlich.

Die Reise nach Süden verging wie im Flug, obwohl Quik wieder feststellte, dass Bliss zu viel Zeit mit Torny verbrachte. Sie brachte der Banditin ihre Zeichen bei, während Torny mit Lektionen über Schlösser und deren Öffnung, über Taschenspielertricks und über Dinge antwortete, die kein Vis-Jäger jemals brauchen würde. Als Quik jedoch versuchte, Bliss daran zu erinnern, scheuchte sie ihn weg.

Glücklicherweise war Pavarde zufrieden damit, Quik an ihrer Seite zu haben. Die Kapitänin wechselte zwischen Fragen an Quik über seine Insel und seine Erfahrungen und Geschichten über ihre eigene und die Najahn ab.

Das Lila und Gold konnte sich nicht länger mit der Seitenlinie, mit nur ihren eigenen Interessen, zufriedengeben, erklärte Pavarde. Sie war in der Stadt als Teil einer Patrouille entlang der Westküste der Insel gewesen, auf der

Suche nach Anzeichen, dass Unholde auftauchen oder nisten könnten.

»Nisten?«, fragte Quik.

»Das Schlimmste«, antwortete Pavarde. »Auf Kance und Tamas haben wir bereits Unholde gefunden, die versuchen, sich Behausungen zu bauen. Sie versuchen sich fortzupflanzen. Nicht nur wilde Zerstörung wie bei den alten.«

Die Möglichkeit, dass einige feindliche Kreaturen versuchen könnten, die Inseln zu ihrem neuen Territorium zu machen, erklärte die wachsende Reichweite der Najahn, das und die Inseln selbst, die sich dieses Mal als unruhiger erwiesen.

»Bei früheren Erneuerungen gibt der Kreis den Befehl aus und alle vertragen sich miteinander, erkennen die Katastrophe als das, was sie ist«, sagte Pavarde und hielt inne, um über die Seite der Schaluppe zu spucken, während diese über die Wellen schoss, Fotis Land immer im Osten sichtbar. Die Ödnis war viel angenehmer, wenn Quik sie nicht zu Fuß durchqueren musste. »Jetzt führen sie ihre Streitereien weiter, als ob sie von Bedeutung wären. Rana überfällt alle, Kances Königinnen stecken in einem Machtkampf und versuchen, Tamas und eure östliche Stadt mit hineinzuziehen.«

»Mottilan.«

»Genau. Und Noctia ist wie immer voller Messer.« Pavarde holte tief Luft. Ihre lila-schwarze Uniform saugte die Sonne auf, ein edles Symbol. »Hier draußen kannst du wenigstens die Klinge sehen, die auf deinen Rücken zielt.«

»Auf Vis passieren solche Dinge nicht.«

Pavarde hob eine Augenbraue. »Mein naiver Freund, wenn du denkst, dass sie nicht passieren, dann schaust du nicht genau genug hin. Es liegt in unserer Natur, und wenn du in eine bessere Position aufsteigen willst, solltest du besser lernen, wie man es erkennt und wie man zusticht.«

»Haben Sie das getan?«

Pavarde nickte. »Die Najahn lehren dich gut und binden dich genug an deine Kameraden, um das wirklich Schlimme auf ein Minimum zu beschränken. Das Spiel muss jedoch gespielt werden.« Sie lachte und schüttelte den Kopf. »Aber darum musst du dir keine Sorgen machen. Du wirst deinen Weg als Wächter gehen, und wenn deine Erneuerung scheitert oder gelingt, kehrst du auf deine Insel zurück, mit ihren Blumen und ihren Hanoko, und vergisst all das hier.«

Das Banditenlager tauchte gegen Ende des zweiten Tages auf, wobei der Geruch von gebratenem Fisch seine Anwesenheit zusammen mit den gedrungenen Strukturen am Strand ankündigte. Pavarde rief die Besatzung, die nicht aktiv mit den Segeln beschäftigt war, zu den Waffen. Sie selbst, nun in gold-, violett- und schwarzfarbenen Kettenpanzer gekleidet, schritt zum Bug des Schiffes. Hinter ihr hielt ein anderer Wächter Noctias Gekrönte-Kreis-Flagge hoch, um allen Zuschauern zu zeigen, welches Unheil auf sie zukam.

Quik, Bliss und Torny hielten sich in der Mitte des Schiffes auf, sowohl geschützt als auch, wie Torny mit ihrem trockenen Humor bemerkte, von anderen Najahn umzingelt.

»Was ist nochmal unsere Aufgabe? Auf dem Schiff zu bleiben und nichts zu tun?«, fragte Torny.

»Was würdest du vorschlagen?«, erwiderte Quik. »Oder willst du da rauslaufen und dich deinen Freunden anschließen, während sie abgeschlachtet werden?«

Torny zuckte mit den Schultern. »Die Kapitänin ist sehr selbstsicher, klar, aber wenn man Sledge glauben darf, sind da draußen nicht ein Dutzend, sondern eher fünfzig. Mehr als spitzköpfige Najahn auf diesem Boot.«

»Ein Najahn ist so viel wert wie ein Dutzend von euch.«

Quik zuckte zusammen, als Bliss ihm den Ellbogen in die Seite stieß. Torny jedoch lachte nur.

»Sag, was du willst«, erwiderte Torny. »Ich wäre einfach bereit, mich zu bewegen.«

Quik trat einen Schritt zurück und verschaffte sich einen guten Blick auf das Lager, als die Schaluppe auf dem weichen Sand auflief. Zu beiden Seiten glitten Rampen herunter und Najahn stiegen vom Boot, gepanzert, mit Gleven und Chakrams bewaffnet, bereit, die Ordnung durchzusetzen, die an diesem verfluchten Ort so gefehlt hatte. Die Sonne neigte sich hinter den flachen Klippen, malte sie schwarz, abgesehen von den ersten am Strand, den Schatten, die sich zwischen ihnen bewegten.

Schatten, die zweifellos in kurzer Zeit für immer aufhören würden, sich zu bewegen.

»Wachs«, murmelte Quik, »ich bin zurückgekommen, um dich zu holen.«

33
SIE ZURÜCKBRINGEN

Der gefallene Dämon hinterließ mehr als nur seine staubigen Knochen und seinen schwarzen Umhang. Die grauen Gesichter, sechs an der Zahl und mit leicht unterschiedlichen Versionen gequälter Schreie, die ihre Züge verzerrten, klapperten auf den Felsboden. Ihrem Geräusch folgte ein dissonanter Lärm, den Svarde einen Moment brauchte, um ihn als ein Dutzend, hunderte Gespräche zu erkennen, die gleichzeitig abliefen.

Erinnerungen, die aussickerten und sich auflösten.

Der Wächter hielt den Kopf des wimmernden Mannes in seinen Händen, der bereits abkühlte, schon so still war. Svarde sah keine Wunde, aber die Brust des Mannes hob und senkte sich nicht mehr mit einem Atemzug, noch bewegten sich seine Lippen oder öffneten sich seine Augen. Zumindest in diesem Moment sah das letzte Opfer des Dämons friedlich aus.

»Kivi«, sagte Svarde und legte den Kopf des Mannes ab. »Geh schnüffeln, stell sicher, dass sich nichts anderes versteckt.«

Dass es hier noch mehr Monster oder sogar einen

zweiten Dämon geben könnte, schien der Gipfel des Grauens, aber das Gegenteil anzunehmen wäre noch schlimmer. Vorsicht und Wachsamkeit waren im Dunklen Unten notwendig.

»Ist er tot?«, fragte Rasslebeck und gesellte sich zu Svarde, um den wimmernden Mann zu betrachten.

»Was auch immer von ihm übrig ist, ja«, antwortete Svarde. »Er hat den Dämon unterbrochen. Hat mich gerettet.«

»Hat am Ende also seinen Mut gefunden. Kein besserer Zeitpunkt dafür.«

Svarde nickte, stand auf und steckte seine Äxte zurück in ihre Scheiden. Er hielt die Armbrust Maena entgegen, als sie aus ihrer zusammengekauerten Position auftauchte. Sie starrte länger als nötig auf die Waffe in Svardes Hand, dann griff sie danach mit einem Knurren. Ihre Hände arbeiteten schnell, zogen und luden einen weiteren Bolzen, spannten die Sehne, sodass sie in Sekundenschnelle abfeuern konnte.

»Bereit«, verkündete sie.

»Dann halt Wache«, erwiderte Svarde. Hinter ihm faltete Rasslebeck die Arme des wimmernden Mannes. Den Körper zu begraben war in diesen Steinhöhlen keine Option, doch eine andere Lösung bot sich an.

Die Frage war, ob der wimmernde Mann der Einzige sein würde, der hier zurückblieb.

»Pennifer, kannst du mich hören?«, fragte Svarde. Die Frau war zur gegenüberliegenden Seite des Raumes geschlendert. Sie fuhr mit den Fingern über eine Quarzader, fasziniert von deren glattem rosa Schimmern. »Ist da noch irgendwas in dir drin?«

Pennifer drehte sich zwar bei seiner Stimme um, aber diese Augen enthielten keinen Funken. Sie sprach nicht, beobachtete Svarde nur für einen gedämpften Moment, bevor sie sich wieder dem Quarz zuwandte.

»Svarde«, rief Rasslebeck. »Komm her, sieh dir das mal an.«

Svarde legte eine Hand auf Pennifers Schulter und drückte sie. Er hoffte auf eine Reaktion, bekam aber keine. Zwei waren also weg, und nicht viel vorzuweisen.

»Gib mir gute Nachrichten«, sagte Svarde und ging wieder zu Rasslebeck hinüber.

»Weiß nicht, ob es gut oder schlecht ist, aber es sind Neuigkeiten«, antwortete Rasslebeck. Zu Füßen des wimmernden Mannes, entlang der Knochen des Ungeheuers, lagen diese sechs grauen Gesichter. »Dachte, das wären alles die gleichen hässlichen Dinger, aber jetzt erkenne ich ein paar davon.«

Rasslebeck halluzinierte nicht. Was glatt, wenn auch erschreckend gewesen war, während sich das Ungeheuer drehte, schien nun Persönlichkeiten zu entwickeln. Linien, Knochen, Formen. Die Münder schlossen sich, als sich Lippen im grauen Ton bildeten, die Wangen rundeten sich. Die Stirnen flachten von ihren runden Spitzen ab.

»Nur sechs?«, fragte Svarde und beobachtete. »Dieses Ding hat nur sechs zum Töten gefunden?«

»Du hast doch all den Lärm gehört, oder? Diese Worte?«

»Die meisten habe ich nicht verstanden«, sagte Svarde. »Aber es waren mehr als sechs Stimmen.«

»Soweit ich das beurteilen kann«, sagte Rasslebeck und kniete sich über die Gesichter, »ist es wie wenn du und ich eine Mahlzeit zu uns nehmen. Kriegst du einen Schlag in den Magen direkt nach dem Essen, kommt's wahrscheinlich gleich wieder hoch. Wartest du einen Tag, bevor du deine Prügel einsteckst, geht's dir gut.«

»Wenn du Recht hast, dann sind das ... wir«, sagte Svarde.

»Kann nicht behaupten, dass ich viel Zeit damit verbracht habe, mein eigenes Gesicht zu studieren, aber das ist meine Nase.« Rasslebeck zeigte auf das vierte Gesicht. »Wurde oft genug gebrochen, ich würde diese hässliche Schnauze überall erkennen.«

Am Ende erkannten sie fünf Gesichter, als das Grau aufhörte sich zu bewegen. Eines für jeden von ihnen, plus den wimmernden Mann. Ein weiteres, ein Rätsel. Eine schlanke Frau, die sie nicht gefunden, nicht gehört hatten. Rasslebeck legte die Maske des wimmernden Mannes auf den Körper, während die anderen drei ihre eigenen hielten. Pennifer schien es nicht zu bemerken, schien sich nicht darum zu kümmern, als Svarde ihr ihr eigenes Gesicht anbot.

»Was machen wir damit?«, fragte Maena, als das Trio im Quarzlicht in der Mitte des Raumes stand. »Ich glaube nicht, dass ich es den ganzen Weg zurück nach oben tragen möchte.«

»Was, kein Platz in deinem Herzen für ein bisschen Kunst?«, fragte Rasslebeck.

»Das bin nicht ich«, sagte Maena. »Oder, es war ich. Nicht mehr.«

Svarde hielt seine eigene und runzelte die Stirn über ihre dünne Skulptur. Sowohl seine als auch Rasslebecks waren am wenigsten definiert, die Züge verschwommen, als wären sie im grauen Ton des Ungeheuers nur halb geformt. Keine volle Mahlzeit, ein halb gezeichnetes Design. Er drehte die harte Maske in seinen Händen um, die Rückseite war konturlos und dunkel. Genau wie jede echte Maske es wäre.

Ein Kratzen lenkte ihre Aufmerksamkeit zurück auf

Pennifer, deren Füße gegen ihre eigene Maske gestoßen waren. Die benommene Frau bückte sich, ergriff die graue Form und hielt sie hoch, betrachtete sie mit derselben Leere, die sie für alles gehabt hatte.

»Wenn sie beschließt, sie zu behalten, Maena, musst du auch«, sagte Rasslebeck.

»Ich muss einen Scheiß.«

Svarde jedoch behielt seine Aufmerksamkeit auf ihrer ehemaligen Freundin. Pennifer drehte die Maske in ihren Händen, genau wie Svarde es getan hatte. Sie hielt sie vor ihr Gesicht. Eine perfekte Übereinstimmung, die schmalen Löcher für Augen und Mund passten genau zu dem leeren Antlitz dahinter.

Pennifer zog die Maske näher, und das Ding erwachte zum Leben. Der Stein schien zu zittern, in Pennifers Haut einzusinken. Die Grenze zwischen ihren schmutzverschmierten Wangen und dem Stein der Maske verschmolz, die beiden wurden eins. Sie schrie nicht, weinte nicht einmal, als Svarde auf sie zuging.

Bevor er zwei Schritte machen konnte, war die Maske verschwunden, in Pennifers Gesicht eingesunken und dahinter verschwunden. Zurück blieb nicht der zombiehafte Ghul, sondern eine blinzelnde, verwirrte und fluchende Rana-Plünderin.

»Heilige Flüsse«, stieß Rasslebeck aus, legte seine eigene Maske ab und stürzte auf Pennifer zu, um sie in eine Umarmung zu schließen. Er wirbelte die Frau herum, während Pennifer versuchte zu fragen, was passiert sei. »Du hast eine verdammt miese Geschichte verpasst, Pennifer, und die wird sich beim Erzählen besser anhören als beim Erleben, verstehst du?«

Pennifer trat zurück, löste sich von Rasslebeck und sah

sich um. Ihr Blick fiel auf Svarde und Maena. Kivi, die das Alle-klar schnaubte, trottete zurück in den Raum.

»Das Letzte, woran ich mich erinnere, ist ein schrecklicher Wind, der durch die Höhle fegte, durch die wir liefen«, sagte Pennifer langsam. »Und jetzt bin ich hier? Ihr seht alle furchtbar aus.« Sie verzog das Gesicht und blickte an sich herunter. »Und warum fühlen sich meine Füße an, als wären sie über Nägel geschrammt?«

Rasslebeck grinste. »Weil du dich entschieden hast, barfuß durch die Tunnel zu rennen, deshalb.«

Die beiden trennten sich, Rasslebeck fand einen Platz, um Pennifer hinzusetzen und ihr die Geschichte zu erzählen. Währenddessen wandte sich Svarde Maena zu, zuckte mit den Schultern und drückte sich seine eigene undefinierte Maske wieder ins Gesicht.

Es war, als würde er aus einem Traum erwachen. Teile, die ihm gefehlt hatten, kamen zurück: seine Kindheit in Foti, Jahre in den Minen, an den Schmieden, das Schwingen der Äxte. Svarde hatte dank des wimmernden Mannes seine Jahre als Wächter behalten, das verlorene Jahrzehnt an der Klippe von Vis, und nun kehrten Teile zurück, von denen er nie gewusst hatte, dass sie fehlten.

»Du bist dran«, sagte Svarde zu Maena, nachdem er ein paar tiefe Atemzüge genommen und sein Gedächtnis gedehnt hatte, um zu sehen, wie weit es reichte und ob alle guten Teile da waren.

Maena jedoch betrachtete die Maske mit zusammengekniffenen Augen und einem angespannten Stirnrunzeln.

»Das bin nicht ich«, sagte Maena.

»Natürlich bist du das. Wer sollte es sonst sein?«

Maena schüttelte den Kopf. Svarde bemerkte, dass ihre Hand zitterte. Die Rana-Hauptfrau hob die Maske höher als ihren eigenen Kopf.

»Die Person hinter diesen Augen ist nicht, wer ich bin«, sagte Maena. »Wenn sie zurückkommt, dann bin ich nicht hier.«

Svarde lockerte seine Finger. Er versuchte, Rasslebecks Blick zu fangen, aber die anderen beiden Rana waren in ein Gespräch vertieft und begannen, ihre Ausrüstung zusammenzupacken.

Kivi jedoch fing seinen Blick mit ihren Saphiraugen auf. Sie schien zu verstehen.

»Bin ich tot?«, fuhr Maena fort, mehr zu sich selbst als zu Svarde. »Wenn das andere Ich zurückkommt, war ich dann je am Leben?«

»Du bist verdammt noch mal dieselbe Person«, sagte Svarde.

Maena warf ihm einen wütenden Blick zu. »Du hast gesagt, ich wäre anders. Und ich weiß, dass ich nicht... ich selbst bin. Sie. Nicht sie. Ich bin ich. Meine eigene Person.«

»Du hast keine Vergangenheit. Du weißt nichts über dich selbst, Maena. Es ist alles da, in dieser Maske. Setz-«

»Du könntest es mir erzählen«, erwiderte Maena, der Zorn wich der Hoffnung. »Du könntest mir beibringen, wer ich war. Es ist ein langer Weg zurück, oder? Am Ende werde ich wissen, was ich wissen muss, ich werde-«

»Ich kann dir nicht erzählen, wie du aufgewachsen bist, kann dir nicht deine Träume verraten, was all die Jahre in deinem Herzen gebrannt hat«, sagte Svarde und trat einen Schritt näher. Maena hielt die Maske immer noch hoch. »Das ist nicht der richtige Weg, Maena.«

»Leicht für dich zu sagen, der Mann, der nichts verloren hat. Der sich nicht verändert hat.« Maenas Augen huschten zur Maske. »Ich will leben, Svarde. Es ist nicht deine Entscheidung, ob ich das darf.«

Der Wächter pfiff, tief und sanft. Maenas Gesicht

verhärtete sich, sie schleuderte die Maske in Richtung des felsigen Bodens. Kivi, die hinter der Rana-Hauptfrau hervorschoss, warf sich nach vorne und rollte sich in der Luft. Die Maske traf ihre Krallen, die weichste Stelle am Bauch des Ferriten. Funken stoben auf, als der Rücken der Felsechse über den Stein schrammte, aber die Maske schien unversehrt.

Maena hingegen nicht.

Svarde schloss auf, während der Rana-Kapitän schockiert auf die Rettung des Ferriten starrte. Er umschlang Maena mit festem Griff, klemmte die beiden Arme der Rana an ihre Seiten und hob sie vom Felsen. Sie versuchte zu treten, aber Svarde ignorierte die schwachen Schläge gegen seine Oberschenkel und Knie. Er zog Maena in eine noch engere Umarmung, legte eine Hand hinter ihren Kopf und drückte den Rana-Kapitän zu Boden.

»Rasslebeck, Pennifer«, rief Svarde, und diesmal bemerkten es die beiden. »Bitte helft mir.«

»Helft mir«, versuchte Maena, als die anderen beiden näher kamen.

Pennifer machte Anstalten, dies zu tun, und sah aus, als wollte sie Svarde ins Gesicht treten, bevor Rasslebeck sie aufhielt. Der große Wächter drückte Maena auf den Felsen und hielt sie dort fest, trotz der Kämpfe des Kapitäns. Auf Rasslebecks Bitte hin berichtete Svarde, was geschehen war, während Maena immer wildere Einwände erhob.

»Du bringst mich um«, sagte Maena, als Rasslebeck losging, um die Maske aus Kivis Klauen zu holen. »Du ermodest deine Freundin.«

»Ich bringe sie zurück«, entgegnete Svarde.

Anfangs traf Svardes Maenas Kampf mit sich selbst auf harte Weise. Diese neue Maena war nicht die alte, aber sie hatte trotzdem an ihrer Seite gekämpft, hatte geholfen, dem Unhold ohne etwas in ihrer Vergangenheit oder Zukunft entgegenzutreten. Diese Tapferkeit verdiente es, mit etwas anderem als dem Tod belohnt zu werden, wenn es das war.

Jetzt jedoch schoben Maenas Proteste, ihre Bitten, die Traurigkeit beiseite. Die echte Maena, diejenige, die mit Svarde im Rattenzahn gesessen und ihm gesagt hatte, dass das Ziel hier unten lag, in den dunkelsten Tiefen, hatte keine solche Angst, hätte nicht gebettelt. Wenn Svarde jemals hoffte, das zu tun, was er Ami geschworen hatte, brauchte er die alte Maena zurück, diejenige, die bereit war, jeder Gefahr ins Auge zu sehen.

»Setz ihr die Maske auf«, befahl Svarde, als Rasselbeck zurückkehrte. Maena versuchte, sich wegzuwinden, ein letzter Ausbruch, der gestoppt wurde, als Kivi ihren schweren Körper über Maenas Beine legte. »Tu es, Rasslebeck.«

Der Rana-Plünderer blickte von Svarde zum Kapitän, zu Pennifer. Als die letzte ihm zunickte und sagte, sie wolle ihren Kapitän zurück, fand Rasslebeck sein Rückgrat.

»Tut mir leid, Boss«, sagte Rasslebeck und kniete sich neben Svarde. »Wenn wir diesen Weg gehen, brauchen wir dich zurück.«

Maenas letzter Schrei hallte lange und weit durch die Höhlen, in die Tunnel hinein, aber durch all das hielt Svarde seinen Griff, hielt seine Augen auf ihre gerichtet und hielt an seiner Hoffnung fest.

34
EINE KURZE KARRIERE

Wax fing an zu schreien, als das Wasser bis zu seinen Knien stieg. Wortlose Schreie, mehr Krämpfe als echte Gedanken, hervorgerufen von einem Körper in der Krise. Die Dunkelheit brach herein, eine bewölkte Nacht verbarg nun die Sterne und Sichi und ließ nur die orangefarbenen Flackern am Strand und natürlich Sledge zurück, die jetzt zu ihrer Wache zurückgekehrt war.

Ein Preis, so sagte Sledge, den er für diejenigen zu zahlen hatte, die sie unterwegs verloren hatte.

Die Banditin hörte zu, wie Wax seine Fesseln wund scheuerte. Die Schreie halfen, jeder einzelne nahm eine Sekunde lang den Schmerz. Seine Füße waren in Taubheit versunken, die Grenze kroch mit jeder Welle höher. Eine herannahende Flut, die ihn sicher bald töten würde.

Quik und Bliss würden nicht kommen.

Die beiden Gedanken, dass sein sicherer Tod nicht weit war und er nicht von seinen Wächtern, seiner Familie, gerettet werden würde, verschmolzen langsam, zunächst zurückgedrängt von demselben Willen, der Wax geholfen hatte, Pan den Großen Sana hinunterzutragen, der ihn dazu getrieben hatte, das Ungeheuer abzulenken und Sawi entkommen zu lassen.

Derselbe Wille, der diesen Kampf nun verlor.

»Gib auf, Wax«, sagte Sledge zwischen den sinnlosen Schreien, und nicht zum ersten Mal. »Es macht keinen Sinn, für nichts zu sterben. Und ich könnte etwas Schlaf gebrauchen. Dein Lärm hilft dabei nicht.«

Die Fesseln um seine Beine und Handgelenke ließen das Zittern gegen das Holz klappern. Die kalte Luft bereitete Wax' Haut auf das folgende Wasser vor, während Durst und Hunger an seinem Inneren nagten.

Alles in allem war es Wax schon besser gegangen.

Alles in allem wusste Wax nicht, warum er überhaupt noch da war. Wem wollte er jetzt noch etwas beweisen? Wen interessierte es, was er tat?

Einer von sieben Erneuerungen. Zweifellos nicht der Favorit, um zu gewinnen, um auf Noctias verfluchter Insel zu sitzen und darauf zu warten, dass ein Ungeheuer ihn in Stücke riss. Was für ein Sieg.

Eine Welle türmte sich höher auf als die vorherigen und peitschte seinen Rücken mit eiskaltem Gischt. Ein weiterer Schrei.

Ehre für Kitaye? Wen kümmerte schon Ehre. Wie oft hatten sie die letzte Erneuerung der Stadt gefeiert? Wax konnte sich nicht einmal an ihren Namen erinnern. Irgendeine Weberin. Dafür litt er hier? Für die Chance, nach allem vergessen zu werden?

»Sag das Wort, Wax«, rief Sledge.

Sag das Wort. Das wäre alles, was er tun müsste. Sagen, dass er aufgab. Pan irgendwie mitteilen, dass es ihm leid tat. Dass er nicht stark genug war.

Noch eine Welle. Wax zuckte zusammen, sein Kopf

schlug gegen das Holz hinter ihm. Ein frischer Schmerz, der etwas von der Qual in seinen Beinen überdeckte.

War es nicht unvernünftig? Die Najahn hatten Wax nie gesagt, dass so etwas passieren könnte. Ein Unhold, vielleicht. Ein Unfall, möglich. Folter? Durch genau die Leute, die Wax mit all dem zu retten versuchte?

Sag das Wort.

»Ich gehe in einer Minute«, sagte Sledge. »Du wirst nicht mehr am Leben sein, wenn ich zurückkomme.«

Sag das Wort.

Er erwachte mit der Sonne. Sein Rücken schmiegte sich in den Sand, trocken und warm. Jemand hatte eine leichte Decke über ihn geworfen, aber das war nicht das, was Wax' Aufmerksamkeit fesselte. Seine Hände, immer noch gefesselt, aber jetzt auf eine andere Weise: um etwas fest zwischen ihnen zu halten.

Die Flüstertöne weckten ihn, die vertrauten Schlüpfer und Seufzer, die vom Skar kamen. Vis, die Wax zu Hause willkommen hieß.

»Der Mann wacht auf«, sagte Sledge, während sie etwas faserigen Fisch vom Ende eines Messers aß. Sie saß auf einem Treibholzstamm, keine Schrittlänge entfernt. »Kannst du deine Füße spüren, Junge?«

Wax versuchte zu wackeln, versuchte seine Oberschenkel anzuspannen. Sie zuckten, sie tauten auf, sie rangen sich zurück aus den bodenlosen Tiefen, in die Körper geraten, wenn sie von so viel Kälte umgeben sind.

Sledge musste die Bewegung unter der Decke bemerkt haben. Sie pfiff anerkennend.

»Wir wollten sie abschneiden, bis Eggrad uns aufhielt«, sagte Sledge und stach das Messer zurück in die grobe Tonschüssel für eine weitere Portion. »Er wollte allen beweisen, dass die Skars es wert sind, gejagt zu werden.«

Wax nahm Sledges Worte als Einladung, eine Chance, sich mit jedem seiner Zehen, jedem seiner Finger, seinem Hintern, seinem Magen, seinem Herzen wieder zu verbinden. Alles war da, alles reagierte auf seine Suche. Ein Körper, der nicht hätte leben sollen, hatte durchgehalten, gedieh sogar.

»Wie?«

»Du spürst es, oder?«, fragte Sledge.

»Es ist wie Flüstern. Ich kann es nicht verstehen.«

Sledge nickte, »Hab's selbst nur einmal gespürt. Ein Kance-Skar, beim letzten Mal. Das hat nicht so gut funktioniert.«

Wax drehte sich im Sand, rieb seine Schulter in den Kies, um Sledge besser sehen zu können.

»Was hast du damit gemacht?«

»Das Skar? Verkauft wie all die anderen.« Sledge schüttelte den Kopf und lachte in dieser hoffnungslosen Art, die sie so an sich hatte. »Nicht dass wir eine Wahl hätten. Unsere Käufer verhandeln nicht, und wir können nicht ablehnen.«

»Wer sind sie?«

»Du wirst sie bald genug kennenlernen, wenn dieses Segel das ist, was ich vermute.«

Wax bewegte sich, setzte sich auf. Er sah im frühen Licht ein purpurschwarzes Segel, das am Horizont auf sie zukam. Hinter Wax brach im Banditenlager hektische Aktivität aus, Eggrads dröhnende Stimme erhob sich über allem und forderte dies und das.

»Früh für einen Besuch«, sagte Sledge und stellte die Schüssel ab. »Müssen wohl dringend mehr brauchen.«

»Wie viele nehmen sie?«

Wax merkte sich Sledges Kommentar darüber, dass die Skars sprechen würden, für später. Eine Sache, der er nachgehen musste, wenn er mehr Zeit hatte. Und wenn er das getan hatte, was Wax vermutete, würde er für sehr, sehr lange Zeit um Sledge herum sein.

Natürlich würde er irgendwann nach Vis zurückkehren, aber wann das sein würde, wann Wax einen Alleingang durch die Ödnis zurück nach Smythe wagen und sich eine Überfahrt nach Hause leisten könnte?

Diese Erneuerung würde dann längst vorbei sein.

Die Najahn-Slup näherte sich, als Eggrad sich Sledge und Wax am Strand anschloss. Anders als am Vorabend trug Eggrad volle Foti-Lederkleidung, mit zwei Kurzschwertern an der Hüfte. Der sonnengebleichte Helm drückte seine buschigen Augenbrauen nach unten und bedeckte seine Pupillen mit Schatten, sodass es für Wax aussah, als hätte der Banditenführer überhaupt keine Augen, nur flauschige Löcher.

»Mach ihn los«, sagte Eggrad zu Sledge. »Ist er fit genug?«

»Scheint so.« Sledge befolgte den Befehl, packte Wax' Handgelenk und durchtrennte mit einem sauberen Schnitt ihres Essensmessers die schmalen Stränge, die Wax' Handgelenke zusammenhielten.

Wax fing das Skar mit seinen befreiten Händen auf, hielt es fest und warf Eggrad einen finsteren Blick zu, als dieser die Hand ausstreckte.

»Gehst du schon auf deinen Eid zurück, Junge?«, fragte Eggrad, seine Stimme mehr neugierig als ätzend. »Gestern Nacht hast du dich gut gehalten, aber du hast die Worte gesprochen. Wenn du sie jetzt zurücknimmst, erwartet dich dasselbe Schicksal, nur schneller, da ich keine Zeit habe, mir dein erbärmliches Geschrei anzuhören.«

»Was, wenn ich es einfach wegwerfe?«, sagte Wax,

während er aufstand und das Skar in seine rechte Hand wechselte.

»Wie soll das dein Leben verschonen?«, konterte Eggrad. »Es gibt nur einen Zug, und der besteht darin, das Skar in meine Hand zu legen. Du hast noch einen Atemzug, bevor Sledge dich so übel ausweidet, dass kein Skar dich wieder zusammenflicken kann.«

Eine symbolische Geste. Das war alles, was Wax getan hatte, alles, wozu er sich aufraffen konnte. Damit würde er leben müssen, denn Sledges kalter Blick zeigte kein Mitleid. Sie würde genau das tun, was Eggrad verlangte.

Also tat Wax es auch, und die beiden folgten dem Banditenführer zurück ins Lager. Dort fand er das Getümmel nicht ganz so, wie er es erwartet hatte: Für jeden Banditen, der damit beschäftigt war, Beute einzupacken, gestohlene Waffen, Rüstungen und geplünderte Wertsachen zu ordnen, machte sich ein anderer kampfbereit. Einige zogen sich hinter das Lager in die Klippen zurück, Armbrüste und Blasrohre schussbereit. Mehr als eine schwangere Banditin war unter ihnen.

»Genauso tödlich wie du und ich«, sagte Sledge, als sie bemerkte, wie Wax der Gruppe folgte, »aber mit mehr zu verlieren in einem schmutzigen Kampf.«

»Ich sehe keine Kinder?«

Sledge schnaubte: »Sie werden in eines von einem Dutzend Dörfern gebracht, die alle für einen Körper zahlen, den sie aufziehen können, um in ihren Minen und Schmieden zu arbeiten. Hier ist alles ein Handel, Wax.«

»Die Mütter lassen das zu?«

»Manche gehen mit ihren Kindern, andere nicht.« Sledge schob Wax in Eggrads Zelt. Abgeräumt wirkte die Behausung dürftig. »Du und ich warten hier, während Eggrad das Reden übernimmt.«

»Sieht aus, als würdest du mehr als nur ein Gespräch erwarten.«

»Wer den Najahn vertraut, dass sie nur das tun, was sie sagen, der bittet darum, betrogen zu werden.«

Als Wax nach mehr Details fragte, fuhr Sledge ihn an, still zu sein. Ein leises Grollen kam den Strand hinauf, als die Schaluppe auf Grund lief, gefolgt von überraschten Rufen, Flüchen und einem Geräusch, das Wax noch nie gehört hatte: das Klicken und Klacken, als Armbrüste ihre Bolzen abfeuerten.

Wax, der auf dem gekämmten Sand saß, wollte aufstehen, doch Sledge drückte ihn zurück auf den Boden. Ihre rechte Hand hielt erneut Wax' eigene Foti-Klinge, deren strahlendes Blau im Kontrast zum staubigen Beige um sie herum stand.

»Er hat dir das zurückgegeben?«, flüsterte Wax und schmuggelte die Worte über die wachsenden Schreie, Rufe und nun auch das Klirren von Metall auf Metall.

»Ein Preis dafür, dass ich deinen Körper zu uns zurückgebracht habe«, antwortete Sledge. »Anscheinend halten sich die Najahn nicht an unsere übliche Abmachung.«

»Sie töten euch?«

Ein schriller Schrei übertönte die Schlacht. Sledge zuckte zusammen.

»Ich glaube nicht, dass sie spielen.« Sie blickte über Wax' Schulter zum hinteren Teil des Zeltes. »Komm schon, lass uns gehen.«

»Weglaufen?« Wax setzte sich zurück. »Warum sollte ich? Sie werden mich doch nur retten.«

Sledge lachte, ließ ihre Augen zwischen Wax und dem vorderen Zelteingang hin und her wandern, während draußen die Schlacht tobte.

»Sie werden denken, du bist ein Bandit, genau wie

wir«, erwiderte Sledge. »Was ist wahrscheinlicher, dass sich die Vis-Erneuerung in einem Banditenlager versteckt oder dass es sich nur um einen weiteren Dieb handelt, dessen Kopf auf einen Pfahl gehört?«

Ein überzeugendes Argument, das.

Wax folgte Sledge aus dem hinteren Teil des Zeltes, wobei Sledge die Foti-Klinge benutzte, um schnell einen Schlitz zu schneiden. Dahinter traf der Strand auf felsige Klippen, ein Unterfangen, das Wax mit seinen bloßen Füßen nicht besonders reizte, aber Sledge bot keine Schuhe an, und die Schlacht sagte, dass Warten den Tod bedeutete.

Außerhalb des Zeltes sah Wax, wie Bolzen aus Löchern in den Klippen zu seiner Linken flogen, schwarze Pfeile, die kreischend zum Strand rasten. Pfeile flogen zurück, bohrten sich in den Stein oder prallten ab und ließen bei jedem Einschlag weichen Fels in die Luft stieben.

Das Lager selbst versperrte jegliche Sicht auf den eigentlichen Kampf, egal wie oft Wax zurückblickte, während Sledge ihn weiter in die steinerne Enge führte.

»Wie weit noch?«, fragte Wax, als Sledge sich weiter bewegte und Möglichkeiten ignorierte, nach links abzubiegen und ihren Freunden zu Hilfe zu eilen.

»Weit genug«, antwortete Sledge. »Die Najahn werden keine Zeit verschwenden, uns alle zu jagen. Wir werden verstreut sein, sie werden ihre verdammten Preise bekommen und dann verschwinden.«

»Du glaubst nicht, dass ihr gewinnen werdet?«

Sledge hielt an. Die hohen grauen Felsen um sie herum dämpften den Lärm der Schlacht. Es gab ihr eine Distanz, die tiefe Atemzüge und einen Moment zum Nachdenken erlaubte.

»Eggrad hat jahrelang mit den Najahn verhandelt«, sagte Sledge. »Er ist weich geworden. Wir sind alle weich geworden. Wenn diese Najahn ihren Angriff fortsetzen, und es scheint, als hätten sie das vor, werden wir zerfetzt.«

»Aber-«

Sledge wirbelte herum und zeigte mit dem Finger auf Wax, auf sich selbst. »Wir sind keine Kämpfer, du und ich. Nicht wie sie. Diebe, Abenteurer vielleicht. Aber die Najahn sind Krieger, bewaffnet und bereit, das zu tun, was ihr Kreis befiehlt. Wenn du gegen sie kämpfst, verlierst du. Deshalb leiden alle Inseln unter ihrer Arroganz.«

Bevor Wax eine Antwort finden konnte, hatte Sledge sich bereits wieder umgedreht und brachte mehr Schritte zwischen sich und den Strand. Schritte zwischen sich und Wax.

Sledge könnte Recht haben. Die Najahn könnten ihn für einen Banditen halten, aber was Wax in Sledges Worten hörte, war ein Leben in Angst, ein Versprechen, dass Glück, wenn es gefunden wurde, flüchtig sein würde. Nicht für ihn.

»Gib mir mein Schwert«, sagte Wax. Sledge erstarrte, drehte sich um und richtete Wax' eigene blaue Klinge auf ihn. »Du kommst mit deinem Leben davon. Das ist mehr, als du verdienst.«

»Wer bist du, dass du urteilen kannst?« Sledge rückte vor, ihre Blässe grau. Entfernte Zusammenstöße, Schreie und Flüche prallten von den Felsen um sie herum ab. »Du bist nichts als ein Junge. Du kennst keine Verzweiflung.«

»Ich weiß, dass du sie gerade spürst.« Wax wich nach rechts aus, stieg seitwärts die zerklüfteten Steine hinauf und blieb gerade außerhalb von Sledges Reichweite. »Der Kampf kommt näher. Sie suchen nach mir und sie werden nicht aufhören.«

»Sie werden aufhören, wenn sie deine Leiche finden.«

Sledge stürzte vor, aber Wax wich nach rechts aus. Die

Foti-Klinge prallte vom Felsen ab und wirbelte Staub auf. Sledge fluchte, folgte Wax und sah, dass er nun zwischen ihr und dem Weg nach draußen stand.

»Ich kann lange tanzen«, sagte Wax und verbot sich ein Lächeln. Die Klinge. Das war es, was er wollte. Eine wütende Sledge würde sie ihm vielleicht nicht geben. »Du hast diese Sekunden nicht. Gib mir die Klinge und du hast eine Chance.«

Sledge rannte auf ihn zu, ein Ansturm, der einem Kampfschrei würdig gewesen wäre, aber sie hielt den Mund geschlossen, die Zähne zusammengebissen. Wax täuschte nach links an, bevor er mit den Füßen über den sandigen Boden rutschte und zurücksprang. Sledge schwang wild. Die Klinge schnitt dort, wo Wax hätte sein sollen. Stattdessen blieb er, wie immer, Sledge im Weg. Als sie sich erholte, schöpfte Wax Sand auf und warf ihn Sledge ins Gesicht. Die Körner trafen ihre Augen, ihren Mund. Sie fluchte erneut und wischte den Schmutz weg.

»Ich werde dir folgen, sie werden mir folgen«, sagte Wax und bewaffnete sich erneut. »Vielleicht hast du Glück, vielleicht auch nicht. Aber du hast nicht viel Zeit.«

Als hätte er Wax' Drohung gehört, ertönte nicht weit zu ihrer Rechten ein scharfer Schrei. Jemandes durchdringender Schrei. Sledge blickte in diese Richtung. Die Angst hatte sie nun im Griff, ein Blick, den Wax kannte, weil er so viele seiner eigenen Träume heimsuchte: Pan, auf dem Weg den Großen Sana hinunter, der Dorn in seiner Seite.

»Ich biete dir einen Tausch an, und zwar einen guten«, fuhr Wax mit ruhiger Stimme fort. »Du hast mir gesagt, ich soll Eggrads Angebot annehmen, und das hat mein Leben gerettet. Jetzt tue ich dasselbe für dich. Gib mir die Klinge und lauf.«

Sledge beäugte die Foti-Klinge, schwenkte sie in einem

trägen Hieb vor sich. Ein schwerer Seufzer. »Das ist alles, was wir bekommen, nicht wahr? Eine schlechte Entscheidung nach der anderen.« Mit einem plötzlichen Ruck schleuderte sie die Foti-Klinge hinter sich in Richtung Strand. »Nimm dein Schwert, Wax. Verdammt seist du.«

Wax gab Sledge kein Nicken, kein weiteres Wort. Er rannte an ihr vorbei, hielt sich dabei weit von ihr entfernt, und er hörte, wie Sledge ihr eigenes Tempo beschleunigte. Nach Osten, in Richtung Freiheit, oder was für sie als solche galt. Was Wax betraf, so lagen die blaue Klinge, der Strand und sein Bruder und seine Schwester vor ihm.

Seine Füße spürten kaum den harten Felsen, als sie liefen.

35
DIE AUFERSTANDENEN

Auf der Straße mit Svarde und Catya war nach ein paar Krügen Bier eine häufige Frage, ob sie lieber einem großen Unhold oder mehreren kleineren gegenüberstehen würden. Svarde beugte seine Antwort natürlich immer in Richtung des einsamen Riesen und wettete darauf, dass das eine Ziel mit seinen Äxten leichter zu treffen sei.

Ami ihrerseits wollte Feinde, die sie mit einem einzigen Schwung spalten konnte. Keine Sorgen um einen Gegenangriff, darüber, dass das Monster einfach das Schwert nehmen und trotzdem auf sie zukommen würde.

Catya scherzte, wie immer, in der Mitte des Gesprächs und warf ihr Gewicht mal in die eine, mal in die andere Richtung, je nachdem, wer die Debatte des Abends zu gewinnen schien: Was, wenn der einzelne Unhold fliegen könnte, wie wäre es, wenn sich der Schwarm bei jedem Schlag teilte und sich in eine unendliche Armee vermehrte?

Diese Gespräche schossen Ami durch den Kopf, als sie den riesigen Unhold beobachtete, der jetzt in das Leinwanddach gehüllt war, das er zerstört hatte, und in einem

Sturzflug zurück auf sie zukam. Seine Flügel, Beine und Wut waren deutlich zu erkennen, selbst als Sichi das Ding schöner aussehen ließ, als es ein Recht darauf hatte.

Terrevins Stimme brach, als er die Wachen zu schnellerem Handeln antrieb. Chakrams wurden von den Rücken genommen und fanden willige Hände. Die Männer und Frauen um Ami herum beugten sich, schwangen ihre Arme mit den flachen Scheiben zurück zur Erde, und als der Unhold in Reichweite kam, gab Terrevin das Zeichen zum Wurf.

Acht Scheiben schossen in die Luft, nicht alle auf einmal, sondern gestaffelt in einer unsichtbaren Formation, sodass die Paare sich nicht gegenseitig trafen, sondern direkt auf ihr Ziel zuflogen.

Und trafen.

Die Chakrams und ihre messerscharfen Kanten bissen in den Unhold, zerfetzten seine behaarte Haut mit spritzender Wirkung, ein Regen von Ichor ging dem wortlosen Sturzflug des Monsters voraus. Ami schloss die Augen und machte einen einzigen Schritt auf Catya zu, als der Blutregen einschlug. Sie hielt Flamebreak über ihren Kopf, die Spitze gerade nach oben gerichtet.

Wenn der Dämon dumm genug wäre, sich auf sie zu stürzen, würde sein Gewicht wahrscheinlich Amis Tod bedeuten, aber Flamebreak würde das Ende des Dämons selbst besiegeln.

»Voulgen hoch!«, rief Terrevin.

Gebogene Speere erhoben sich, als der Dämon aufschlug, ein Ereignis, das Ami mit halbgeschlossenen Augen beobachtete, während sie sich mit der linken Hand das Blut aus dem Gesicht wischte und erkannte, dass der Dämon tatsächlich nicht auf einen zermalmenden Tötungsschlag aus war.

Stattdessen krachte der geflügelte Wurm in die Lelune-Blumen hinter Catyas Thron, auf der nördlichen Seite. Beim Aufprall flogen die Chakrams, die einen so schönen Eröffnungsangriff geleistet hatten, davon oder zerbarsten, ihre Scherben flogen in alle Richtungen durch die Luft.

»Runter«, schnappte Ami zu Catya, die versucht hatte, ihren Kopf um ihren Thron zu drehen, um zu sehen.

Die Wächterin ließ Flamebreak zur Seite fallen und drückte Catya an ihren Thron, während Steine und Chakram-Splitter gegen ihren Rücken schlugen. Schreie ertönten, als unglückliche Wächter ihre Rüstungen zerschlagen und ihre verwundbaren Stellen durchbohrt wurden.

»Angriff!«, rief Terrevin weiter. »Verwundete, zieht euch zurück!«

Zu ihrer Linken bemerkte Ami, wie der Schildwärter einen anderen Wächter den Pfad hinaufschob, den Aufstieg, der den Wächter zurück zum Tunnel, zur Wachstation und zum eigentlichen Noctia führen würde. Verstärkung oder wahrscheinlicher Zeugen für die Toten, die nach dem Kampf zurückbleiben würden.

Sechs Wächter blieben noch aufrecht, Terrevin eingeschlossen, und sie alle schwangen ihre Voulgen in einem direkten Angriff auf den Dämon. Der Wurm seinerseits kämpfte mit seinem neuen Platz am Boden, wand sich, um sich von den letzten Chakram-Splittern zu befreien. Jegliche Schönheit, die das Ding einst besessen hatte, war nun zwischen Lelune-Stängeln, Schmutz und blutigen Linien verschwunden, die von den Angriffen und der Aegis vor ihnen gezogen worden waren.

»Worauf wartest du?«, fragte Catya, als die Wächter vorbeirannten.

»Ich warte nicht«, sagte Ami, stand auf und hielt

Flamebreak wieder in ihren Händen. »Du bist mein Ziel. Wenn der Dämon an ihnen vorbeikommt, muss ich dich beschützen.«

»Du könntest ihre Leben retten.«

In einem Getümmel wie dem, das sich da entwickelte? Wo der Wurm seinen Kopf und Schwanz gegen die herannahenden Wächter peitschte, einige zurücktrieb und im gleichen Maße leichte Stiche einsteckte? Das Gewühl wirbelte noch mehr Steine auf, ein chaotisches Durcheinander.

»Terrevins Truppe weiß, was sie tut«, sagte Ami und hoffte, dass dies tatsächlich der Fall war. »Ich würde nur stören.«

Die Wächter entsprachen zumindest Amis Worten. Selene rief weiterhin Befehle, Formationen und Schläge aus, und die Wächter behielten ihre Fassung, stürzten vor, wenn das Zucken des Wurms den langen Körper der Kreatur durchlief, um tiefere Stiche und verheerendere Schläge zu landen. Wenn ein Wächter fiel, zog ein anderer ihn lange genug zurück, um sich zu erholen. Die Flügel des Dämons schienen durch den Sturz ebenfalls zerfetzt. Es würde kein Abheben mehr geben.

Ein langsamer Tanz, dieser, aber ein unvermeidlicher. Flamebreak würde nicht-

»Ami«, sagte Catya. »Schau.«

Die Aegis hatte ihren Blick zurück zur Wunde gerichtet. Ami folgte dem Starren und sah etwas Merkwürdiges, das in den Felsen direkt über dem Rand der Wunde eingebettet war. Eine bronzene Farbe, ein krankhaftes Gold in Sichis Licht, aber fest und in den Felsen gebissen. Von seinem Rücken führte eine goldene Kette, die über den Rand fiel und in die Wunde hinein.

Gespannt.

Mehrere verletzte Wächter lagen in der Nähe der Vorrichtung, ihre Aufmerksamkeit auf die Reparatur der Wunden vom ersten Angriff des Wurms gerichtet. Keiner hatte den neuen Haken im Blick. Zumindest bis sich eine vierfingrige Hand über den Rand der Wunde schwang und sich auf der Erde festkrallte. Die Hand fesselte den Blick, ihre Finger undeutlich hinter dem, was wie eine purpurblaue Flamme aussah, die nicht im Geringsten im kalten Frühwinterwind Noctias flackerte.

Indigofarbene Glut barst beim Aufprall der Hand empor, Funken, die nicht wie gewöhnlich zu Boden fielen und erloschen, sondern stattdessen wie Blumensamen in die Luft schwebten und in einem langsamen Rhythmus verloschen.

Amis Blick folgte der Hand den Arm hinauf, wieder diese flüssig wirkende purpurblaue Flamme, zu einer Schulter und dann hinab in die Dunkelheit. Zumindest für einen weiteren kurzen Moment.

Eine zweite Hand erhob sich und landete rechts neben der ersten. Ami, die bereits Flamebreak hob, bemerkte, dass die Kette des Hakens noch immer straff gespannt war. Ein Griff wurde aufrechterhalten, Gewicht noch immer gehalten.

Ein weiterer seltsamer, neuer Unhold.

Er würde sterben wie alle anderen.

»Wächter!«, warnte Ami und zog die Aufmerksamkeit der Verwundeten auf sich. Im Hintergrund ging der Kampf mit dem Wurm weiter, ohne dass der Neuankömmling beachtet wurde. »Zu den Waffen, oder wenn ihr sie nicht führen könnt, verschwindet.«

Als ob es eine Antwort auf ihren Ruf wäre, erhob sich der Kopf des Unholds über die Wunde. Wie ein Obsidianpfeil stach das glitzernde silberschwarze Dreieck inmitten der purpurblauen Flamme hervor, umso mehr, weil der eigene Körper des Unholds seinen Kopf immer wieder zu versengen schien: orangefarbene Linien folgten dem Weg der Flammen, kreuzten den Kopf, bevor sie wieder von vorn begannen und sich gelegentlich abspalteten, um zufällige Wege einzuschlagen.

All dies war leicht zu bemerken, da der Kopf des Unholds Amis Körpergröße entsprach. Die ersten beiden Hände, die noch immer den Schmutz umklammerten und nicht viel größer als Amis eigene waren, erwiesen sich als irreführende Einleitung zu dem massiven Monster, das folgte. Als der Kopf des Unholds vollständig sichtbar wurde, fielen die ersten Schultern in eine viel breitere Spanne, die eines riesigen Wesens, das dreimal oder mehr so groß war wie Ami selbst.

Eines, dem man keinen Moment Vorteil gewähren durfte.

»Angriff!«, rief Ami und richtete Flamebreak auf die Kreatur.

Früher hätte Ami das Flüstern des Skars bemerkt, wäre neugierig gewesen, als sie die Klinge bereit machte. Jetzt erzählten diese leisen Geräusche eine andere Geschichte: Flamebreak war hungrig, war erfreut, wollte nichts mehr als das, was gleich geschehen würde.

Und doch stockte Amis Ansturm nach einem Schritt.

Stockte, weil der Unhold sprach.

Die brennenden orangefarbenen Linien entlang seines Kopfes verschmolzen, als ob sie plötzlich eine Richtung bekommen hätten, zu einem einzelnen knisternden Oval, und daraus, während der Unhold sich weiter erhob, drang eine raspelnde, zischende Rede.

Die Worte, der Rhythmus, ähnelten nichts, was Ami je zuvor gehört hatte. Nichts, außer dem gleichen Skar, das in diesem Moment in ihrem Kopf flüsterte und sie zum Angriff aufrief.

Wenn Ami zögerte, taten es die Wächter, die wieder auf die Beine gekommen waren, nicht. Einer mit einem schlaff herabhängenden Arm und die anderen beiden mit blutigen Wunden an Bauch und Beinen, stolperten sie auf den Riesen zu. Die ersten zwei stießen ihre Voulgen gegen die Arme und der letzte, der von hinten kam, schleuderte seine Waffe auf den Kopf des Ungeheuers.

Najahns feinste Waffen erwiesen sich als unzureichend für ihr Ziel. Die gebogenen Spitzen drangen ein, trafen die Hände, glühten weiß auf und schmolzen einfach dahin. Das tropfende Metall fiel über die Haut des Ungeheuers, ohne dass es auch nur zuckte. Die Voulge, die auf den Kopf zielte, prallte vom felsigen Schädel des Monsters ab, fiel brennend zurück und stürzte in die Tiefen der Wunde.

»Ruhig, Ami«, sagte Catya hinter ihr.

Richtig. Ami atmete langsam ein. Sie schob die Worte des Ungeheuers beiseite, während die drei Wächter zurückwichen und mit ihren Blicken nach weiteren Waffen suchten. Weitere nutzlose Versuche.

»Was willst du?«, fragte Ami das Ungeheuer, eine Frage, die sie noch nie zuvor in all ihren Kämpfen mit den monströsen Bewohnern des Dunklen Untergrunds gestellt hatte.

Das Ungeheuer antwortete, sein Zischen hell und knisternd. Ami konnte nichts damit anfangen. Die Skars zumindest schienen mit ihrem Flüstern Emotionen zu vermitteln, ein Drängen, das ihr half zu verstehen, was die Steine meinten. Das Ungeheuer bot keine solchen Hinweise, obwohl sein fortgesetztes Aufsteigen nichts Gutes verhieß.

Die goldene Kette erschlaffte, als eine neue Hand erschien, doppelt so groß wie die erste. Hitze strahlte von dem riesigen violett-blauen Glied aus und traf Ami in einer sengenden Welle. Flamebreaks Skar sprang darauf zu und zog Ami aus eigenem Antrieb nach vorne. Der kleine Stein verlangte nach der Zerstörung des Ungeheuers, forderte sie ein.

Zeit, dem Foti-Skar zu geben, was es begehrte.

Ami richtete Flamebreak für einen durchbohrenden Stoß direkt auf den Hals des Ungeheuers, ein wachsendes, glühendes Ziel, während das Monster weiter aufstieg. Als sie ihre erste Bewegung machte, zog sich der goldene Haken zurück, seine Zähne schälten Felsen ab. Er sank in die Wunde und stieg dann wieder mit dem vierten Arm des Ungeheuers auf, seine zweite riesige Hand hielt das Ende der langen Kette und enthüllte, dass die Waffe nicht einen, sondern vier große goldene Haken hatte. Das Ungeheuer peitschte den Arm hinter seinen Kopf und zog die Haken in die Luft empor.

Schön, auf eine gewisse Weise, wie sie über dem geschmolzenen, brennenden Ding schwebten. Ein Wettlauf unter den glitzernden Sternen, um zu sehen, wer zuerst sterben würde.

Ami machte einen weiteren langen Schritt und stieß sich mit dem linken Fuß zum finalen Vorstoß ab. Ihre Nase nahm einen Geruch wahr, ihre Haare fingen Feuer, als die Hitze um sie herum hell aufloderte und die Luft von allem außer blau-violetten Flammen trocken saugte.

Das Skar lenkte ihren Schlag, während Amis Augen die fallenden Haken erblickten, die alle auf sie zurasten. Das Ungeheuer setzte zu dem an, was ein vernichtender Todesstoß sein sollte.

Ein Blitz. Eine Voulge, die perfekt über Amis rechte Schulter flog. Der gebogene Speer traf die schnappende Kette, wobei sich die Najahn-Qualität hier bewährte, auch wenn sie gegen das Feuer versagt hatte. Die Voulge grub sich tief in das große Kettenglied, zerbrach seinen Halt und schleuderte die vier Haken weit weg in einen harmlosen Aufprall zu Amis Rechten.

»Du bist frei!«, drang Terrevins Ruf zwischen dem Gebrüll des Skars durch.

Flamebreak drang ein, und Ami schrie auf, als ihre Haut das Feuer des Ungeheuers zu spüren bekam. Über allem, ihren Geist erfüllend und ihren Willen überrollend, war der Skar, der Ami antrieb, immer weiter vorwärts zu drängen.

Und Ami gehorchte. Denn es gab keine andere Wahl.

36
DIE RETTUNG

Die Lira hatte Bliss gezeigt, wie man mit Unholden umgeht, wie man ungesehen und ungehört durch den Dschungel huscht, wie man die Nacht meistert und den Tag bezwingt. Deshiva und die anderen Jäger brachten Bliss bei, wie man Spuren verfolgt, von dem lebt, was das Land hergibt, und mit dem kämpft, was man finden kann.

Keiner von ihnen zeigte ihr, was es bedeutet, in den Krieg zu ziehen.

Die Najahn strömten von der Schaluppe, bereit in ihren dünnen Reihen, sich dem kunterbunten Widerstand der Banditen zu stellen. Bliss, Quik und Torny beobachteten von der Schaluppe aus, während die Anführerin der Najahn ihnen bedeutete zu bleiben, während sie den Pöbel aufmischte.

Die Banditen ihrerseits kamen mit anderen Erwartungen heraus. Ihr Anführer – Bliss vermutete, dass er es war, weil der Mann nicht nur die Banditen anführte, sondern auch mit selbstsicheren Schritten voranging – ging mit weit ausgestreckten Armen den Sand hinunter, ohne

Waffen zu ziehen. Zwei Banditen folgten ihm, jeder mit einer zerlumpten Truhe in den Armen. Beute, Bestechung?

»Sie sagte, die Dinge würden sich ändern«, fügte Quik hinzu, als das Angebot offensichtlich wurde.

»Nicht so leicht zu bestechen wie die letzte«, sagte Torny und biss sich nervös auf die Unterlippe.

»Besorgt?«, gebärdete Bliss zur Banditin.

»Das sieht nicht gut aus«, erwiderte Torny und zuckte dann mit den Schultern. »Gut, dass ich diese Leute nie getroffen habe, sonst würde es mich vielleicht mehr kümmern.«

»Glaub nicht, dass sie dich nicht zur Verantwortung ziehen wird«, sagte Quik. »Sobald Wax wieder bei uns ist, wirst du für deine Taten geradestehen müssen, genau wie deine Freunde.«

Normalerweise hatte Torny eine schlagfertige Antwort für Quik parat, aber jetzt blieb sie einfach still und kaute weiter auf ihrer Lippe.

Nervös, aber dann hatte Torny auch allen Grund dazu. Gerade erst ein Zuhause gefunden, nur um jetzt mit ansehen zu müssen, wie es ihr wieder entrissen wurde? Bliss war sich nicht sicher, wie sie darauf reagieren würde, nur dass sie es nicht ohne Kampf geschehen lassen würde.

Was dann, mit Pavardes Pfiff, genau das war, wozu der Strand wurde. Die vordersten Reihen der Najahn senkten ihre Glefen und stürmten los, ohne sich überhaupt mit Verhandlungen aufzuhalten. Die hintere Reihe nahm ihre Chakrams von den Schultern und warf die messerscharfen Scheiben über ihre Verbündeten hinweg, die pfeifenden Kreise schnitten in die wartenden Banditen ein. Sand flog auf, als sich die Stiefel tief eingruben, und die ersten Schreie begannen.

Bliss zuckte zusammen und wollte zurückweichen,

spürte aber Quiks Hand auf ihrem Rücken. Bliss sah zu ihrem Bruder, sah sein angespanntes Gesicht, aber seine Augen waren ernst und beobachtend.

»Das ist wichtig«, sagte Quik, als der Konflikt begann und Bolzen wie schwarze Hornissen von den Klippen hinter dem Strand flogen. »Wir haben die Najahn hierher gebracht. Das Mindeste, was wir tun können, ist zuzusehen.«

»Ja, nein danke«, sagte Torny und wandte sich ab. »Außerdem sehe ich deinen Bruder da draußen nicht. Vielleicht ist er schon weg und alles, was du tust, ist, Leute umsonst umbringen zu lassen.«

Während Quik eine dumme Antwort knurrte, versuchte Bliss, Tornys Behauptung zu bestätigen. Das Getümmel machte es schwer zu erkennen, da sich Banditen und Najahn vermischten, Hellebarden und Schwerter flogen, aber sie erkannte Wax nicht unter den Kämpfenden. Keine blaue Foti-Klinge, die über den Rest herausragte.

»Denk, was du willst«, sagte Torny und ging in Richtung der Rampe der Schaluppe. »Ich warte nicht darauf, einen Speer in den Rücken oder einen Strick um den Hals zu bekommen.«

Bevor Quik mehr tun konnte als zu fluchen, ließ sich Torny über die Seite der Schaluppe fallen, platschte ins Wasser und schwamm am Strand entlang zum Lager, weg vom Kampfgeschehen.

›Gut gemacht‹, signalisierte Bliss ihrem Bruder.

»Du bist zu freundlich zu ihr.«

›Sie hat mein Leben gerettet.‹ Bliss nahm ihren Stab von der Schulter und beobachtete, wie Torny auf den Sand platschte, die Diebin fast glühend in der aufgehenden Sonne. ›Und sie hat recht. Wax ist nicht da draußen.‹

Bliss entzog sich dem Griff ihres Bruders und ging zur

selben Bootseite, die Torny benutzt hatte. Ein Blick nach unten sagte ihr, dass der Sprung nicht weit war.

»Wo gehst du hin?«, fragte Quik und machte Anstalten, ihr zu folgen.

›Unserem Bruder nach.‹

Das Wasser war verdammt kalt, atemraubend in seiner Eisigkeit, aber der Sand erwies sich als wärmer, eine körnige Decke, die Bliss bedeckte, als sie Torny nachlief. Zu ihrer Linken erhoben sich Pavardes Befehle in die Luft, die den Vormarsch der Najahn anordneten. Ein paar Bolzen flogen noch von den Klippen, aber die Banditen schienen sich zu zerstreuen, liefen zu den Hängen, nur um von hinten von Speerstößen oder geworfenen Chakrams niedergestreckt zu werden.

Die Najahn schienen es jedoch nicht besonders eilig zu haben, kümmerten sich um ihre Verwundeten und stellten sicher, dass aus feindlichen Verletzten Leichen wurden.

Torny war inzwischen zwischen den Zelten verschwunden.

Bliss beschleunigte ihr Tempo, hielt den Stab mit beiden Händen und erinnerte ihre Füße daran, wie man leicht über den Sand läuft. Sie huschten über die Oberfläche und hinterließen kaum Spuren. Mit vollem Magen und ausgeruht fiel Bliss der Lauf leicht, und ein Rausch folgte ihm.

Eine Jagd. Nach einer Freundin, ja, und ihrem Bruder, aber eine Jagd.

Die ersten Zelte waren klein, ihre verstaubten Planen wehten in einer aufkommenden Morgenbrise. In ihnen sah Bliss karge Schlafsäcke, Taschen, die für eine schnelle Flucht gepackt waren. Die gehörten wohl denen, die zum Strand gegangen waren und nun nicht mehr zurückkommen würden.

Dahinter fand Bliss ebeneres Gelände. Feuerstellen, größtenteils leere Gestelle für Waffen und Werkzeuge. Der Geruch des Frühstücks hing noch in der Luft, schmutzige Eisenpfannen enthielten verkohlten Fisch, während irdene Schüsseln Reste von Früchten von Bäumen und Büschen am Strand beherbergten, die wenigen brauchbaren Pflanzen auf der Insel, die Bliss gesehen hatte.

»Schwester!«, ertönte eine unerwartete und erfreute Stimme.

Wax kam um das größte Zelt am hinteren Ende des Lagers herum, die Hände frei und mit einem breiten Lächeln. Bliss erwiderte es, der Jagdrausch wandelte sich schnell in Siegeseuphorie. Da war er, ihr Renewal, und obendrein sah er gesund aus. Keine schlimmen Wunden, sogar frisch gewaschen.

Sie ließ ihren Stab nicht fallen, um Wax fest zu umarmen, aber er hob Bliss trotzdem hoch, lachend, bis der Schrei eines weiteren Verwundeten die Luft durchschnitt.

»Wir haben sie hergebracht«, gebärdete Bliss, während beide durch das Lager in Richtung des Kampfgetümmels blickten. »Die Najahn sind gekommen, um dich zu retten.«

»Das nehme ich«, seufzte Wax, obwohl seine Grimasse verriet, dass seine Gefühle nicht frei von Schuld waren. »Das ist also euer Schiff?«

»Ja, das ist es.«

»Dann lasst uns gehen.«

Bliss bewegte sich jedoch nicht hinter Wax her, und ihr Bruder drehte sich um, die Frage offensichtlich.

»Ich muss jemanden finden«, gebärdete Bliss.

»Wen?«

Die Antwort auf diese Frage erstarb mit einem röchelnden, triumphierenden Knurren von Wax' anderer Seite. Mit schwingenden Schwertern und aus mehreren Wunden blutend, brach der Banditenführer durch ein Zelt. Schmutz klebte an seinem Bart und Gesicht, aber die wilden Augen des Mannes rollten klar, als sie Wax fanden.

»Mein Ticket nach draußen«, sagte der Mann, und blutiger Speichel sprühte beim Sprechen. »Eine Erneuerung für mein Leben. Ein fairer Handel, würdest du nicht sagen?«

Wax wich einen Schritt zurück, gerade genug Platz für Bliss, um ihn zu umrunden, ihren Stab kampfbereit. Der Banditenführer erblickte sie, starrte für einen verlorenen Moment, dann schlug er seine kurzen Klingen gegeneinander.

»Dachte für einen Moment, du wärst Sledge, Mädchen, aber ich nehme an, Wax hier hat sie erledigt?«, fragte der Banditenführer. »Bist du zu Eggrad zurückgekommen, um dich zu rächen?«

»Ich bin nicht-«, begann Wax, als Eggrad nach vorne stürmte.

Bliss schwang ihren Stab nach links, dessen Ende stieß gegen Wax und schob ihn weiter weg. Eggrad schien direkt auf ihren Bruder zuzusteuern, aber nach seinem ersten Schritt schlug der Bandit mit seinem rechten Fuß ein und schwenkte hart in Richtung Bliss, wobei er diese Zwillingsklingen in einem Tanz von unten nach oben führte.

Die Lira fing den hohen Schlag mit ihrem Stab ab und wich zurück, während sie auswich, um dem tiefen Hieb zu entgehen. Eine vorübergehende Rettung, da Eggrad seinen Angriff fortsetzte, den Stab beiseite schob und erneut mit seiner linken Klinge zu einem Stich in den Bauch ansetzte. Einer, der sein Ziel weit verfehlte, dank einer brüllenden, schreienden Gestalt, die von der Seeseite des Lagers heranstürmte.

Quik traf Eggrad von hinten und warf den Banditen zu

Boden. Quik fiel hinterher, fing sich mit den Händen ab und versuchte aufzustehen, nur damit Eggrad, der sein Pech verfluchte, einen Tritt in Quiks Gesicht landete. Bliss' Bruder kippte in den Dreck.

Doch indem er einen Weg wählte, öffnete Eggrad andere, nämlich einen Schlag von Bliss' Stab gegen seinen Schädel. Das Leder über seinem Kopf dämpfte den Schlag, aber die Wucht drückte Eggrads Gesicht in den Schmutz. Bliss schob ihren rechten Fuß zurück, führte den Stab nach links für einen fegenden Schlag, der die ganze Sache beenden sollte.

Der Stab kam schnell, doch Eggrad stellte seinen rechten Arm auf und platzierte das Schwert schneller, als es ein Mann nach so einem Kopftreffer, wie Bliss ihn gelandet hatte, hätte tun sollen. Die Klinge diente dazu, den Schlag ihres Stabes zu blocken, ließ das Holz erzittern, während Eggrad sich wieder auf die Knie und dann auf die Füße zog.

»Lass ihn sich nicht erholen«, sagte Wax und warf eine eiserne Pfanne.

Das Geschoss sauste heran, traf Eggrad an der Brust und brachte ihn ins Stolpern. Bliss nutzte es aus, stieß mit dem Stab nach vorn. Eggrads linke Hand fegte herunter, lenkte den Schlag ab, sodass er nur seinen Oberschenkel traf, ein Treffer, der immer noch hart genug war, um den Knochen zu biegen, vielleicht sogar zu brechen.

Eggrad verzog das Gesicht, spuckte einen weiteren feurigen Fluch aus, fiel aber nicht.

Was für eine Ausdauer der Mann hatte. Bliss zog den Stab zurück, machte sich bereit, als Eggrad erneut vorwärts drängte, nur um dann zu stoppen, sich zu drehen und zuzustechen.

Quik, der wieder von hinten kam, fing den plötzlichen Schlag mit seiner Brust auf, auf der rechten Seite. Blitzschnell drang das Schwert ein, fuhr wieder heraus, und der Vis-Jäger fiel zu Boden. Wax rief den Namen seines Bruders.

Bliss nutzte die Gelegenheit.

Diesmal ging sie zu tief, während Eggrads Schwerter zurückwirbelten und einen Schlag auf Brusthöhe erwarteten. Bliss hakte die Fußknöchel des Banditen ein und warf ihn erneut in den Sand. Dieses Mal veränderte Bliss ihren Griff, als der Stab nach oben ging, drehte den Schwung um und rammte das Metallende direkt in Eggrads Kopf. Das Krachen hallte laut über dem anhaltenden Kampfgetümmel im Norden wider, und der Banditenführer lag still.

»Quik!«, rief Wax erneut und sprintete an Bliss vorbei zu seinem Bruder.

Bliss bewegte sich langsamer, trat beide Schwerter aus Eggrads Händen, bevor sie sich Wax an Quiks Seite anschloss.

Die Wunde hinterließ ihr Zeichen im Sand, ein sickerndes Rot, das nur durch Quiks Finger verzögert wurde. Wax hatte bereits sein Hemd zerrissen und ersetzte Quiks Hand, als Bliss mit dem zusammengeknüllten Stoff ankam. Der Schnitt war jedoch tief, gefährlich genug.

»Haben die Najahn einen Heiler, einen Arzt mitgebracht?«, fragte Wax, während Bliss sich umsah, ob irgendetwas nützlich sein könnte.

›Ich weiß es nicht‹, gebärdete Bliss. ›Sie haben nicht viel mit uns geredet.‹

»Ist es schlimm?«, fragte Quik, seine Stimme bereits so schwach, angespannt. »Es fühlte sich tief an.«

»Ich habe Schlimmeres gesehen«, schnaubte Wax, dann rief er erneut laut um Hilfe, ein Ruf, der, wie Bliss vermutete, so lange unbeantwortet bleiben würde, wie die Najahn sich um ihre eigenen Leute kümmern mussten.

»Bliss, wir müssen ihn bewegen. Ihn zurück zum Boot bringen.«

›Du nimmst seine Schultern, ich nehme die Füße.‹ Bliss stand auf, während Wax zu Quiks Kopf krabbelte. Der Stab kam in die Schulterschlinge, und Bliss beugte sich hinunter, umfasste die Fußgelenke ihres Bruders.

»Bereit?«, fragte Wax, blickte zu ihr, dann veränderte sich sein Gesichtsausdruck, Entschlossenheit wich entsetzter Verwirrung.

Bliss wirbelte herum und ließ Quiks Füße in den Staub fallen. Eggrad erhob sich hinter ihr, seine Schwerter waren verschwunden, aber ein verborgener Dolch war in seiner rechten Hand. Er hob die Waffe, richtete sie zum Zustechen aus und zuckte. Einmal, zweimal, bevor er zu Boden fiel.

Hinter ihm stand Torny, Eggrads Kurzschwert in der Hand. Bevor Bliss etwas gebärden konnte, warf die Diebin die Klinge beiseite und stürzte sich auf Eggrads Körper, zerrte an den Taschen des Mannes, an seiner zerfetzten Kleidung.

»Was machst du da?«, fragte Wax.

Torny blickte auf: »Hilf mir, wenn du willst, dass dein Bruder überlebt.«

Es gab Zeiten, in denen man Dinge hinterfragen musste, Zeiten, um die Optionen zu prüfen und den besten Weg zu wählen, aber in diesem Moment nutzte Bliss, was sie hörte, was sie fühlte, was sie wusste.

Torny hatte sie nicht im Stich gelassen, hatte sie nicht verlassen.

Gemeinsam rissen die beiden Eggrads Rüstung ab, wobei Torny einen freudigen Fluch ausstieß, als sie fand, wonach sie gesucht hatte, einen vertrauten Saphir an einer korrodierten Kette.

»Mein Skar«, sagte Wax, als Torny den Stein von Eggrad zog.

Bei der Bewegung, als der Skar den Kontakt mit dem Banditenführer verlor, seufzte der Mann, ein welkendes Ausatmen.

»Kein Wunder, dass er nicht aufhören wollte«, sagte Wax, als Torny ihm den Skar zuwarf. »Dieses Ding, der Vis-Skar, es heilt dich.«

»Das weiß ich, du Idiot. Gib es deinem Bruder.« Torny verdrehte die Augen und wandte sich dann wieder Eggrads Leiche zu, um weiter die Taschen zu leeren.

Wax drückte den Skar auf Quiks Wunde, während Bliss zu Torny ging und die Hände der Diebin ergriff, um ihre Aufmerksamkeit zu erlangen.

»Was?«, schnappte Torny. »Dieser Kerl ist der Anführer, was bedeutet, dass er alle Schlüssel zu den echten Wertsachen hat. Ich werde gleich zur Flüchtigen, also werde ich-«

Bliss schüttelte den Kopf. »Du wirst bleiben. Bei uns.«

Torny lachte. »Hast du deinen Bruder nicht gehört? Er wird mich bei der ersten Gelegenheit aufknüpfen lassen.«

Erneut schüttelte Bliss den Kopf. »Das werde ich nicht zulassen. Niemals.«

Torny wollte gerade eine weitere spitze Bemerkung machen, sah dann aber, was Bliss in ihren Gesichtsausdruck und ihren Griff legte. Sie hielt inne und nickte langsam.

»Versprichst du das?«, fragte Torny.

»Bei meinem Leben.«

»Es schließt sich!«, rief Wax hinter ihnen. »Der Skar wirkt.« Bliss drehte sich um und sah, wie Wax mit einem erschöpften Lächeln in den Sand sank. »Bliss, ich weiß nicht, wie wir das noch toppen sollen.«

37
DIE GROSSE SCHMIEDE

Die Banditen waren in die Flucht geschlagen. Der Najahn-Kapitän durchkämmte das Lager und nahm alles mit, was auch nur irgendwie wertvoll war, während Wax und die anderen, zurück zur Schaluppe eskortiert, kaum mehr taten, als sich auszuruhen, zuzusehen und Geschichten auszutauschen. Die Najahn waren gründlich; sie verbrannten alle Zelte und Materialien, die sie nicht mitnahmen, und ließen das Lager bis zum späten Nachmittag als zertrümmerte Ruine zurück.

Unter den erbeuteten Schätzen, die der Kapitän Wax aus der Beute präsentierte, waren Quiks Handschuhe. Wax' Bruder erholte sich weiter, obwohl der Skar anscheinend nicht in der Lage war, so schnell Kraft zurückzugewinnen: Quik verschlief die Stunden und wachte nur auf, um Wasser zu trinken und dünne Fischsuppe zu essen.

Torny schien in Wax' Augen die Auflösung ihres jüngsten Stammes gelassen zu nehmen. Die Banditin aß, trank und scherzte mit den Vis und allen Najahn, die sich zu ihnen gesellten, und verschwand erst gegen Ende der

Nacht, um zuzusehen, wie die Überreste des Lagers im Sand ausbrannten.

»Was hat sich geändert?«, fragte Wax Bliss, als sie beide an Deck der Schaluppe standen, jetzt dick eingepackt in erbeutete Banditenkleidung, die sie vor der Kälte schützte. Das Boot würde erst am Morgen in See stechen, eine lockere Najahn-Wache hielt Ausschau, während die meisten in erbeutetes Bier und Fruchtweine einbrachen und ausgelassen feierten.

»Mit ihr?«, fragte Bliss, und Wax nickte. »Sie hat nicht versucht, mich umzubringen, und es war trostlos da draußen. Wir haben uns gegenseitig geholfen.«

»Und sie ist sogar geblieben, nachdem ihr Quik gefunden habt?«

»Nicht dass er geholfen hätte, aber Wax, ich glaube nicht, dass sie irgendwohin gehen kann.«

»Du willst auf etwas hinaus.«

Die kleine Schwester Bliss war schon immer eine geschickte Manipulatorin gewesen, fähig, ihre Brüder dazu zu bringen, fast allem zuzustimmen, oder sie gegeneinander auszuspielen, bis sie bekam, was sie wollte. Wax fühlte sich bereits bereit zuzustimmen, egal was sie sagte.

Bliss war zu seiner Rettung gekommen, war die Erste am Strand gewesen, die ihn gefunden hatte. Wax schuldete ihr mehr oder weniger alles, was sie wollte.

»Sie weiß Dinge, die wir nicht wissen«, begann Bliss. »Über die Welt jenseits von Vis. Wir sind verloren, Wax. Gib es zu. Unsere erste Insel und wir sind fast verhungert, wären beinahe getötet worden. Es gibt noch sechs weitere, und Torny ist klug.«

»Du willst, dass ich sie zu einer Wächterin mache?«

Nun war es an Bliss zu nicken, die Aufrichtigkeit schimmerte im Lampenlicht der Schaluppe. Torny blieb am Bug des Schiffes, ein Schatten vor Sichis rosafarbenem Leuchten.

»Nicht allein meine Entscheidung, Bliss«, sagte Wax. »Aber wenn sie mitkommen will, werde ich nicht nein sagen. Obwohl ich glaube, dass es Quik nicht gefallen wird.«

»Wir werden ihm sagen, dass Torny sein Leben gerettet hat. Das wird helfen.« Bliss grinste. »Und wenn nicht, Pech gehabt. Du bist die Erneuerung. Es ist deine Entscheidung.«

Wax' Entscheidung hin oder her, Quik grummelte in den folgenden Tagen weiter, immer wenn Torny außer Hörweite war. Die Schaluppe brachte sie die Westküste von Foti hinauf, wobei der Najahn-Kapitän eine Eskorte direkt zur Großen Schmiede versprach. Nicht etwas, das Erneuerungen immer angeboten wurde, aber angesichts der Belastung und der Vorräte, die der Kapitän der dortigen Najahn-Garnison spenden konnte, schien es ein harmloses Angebot.

Eines, das Wax ohne Bedenken annahm.

Sie fuhren mit einem Eisenbahnzug über Fotis nördliche Weiten, eine gebirgige, aber grünere Region als die Ödlande darunter. Feldfrüchte und Vieh beanspruchten grasige Hügel und ebene Flächen, mit großen klaffenden Höhlen, die hier und da zu Minen führten.

Die Große Schmiede selbst sah auf den ersten Blick nicht viel anders aus als diese Erzfabriken, nur ein größeres Loch, das in einen silber-braunen Berg gebaut war, der gedrungen zwischen anderen, höheren Gipfeln saß. An seiner Basis vermittelte ein Najahn-Lager aus Stein und Holz seine Position mit Foti-Unternehmen, letztere geschäftig mit Karren voller Roherze, die sie in das feuerspeiende Ungetüm brachten und mit glitzernden Schätzen wieder herausholten.

Der Eingang zumindest gab der Stellung der Großen Schmiede einige Anerkennung, mit Najahn- und Foti-Bannern, die im heißen Wind flatterten, und geschnitzten Statuen, die den Geländerweg zum Eingang säumten. Torny, die sich als geschickte Reiseführerin erwies, obwohl sie noch nie zuvor in der Großen Schmiede gewesen war, las die Namen und Taten jedes hämmernden Mannes und jeder Frau vor, an denen sie vorbeikamen.

Die meisten, so schien es, hatten ihre unsterbliche Ehre dadurch erlangt, dass sie eine neue Metallbearbeitungs-technik entwickelt hatten. Drei jedoch hatten Halsketten, die ihren stoischen grauen Statuen hinzugefügt worden waren: Fotis frühere Aegises und am weitesten von der Höhlenmündung entfernt ihr derzeitiger.

»Glaubst du, sie lebt noch?«, fragte Wax, als sie an Catyas Statue vorbeikamen, einer glatten Figur, die die Frau in einer trotzigen Pose zeigte, wie sie die Halskette mit beiden Händen umklammerte, als wolle sie sagen, dass jeder Unhold sie ihr aus den Händen reißen müsste.

»Wenn nicht, wäre der Weg viel gefährlicher«, erwiderte Quik und hielt einen Moment inne, um mit Bliss ein Vis-Segen an der Statue zu zeichnen. »Der Zirkel hat rechtzeitig entschieden. Wir sollten fertig sein, lange bevor sie … fällt.«

»*Falls* sie es rechtzeitig geschafft haben, meinst du«, fügte Torny hinzu. »Fassle ist nicht unfehlbar.«

»Der Zirkel ist nicht nur er«, konterte Quik, als sie an den Statuen vorbeigingen und sich rechts hielten, damit Karren in beide Richtungen vorbeirattern konnten. Der späte Vormittag erwies sich als geschäftige Zeit für die Schmiede. »Es sind alle Inseln, die zusammenarbeiten.«

»Es ist Noctia, das tut, was es will.«

»Gut genug für mich«, sagte Wax und beendete damit den Streit. »Ich bekomme gutes Essen, warme Decken und eine schöne Reise um alle Inseln? Ich nehme es.«

Torny sah aus, als wollte sie dem noch etwas hinzufügen, aber Bliss stieß ihr den Ellbogen in die Seite, und die Banditin begnügte sich stattdessen mit einem Augenrollen.

Der Najahn-Wächter am Eingang der Schmiede wies sie an, nach rechts zu gehen, über die schmale Brücke, anstatt den Karren zu den Hauptschmelz- und Hämmerstationen zu folgen.

»Was ihr sucht, ist im Herzen«, sagte der Wächter, dessen Gesicht und Rüstung mit schwarzem Staub bedeckt waren. »Bleibt nicht zu lange dort unten.«

»Warum das?«, fragte Torny, zu Quiks Seufzen. »Werden wir alle in Flammen aufgehen oder so?«

Der Najahn ließ sich ein leichtes Lächeln entlocken: »Das Letzte, was ich heute brauche, ist eure Asche in einen Eimer zu kratzen.«

»Na, das klingt ja vielversprechend«, gebärdete Bliss.

»Nach dem, was wir durchgestanden haben«, sagte Wax, »kann es nicht schlimmer sein.«

Diese Aussage wurde nicht lange danach auf die Probe gestellt, als sich die Gruppe, den Anweisungen des Najahn folgend, auf einem schmalen Grat wiederfand, der einen brodelnden Lavasee überblickte. Zwischen den riesigen Blasen, dem Blubbern und Zischen erklangen aus der Ferne Hammergeräusche, ein seltsamer Kontrast zwischen Industrie und Naturgewalt.

Wax, wenn er sich nicht gerade den Schweiß aus den Augen wischte, folgte Bliss entlang des Sims. Sie trugen das leichteste Foti-Leinen, das sie finden konnten, und die Schuhe bewiesen ihren Wert, da selbst eine Berührung der schwarzen Felswände genügte, um eine unvorsichtige Handfläche oder einen Finger zu verbrennen. Die Luft flimmerte, und jeder Atemzug entfachte einen Kampf, um einem Husten auszuweichen. Sie griffen alle auf Bliss' Gebärden zurück, um Atem zu sparen, ein Zug, der zu Quiks spöttischem Vergnügen Torny von einem Großteil der Unterhaltung ausschloss.

Nicht dass sie viel zu besprechen hatten, abgesehen von Klagen über die Hitze und Warnungen vor Fehltritten und Lavafunken. Zumindest nicht, bis sie das erwähnte Herz erreichten.

Das Zentrum der Großen Schmiede weitete sich vom schmalen Pfad zu einer breiten, quadratischen Plattform aus, die wie blank gefegt wirkte. Ihre breite Basis senkte sich in den Lavasee hinab, eine verkrustete Säule, die überall dort glühte, wo die heiße Flüssigkeit aufspritzte. Auf der gegenüberliegenden Seite befand sich ein steinernes Gebilde, ein bauchiges Ding, größer als der Wagen, mit dem die Gruppe hergekommen war, überzogen mit glitzernden Adern aus Gold, Kupfer, Silber und mehr. Diese Adern liefen die Form hinunter und in den Boden hinein, breiteten sich über die gesamte Plattform aus, kreuzten sich hier und da, bevor sie zu den Füßen der Gruppe endeten.

»Ein Rätsel«, verkündete Torny und gab die Suche nach Zeichen auf.

Jede Ader hatte ihr eigenes Ende, wobei der Ausläufer in eine flache Rille am Rand der Plattform mündete. Diese Enden lagen in ausgeschnittenen Würfeln, die alle in der durch die Rille fließenden, köchelnden Lava schwammen. An der Felswand am Ende ihres Weges standen mehrere geschmiedete Stangen, deren Zweck leicht zu erraten war.

»Drückt sie runter«, schlug Wax vor und hustete etwas Staub aus.

Bliss wartete nicht ab, schnappte sich die nächste Stange – ihr eigener Stab hätte auch funktioniert, aber wie alle ihre Waffen und Ausrüstung war er zurückgelassen worden – und drückte auf den Kupferwürfel. Er verschwand unter der Lava, die begann, die bronzefarbene Linie hinaufzufließen, bis sie die allererste Kreuzung mit der goldenen Ader erreichte. Dort blieb die Lava stehen, als könne sie nicht weiterfließen.

»Gold als Nächstes«, sagte Quik, griff nach einer Stange und drückte die Ader hinunter.

Erneut floss die Lava die goldene Ader entlang, kreuzte die Verbindung mit dem Kupfer, bevor sie an einer zweiten Begegnung mit der Kupferader weiter vorne zum Stillstand kam. Bliss' erzwungenes Kupfer bewegte sich derweil nicht weiter.

»Was jetzt?«, fragte Torny. »Und bitte, wenn ihr's wisst, beeilt euch. Es ist verdammt heiß hier drin.«

Das schien die Herausforderung zu sein. Löse das Rätsel, bevor die Hitze, der Staub und die schiere Intensität dich bei lebendigem Leib kochen.

»Um ein Rätsel zu lösen«, sagte Wax, »musst du die Regeln kennen. Bliss, heb es hoch. Schauen wir, ob es sich zurücksetzt.«

Bliss hob ihre Stange vom Kupferwürfel, und der Stein schwamm frei aus der Lava in der Rille. Die Lava, die bereits die Ader hinuntergeflossen war, blieb jedoch still liegen, glühte orange, heiß und wartend.

»Quik«, sagte Wax, »du jetzt.«

Mit dem Gold geschah fast das Gleiche, als Quik es losließ, nur dass die Lava austrocknete und die goldene Ader bis kurz hinter die Kreuzung mit dem Kupfer abkühlte. Dahinter, zwischen den beiden Kupferberührungen, blieb das Gold von Lava bedeckt. Wo nicht, wurde das Gold schwarz, nun von schnell erkaltendem Lavagestein überzogen.

Und das Kupfer nutzte seinen freien Weg, die von Bliss' Druck zurückgelassene Lava schoss vorwärts, floss über die Kreuzung mit dem Gold hinweg, bis sie von einer Begegnung mit dem Silber aufgehalten wurde.

»Ich glaube, wir haben unsere Antwort«, sagte Wax, wozu die anderen schwitzend zustimmten.

Das Rätsel zu verstehen und es zu lösen waren zwei verschiedene Dinge, aber vier schmelzende Köpfe arbeiteten besser als Wax' allein. Die Gruppe gab Stangen und Ideen hin und her, um die Lava entlang der Adern und der Plattform zu bewegen. Als jede das Steinmonument am Ende erreichte, umschloss die Lava ihre gewählte Ader. Am Ende des Rätsels leuchteten orangefarbene Linien über den grauen Felsen, bevor sie durch ein verborgenes Loch im Inneren rasten. Mit einem Knistern und Knacken - Wax hörte die Geräusche deutlich, als er und die anderen über die Plattform gingen und dabei über die getrockneten, aber immer noch heißen Lavalinien stiegen - erhob sich die Mitte des Hügels. Dort, unter seiner steinernen Kappe, lag ein glitzernder Satz von sieben Foti-Skars.

Torny pfiff, als Wax den Hügel erreichte. Unter den Skars befand sich ein kleiner Lavapool, der durch ihr Rätsellösen entstanden war.

»Glaubt ihr, ich kann ihn berühren?«, fragte Wax das Trio.

»Ich denke, wenn du es nicht tust, werden wir alle braten«, antwortete Torny.

»Ausnahmsweise stimme ich der Banditin zu«, fügte Quik hinzu.

Sicherheitshalber legte Wax seine linke Hand auf den Vis-Skar, der wieder an seinem Platz an seinem Hals war.

Das Flüstern des Skars wurde lauter, und die Hitze der Schmiede schien weniger erdrückend, sein Atem ging leichter. Eine gefährliche Sucht konnte der Skar sein.

Aber als Wax langsam die Hand ausstreckte, um seinen zweiten zu greifen, stellte er fest, dass der orangefarbene Edelstein genauso warm war und nicht wärmer als der Vis-Skar, als er ihn auf dem Großen Sana vor nicht allzu langer Zeit gegriffen hatte.

Wax zog den Skar heraus, drehte sich um und zeigte ihn der Gruppe.

»Sehr beeindruckend«, gebärdete Bliss. »Können wir jetzt von hier verschwinden?«

Ausnahmsweise widersprach dem niemand.

38
OBERFLÄCHENDRUCK

Der mühsame Rückweg zur Oberfläche dauerte länger als der Abstieg. Müde Füße, schwindende Rationen und die reine emotionale Belastung zehrten an Svarde und den anderen. Maena fand nicht schnell zu ihrem früheren Selbst zurück, sondern verharrte den größten Teil des Weges in Schweigen, im Krieg mit ihren eigenen Gedanken. Rasslebeck und Pennifer berieten sich gegenseitig, während Kivi vorauskundschaftete und sie auf dem richtigen Heimweg hielt.

All das überließ Svarde seinen eigenen Gedanken, die sich um den Dämon und seine gestohlenen Erinnerungen drehten. Der wimmernde Mann und was das alles bedeutete.

Der Wächter war auf allen sieben Inseln gewesen, hatte ihre Dialekte gehört, ihr Bier getrunken und ihre Kulturen erlebt. Keine sprach die Sprachen, die er vom Dämon gehört hatte, eine Möglichkeit, die Svarde vielleicht auf eine uralte Gefangennahme geschoben hätte – wer wusste schon, wie lange der Dämon in den Tiefen überlebt hatte – wäre da nicht der wimmernde Mann gewesen.

Ohne Erinnerung oder viel Verstand bot der wimmernde Mann nicht viele Hinweise, aber in dieser Abwesenheit gab er den wichtigsten: Das bleiche Erscheinungsbild des Mannes, die schlaffe Haut, die mühelose Anpassung an die engen Tunnel und das spärliche Licht des Untergrunds deuteten darauf hin, dass er kein Schurke mit genug Glück gewesen war, um tief zu tauchen und sich selbst zu verfangen.

Dass es Geheimnisse in der Dunklen Tiefe gab, überraschte niemanden. Dass diese Geheimnisse möglicherweise ein Volk einschlossen, das sich unter der Oberfläche verbarg?

Eine Frage für Noctia, vielleicht. Den Zirkel und die Geschichtsbücher.

Was seinen Auftrag betraf, das Herz des Dämons zu erschlagen und das Laichen in den tiefsten Löchern zu stoppen, spürte Svarde das Gewicht seiner Äxte auf dem Rücken, die Blasen an seinen Füßen, das trockene Kratzen in seiner Kehle, die auf Wasser wartete, das nicht kommen würde.

Der Überfall war nicht genug gewesen. Eine kleine Gruppe würde nicht erreichen, was Svarde wollte. Nein, er müsste die Inseln überzeugen. Wenn schon keine Armee, dann zumindest etwas, das dem näher kam. Eine stabile Versorgungskette, Vorstöße und Streitkräfte, die bereit waren, tiefer vorzudringen und das eroberte Gebiet zu beanspruchen.

Also keine Expedition, sondern ein Krieg.

»Wen willst du dazu überreden?«, fragte Maena, als sie durch eine feuchte Höhle stapften, deren Decken und Böden in Kivis glühendem orangefarbenen Schein schimmerten. »Rana, Kance und Whent haben zwar stehende

Heere, aber sie haben sie, um gegeneinander zu kämpfen, nicht um zusammenzuarbeiten.«

»Wie bei allem verdammten Zeug wird Noctia die Führung übernehmen müssen.«

Maena lachte, ein scharfer Schnitt, bitterer als vor dem Unhold. »Das ist ja wohl unmöglich. Du sagtest, sie würden uns nicht einmal hierbei helfen. Und jetzt willst du etwas Besseres arrangieren?«

»Ich werde die Maske benutzen.«

Die graue Platte lag in seiner Umhängetasche, sorgfältig zwischen zusammengesuchten Stoffresten gebettet. Ihre Züge glichen denen des wimmernden Mannes, und Svarde konnte nur hoffen, dass darin genug Enthüllungen warteten, um Noctia zum Handeln zu bewegen.

»Du weißt nicht einmal, ob sie bei jemand anderem funktionieren wird«, sagte Maena, ihre Stimme wurde leiser, als sie wegschaute. »Und wer auch immer sie trägt, wird sterben, wenn sie funktioniert.«

»Noctia hat seine Gefangenen. Sie werden einen dafür opfern.«

Maena zuckte zusammen. »Das ist kalt, selbst für dich.«

»Die alte Maena hätte nicht gezögert.«

Maena schnaubte. Sie verstummte, als sie die Höhle verließen und wieder in einer langen Reihe gingen, während der Gang sich verengte. Wieder ging es aufwärts und aufwärts und aufwärts, für einen Moment spürten sie einen Luftzug, an einer anderen Stelle einen geheimnisvollen Gestank.

War er kalt und gefühllos geworden in seinem verbissenen Streben? Verbittert, weil Catya so weit außer Reichweite war?

Hatte Svarde nicht diese Entschuldigung? Hatten nicht

alle, die ihre einst so vielversprechenden Träume zu Schatten verblassen sahen, einen Grund, ihr Mitgefühl zu verdammen?

Später, als Rasslebeck verkündete, dies sei ihre letzte Pause vor der Oberfläche, und die Gruppe tapfer an getrockneten Pilzen und matschigem Moos kaute, alle mager, die Mägen im Hintergrund rumpelnd, sagte Maena Svarde, sie würde zurückkehren.

»Ganz nach unten«, sagte Maena, nahm ihren Säbel heraus und polierte ihn, obwohl sie auf dem Rückweg keine Unholde verfolgt hatten. »Ich fühle, dass ich es ihr schuldig bin.«

»Dem anderen Du?«

»Sie hat für mich gekämpft, obwohl sie nicht wusste, wer ich war, was mit ihr passieren würde, wenn ich zurückkäme. Ich muss das würdigen.«

»Selbst wenn ich Noctia nicht überzeugen kann, mir tausend Najahn-Soldaten zu geben?«

»Selbst wenn du sie nicht mal dazu überreden kannst, dir Frühstück zu geben.«

Svarde kicherte: »Ich hab's probiert. Die besseren Eier gibt's unten am Wasserrand. Mehr Fett, mehr Geschmack.«

»Was haben wir dann zu verlieren?«

Die Antwort kam mit dem Tageslicht, der erste Nachmittag, den sie seit Wochen sahen, machte seinen graugoldenen Auftritt am großen Ausgang der Höhle. Der Fels wich der Erde, die Luft gab ihre feuchten Enden preis, und zum ersten Mal atmete Svarde voll durch, ohne zu husten, ohne sich zu fragen, ob irgendein Wesen aus der Dunkelheit hervorschießen und ihm den Atem rauben würde.

Kivi, ihre furchtlose Anführerin, blieb am Ausgang stehen, die saphirblauen Augen des Ferrits wandten sich mit einem warnenden Schnauben zu Svarde zurück.

»Scheint, als sollten wir vorsichtig sein«, sagte Rasslebeck, der Kivis Bedeutung verstand. »Zur Oberfläche zurückzukehren bedeutet menschliche Probleme.«

»Nichts, was ein Whent-Wächter tun kann, wird an den Unhold heranreichen«, entgegnete Pennifer. »Ich würde gerne sehen, wie sie jetzt versuchen, mir Angst einzujagen.«

»Halte deine Waffen trotzdem stecken«, warnte Maena. »Es wäre doch völlig idiotisch, den ganzen Weg hierher zu kommen, nur um dann einen Bolzen in die Brust zu bekommen. Wir haben auf dieser Insel nichts gestohlen und niemandem ein Leid zugefügt.«

Svarde war sich nicht sicher, ob er in diesem Moment überhaupt noch die Kraft hätte, mit gezückten Äxten loszustürmen. Der Mangel an Nahrung und Wasser ließ seine Glieder eher aus verzweifelter Gewohnheit als aus bewusster Entscheidung heraus vorwärtsschleppen. Wenn die Whent einen Kampf wollten, könnten sie ihm wenigstens ein paar Tage Ruhe und zwei, drei anständige Mahlzeiten gönnen.

»Führ uns, Kivi«, sagte Svarde, doch das Frettchen blieb regungslos, die Krallen am letzten Ende der Höhle festgekrallt. »Na gut, dann gehe ich eben.«

Kivis Weisheit erwies sich als richtig: Als Svarde das windige Land betrat, zeigte der Whent-Außenposten seine neu gewonnene Popularität. Whent-Bogenschützen, jene steingerüsteten Soldaten mit schweren Armbrüsten, umringten die Rückkehrer. Dazwischen standen größere Schläger mit ihren Whent-Panzerhandschuhen und schweren Schilden, bereit vorzurücken.

In ihrer Mitte stand ein Whent-Kriegsherr, dessen Steinrüstung mit einem eisweißen Überzug bemalt war. Er trug dicke, kurze Pelze und den vierzackigen Bart, den jeder männliche Whent mit Macht tragen musste.

Als er Svarde erblickte, knurrte der Mann ein einziges Wort. Die bereits geladenen Armbrüste schnappten in angespannte Aufmerksamkeit. So viele Bolzen hätten bei Svarde eigentlich Panik auslösen müssen, aber stattdessen breitete sich eine dumpfe Taubheit aus. Eine tödliche Akzeptanz.

»Senkt eure Waffen«, verkündete Svarde und hielt seine Hände weit von den eigenen entfernt. »Wir sind verdammt müde, hungrig und halb tot. Wir wollen euch und eurem Volk nichts Böses, und ihr könnt die Stadt ein Stück zurück fragen, um meine Worte zu bestätigen.«

Hinter Svarde lauerten die anderen drei noch einen langen Moment am Höhleneingang, bis die offensichtliche Sinnlosigkeit eines Rückzugs sie nach vorne zwang. Kivi kam zu Svardes Füßen, ließ sich neben ihm nieder, ihre Zunge kostete die Luft und ihre Augen waren halb geschlossen.

Das Frettchen war genauso müde wie sie alle und einer Ruhepause ebenso würdig.

»Die Stadt hat bereits von eurer Tapferkeit berichtet«, sagte der Whent-Kriegsherr, seine spröde Sprache zermalmte die Worte, als wolle er jede Silbe angreifen. »Sie bieten ihren Dank an, und ich werde es vergelten, indem ich euch nicht an Ort und Stelle erschieße.«

»Ich werde mich ohnehin bald hinsetzen«, erwiderte Svarde. »Besser, ihr verlasst euch nicht darauf, dass ein müder Mann stehen bleibt.«

Der Kriegsherr zögerte, dann lachte er.

»Du bist nicht für deinen Humor bekannt, Wächter«, sagte der Kriegsherr. »Hast du vielleicht da unten welchen gefunden?«

»Und noch viel mehr dazu.«

»Dann freue ich mich darauf, es von dir zu hören«, der Kriegsherr schnippte mit seinen beiden stämmigen Armen nach vorn, und die Whent, die für den Nahkampf ausgerüstet waren, näherten sich der Gruppe. »Es ist ein weiter Weg zu den Gruben. Zeit genug, um deinen Bauch mit Essen und meinen Kopf mit Geschichten zu füllen. Dann werden wir natürlich sehen, ob du beides davor bewahren kannst, aufgeschlitzt zu werden.«

»Die Gruben?«, fragte Pennifer, während Maena fluchte. »Was ist das?«

Als Pennifer ihre Frage stellte, bemerkte Svarde, wie seine Hände sich zu seinen Äxten bewegten. Ein zum Scheitern verurteilter Versuch, aber dann wäre das Warten auf die Gruben auch nichts anderes. Doch als er in die nervösen, entschlossenen Gesichter der herannahenden Whent-Wache blickte, hielt Svarde inne. Stattdessen fand er seine Stimme.

»Die Gruben sind eine Chance«, sagte er. »Für dich und für denjenigen, der alles tun wird, um dein Leben zu beenden.«

Der Whent-Kriegsherr widersprach nicht, während seine Truppen Svarde die Waffen vom Rücken rissen und ihm die Tasche entrissen.

39
EIN NEUES ICH

Ami sah sich selbst, als sie erwachte, zwei Abbilder, eines in jeder der weiten Linsen von Annalyse gespiegelt. Die Wissenschaftlerin beugte sich über Ami, ihr leichter Atem vermischte sich mit dem Knistern der Laternenflammen als einzige Geräusche im stillen Labor. Ami erkannte den Raum sofort wieder, eine Art Zuhause für sie in den Wochen, seit sie zu Gladdrings Experiment geworden war. Ausgestattet mit allem, was Annalyse verlangte, trotzte der Turmraum jeder Vertrautheit, abgesehen von diesen Lampen und Annalyses Schutzbrille.

Käfige säumten die Wände des Labors, ein kreisförmiger Ring, der zu einer breiten Platte in der Mitte führte, auf der Ami vermutlich lag, gelegen hatte, nach ihren steifen Muskeln zu urteilen. Ihr Hals juckte, ihre Nase schien verkrustet. Ami versuchte, ihr rechtes Handgelenk zu bewegen, und stellte fest, dass es festgeschnallt war.

»Wach?«, fragte Annalyse und blinzelte sie an. »Oder ist das wieder ein Traum?«

»Traum?«, fragte Ami mit rauer Stimme.

»Sie lebt!«, rief Annalyse und sprang von der Platte

zurück. »Hier, lass mich dir etwas Wasser holen. Du wirst es brauchen.«

Ami lag da – was hätte sie sonst tun können – und erkundete ihren eigenen Körper, während Annalyse davoneilte. Ihre Finger und Zehen schienen alle intakt zu sein. Während Gurte Ami daran hinderten, sich aufzusetzen, spürte sie Stoff an ihrem Körper. Nicht die schwere Rüstung, die sie in den Kampf getragen hatte.

Der Unhold. Dieses blau flammende Monster. Hatte es ihre Rüstung verbrannt, Metall, das in Fotis heißesten Öfen geschmiedet worden war?

Schlimmer noch, der Unhold war nicht nur eine feurige Bestie gewesen. Er hatte ein Werkzeug benutzt, eine Waffe. So etwas hatte Ami noch nie zuvor gesehen. Klauen, Zähne, schlagende Knochen, all das konnten Unholde haben. Werkzeuge, echte Intelligenz waren den Menschen vorbehalten, den Kindern der sieben Götter.

Wenn das nicht mehr stimmte, dann ...

»Hier, trink etwas«, sagte Annalyse und neigte einen Becher an Amis Mund. Nach einem zu kleinen Schluck zog Annalyse ihn weg. »Tut mir leid, es sind ein paar Tage vergangen. Ich will dich nicht überfordern. Ich habe die Wachen losgeschickt, um etwas Essen zu holen.«

»Mehrere Tage? Was-«

»Sie ist in Sicherheit, Ami. Mach dir keine Sorgen. Noctia hat die Schutzzauber nach dem Kampf verstärkt. Anscheinend hast du ihnen den Beweis geliefert, den sie brauchten.« Annalyse gab Ami einen weiteren Schluck und nickte dabei. »Das ist immer das Problem mit Politikern, oder? Manchmal muss man ihnen eine Ohrfeige verpassen, damit sie es merken.«

Während Ami das Wasser genoss, setzte sie ihre mentale Bestandsaufnahme ihres Körpers fort. Sie schien gut zu hören, zu riechen und zu schmecken. Ihre Augen sahen weitgehend so wie zuvor. Und dennoch fühlte sich etwas nicht richtig an.

Eine Anspannung ergriff sie, und das Gefühl, nicht allein zu sein. Ein Gefühl, das durch Annalyses umherwandernde Blicke verstärkt wurde.

»Ist es tot?«

»Ist was tot?« Annalyse neigte den Kopf, ihre Gedanken arbeiteten. »Oh, du sprichst immer noch vom Kampf? Dem Unhold? Terrevin sagte, er sei zurück in die Wunde gefallen. Niemand weiß es genau, aber er ist nicht zurückgekommen.« Sie goss noch etwas Wasser ein. »Zum Glück. Ich bin nicht sicher, ob irgendjemand hätte tun können, was du getan hast.«

Ami hustete: »Ich habe es mit einem Schwert erstochen.«

»Nicht mit irgendeinem Schwert! Du bist zu bescheiden. Und, offen gesagt, könntest du ruhig etwas weniger bescheiden sein. Du repräsentierst uns jetzt, vergiss das nicht. Die Skars, Gladdring, unseren Turm.«

»Was willst du damit sagen?«

»Ich sage, dass dein Schwert den Schaden angerichtet hat. Flamebreak, mit einem Foti-Skar versehen, hat das Monster zu Fall gebracht. Das ist die Version, hinter die wir uns stellen müssen.«

Ami schauderte. Oder versuchte es. Die Gurte verhinderten eine befriedigende Bewegung.

»Ich spiele keine politischen Spielchen.«

»Hör zu, ich mag es auch nicht, aber es ist der Tanz, den wir mit den Mächtigen weiter aufführen müssen.« Annalyse biss sich auf die Lippe, ihre Augen wanderten kurz nach oben, bevor sie mit den Schultern zuckte und ihren

Blick wieder auf Amis Augen richtete. »Außerdem hast du jetzt keine Wahl mehr.«

Eine latente Angst schoss hoch. Amis Herz beschleunigte sich. Die Trockenheit im Hals kehrte zurück. Sie wusste es natürlich. Die Hitze war so intensiv gewesen, das Brennen überall.

»Was ist mit mir passiert, Annalyse?«

Annalyse presste ihre Lippen zu einem traurigen, aber irgendwie immer noch faszinierten Lächeln zusammen, stellte den Krug ab und berührte Amis Gesicht, ihre linke Wange. Die Seite, die dem Unhold beim Angriff am nächsten gewesen war. Ami spürte den Druck, aber nicht die Haut, die Beschaffenheit.

Stattdessen kam nur Kälte durch.

»Du hättest dort sterben sollen«, sagte Annalyse, während ihre typische Neugier zurückkehrte. »Alle sagten, du hättest wie eine frisch angezündete Kerze geleuchtet. Der Unhold fiel, und Flamebreak fiel mit ihm.«

»Mein Schwert ist weg?«

»Nun, nein. Wir wissen, wo es ist. Am Boden der Wunde.«

»Annalyse.«

»Naja, wie auch immer. Du hattest Glück! Ein Wächter kam angerannt und schrie etwas von einem schlimmen Dämonenüberfall. Gladdring befahl mir, unsere Ausrüstung zu schnappen und loszurennen.«

Ami schloss die Augen. Versuchte sich zu erinnern. Wie sie dort lag, in Flammen. Nichts kam.

»Natürlich viel zu spät. Gladdring bekam seine Show nicht, aber wir fanden dich und hey, er ließ mich dein Leben retten.«

Ami hörte zu und wurde immer tauber, während Annalyse beschrieb, wie sie einen Vis-Skar von ihrer eigenen

Halskette nahm, ihn in Amis Hände drückte und befahl, sie zurück zum Turm zu tragen. Wie der lebensrettende Stein nicht ausgereicht hatte.

»Bei leichten Verletzungen ist es ein Wunder. Du bist zurück und in ein paar Stunden wieder fit. Bei schwereren Verletzungen dauert es Tage, und selbst dann bleiben einige Schäden, die die Skars anscheinend nicht berühren.« Annalyse runzelte die Stirn. »Ich weiß nicht, ob das am Skar liegt oder daran, dass wir nicht wissen, wie man ihn richtig einsetzt.«

»Was hast du getan, Annalyse? Sag es mir einfach.«

»Du willst gleich zum Ende springen?«

»Bitte.«

Das war nicht die Antwort, die Annalyse wollte, aber sie seufzte, kratzte sich an der Nase und sah sich um, als hoffte sie, jemand anderes würde aus dem Nichts auftauchen, um die Nachricht zu überbringen, die Ami bereits als schlecht eingestuft hatte.

»Jedes Mal, wenn ich versuchte, den Skar wegzunehmen, fingst du an zu sterben«, sagte Annalyse. »Etwas tief in dir muss beschädigt gewesen sein. Und dein Gesicht... diese Seite jedenfalls war völlig vernarbt. Also habe ich mir eine Lösung ausgedacht.«

»Binde mich los.«

»Klar, aber sei vorsichtig. Man weiß ja nicht, wie der Rest von dir sich fühlt.«

Annalyse löste die Riemen einen nach dem anderen, und nach jedem testete Ami ihre Gliedmaßen erneut. Sie fand sie reaktionsfähig, sogar begierig darauf loszulegen. Es brauchte einen tiefen Atemzug und einen weiteren Schluck aus Annalyses Krug, bevor Ami ihre gesunden Hände zu ihrem Gesicht führte.

Die rechte Seite fühlte sich an wie immer. Ein wenig trocken vielleicht, aber Haut. Warm. Gesund.

Die linke?

»Es ist das Beste, was Gladdring finden konnte, und ich habe es persönlich gefertigt«, sagte Annalyse, obwohl Ami bemerkte, dass sie einen Meter Abstand zwischen sich und die Platte gebracht hatte. »Du wirst es kaum bemerken.« Annalyse versuchte ein schiefes Lächeln. »Und hey, kein Dämon wird mit einer Klaue da durchkommen.«

Amis Hand fuhr hoch, fand Annalyses Werk. Sie zeichnete die Konturen um ihre linke Wange nach, hinauf zum Ohr und fast bis zu Amis Kinn, endend am Übergang zum Hals, am Rand ihres Auges. Kalt, glatt, hart.

»Was ist es?«, fragte Ami.

»Das feinste Gold in allen Sieben Inseln«, dröhnte eine neue Stimme von oben. Gladdring, gefolgt von einem essenstragenden Wächter, kam die gewundene Treppe ins Labor hinunter. »Es hat ein Vermögen gekostet. Ich habe mehr als einen Skar für dein Leben aufgegeben.«

Annalyse ließ Gladdring ihren Platz einnehmen, die Wissenschaftlerin eilte zu einem Seitentisch voller Notizbücher, ihr Kohlestift kratzte eifrig.

»Warum?«, fragte Ami.

»Du bist zu wertvoll, um zu sterben«, erwiderte Gladdring. »Und jetzt, wo das für alle sichtbar eingesetzt ist, bist du mein größter Trumpf.«

Ami fand das Eingesetzte dort in ihrer Wange. Die Wärme des Skars schmiegte sich in sie. Die Flüstertöne, die durchdrangen, erklärten, warum sie sich in ihrem eigenen Kopf nicht allein gefühlt hatte. Eine andere Melodie als die des Foti-Skars in Flamebreak, und doch irgendwie vertraut.

»Du weißt wirklich, wie man jemandem ein gutes

Gefühl gibt«, murmelte Ami und schwang ihre Beine über die Kante.

»Gut oder schlecht, wichtig ist, dass du am Leben bist.« Gladdring drehte sich um, nahm die Suppenschüssel vom Wächter entgegen und reichte sie ihr. »Trink, Wächterin. Es gibt Arbeit zu erledigen, und du hast lange genug geruht.«

Ami starrte auf die Suppe, ihr Magen bereit, sich darüber herzumachen. Wenn sie sich weigerte zu essen, wenn sie sich gegen jede von Gladdrings Bemühungen wehrte, wie lange könnte Ami durchhalten?

Nicht lange genug. Das Skar würde sie am Leben erhalten, wenn auch nur knapp. Gladdring würde warten. Und Catya, Catya lebte noch. Amis Schwur galt noch.

Die Wächterin nahm den angebotenen Löffel, führte ihn durch die dicke Brühe und hob ihn an ihre Lippen. Ein Schlürfen und ein Schlucken, eine Entscheidung getroffen.

»Sag mir«, sagte Ami, »was du von mir brauchst.«

40

DIE WINDKÖNIGIN

Wax hielt seine Hand am Dock hoch und ließ die weiße Schneeflocke auf seiner Handfläche landen. Ein kühler Stich, so köstlich wie die frische, klare Luft. Nur wenige Minuten südlich würde dieselbe Luft Fotis industriellen Beigeschmack annehmen, Schwefel und Hitze. Dies hinter sich zu lassen, war an sich schon ein Grund zum Feiern.

Foti mit zwei Skars und einem zusätzlichen Wächter zu verlassen, trotz Quiks anfänglichem Ärger, war unglaublich.

»Tut mir leid, was ich dort gesagt habe, Pan«, flüsterte Wax und blickte nordwärts über die grauen Wellen. Jenseits dieses schieferfarbenen Horizonts, gespickt mit ein- und auslaufenden Schiffen, die dem Winter davonrasten, lag Rana. »Ich werde diesmal versuchen, nicht so leicht aufzugeben.«

Seine Wächter, sein Bruder und seine Schwester hatten ihn nicht im Stich gelassen. Als er sich umdrehte und den Dock hinunterblickte, sah Wax Torny und Bliss etwa in der Mitte, wobei erstere Bliss half, mit einem Foti-Speerfischer zu spielen. Das Gerät, ein schmales Rohr mit einem kurzen Speer darin und einem dünnen Seil am hinteren Ende, konnte herausschnellen und alles erledigen, was dumm genug war, in diesen Gewässern zu schwimmen. Ganz anders als die Angeln und Netze, die in Kitaye benutzt wurden, und Wax stellte fest, dass er das schwere Metall in seinen Händen und den klobigen Rückstoß nach dem Abzug nicht besonders mochte. Bliss hingegen trug ein wildes Grinsen, als sie zielte und den Speer in die Brandung schickte. Torny lachte schallend.

Hinter ihnen, am Rande des Docks, unterhielt sich Quik mit Pavarde, dem Najahn-Kapitän. Der vergoldete Kommandant war Quiks bevorzugter Begleiter gewesen, seit sie das Banditenlager in Schutt und Asche gelegt hatten. Nach dem, was sein Bruder sagte, sprachen die beiden über Vis, über Noctia, darüber, was es brauchte, um ein Najahn zu sein.

Als Wax ihn fragte, warum, wich Quik aus und sagte nur, dass es überall, wohin sie gingen, Najahn geben würde. Man könne sie genauso gut besser verstehen lernen.

Zumindest heilte die Wunde seines Bruders gut. Jeden Abend reichte Wax ihm den Vis-Skar, und Quik legte ihn nah an die Stichwunde und hielt ihn fest. Er konnte jetzt fast wieder rennen, und alle waren der Meinung, dass sie, sobald sie Ranas wässrige Insel erreichten, bereit sein würden, direkt zum nächsten Skar zu sprinten.

»Wax, pass auf«, Tornys Stimme holte Wax in die Gegenwart zurück, und er bemerkte das schlanke Schiff, das sich schnell seinem Dock näherte.

Wax trat einen Schritt zurück, dann noch einen und wäre fast vom Ende des Piers gefallen, als das Schiff ins Wasser glitt. Die Segel des Schiffes, wie Diamanten mit zu vielen Facetten geschnitten, überragten den Rumpf darunter, und sie drehten sich fast synchron, als der silberblaue Schiffsrumpf in den Hafen glitt. Der Schiffskörper kam dem Dock sehr nahe, so nah, dass er es fast berührte, aber kein Kontakt war zu hören, bis das Schiff zum vollständigen Stillstand kam. Selbst dann pufferten über die Seiten geworfene Kissen den Kontakt ab.

Ein Kance-Schiff, gebaut, um über die Wasseroberfläche zu gleiten, von einem Wellenkamm zum nächsten zu schweben. Keine geraden Linien, ein leichter Bauch, entworfen für Geschwindigkeit statt Menge. Dennoch würde die Nordseite von Foti eine weite Reise bedeuten.

»Sollten nach Noctia fahren, nicht hierher«, murmelte Torny, als sie und Bliss sich zu Wax gesellten, während seine Schwester die Harpune aufrollte. »Es sei denn, es gibt etwas in Falska, das sie unbedingt wollen.« Sie warf einen finsteren Blick zurück zur geschäftigen Hafenstadt. »Kann mir nicht vorstellen, was das sein soll.«

»Ich schon«, gebärdete Bliss, als das Kance-Schiff eine Treppe über die Seite warf.

Weit entfernt von einem grimmigen Metall- oder Holzstück, fing die Treppe die leichte Brise ein und ließ sich sanft auf den Pier nieder, als wäre sie von zarten Händen dorthin gelegt worden. Doch sobald sie den Boden berührte, wirkten die dünnen Perlenstufen so solide wie Stein.

»Was? Erz?«, fragte Wax.

Er hätte nicht fragen müssen. Die Antwort kam einen Augenblick später, als ein vergoldeter Soldat den ersten Schritt über die Kante machte. Zwei dünne Rapiere zierten die Hüfte des drahtigen Mannes, zusammen mit einem zarten blau-weißen Gewand. Er erblickte das Trio, musterte sie und stieg ohne ein Wort die Treppe hinab, um sich schließlich zwischen der Gruppe und dem Kance-Ausgang zu positionieren.

»Sie«, gebärdete Bliss, als die Nächste in Erscheinung trat.

Die Frau trug ihre glitzernde Hoheit mit eisigem Unbehagen, als fordere sie jemanden heraus, ihre angespannten Hände, ihre umherschweifenden Augen und ihre gebeugten Knie zu bemerken. Schnelle Schritte standen im Widerspruch zu ihrem offensichtlichen Rang.

Solange es eine Erneuerung gab, hatte Kance immer eine seiner beiden Königinnen auf die Suche geschickt. Wax und der Rest von Vis hielten es für einen seltsamen Wahnsinn, aber wen kümmerte schon, was eine andere Insel tat. Wen kümmerte es, außer dass diese Kance-Königin offenbar die Geschwindigkeit auf ihrer Seite hatte.

Inmitten ihres eigenen Gewandes, dessen Kragen mit Kance-Himmelsdiamanten besetzt war, deren saphirgesprenkelte Silber das graue Morgenlicht einfing und verstreute, trug die Kance-Königin eine Najahn-Kette, ähnlich der von Wax. Darin befanden sich zwei Skars, der Kance-Diamant und der Smaragd von Vis.

Und hier war sie nun, einen oder zwei Tage von der Großen Schmiede entfernt angelegt.

»Sieht aus, als sollten wir uns besser sputen«, murmelte Torny.

Wax jedoch begegnete dem Blick der Königin, als sie die Treppe hinabstieg. Sie fand seine eigene Kette leicht genug, und als sie es tat, verengte sich ihr Blick zu einer gekniffenen Neugier. Noch keine Feindseligkeit.

Eine Konkurrentin, die bereits geschlagen war.

»Richtig«, sagte Wax, seine Stimme verlor sich, als die Kance-Königin, gefolgt von einem zweiten Wächter, sich umdrehte und den Pier entlang schritt. »Scheint, als wäre es jetzt ein echtes Rennen.«

»War es schon immer«, erwiderte Bliss. »Jetzt wissen wir nur, womit wir es zu tun haben.«

»Soll ich ihr Schiff sabotieren?«, fragte Torny mit einem verschlagenen Grinsen.

»Ich denke, wir hatten für eine Weile genug Gewalt, oder?«, verkündete Quik, als er zur Gruppe stieß. »Sie verlegen unser Boot einen Pier weiter, um Platz für dieses hier zu machen. Scheint, als wäre sie eine große Nummer.« Quik betrachtete das Schiff genauer und pfiff anerkennend. »Wax, ich glaube, wir sind bereit, in See zu stechen. Bist du es?«

»Warten, um diese verfluchte Insel zu verlassen?«, lachte Wax. »Nein danke. Wächter, lasst uns ein paar Flüsse finden.«

———

Die nördlichen Gewässer bergen dunkle Geheimnisse, die Wax aufdecken muss, wenn er der Wunde und ihrem Thron einen Schritt näher kommen will. Bevor solch hochtrabende Ideen in die Tat umgesetzt werden können, müssen Wax und seine Wächter jedoch eine Mitfahrgelegenheit flussaufwärts finden – eine Aufgabe, die durch feige Kapitäne und mörderische Schurken erschwert wird. Schlaue Augen und flinke Füße ergreifen eine unerwartete Gelegenheit zu reisen, aber Wax stellt bald fest, dass ihr gewähltes Gefährt möglicherweise gefährlicher sein könnte als die Flüsse selbst.

Setzen Sie Wax' Abenteuer fort mit *Der Zorn der Flüsse*:

DANKSAGUNG

Es gibt diese Vorstellung, dass Schreiben ein einsamer Akt sei, aber das könnte nicht weiter von der Wahrheit entfernt sein. Jeder Schriftsteller ist auf Freunde, Familie und ja, auch auf die Leser angewiesen, um seine Geschichten weiterspinnen zu können.

Insbesondere möchte ich meiner Frau Nicole danken, deren endlose Liebe und Ermutigung jeden Tag heller machen. Meinen Brüdern Jonathan, Justin und Matthew sowie meinen Eltern Bob und Mary, die mir helfen, ein Lächeln im Gesicht zu behalten.

Und natürlich all euch Lesern, die dieses Leben erst möglich machen.

Danke.

ÜBER DEN AUTOR

A.R. Knight schreibt Science-Fiction und Fantasy im gefrorenen Norden von Wisconsin. In Begleitung zweier Katzen vertieft er sich gerne in Abenteuer, die sich ebenso sehr um den Bösewicht wie um den Helden drehen.

Nachdem er einen Abschluss in Journalismus gemacht und das Land mit der Installation von Gesundheitssoftware bereist hatte, dachte A.R. Knight, es wäre gut, zu dem zurückzukehren, was er liebte. Jetzt hat er ein kleines Büro und frühe Morgenstunden, um all die Geschichten zu spinnen, die seiner Fantasie entspringen.

Wenn A.R. Knight nicht gerade schreibt, reist er gerne überall hin, sei es zu Inseln vor der Küste Ecuadors, in den Regenwald, zum Snowboarden in die Rocky Mountains oder zum Scotch-Trinken nach Edinburgh. Das ist das Schöne am Schriftstellerleben – man kann es überall hin mitnehmen.

Um ihn zu kontaktieren oder zu sehen, was er gerade macht, besuchen Sie www.blackkeybooks.com

arknight@blackkeybooks.com

Facebook-Icon Facebook

X (Twitter)-Icon X (Twitter)

Für Kris